Carl Leimbach
Emanuel Geibel. Eine Biographie

SEVERUS

Leimbach, Carl: Emanuel Geibel. Eine Biographie
Hamburg, SEVERUS Verlag 2012
Nachdruck der Originalausgabe von 1894

ISBN: 978-3-86347-285-6
Druck: SEVERUS Verlag, Hamburg, 2012

Der SEVERUS Verlag ist ein Imprint der Diplomica Verlag GmbH.

Bibliografische Information der Deutschen Nationalbibliothek:
Die Deutsche Nationalbibliothek verzeichnet diese Publikation in der
Deutschen Nationalbibliografie; detaillierte bibliografische Daten sind im
Internet über http://dnb.d-nb.de abrufbar.

SE**V**ERUS

Emanuel Geibels

Leben, Werke und Bedeutung für das deutsche Volk

von

Lic. Dr. Carl Leimbach

Provinzial-Schulrat zu Breslau.

Mit acht Illustrationen.

Denkmal für Emanuel Geibel in Lübeck.

Modelliert von Professor H. Volz, Karlsruhe.

Vorwort.

Herr Lic. Dr. Leimbach fand bei seinem bevorstehenden Übergange aus dem Direktorat des Gymnasiums zu Goslar in das Amt eines Provinzial-Schulrates in Breslau die Zeit nicht, selbst eine neue Auflage seiner längst vergriffenen, aber stets noch verlangten Vorträge über Geibel zu besorgen. Im Mai d. J. habe ich daher auf seinen Wunsch ihre Erweiterung und Neubearbeitung mit Freuden übernommen und die willkommene Gelegenheit zu einer volkstümlichen Darstellung des Lebens und der Werke Geibels dankbar benutzt, zu der ich schon seit lange eifrig den Stoff gesammelt.*)

Über das Verhältnis des vorliegenden Buches zu seiner ersten Ausgabe bemerke ich, daß der biographische Teil fast ganz neu von mir ausgearbeitet ist. Ich habe darin den Versuch gemacht, zum erstenmale eine vollständige, wenn auch kurzgefaßte Lebensgeschichte Geibels im engsten Anschluß an die bisher gedruckten Quellen zu geben. Der zweite Teil benutzt das alte Buch stärker. Der Abschnitt „Vaterland" und der Anfang der Darlegungen über die religiöse Stellung des Lyrikers Geibel ist nebst einigen andern kürzeren Ausführungen fast ohne Veränderung herübergenommen. Die Besprechung der „Sophonisbe" stammt ganz aus den Vorträgen Dr. Leimbachs und aus seinen „Erläuterungen ausgewählter deutscher Dichtungen" (2. Band. Cassel 1883).

---

*) Ich habe bereits 1884 größere Beiträge „aus meiner Geibelmappe" in dem „Gedenkbuche" von Arno Holz veröffentlicht.

Das Buch sucht auch in der vorliegenden Gestalt seine Leser vorzugsweise im Kreise der deutschen Familie und Schule. Immerhin darf ich hoffen, auch dem Litterarhistoriker von Fach in den z. T. bereits an anderer Stelle veröffentlichten und bis auf die neueste Zeit fortgeführten Verzeichnissen des Anhanges eine willkommene Gabe zu bieten, die ihm manche mühevolle Nachforschung ersparen wird. Ich bitte im Interesse der Sache, mir zur Vervollständigung der Litteratur und meiner am Schlusse des Werkes erwähnten Sammlung behülflich sein zu wollen.

Ich stehe, ebenso wie Dr. Leimbach, „nicht auf dem kühlen Boden der Kritik", sondern dem der wärmsten Begeisterung für den edlen Dichter. Mein eigenes Urteil aber ist selbstverständlich nicht ohne die genaueste Kenntnis fast aller litterarischen Stimmen über Geibel abgegeben.

Möge unsere anspruchslose Darstellung dazu beitragen, Geibels nationalpädagogische Bedeutung in's rechte Licht zu rücken, die Verehrer seiner sämtlichen Werke zu vermehren und die alten zu stärken, damit von ihnen immer mehr das Wort Humboldts gelten darf: „Wenn man einem durchaus reinen und wahrhaft großen Charakter lange zur Seite steht, geht's wie ein Hauch von ihm auf uns über".

Max Trippenbach.

Inhalt.

Anhang.

Illustrationen.

Erster Teil.

Des Dichters Leben.

Jugend- und Lehrjahre.

1815—1838.

Das war in jungen Tagen
In goldner Frühlingszeit,
Da mir verhüllt noch lagen
Des Lebens Qual und Streit.
Werke IV. 100.

Vaterhaus und Schule.

Franz Emanuel August Geibel ist geboren in der Nacht vom 17. zum 18. Oktober 1815 um 12 Uhr. Geibels Eltern haben mit ihrem Sohne selbst stets den 18. Oktober als Geburtstag gefeiert und den Ehren- und Freudentag des deutschen Volkes zu einem Festtag ihres Hauses gemacht. Mit dem Rechte, das die Ehrfurcht vor der Auffassung des Dichters verleiht, hat auch der Senat von Lübeck auf dem von Staatswegen errichteten Grabdenkmale den 18. Oktober festgehalten*). Der Dichter erzählt in der ersten seiner Elegien, den spätesten Früchten seiner Muse:

> Im Weinmonde des Jahrs, da man achtzehnhundertundfünfzehn
> Schrieb und des Leipziger Siegs Feier zum andern beging,
> Ward ich geboren zur Welt in mitternächtiger Stunde.
> Klar durch's Fenstergewölb blickten die Sterne herein.
> Froh des Gottesgeschenks empfing mich die liebende Mutter,
> Und im stillen Gebet hielt mich der Vater empor,
> Während die Glocke vom Turm zu Sankt Marien mit zwölffach
> Dröhnendem Schlag den Beginn grüßte des festlichen Tags.
>
> Gesammelte Werke V. 86.

Nicht ohne Beziehung auf die vaterländische Siegesfeier haben die frommen Eltern ihrem Sohne den biblischen Namen Emanuel („Gott mit uns") beigelegt. Der schöne Name ist an ihm zur Wahrheit geworden: ein ganz besonderes Gottesgeschenk wurde dieser Knabe seiner Familie und seinem Volke. Wie er es in seinem eigenen Leben erfahren hat, daß Gott mit ihm war, so hat es auch das deutsche Volk aus seinem ernsten Prophetenmunde oft genug gehört, wann Gott nur mit uns sein könne, und aus seinem jubeln-

---

*) Vergleiche jedoch Gädertz, Denkwürdigkeiten S. 12.

den Munde nicht minder, daß Gott mit uns gewesen ist in Tagen, ebenbürtig jener Völkerschlacht.

In der alten, hochberühmten Hansa= und freien Reichsstadt Lübeck stand Geibels Wiege. Mit inniger Liebe gedenkt er Lübecks in vielen seiner Gedichte. Auch der glücklichste Himmel und die schönste Gegend lassen ihn der alten Stadt und ihrer sieben spitzen Türme nicht vergessen. Heimweh hat den Jüngling am schönen Rhein, ja mitten unter Griechenlands Herrlichkeiten überfallen, und selbst den Mann hat immer wieder die Sehnsucht nach Lübeck und dem Ostseestrande gezogen, wo er seine frohe Kindheit verlebte. In Lübeck hatte sich der Heimgekehrte sein Grab bestellt, dort hat er es gefunden.

> Nun kehrt zurück die Schwalbe
> Der langen Irrfahrt satt;
> Sei mir gegrüßt, mein Lübeck,
> Geliebte Vaterstadt!
>
> Wie liegst du vor mir prächtig
> Im Frühlingssonnenschein
> Mit deinen Türmen und Thoren
> Und schlanken Giebelreih'n;
>
> Mit deinen blühenden Wällen
> Voll Nachtigallensang,
> Mit deinen Masten und Wimpeln
> Den blauen Fluß entlang!
>
> Und über die Giebel und Wälle
> Und über den Fluß dahin
> Wogt festlich das Geläute
> Der Glocken von Sankt Marie'n.
>
> So klang's mit Himmelsmahnung
> Um meine Wiege schon;
> Erinnerungstrunken lausch' ich
> Dem tiefen Feierton.
>
> Da schmilzt in Friedensschauern
> Was stürmisch mich bewegt,
> Wie einst, wenn mir die Mutter
> Die Hand auf's Haupt gelegt.

Und schöner nur durch Thränen
Erblick' ich Fluß und Thal —
O Heimat, süße Heimat
Gegrüßt sei tausendmal!

Werke IV. 97.

Und doch ist Geibel nach seiner Abstammung eigentlich ein
Franke, ein Hesse, eine glückliche Mischung von norddeutschem
Ernste und heiterer süddeutscher Lebensanschauung, wie er das
halb scherzend in dem Liede ausspricht:

Im Herbste, wann die Trauben glühn
Und froh die Keltern schallen,
Da hebt der Sinn mir an zu blühn,
Das Blut mir an zu wallen.

Es treibt das Herz mich hin und her,
Und zuckt wie eine Flamme;
Verleugnen kann ich's nimmermehr,
Daß ich von Winzern stamme.

Denn kam ich auch am Ostseestrand
Das Licht der Welt zu suchen;
Mein Stammhaus steht im Frankenland
Im Dorf zu Wachenbuchen.

Da lauscht aus Rebenlaub hervor
Das Zeichen der Familie,
Auf hellem Schild hoch über'm Thor
Die rot und weiße Lilie.

Und ringsumher ist Weingebiet,
Und gold'ne Ströme rinnen,
Es klingt der Tanz, es schallt das Lied
Der ros'gen Winzerinnen.

Erst meinen Vater trieb sein Stern
Zur Hansastadt im Norden,
Wo er im Weinberg dann des Herrn
Ein rüst'ger Winzer worden.

Und wie mein Urahn Most geschenkt
Für durst'ger Wandrer Kehlen,
Hat er mit Gnadenwein getränkt
Die gottesdurst'gen Seelen.

Wohl zog sein hoher Geist auch mich
Auf ernste Lebensbahnen,
Doch stets, wann's herbstet, rühret sich
In mir das Blut der Ahnen.

Und Ruh noch Rast nicht hat mein Sinn,
Bis ich im Kreis der Zecher,
Geküßt die schönste Winzerin,
Geleert den vollsten Becher.

Werke III. 46.

Geibels Vater.
Nach Zeichnung von F. Greve.

Geibels Vater, D. Johannes Geibel, war nicht im Dorfe Wachenbuchen*), eine Stunde von Hanau, sondern in Hanau selbst am 1. April 1776 geboren und war nach zweijährigem Studium der Theologie zu Marburg, wo er mit Not und Entbehrung zu

---

*) Nach Mitteilungen des Lehrers em. Schleucher zu Bruchköbel war der Urgroßvater des Dichters der letzte Ortseinwohner von Wachenbuchen unter des Dichters Ahnen. Er hieß Johann Heinrich Geibel. Dessen Sohn Joh. Friedrich verheiratete sich im Jahre 1775 als Ratsdiener-Adjunkt nach Hanau und zwar mit einer Hanauerin, einer geborenen Ermentraut. Er bekleidete, in bescheidenen Verhältnissen lebend, aber wegen seiner Zu-

kämpfen hatte, in einer angesehenen Familie Kopenhagens als
Hauslehrer thätig, um schon im 21. Jahre auf Empfehlung des
Bischofs Münter als Vikar dem altersschwachen Pastor Buten=
bach der reformierten Gemeinde in Lübeck zur Seite zu treten. Als
dieser ein halbes Jahr später starb, wurde Johannes Geibel durch
einstimmige Wahl der Gemeinde dessen Nachfolger. In seinem
Amte hat der weit über Lübecks Grenzen bekannte Mann, den be=
rufene Darsteller seines Lebens unter die Zierden der reformierten
Kirche Deutschlands rechnen, zweiundfünfzig Jahre mit größter
Treue gewirkt, als ein Seelsorger, dem allgemein ein mildes Herz
neben klarem Verstande, feurige Phantasie neben großer Energie
nachgerühmt wird. Nachdem er sich in seinen Studentenjahren
der kantischen Philosophie eine Zeitlang anvertraut und diese ihn
zum Aufgeben des Offenbarungsglaubens gebracht hatte, führte ein
anderer Philosoph jener Tage, Fr. H. Jacobi, im benachbarten
Eutin, durch Wort und Schrift den Prediger dem positiven Christen=
tum wieder zu. Fortan wuchs der Glaube und die eigene Erfahrung
mit den Jahren, und mit diesen beiden Eigenschaften des Seelsorgers
wuchsen die Verehrung und das Vertrauen seiner Gemeindeglieder.

Aus einer dürftigen Kapelle vor dem Holstenthore siedelte die
Gemeinde 1826 in eine größere, durch Geibels Bemühungen neu=
gebaute Kirche mitten in der Stadt über. Viele ernste Christen
auch aus andern Gemeinden scharten sich um die Kanzel des be=
deutenden Redners, der in der Zeit des trostlosen Rationalismus,
in der Zeit der religiösen und politischen Erniedrigung Deutsch=
lands das religiöse Leben wieder erwecken half und zugleich

verlässigkeit allgemein geachtet, zuletzt das Amt eines Ratmannes. In
Kesselstadt unfern Wachenbuchen kommt der Familienname noch vor und
die Besitzer desselben behaupten, daß ihre Voreltern aus Wachenbuchen
herübergekommen seien. Dagegen ist der Name Geibel in Wachenbuchen
selbst erloschen. Die letzten Namensträger sind von dort nach Amerika aus=
gewandert.

in den Bürgern der alten Hansastadt das Feuer patriotischer Begeisterung anzufachen verstand. Schleiermacher, Neander, Twesten, die Zierden der berliner Fakultät, schätzten ihn so, daß ihm auf ihren Antrag 1817 die theologische Doktorwürde verliehen ward. Matthias Claudius, Fr. Perthes, Bleek standen mit ihm in regem Verkehr. Über ihn schreibt Heinrich Steffens, der Philosoph und Dichter, in seinem Buche „Was ich erlebte" vom Winter 1808: „Einen großen Eindruck auf mich machte in religiöser Hinsicht der durch die tiefe Treue seiner Gesinnung sowie durch die Eigentümlichkeit seines Geistes ausgezeichnete Prediger Geibel. Ich hatte bisher unter den zeitgemäß Gebildeten die große Gewalt, welche eine unerschütterliche Sicherheit des Glaubens ausübt, nicht so kennen gelernt; er ist mir seit der Zeit unendlich teuer geblieben, obgleich unsere religiösen Ansichten nicht ganz übereinstimmten."

Karl Gerok, der wahlverwandte Altersgenosse des Sohnes, suchte den Vater Geibel als fahrender Kandidat auf. Er schreibt*) aus Hamburg 10. Mai 1839 an seine Eltern: „Übrigens wurde uns in Lübeck wieder Freundschaft und Liebe zu teil weit über Erwarten und Verdienen. Wir besuchten auf berlinischen Rat den alten reformierten Prediger Geibel, der reich, fromm, gelehrt, geistreich, ein Haus hält, das von Fremden selten übergangen wird, dann seinen Sohn (Carl) . . , sowie seine Schwiegersöhne, die Pastoren Michelsen und Lindenberg, und wurden nun von dieser geistlichen Sippschaft (das Wort im guten alten Sinne) so herzlich aufgenommen, in Stadt und Umgegend herumgeführt, daß wir eigentlich beschämt waren, um so mehr, da wir zu der etwas einseitigen Richtung dieses Kreises uns doch nicht bekennen konnten. Doch that sich auch unter ihnen mehr und mehr freie schöne Menschlichkeit und namentlich unter den jungen Män-

---

*) Vergleiche Gustav Gerok, Carl Gerok, ein Lebensbild. Stuttgart 1892.

nern eine gewisse Fröhlichkeit hervor, bei der uns immer wohler
ward."

Ganz besonders hervorgehoben zu werden verdient die patri=
otische Gesinnung des Predigers. Im Oktober 1806 hatte Mar=
schall Davouft, Prinz von Eckmühl, ihn vorgefordert und tyran=
nisch angefahren: „Sie predigen Unordnung und Widersetzlichkeit!"
Geibel erwiderte fest und mutig: „Nein, ich predige das Evan=
gelium."*) Im Frühling 1813 weihte der glühende Redner
die von den Frauen heimlich gestickten Fahnen der Freiwilligen
zum Auszug gegen den Erbfeind auf dem Markte zu Lübeck. Als
aber der Feind am 3. Juni die Stadt wieder besetzte, mußte der
als „Verräter" geächtete Geibel sich den Folgen dieser Kühnheit
durch die Flucht entziehen und ein halbes Jahr mit seiner Familie
in Stralsund im schwedischen Hauptquartiere zubringen. Erst
Dezember 1813 konnte er zurückkehren. Als dann zum ersten Male
in Lübeck der Gedenktag der Leipziger Schlacht gefeiert wurde,
weihte Geibel das Denkmal des gefallenen Majors von Arnim
ein und schloß seine Rede mit den Worten: „Freue dich, Deutsch=
land, dein Name ist nicht verklungen; es haben deine Söhne sich
ermannt und mit Gott dich gerettet. Freue dich, Deutschland, dir
schlug mit dem Siege bei Leipzig die Stunde einer neuen Geburt!
..... Hier wollen wir ablegen ein feierliches Gelübde, höre es,
o Gott, höret es ihr Heldengeister, die ihr siegesfroh uns umschwe=
bet, höre es alle Welt! Wir wollen Deutsche sein, leben und ster=
ben für das Vaterland. .... Wir wollen hoch halten und rühmen
jede mannhafte, große und gute That, und Jeder soll streben, der
Beste zu sein. Deutsche wollen wir sein und Brüder! Heil unserem
Vaterlande, Heil unserer Stadt!"

***

*) Gleichzeitige etwas weniger rhetorisch lautende Berichte erwähnt
Lindenberg, Geibels Vater S. 23.

Der Dichter selbst hat sich als seinem Vater ganz besonders ähnlich erkannt, sodaß er im Juli 1853 nach dem Tode seines Vaters an seine Gattin aus Carlsbad schreiben konnte: „Ich hab' es oft gesagt, daß ich unter allen Kindern wohl am meisten der Sohn meines Vaters war, daß ich mehr als die andern seine wesentliche Natur, seine geistigen Vorzüge und Schwächen erbte, ja, daß ich selbst in meinen körperlichen Anlagen und Gebrechen oft bis ins kleinste hinein das Bild der seinigen wieder erkennen mußte." So fand sich auch schon eine hohe poetische Begabung bei ihm, von der einzelne Proben in den letzten Jahren bekannt geworden sind. Das schönste Denkmal hat ihm der Sohn gesetzt:

Ernst nur hab' ich den Vater gekannt, für des hohen Berufes
    Pflicht nur lebend, der Hirt seiner Gemeinde zu sein.
Streng schriftgläubig, doch mild und jeder Verketzerung abhold,
    Übt er sich selber getreu, freudig der Lehre Gebot,
Stritt um die Form des Bekenntnisses nie und achtet' als Bruder
    Jeglichen, der sein Heil bei dem Erlöser gesucht.
Aecht war Alles an ihm und der Glaube der Herzens verlieh ihm,
    Wenn er die Kanzel betrat, stets das begeisterte Wort,
Daß er mit siegender Kraft die erschütterten Hörer dahinriß,
    Sanft jetzt mahnend und jetzt stark wie ein alter Prophet.

Werke V. 86.

Am 30. Dezember 1798 hatte der junge Geistliche mit Luise Ganslandt seinen Ehebund geschlossen, der zwanzigjährigen anmutigen Tochter eines Gemeindeältesten und angesehenen Kaufherrn. Sie stammte mütterlicherseits von einer aus Frankreich ausgewanderten Familie Souchay de la Duboissière, die in Frankfurt und Stuttgart noch heute blühen soll. „Sie war von Jugend auf tüchtig und praktisch, bei lebhaftem und tiefem Gefühl eine sehr umsichtige und verständige Hausfrau, eine liebevolle sorgsame Mutter. Ihrer Abstammung verdankte sie das Feine, Saubre und Nette, wodurch die Familien der französischen

Refügiés und Emigranten sich auszeichneten." Dieser Charakteri=
sierung Goedekes entspricht die poetische Schilderung ihres großen
Sohnes:

Aber dem Mächtigen stand an der Seite die treue Gefährtin . .
Seine Vermittlerin jetzt mit der Welt und die Seele des Hauses,
   Die das Bedürfnis des Tags sinnig zu schmücken verstand,
Stets voll Lieb' um die Kinder bemüht und in Keller und Küche
   Selbst auf Alles bedacht, heiter, beweglich und rasch.
Denn anmutig gesellt zu dem treuesten deutschen Gemüte
   Floß noch ein Tropfen in ihr leichten französischen Bluts. .
Jung einst hatte den Tanz sie geliebt und am Zauber der Bühne
   Mächtig bewegt sich erfreut, bis es die Sitte verbot.
Doch sie erzählte mit Lust noch davon. Auch trat sie im Zwielicht
   Wohl an's Klavier noch und sang schlichte Romanzen uns vor,
Oder sie wußt' im geselligen Spiel anregend zu scherzen
   Und manch' witzigen Pfeil schnellte sie mitten in's Ziel.
Aber das Köstlichste blieb ihr der Reiz der Natur, und im Sommer
   Zog mit den Kindern sie gern abends in's Freie hinaus; . .
Dort dann ruhte sie still im Strahl der verglühenden Sonne,
   Während wir spielten, und sog wonnig die reinere Luft,
Lauschte dem Vogelgesang und sah mit Entzücken die goldnen
   Wölkchen im schwimmenden Blau ziehn und die Schatten am Wald.
Doch wir lernten von ihr, an den Wundern des Tags uns erquicken,
   Lernten die Schönheit sehn, wo sie dem Auge sich bot.
Also wuchsen wir auf, vom Ernste umwaltet des Vaters,
   Während der Mutter Gemüt heiter die Welt uns erschloß,
Und an Beide gelehnt und im Geist von Beiden befruchtet,
   Lebt' ich, ein träumerisch' Kind, dämmernde Jahre des Glücks.
                            Werke V. 87.

Wem fiele dabei nicht Goethes Spruch über seine Eltern ein:

      Vom Vater hab' ich die Natur,
      Des Lebens ernstes Führen;
      Vom Mütterchen die Frohnatur
      Und Lust zu fabulieren.

Von den zehn Geschwistern Emanuels starb der älteste Bruder
Friedrich 1849 als Hofrat des Fürsten von Detmold, den er
einst erzogen hatte. Die älteste Schwester Wilhelmine wurde Gat=
tin des Pastors Lindenberg in Lübeck, starb aber schon 1855.

Der zweite Bruder war Karl, welcher 1830 als Prediger an der
reformierten Gemeinde zu Braunschweig angestellt wurde. Schon
nach vier Jahren wurde er um des ihm vorgeworfenen „Mysti-
cismus" willen veranlaßt ins Privatleben zurückzutreten, wirkte
eine Zeitlang in Lübeck, dann in Basel und in Lindenhaus bei
Illenau als Leiter einer Privaterziehungsanstalt und war dann seit
1860 dauernd in Lübeck. Gerok*) giebt Karl Geibel das Zeugnis eines ernsten tüchtigen, strenggläubigen Mannes, und die Predigten, die er zu seiner Verteidigung drucken ließ, bestätigen dieses
Urteil durchaus. Er verkündigt in ihnen mit Nachdruck die Lehre
von der Rechtfertigung durch den Glauben. Drei verheiratete
Schwestern, Elise, Maria und Johanna starben in Lübeck. Der
jüngste Bruder Konrad erwählte die Musik zum Lebenslaufe. Er
besaß, wie Emanuel, ein tiefes Gemüt, machte aber seinen Empfindungen gewöhnlich in sehr barocker Weise Luft. Erst spät studierte
er in Leipzig unter Mendelssohns Leitung Musik, erhielt dann
eine Anstellung als Organist an der reformierten Kirche und er-
teilte daneben Musikunterricht.

Im Kreise dieser Geschwister wuchs unser Dichter in dem elterlichen Hause auf, das noch heute in der Fischstraße steht, dem Hafen
an der Trave nicht allzufern. Es ist ziemlich unverändert geblieben, freilich des Pfarrhauscharakters entkleidet, aber sonst sorgsam
vom Besitzer behütet. Es steigt nach der Art der alten Lübecker
Häuser zu ziemlicher Höhe in sechs Stockwerken empor. Das Portal zeichnet sich durch besonders reichen alten Renaissanceschmuck
aus: Palmen und Kränze tragende Genien schirmen das Dichter-
haus. Engel- und Löwenköpfe, Blumen und Früchte zieren Pfeiler
und Rundbogen. Noch heute tönt im geräumigen Hausflur die
alte Wanduhr, die, wie der Dichter selbst erzählt,

---

*) Jugenderinnerungen S. 330.

mit verhaßtem Schlage
Mich oft in's Bett trieb, wenn die schönste Sage
Die blonde Schwester mir erzählt.

Werke II. 62.

Emanuel Geibel 1834.
Nach Th. Rehbenitz. Mittelbild des Beckerschen Stiches.

Im Hofe grünt ein Weinstock, der des Dichters Jugend noch gesehen.

Emanuel war ein gesunder, kräftiger, nicht selten ausgelassener Knabe mit braunen Locken und blauen Augen, an dem die Mutter, deren Liebling er war, nicht genug zu wehren hatte. Im tollen

Übermute eines handfesten Knaben achtete er keine Gefahr; auf den Spielplätzen im Riesebusch war er oft der Anführer, der alle sich unterzuordnen wußte.

Dreier Jugenderinnerungen wollen wir mit des Dichters Wor= ten gedenken: die erste knüpft sich an einen Vergnügungsgarten un= weit der Vaterstadt, die „Lachswehr". Hier weilte der Knabe gern und schaute träumend und sinnend in den nahen Fluß und nach den Wiesen und dem Eichenhügel hinüber:

> Doch immer rauschen deine hohen Wipfel noch,
> Noch immer streckt sich, buntbeflaggter Kähne Ziel,
> Gestuft auf's Wasser dein Altan, von dem ich einst
> Fünfjährig spielend in des Flußgotts Arme glitt,
> Sein sichres Opfer, wenn den schon Gesunkenen
> Des treuen Bruders Taucherkunst nicht rettete.
> Sei ihm dafür nach sechsunddreißig Jahren heut
> Der fromme Dank erstattet, den ich dazumal
> Vergaß, nicht ahnend welch Geschenk das Leben sei.
>
> Werke III. 231.

Es war sein zweiter Bruder, Karl, ein siebzehnjähriger Jüng= ling, dessen Liebe und Kunst das Kind den Eltern zum zweiten Male schenkte.

Eine Elegie berichtet charakteristisch über das Erwachen der dichterischen Kraft:

> Zwischen die Dächer geklemmt der spitz aufsteigenden Giebel
>   Hoch am vierten Gestock zog sich die Rinne dahin,
> Drin bei strömendem Guß die gesammelten Wasser entrauschten,
>   Aber am heiteren Tag war sie ein traulicher Ort,
> Lustig und sonnenerwärmt und umkreist vom Fluge der Tauben,
>   Mit weit offenem Blick über die untere Stadt . . .
> Freilich zum Garten der Lust erst nachmals ward mir die Stätte,
>   Als mit entwendetem Buch täglich hinauf ich mich stahl,
> Und mich in Grimms Volksmärchen vertieft' und heimlich in Fouqués
>   Dichtungen schwelgt' und entzückt Schillers Tragödien las.
> Dort auch ward ich zuerst von der Muse berührt, und die Fülle
>   Nimmer vergeff' ich des Glücks, die wie ein Rausch mich befing,

Als im erregten Gemüt freiwillig die Reime sich fügten
   Und der Gedanke von selbst rhythmisch zu fließen begann.
Nichts war Mühe dabei. Nein, wie wohl abends der erste
   Stern im dunkelnden Blau plötzlich entzündet erglänzt,
Dann sich zu diesem ein zweiter gesellt und ein dritter hervorblitzt,
   So in dämmernder Brust tauchten die Verse mir auf.

Werke V. 88.

Die dritte Erinnerung gehört zu den scherzhaften „Schulge=
schichten". Vom siebenten Jahre an besuchte der Knabe das Catha=
rineum, ein Gymnasium, welches seit 1831 in besonderen Ruf kam,
seit Professor Jacob dem altersschwachen Direktor Goering in der
Leitung gefolgt war. Letzterer hatte einst eine Schlägerei unter
den Schülern zu untersuchen:

Ein andermal erglühte freilich zorniger
Die Stirne dir und bösen Sturm verheißend klang
Dein sächsisch Deutsch in's Ohr mir, als du plötzlich mich
Hinweg vom Nepos auf den Gang hinaus beriefst.
Nicht eben herzhaft folgt' ich, war am Tag zuvor
Doch auf dem Kirchhof von der Jugend Tertias
Ein blut'ger Hauptstreich wider die Verbündeten
Der Nachbarschulen nur zu siegreich ausgeführt.
Denn mehr als Einer war geschunden heimgekehrt;
Und nach den Rädelsführern, deren ärgsten ich
Mich selber wußte, wurde nun in peinlichem
Verhör geforscht, als gält es Catilinas Haupt.
Bald war die Schuld ermittelt, und gelind genug
Erging der Spruch auf Carcer. Doch nun sollt' ich noch
Angeben, wer zugleich mit mir das Volk verführt,
Vor allem aber, ob ich mich der Fäuste bloß
Bedient im Treffen oder zur Bekräftigung
Der unglücksel'gen Prügel einen Stock gebraucht,
Ein telum subalare, wie der Rektor sprach.
Ich nicht, versetzt' ich, aber von den anderen
Etwelche mögen —
      Mögen!! fiel er heftig ein,
Gleich tief empört als Rektor und Grammatikus,
Falsch angewandter Conjunktiv! Ein Faktum ist's!
Und eh' ich dessen mich versehen, hatt' er mir

Mit schlaffer Hand die Regel in's Gesicht geprägt,
Daß mir der Backen stundenlang wie Feuer war.
Doch trug mir dieses Argument ad hominem
Heilsame Früchte. Nimmer hab' ich mich seitdem
Des Konjunktivs beflissen, wo's ein Faktum galt;
Selbst nicht bei Hof. Und das war manchmal schwer genug.

Werke III. 226.

Mit besonderer Liebe und Dankbarkeit blickte Geibel Zeit seines Lebens auf den Direktor Friedrich Jakob, einen ebenso bedeutenden Philologen als hochgefeierten Pädagogen, auf Johannes Classen, der ihm die griechischen und deutschen Klassiker feinsinnig erschloß, auf Professor Ackermann, der ihn „durch die ästhetische Richtung seines Wesens fesselte". An Jahren näher stand Professor Ernst Deeke, der auch in der Folge mit Geibel eng verbunden blieb. Ein frischer, fröhlicher und doch gediegener Ton herrschte auf der Schule, und die Lehrer verschmähten es nicht, auch außerhalb der Schulzeit freundlich mit den Schülern zu verkehren.

Eine Reihe von Jünglingen war während der Schulzeit freundschaftlich mit dem jungen Dichter verbunden, alle talentvoll, meist nicht ohne poetische Anlagen, alle einer idealen Lebensauffassung huldigend.

Am längsten und engsten bestand die Freundschaft mit Ferdinand Röse; von den Tagen der Kinderspiele mit „Pappsoldaten und dem Puppentheater mit unzähligen selbstverfertigten Dekorationen, auf dem eigene Stücke extemporiert wurden", sind beide, der Dichter und der poetische Philosoph, bis zum Ende des Lebenstrauerspieles Röses treu verbunden geblieben. Von Jugend auf kränklich und deshalb verzogen von seiner besorgten Mutter, ist Röse 1859 nach einem unsteten Leben voll Enttäuschungen und drückender Sorgen um das tägliche Brot gestorben. Geibel hat

nach seinem eigenen Geständnis „einst viel, fast alles mit ihm ge=
teilt"; in den letzten Monaten seines Lebens hat ihn der echte
Freund fast ganz erhalten. Er achtete ihn trotz seines Mangels
an strenger Selbstzucht hoch: „bei alledem war er ein bedeutender
Mensch und eine im innersten Kern edle Natur", schreibt Geibel
bei Röses Tode an Dr. Reuter.

Ein anderer Genosse früher Knabenjahre, Arthur von Steng=
lin, starb plötzlich (1831) durch einen unglücklichen Sturz vom
Pferde. Ihm ist das tiefsinnige Gedicht gewidmet: „Auf den Tod
eines Freundes". (Werke I, 131).

Als der hervorragendste der Jugendfreunde ist der Schatz=
gräber von Olympia, Ernst Curtius, zu nennen. Die Freund=
schaft des Gelehrten und des Dichters war eine von den Vätern
ererbte. Als Nachbarskinder waren sie zusammen aufgewachsen.
Geistig traten sie sich erst in den letzten Schuljahren näher. Da
schwärmten sie für Goethe und Uhland und disputierten tapfer
über mannigfache Fragen mit Genossen eines wissenschaftlichen
Schülervereins, und als 1833 zu Ostern Curtius nach der Uni=
versität ging, wurde das Scheiden beiden schwer. Sie sahen sich
bald und oftmals wieder.

Wir nennen aus dem großen Kreise der übrigen Freunde
ferner Marcus Niebuhr, den späteren Kabinets= und Staatsrat
und Günstling Friedrich Wilhelms IV., den Mediziner Karl Litz=
mann, der 1887 nach eigenen Erinnerungen, Briefen und Tage=
büchern einzelne Züge aus Geibels Leben gezeichnet hat, Theodor
Gaedertz, den Juristen und Kunsthistoriker, C. Frankenfeld, den
später verwandtschaftliche Bande an Geibel knüpften, Adolf Nöl=
ting, Carl Mosche, Wilhelm Wattenbach, der berliner Geschichts=
forscher, Carl von Campe, A. u. C. von Duhn, Marcus Heise und
Mantels. Auf Geibels traulicher Studierstube im Zwischenstocke

des elterlichen Hauses, in die durch das bleigefaßte mächtige Fen=
ster ein magisches Licht fiel, kamen oft die Genossen des „poetischen
Vereins" zusammen, den der junge Dichter mit Röse, Mantels,
Carl Lorentzen und Schunck gegründet. Zahllose Gedichte ent=
standen hier in diesem jugendlichen Kreise. Besonders Geibel war
unerschöpflich. Schon damals besaß er, nach dem Urteile seines
Direktors „eine Herrschaft über Sprache und Versbau, wie sie
bei keinem anderen Dichter, selbst bei Goethe nicht, sich finde".
Es war ihm ein Leichtes, den Geographievortrag in Hexametern
nachzuschreiben. Die meisten dieser Dichtungsblüten hat der
Dichter als taube erkannt und sie mit Recht zu gunsten reifer
Früchte von seinen Werken ausgeschlossen. Eine Reihe scherz=
hafter, oft im Verein mit andern verfaßter Gedichte haben nur
Lokalinteresse, aber auch Lokalberühmtheit gefunden. Von den
ernsten Gedichten fand eins schon den Weg in die weite Welt der
Öffentlichkeit. Unter dem Namen L. Horst sandte Emanuel an
seinem Geburtstage 1832 eine Auswahl an Chamisso und hatte
die Freude nach einem Jahre im Musenalmanach für 1834 neben
einem Gedichte seines Freundes Ferd. Röse gedruckt zu lesen:

Vergessen.
Von L. Horst.

Wie sollte denn auch mein Gemüt
Noch immer traurig sein!
Ist doch der Himmel angeglüht
Vom roten Morgenschein.

Die alte Liebe ist vorbei,
Die hoch mein Herz geschwellt.
Nun schwimm' ich wieder frisch und frei
Durchs bunte Meer der Welt.

Leb' wohl! Leb' wohl, du Vaterstadt! —
Ein Vogel schwingt sich auf,
Und was mein Herz gelitten hat,
Das schwingt sich mit hinauf.

Vielleicht verdankt das Liedchen einer flüchtigen Sekundaner=
schwärmerei für eine Cousine, Marie Ganslandt, seine Entstehung.

Bald nachher ging dem jungen weltschmerzlichen Dichter die
Morgensonne echter wahrer Jugendliebe auf, als er am 6. No=
vember 1833 in den Bann Cäciliens trat, der Schwester seines
jüngeren Schulfreundes Wilhelm Wattenbach:

Ach, noch seh' ich den sonnigen Raum und die Nische des Fensters,
    Wo von Blumen umblüht sinnend die Liebliche stand.
Jüngst erst war ihr die Schwester verlobt, und die Schar der Gespielen
    Saß um die rosige Braut, aber ich schaute nur Sie,
Wie sich die schlanke Gestalt aus den rankenden Stauden hervorhob;
    Über das braune Gelock floß ein vergoldender Strahl.
Und nun hub sie das Aug' und errötete, da sie mich glühn sah;
    Sagt' ihr das ahnende Herz, was mir die Seele befing?
Doch ich konnte mich kaum dem bestrickenden Zauber entreißen,
    Jedes gesellige Wort schien dem Entzückten versagt.
Endlich naht' ich mich ihr mit bescheidenem Gruß, und Erwidrung
    Gab sie mir freundlich, Musik däuchte mir jegliches Wort;
Denn im befangenen Laute der seelengewinnenden Stimme
    Klang mir des eignen Gefühls sanfteres Echo zurück.
Ach, schnell rann uns die Zeit; schon drängte die Sitte zum Aufbruch,
    Stumm nur bot sie mir noch leisesten Druckes die Hand,
Aber ein zärtlicher Blick sprach: Komm bald wieder! Und wortlos
    Jauchzend, trunken von Glück stürmt' ich ins Freie hinaus.
Werke V. 91.

Mit ihrer Mutter, der Witwe eines angesehenen Hamburger
Kaufmanns, zwei Schwestern und einem Bruder wohnte Cäcilie
seit 1832 in Lübeck. Bei der Verlobung ihrer ältesten Schwester
Karoline mit Emanuels verehrtem Lehrer Classen betrat Geibel
mit seiner Mutter zuerst ihr Haus. Seitdem erblühte in holdem
Zauber den beiden Gleichaltrigen die schöne Zeit der jungen Liebe.
Bruder Wilhelm und Schwester Sophie mußten Boten der Muse
Geibels sein: ihre Stammbücher wurden zu Liebesbriefen an die
Geliebte. In Festspielen sprach unter fremder Maske der Liebende
sich aus.

Im Sommer 1834 bei fröhlichen Ausflügen mit den befreun=
deten Familien Wattenbach und Classen traten die beiden sich
näher. Besonders lebhaft stand dem Dichter noch ein Tag in der
Erinnerung, den er „unter den Buchen auf weichem Rasen" im
Riesebusch bei Schwartau mit der Geliebten und den Freunden
verlebt.

> Da flogen rasche Scherze von Mund zu Mund,
> Und Lieder klangen, Kränze belohnten sie.
>   Und lustig aus dem dürren Reisig
>   Loderten immer geschürte Flammen.
>
> So schwanden bald die flüchtigen Stunden hin;
> Der Mond ging auf, er trennte die Fröhlichen;
>   Doch ich erlebt' auf meinem Lager
>   Träumend den glücklichen Tag noch einmal.
>
> Litzmann S. 33.

Zum 6. November 1834, ihrem Geburtstage, durfte der
glückliche Sänger der schüchtern Verehrten vierzehn eigene Ge=
dichte in schöner Abschrift überreichen.

Bald schlug die Trennungsstunde. Im November bestand
Emanuel sein Abgangsexamen, blieb aber noch einen fröhlichen
Winter hindurch in Lübeck.

Bei der Entlassungsfeier nahm er als Primus omnium im
Namen der Abgehenden von der Schule Abschied mit einem ein=
drucksvollen Vortrage über das selbstgewählte Thema: „Über die
Phantasie und ihre Anwendung und Gesetze in den Künsten".

Studienzeit in Bonn und Berlin.

Ende April 1835 reiste Geibel, der vorher nur einmal über
Lübecks Weichbild auf einer Reise nach Braunschweig und dem
Harze zum Besuche seines Bruders Carl gekommen war, über

Hamburg und Hannover nach Bonn, wo er zunächst nach des Vaters Wunsch Theologie studieren, nach der eigenen Neigung aber zugleich auch klassische Philologie treiben wollte. Die Reise war zu jener Zeit unbequem und langweilig genug, doch fehlte es nicht an Reiseerlebnissen. Zu Harburg trafen Geibel und ein Lübecker Genosse im Gasthause zwei junge englische Litteraten, die bis Hannover mitfahren wollten. Obwohl weder die Lübecker fertig Englisch, noch die Engländer fertig Deutsch sprachen, wurden sie doch bald miteinander bekannt und tauschten radebrechend und sich gegenseitig aushelfend ihre Liebe und Bewunderung vor den großen Namen Shakespeare und Byron, Goethe und Schiller aus. Die Unterhaltung wurde lebhaft und endete damit, daß man bei vollen Gläsern die deutschen und englischen Poeten leben ließ. Auch an einem komischen Intermezzo sollte es nicht fehlen. Plötzlich ging die Thür auf. Eine Fleischmasse im gelben Über= rock tritt unbeholfen in's Gastzimmer, starrt alle eine Zeit lang mit ausdrucklosen Augen an und ruft dann in englischem Accent mit fetter breiter Stimme: „Gebt — mich — was — zu — fressen!" Der junge Gentleman brauste bei dem allgemeinen Gelächter auf, und es kostete Mühe, ihm die Lächerlichkeit seines Ausdrucks be= greiflich zu machen.

Ein mehrtägiger Aufenthalt in Detmold bei Bruder Frie= drich, dem Prinzenerzieher, bot Erholung und Anregung durch den Einblick in die neue Welt des kleinen Hofes.

Die Empfehlungen des Vaters, sowie Jacobs und Classens öffneten dem Studenten eine Reihe der angesehensten Professoren= häuser: Bleek, Nitzsch und Brandis bezeugten ihm vielfach ihr Wohlwollen. Mit wenig alten und ein paar neuen Freunden wurde das erste Semester durchlebt. Im einfachen geweißten Stübchen in der Sternstraße hauste der echte Musensohn, bescheiden in sei=

nen Ausgaben sich einrichtend, wie er das zeitlebens verstand. Das Mittagbrot nahm er auf seinem Zimmer mit zwei Berlinern, den Gebrüdern Sotzmann, ein. Planmäßig und fleißig wurden die Studien getrieben; neben der theologischen Encyklopädie Nitzsch's besuchte er Klausens Vorlesungen über den Ajas von Sophokles und Welckers Colleg über römische Litteraturgeschichte. Historische Studien gingen privatim nebenher.

Aber auch die Natur ward nicht vernachlässigt: mit Moritz Koppe, dem er die scherzhafte „Apologie" des langen Schlafes (Werke I. 15) widmete, mit dem Heilbronner Cludius, den Lübeckern v. Campe und v. Rantzau und den Sotzmännern wurden genußreiche Ausflüge gemacht. Der Rhein, der heilige Strom, zog ihn zauberisch an, wie die Loreley. Das Siebengebirge und das ablegenere, herrliche Ahrthal mit der blauen Perle des Laacher Sees machten großen Eindruck. In den Pfingstferien wurden Cöln und Düsseldorf, Elberfeld und Barmen und die Neanderhöhle bei Mettmann aufgesucht. Die ganze rheinländische Art, die pomphaften katholischen Gottesdienste und Prozessionen zeigten dem Dichter eine ganz neue Welt, die sich deutlich in den damals entstandenen Gedichten (z. B. „Pergolese", Werke I. 7) wiederspiegelte. Natur und Menschenwelt waren gleich geeignet, ihn anzuregen, aber nicht ausreichend, ihn dauernd zu befriedigen. Geibel ward im Juli krank — an körperlichem Heimweh, wie es seine Ärzte übereinstimmend mit ihm selbst nannten. Die langen Herbstferien benutzte Geibel zu einer Reise rheinaufwärts. Auf dem Dampfer fuhr er bis Mainz; trotz nicht allzugünstigen Wetters verfehlte diese ewig schöne Gegend bei dem schnellen Wechsel der Scenerie und der verschiedenartigen Beleuchtung ihres Eindruckes nicht. Weniger gefiel ihm Darmstadt, wohin ihn die Überredungskunst eines Reisegenossen verschlagen. Über Frankfurt erreichte

er dann Hanau, wo er bei Verwandten in harmlosem Familien=
kreise wohl aufgenommen und wohl gelitten längere Zeit ver=
weilte. Damals wurde auch das Stammhaus der Familie zu
Wachenbuchen aufgesucht.

Im Wintersemester kamen Marcus Niebuhr und Theodor Gae=
dertz (der Vater des Verfassers der Geibeldenkwürdigkeiten) von Lü=
beck und füllten die entstandenen Lücken wieder aus. Eine Zeit lang
verkehrten sie mit einer freien Vereinigung von burschenschaftlicher
Farbe — am wohlsten aber fühlten sie sich fern von dem zumeist
rohen Treiben des großen Haufens, in engerem Kreise echt jugend=
lich fröhlich, keineswegs engherzig philiströs, lebten ihren Studien,
und fanden bei Poesie und Musik edle Erholung. Der „Ghibelin"
— so wurde Geibel von seinen Genossen genannt, weil er von
den Ghibellinen, ja von den Hohenstaufen abzustammen scherzend
behauptete — geriet oft beim „Crambambuli", das er besonders
liebte, in die höchste poetische Begeisterung. Dann trug er mit
einem solchen Feuer und donnerrollenden Pathos seine Dich=
tungen vor, daß alles hingerissen wurde. Mit schönem, seelen=
vollen Bariton sang er Volksweisen und improvisierte schon da=
mals mit hoher Vollendung. So berichtet u. a. auch Heinrich
Kruse, der im Sommer 1835 den Grund einer später engeren
Freundschaft mit ihm legte. Er fiel ihm damals durch Absonder=
lichkeiten auf, durch Ausbrüche von Leidenschaftlichkeit; aber er
und alle Bekannten stimmten darin überein, daß er ein nobler
Charakter war.

Bonn fesselte nicht auf die Dauer. Der etwas steife und ge=
zwungene Umgang in den Professorenkreisen — A. W. von
Schlegel, besonders aber Ernst Moritz Arndt wurden im Winter
aufgesucht — befriedigte nicht. Geibel vermißte den gemüt=
lichen lübecker Familienverkehr. So reifte der Entschluß die

Studien beim Beginn des Sommers in Berlin fortzusetzen. Die Theologie ward endgültig als Fach fallen gelassen, die humanistischen Studien waren schon im Winter in den Vordergrund getreten. Mythologie, römische Lyriker, Äschylos, Homer überwucherten Nitzschs christliche Religionslehre.

Nur wenige Gedichte sind aus der Bonner Zeit dem Dichter der Aufnahme in die erste Sammlung seiner Poesien wert erschienen. Daß aber der Quell auch damals reichlich sprudelte, beweisen manche später veröffentlichte (z. B. einige Jugendlieder in den Spätherbstblättern, Werke VI. 177 ff); eines voll gesunden Humors ist wert gesungen zu werden an Stelle so mancher moderner wenig anmutender Studentenlieder:

Wanderlied.

Fröhlich in die Welt hinein,
In die blaue Ferne!
In der Frühlingssonne Schein
Wand're ich so gerne.
Strömt der Regen auch einmal,
Bald schon lockt der gold'ne Strahl
Mich zum Weiterziehen.

An der Thems', am Seinestrand
Wechseln die Minister,
Schmauchend ziehn durchs deutsche Land
Burschen und Philister.
Burschentum und Rauchtabak,
Wellington und Polignac
Sollen mich nicht stören.

Blütenpracht und Silberquell,
Bunte Blumenauen,
Regenbogen farbenhell,
Alles läßt sich schauen.
Frisch drum in die Welt hinein!
Leben will ich, fröhlich sein,
Niemand soll mir's wehren.

Manches feiste Mönchlein baut
Kritische Systeme,
Mancher alte Kater maut,
Daß die Liebste käme.
Laßt den Mönch Systeme baun,
Laßt den Kater drein miaun,
Will sie dran nicht hindern.

Rezensent, der schlimme Feind,
Schnitzet seine Feder,
Spricht, wie bös er's mit mir meint,
Witzelnd vom Katheder.
Laßt den Rezensenten schrein,
's wird nicht so gefährlich sein,
Ruhig schreit ich fürder.

Von des Himmels blauem Zelt
Lacht die Sonne heiter,
Und durchs grüne Saatenfeld
Zieh' ich singend weiter.
Vorwärts! In die Welt hinein!
Leben will ich, fröhlich sein,
Niemand soll mir's wehren.

Der Jüngling kehrte ohne den stolzen Bart, den er in Bonn getragen, zu den Ferien in das Vaterhaus zurück, männlicher und reifer, unverdorben an Leib und Seele nicht am wenigsten durch die bewahrende Kraft seiner echten Jugendliebe. Vater und Mutter sahen mit ganz verschiedenen Blicken auf ihren Liebling, und doch waren beide mit dem Ergebnis ihrer Prüfung gleich zufrieden. Das war noch der alte herzensgute, fröhliche, feurige und kern= gesunde Jüngling, nur klarer, fester, tiefer und reicher geworden.

Die Ferien wurden im häuslichen Kreise und im Verkehr mit den befreundeten Familien Wattenbach und Nölting aufs glück= lichste verlebt. Der sonst so launische April wurde in jenem Jahre zu einem ausnahmsweise schönen Monat für den Dichter. Damals sang er:

Im April.

Du feuchter Frühlingsabend,
Wie hab' ich dich so gern!
Der Himmel wolkenverhangen,
Nur hie und da ein Stern.

Wie leiser Liebesodem
Hauchet so lau die Luft,
Es steigt aus allen Thalen
Ein warmer Veilchenduft.

Ich möcht ein Lied ersinnen,
Das diesem Abend gleich,
Und kann den Klang nicht finden
So dunkel, mild und weich.

Werke I. 21.

Während hier des Sängers Liebe nur leise angedeutet wird, sprechen sich seine Gefühle deutlicher in folgenden beiden Liedern aus, die er in demselben Monat an Cäcilie richtete:

Du neigst das Haupt so leise,
Du blickst mich an so still,
O rede, was dein Auge
Schweigend mir sagen will.

Mir schwillt vor deinen Blicken
Das Herz so unruhvoll;
Ich weiß nicht, ob ich hoffen
Oder verzagen soll.

*

Vor dem Thore bei den Linden,
Wo die frischen Lüfte wehn,
Dacht' ich heute Dich zu finden,
Dacht' ich heute Dich zu sehn.

Und ich suchte, und ich spähte
Scharfen Blickes allerwärts,
Jeder grüne Schleier wehte
Grüne Hoffnung mir ins Herz.

Doch umsonst. Du bliebst verborgen,
Und vergebens war mein Gang.
Und bis morgen — ach, bis morgen
Ist es doch noch gar so lang.

Gaedertz S. 45.

In Berlin erwarteten Geibel die alten heimatlichen Freunde Curtius und Litzmann und der Genosse des ersten bonner Semesters Heinrich Kruse, dem er damals den Dichter noch nicht ansah, wohl aber den tüchtigen Kritiker. Später gesellte sich auch A. Fr. von Schack dazu. Curtius fand in der Französischen Straße eine behagliche Wohnung für ihn und machte ihn in den ersten Tagen mit Berlins Sehenswürdigkeiten bekannt. Die Residenz, „berühmt durch Thee, Paraden, Weißbier, Sand", bot viel Neues. Gleich in den ersten Tagen konnte er eine glänzende Revue mit ansehen, welche über 40 000 Mann zu Ehren der Söhne Ludwig Philipps von Frankreich abgehalten wurde. Bald aber hatten die militärischen Schauspiele ihren Reiz verloren. Dauernd fesselten die Museen und das Theater, das er stets in den allerdings verhältnismäßig seltenen Fällen besuchte, wo ein klassisches Stück oder eine Oper von Beethoven oder Mozart gegeben wurde. Die Studien waren fast nur auf klassische Philologie beschränkt. Privatim trieb er, von Ernst Curtius wohl beraten, das Studium der griechischen Tragiker.

Sehr wichtig waren für den Dichter die neuen Beziehungen zu den bedeutendsten Männern des Geistes in der preußischen Residenz. Zunächst verschafften Geibel Empfehlungsbriefe Eingang, welche er aus Lübeck mitgebracht hatte. So lernte Geibel nach und nach väterliche Bekannte, wie den hochbegabten Henrik Steffens, ferner Neander, den berühmten, milden Theologen und arg zerstreuten Junggesellen, kennen. Neander vermittelte den Umgang mit der Legationsrätin von Scholz, einer feingebildeten und geistvollen Dame, welche damals der Mittelpunkt eines schön= geistigen Kreises war. Durch eines Lübecker Gönners, des Kunst= freundes Herrn von Rumohr, Empfehlung öffnete sich für Geibel das Haus Bettinas von Arnim, der Schwester Brentanos, jener wunderbaren und wunderlichen Frau von abenteuerlich=phan= tastischem Wesen, deren Ruhm eben damals durch den geheimnis= vollen „Briefwechsel Goethes mit einem Kinde“ in höchster Blüte stand. Viel dankte Geibel der Bekanntschaft mit Dr. Häring, dessen Schriftstellername Wilibald Alexis auch dem jüngeren Ge= schlechte durch seine vortrefflichen vaterländischen Romane bekannt ist. Manche neue Verbindungen knüpfte der Besuch des Vaters an, welcher mit dem jüngsten Sohne Konrad im Sommer 1836 meh= rere Wochen neben Geibels Wohnung sich einmietete.

Aber volle Befriedigung gewährte ihm weder schöngeistiger Umgang noch Freundschaft. Die Studien machten ihm mehr Freude; während Lachmanns scharfsinnige aber radikale Textkri= tik ihn abstieß, zog besonders Droysens geistvolle Erklärung des Aristophanes an. Die poetische Litteratur der Griechen arbeitete der junge Philologe selbständig weiter durch. Aber der eigene poetische Quell war im Berliner Sand so ziemlich während dieses Sommers versiegt. Ein dramatischer Plan, den er mit Schack zusammen ausführen wollte, kam nicht zur Vollendung. Den Freunden, die in der berühmten Weinstube von „Lutter und Wegner“ mit ihm zusammenkamen, entgegnete er auf ihre Vorwürfe: ihm gehe es wie der Nachtigall; setze man die ins sandige Meer, dann würde sie auch nicht mit süßem Schall ihre Lieder singen. In Berlin fehle die Natur, Wiese, Wald und Wasser —

> Doch hier versiegt mein Klang. Mit trägerer Flut
> Schon wälzt durch meine Adern sich das Blut.
> Ich selbst bin matt, wie soll ich euch entzücken?
> O Sand und Staub und Sand ohn' Unterlaß! —

Während der Ferien in Lübeck regte ihn besonders Eichendorff an, dessen Einfluß, wie früher der Heines und Uhlands, lange Zeit anhielt. Es war eben damals die Zeit jenes Schaffens, von der er später sagte:

> Da ward ein heimlich Klingen
> In meiner Seele wach;
> Die Meister hört' ich singen
> Und sang den Meistern nach.
>
> Werke IV. 100.

Wechselvolle Stimmungen, „himmelhoch jauchzend, zum Tode betrübt", wurden durchlebt in seinem Verhältnis zu Cäcilie:

> Wie dünkt ich noch gestern mich Königen gleich,
> Wie flog bis zum Himmel mein Sinn,
> Ach gestern, ach gestern, wie war ich so reich
> Und heut ist Alles dahin.
>
> Der Mund, der so hold mir und freundlich gelacht,
> Ist plötzlich geworden so stumm,
> Ihre Lieb' und mein Glück sind verwelkt über Nacht
> Und ich kann es nicht fassen, warum.
>
> Gaedertz S. 56.

Nach Berlin nahm Geibel in's Wintersemester 1836/37 seinen Busenfreund Röse mit. Er mußte ihm den bald scheidenden Curtius ersetzen, der im November mit seinem Lehrer Brandis als Erzieher der Söhne des nunmehrigen griechischen Cabinetsrates nach Athen ging. „Alles war", so erzählt Curtius, „plötzlich von dem Gedanken an Athen elektrisiert, das wie aus fernem Märchenduft urplötzlich uns so nahe, so erreichbar entgegentrat, und ich wurde von den Freunden nur als ein Vorläufer angesehen." Geibel, der von Jugend auf für den Süden geschwärmt, der das schöne Spanien „fern im Süd" schon als Schüler besungen und dem Zigeu-

nerknaben seine eigene Sehnsucht beigelegt, war bei dem Ab=
schiedstrunk begeistert von dem Gedanken und rief, als das Post=
horn klang und die schwerfällige Kutsche aus dem Posthof in der
Königsstraße herausrollte, dem Scheidenden durch die stille Nacht=
luft zu: „Ernst, ich komme Dir nach!“ Er sprach es schon damals
aus: „Curtius geht in das Land, dessen Besuch auf kürzere oder län=
gere Zeit jedem, der Kunst und Altertum lieb hat, ein hoher
Wunsch sein muß. Und wenn gleich dieser Fall mich persönlich
weiter nichts angeht, so kann ich doch nicht leugnen, daß eben der
Umstand, einen vertrauten Freund plötzlich wie durch Zauber dort=
hin versetzt zu wissen, mir den Glauben an die Möglichkeit eines
ähnlichen Ereignisses für mich um Vieles näher gebracht hat.“

Im Herzen Bettinas von Arnim fielen solche Äußerungen auf
fruchtbaren Boden; sie behielt den Wunsch ihres jugendlichen
Freundes im Auge. In anregendem Verkehr verfloß der Winter.
Bettinas Töchter Maximiliane und Armgart fesselten den Dichter
mit ihrer freundlichen Offenheit. Auch Bettinas Schwager Sa=
vigny, der berühmte Lehrer des römischen Rechtes, wurde ihm vor=
gestellt — eine Begegnung, die nicht ohne Einfluß auf Geibels
späteres Geschick war. Bei Frau von Scholz trat er dem Dichter
von Uechtritz und dem stillen, aber anziehenden Maler Bendemann
näher. Kriminaldirektor Hitzig, bei dem ihn sein Vater eingeführt,
ebnete die Wege zu dem alten, aber noch jugendfrischen Chamisso.
In seinem hohen, etwas düstren, von einer Lampe wenig erhellten
Zimmer, in das Geibel im November eintrat, sah es aus wie in
Fausts Studierstube: Globen, Bücher und Instrumente standen
umher, und darin stand der Dichter und Naturforscher, wie ein
Magier, in einen langen faltigen Schlafrock gehüllt, eine große,
hagere Gestalt. Die Dichter des Musenalmanachs, zu dem auch
Geibel schon mehrfach Gedichte beigesteuert seit seinem ersten: „Ver=

gessen", boten Unterhaltungsstoff genug; besonders machte Cha=
misso ihn auf das aufstrebende Talent Ferdinand Freiligraths auf=
merksam, der sich ebenso durch seinen eigentümlichen Lebensgang
als durch die Neuheit seiner Formen und Stoffe rasch berühmt
gemacht hatte. In der Folge entwickelte sich ein vertrauliches
Verhältnis. Chamisso besuchte den Studenten auf seiner Stube
und rauchte dort gemütlich seine Pfeife. Später half ihm Geibel
als Hilfsredakteur beim Prüfen der zahlreich eingehenden Bei=
träge für den Musenalmanach.

Hitzig nahm sich seines Schützlings auch ferner an. Eines
Tages führte er ihn — eine für einen Studenten unerhörte Aus=
zeichnung — in die „Litterarische Gesellschaft" ein, den Sammel=
punkt des berühmten Berlins. Dort fand Geibel außer Chamisso,
Häring und Hitzig auch O. Fr. Gruppe, den munteren Maler
und Dichter August Kopisch, den altgewordenen Ernst Raupach,
(den Verfasser der Hohenstaufen, dessen Zeit und Ruhm längst unter
der Erde lag, „während er selbst noch immer weiter lebte und
schnupfte"), den verehrten Freiherrn von Eichendorff, ferner
Karl von Holtei, von Gaudy und andere. Am wichtigsten wurde
für Geibel die Bekanntschaft mit dem Schwiegersohne Hitzigs,
Dr. Franz Kugler, dessen „Skizzenbuch" schon den Schüler einst
entzückt hatte. Sein Haus, in dem seine schöne junge Gattin Clara
als leuchtender Stern glänzte, behielt dauernde Anziehungskraft.
Franz Kuglers bedeutende Kenntnisse in der Kunstgeschichte und
sein außerordentliches musikalisches Talent waren für den Dichter
in vielfacher Weise anregend und förderlich. Endlich ist der Ver=
kehr im Hause des Dichters und späteren Ministers Heinr. von
Mühler zu erwähnen, den er zuerst im „Tunnel" gesehen.

Der Winter schien früh zu Ende zu gehen, und für die Oster=
ferien hatten Geibel und Röse eine Harzreise geplant. Aber Ende

März kam der Winter mit verstärkter Macht zurück und zerstörte alle Luftschlösser, ja er schloß sogar die Freunde in Berlin ein.

Wenn sich Geibel in der ersten Zeit in Berlin über den Mangel an Familienanschluß beklagt hatte, so war jetzt das Gegenteil eingetreten. Vor Einladungen konnte er sich oft nicht retten. Nicht selten erhielt er zu einem und demselben Abende mehrere, ein paar Mal deren fünf. Kaum blieb ihm Zeit zu stiller Muße.

Auch das fünfte Semester verging wie die andern, geteilt zwischen ernsten Studien, heiterer Geselligkeit und genußreichem Umgang mit den Freunden Niebuhr, Marcus Heise, Mantels und Röse. Litzmann war nach Halle übergesiedelt und kehrte erst im Winter wieder zurück. Jetzt, bei innerer Zufriedenheit und gerade bei angestrengtestem Fachstudium, war auch die poetische Produktion wieder eine reichere geworden. Am Anfang der Sommerferien 1837 nahm Geibel eine dringend wiederholte Einladung des Dichters Ernst von Houwald an und verbrachte auf Schloß Neuhaus in der Niederlausitz im Kreise der kinderreichen Familie eine Reihe schöner Tage.

Für die übrige Ferienzeit zog ihn die Sehnsucht nach Hause. Diese Wochen hoben die Jugendliebe des Sängers des „Minneliedes" auf ihre Sonnenhöhe. In zahlreichen Liedern sprach sich damals das reinste Gefühl glücklicher, erhörter Liebe in einfachsten und innigsten Worten aus:

> Nun hab' ich alle Seligkeit
> Erlost auf dieser Erden!
> An keinem Ort, zu keiner Zeit
> Mag Bess'res je mir werden.

Werke I. 43.

*

> So halt' ich endlich dich umfangen,
> In süßes Schweigen starb das Wort
> Und meine trunk'nen Lippen hangen
> An deinen Lippen fort und fort.

Was nur das Glück vermag zu geben
In sel'ger Fülle ist es mein:
Ich habe dich geliebtes Leben
Was braucht es mehr als dich allein?
Werke I. 41.

Obgleich die Kollegia wegen der herrschenden Cholera noch nicht begannen, wagte Geibel doch schon Ende Oktober wieder die Reise nach Berlin, um so eher, als er in Härings Hause (Wilhelmstraße) im sogenannten Poetenturm eine neue gesündere Wohnung gefunden. Er wohnte über dem Journalisten und Romanschriftsteller Rellstab.

Der Arnimsche Kreis fesselte besonders — hier begegnete ihm Johanna Mathieux, die ausgezeichnete Klavierspielerin und spätere Gattin Kinkels, und komponierte damals viele seiner Gedichte. Auch Leopold Ranke, bei dem er in den Vorlesungen mit Vorliebe hospitierte, sah er öfter in Gesellschaften. Schon beschäftigten ihn während dieses Winters dramatische Pläne. Bereits tauchte der Gedanke an „König Roderich" auf, den er erst 1843 zum Abschluß brachte. Den Weihnachtsabend verbrachten die Lübecker zusammen bei Heise; sie hatten sich einen Tannenbaum aufgeputzt und bedachten sich mit allerlei kleinen Geschenken. Die wertvollste Gabe wurde ihm bald darauf noch vor Jahresschluß durch Bettina dargeboten.

Schinas, der Schwiegersohn von Savigny, hatte sich in Berlin bei seinen Verwandten nach einem Lehrer für die 8—10jährigen Söhne des russischen Gesandten („Ministers") von Katakazi in Athen erkundigt. Bettina von Arnim brachte Geibel in Vorschlag. Die äußern Bedingungen (2000 Franks Gehalt außer freier Station und Reisegeld) waren nicht ungünstig, die Anforderungen an den Hauslehrer erfüllbar, und dazu lockte die Ferne und der oft und viel beneidete Freund Ernst Curtius! Geibel überlegte nicht lange, sondern sagte freudig zu; auch der Vater war gern einverstanden. Der bedenklicheren Mutter schrieb der Sohn: „Die Blüte von dem, was Berlin zu bieten vermag, habe ich genossen und ich bin noch zu jung, um mich auf so engen Kreis beschränken zu dürfen. Berlin ist nicht die Welt. Mein Herz sehnt sich, andere Menschen, andere Verhältnisse zu sehen. Ich werde alles daran setzen, mir neue Anschauungen und eine selbständigere Stellung zu gewinnen“.

Die Entscheidung von Athen aus ließ zwei Monate auf sich warten: eine qualvolle Zeit des Hangens und Bangens durchlebte der Dichter. Aber er überwand sie nach Goethescher Weise durch poetische Ausgestaltung seines Gefühls:

Ich blick' in mein Herz und ich blick' in die Welt,
Bis vom Auge die brennende Thräne mir fällt;
Wohl leuchtet die Ferne mit goldenem Licht,
Doch hält mich der Nord, ich erreiche sie nicht.
O die Schranken so eng, und die Welt so weit,
Und so flüchtig die Zeit!

Ich weiß ein Land, wo aus sonnigem Grün
Um versunkene Tempel die Trauben glühn,
Wo die purpurne Woge das Ufer beschäumt,
Und von kommenden Sängern der Lorbeer träumt.
Fern lockt es und winkt dem verlangenden Sinn,
Und ich kann nicht hin! . . .

Werke I. 93.

Am 1. März 1838 traf die Zusage des Herrn von Katakazi ein. Die Zeit bis zur Abreise wurde durch energische französische Studien ausgefüllt, Berlin so schnell als möglich verlassen und Lübeck aufgesucht. Mitte April reiste Geibel dem Süden zu.

Wanderjahre.

1838—1852.

Wie die Wolken wandern am himmlischen Zelt,
So steht auch mir der Sinn in die weite, weite Welt.
Werke I. 49.

Griechenland 1838—1839.

Über Hamburg und Altona, wo er der Wattenbach'schen Familie Lebewohl sagte, die dort sich zum Besuche aufhielt, durch die Lüneburger Heide, Braunschweig und Leipzig, Hof und Nürnberg ging der Weg zunächst bis München. Dort hielten ihn Freunde, wie der Lübecker Künstler Rehbeniz, (der ihn einst als Schüler gemalt) länger als er ursprünglich beabsichtigt hatte, fest. Thiersch besonders machte es ihm zur Pflicht, die reichen Kunstsammlungen nicht ungenutzt zu lassen. München gefiel ihm. Die liebenswürdige Natürlichkeit seiner Bewohner und die Menge der Kunstschätze ließen ihn gern dort verweilen. Schnorr von Carolsfeld, Cornelius, Brentano, Schubert lernte er kennen. Bald aber trieb ihn die Pflicht weiter durch Tyrol nach Verona, wo er in der Arena das erste größere vollkommen erhaltene Bauwerk der Römerzeit erblickte:

> Nimmer vergeß' ich der Nacht, da ich leicht hinrollend im Wagen
> Fast wie ein Trunkener dich, hohe Verona, verließ,
> Tief im Gemüt noch bewegt von der drängenden Fülle des Neuen,
> Das du dem flüchtigen Gast, Schwelle des Südens, gezeigt.
>
> Werke V. 91.

Die Pracht und Größe Paduas überraschte ihn nicht wenig. Venedig hielt ihn mehrere Tage in seinem Zauberbann, und wie er in „Erinnerungen an Venedig“ als Student geschwelgt, ehe er es gesehen, so gedachte er oft im Alter, nachdem längst die Sehnsucht Erfüllung gefunden hatte, der „einzigen“ Stadt.

> Dich auch hab' ich, Venedig, gesehen, und keiner vergleichbar
> An fremdartigem Reiz preis' ich dich, einzige Stadt.

Denn wie ein Purpur umfließt dich das Meer; zu dem Zauber des Ostens,
    Der phantastisch dich schmückt, gab dir der Westen die Kunst,
Die zu stolzester Pracht sich entfaltend im Hauch der Lagune,
    Schön wie die Tochter des Schaums, Seelen und Sinne berauscht.
Aber dazwischen verwebt sich der Nachhall deiner Geschichten,
    Bald majestätisch und klar, schauerlich bald und gedämpft.
Jeglichem deiner Paläste verlieh die Erinn'rung ein Echo,
    Leis' aus jedem Kanal flüstert die Sage herauf.

Werke V. 93.

In Triest war es, wo ihn das aus der Heimat nachgesandte Doktordiplom erreichte, das er — um in der Fremde mit dem dort notwendigen Titel auftreten zu können — wegen der Kürze der Zeit bei der philosophischen Fakultät zu Jena in absentia beantragt hatte. Seine Abhandlung de elegiacis Romanorum poetis sollte nachträglich eingesandt werden.

Ein Schiff hatte der Reisende versäumt durch den Aufenthalt in München und Venedig — aber er konnte Gott für den Aufschub seiner Fahrt danken, da jenes eine sehr schlimme Fahrt gehabt hatte und nahe am Scheitern gewesen war. Am 16. Mai bestieg er mit fröhlichem Sinne den Dampfer Lodovico. Die siebentägige Fahrt war in jeder Beziehung glücklich und schön. Der als Dichter noch ganz unbekannte Jüngling bezauberte die ganze Reisegesellschaft durch sein frisches, fröhliches, anspruchsloses Wesen. Besonders gern lauschten sie seinen Gesängen, die er abends auf dem Verdeck anzustimmen pflegte.

Von Korfu ab hatte die Inselwelt volles griechisches Gepräge; ein kurzes Verweilen unter seinen Lorbeer- und Rosenbäumen unterbrach die Fahrt. Patras und Navarin wurden auf Stunden besucht. Der schöne Golf von Lepanto, endlich Aegina, Salamis flogen wie Traumbilder vorüber.

Immer erquickt ihr mich noch, ihr Erinnerungsbilder der Seefahrt,
    Die gen Hellas mich einst über die Adria trug,

Als ich der Stunde genoß und zugleich voll freudiger Ahnung
  Mir der Gedanke voraus flog zu den Wundern Athens.
Schon war drüben im Duft Anconas Veste versunken,
  Und südöstlich im Flug strebte das rauchende Schiff.
Blauer glänzte der Himmel herab, und leuchtender sprühte
  Ihren demantenen Schaum über die Räder die Flut.
Um den beflügelten Kiel auftauchten die ersten Delphine,
  Und fremdländischen Duft bracht' und verwehte der Wind.

Werke V. 95.

Endlich war der Piräus erreicht. Am Ufer stand ein Lübecker, Baumeister Lorenzen, der Erbauer des Hafens, und bot die Hand zum Willkommen, und von ihm in seine Wohnung geführt fand er Deutsche genug, vor allem den Genossen der Jugend Ernst Curtius, der eben von einer längeren peloponnesischen Reise mit Graf Baudissin zurückgekommen war. Geibel war im Lande seiner Sehnsucht, und es war ihm alles wie ein Traum. Mehrere Stunden verflogen im lebhaftesten Gedankenaustausch wie Augenblicke; am Abend fuhr Geibel nach Athen hinüber. Die vom Abendschein verklärte Akropolis zeigte den beiden Freunden den Weg durch die langen Mauern. An demselben Abend noch ging Geibel zu dem Gesandten, traf ihn aber erst am folgenden Morgen, als er in Begleitung von Professor Schinas, der ihn empfohlen, seinen Besuch wiederholte. Katakazi, ein feiner vornehmer aber freundlicher Mann von gewinnender Güte, hieß ihn willkommen und sagte ihm, er möge sich ganz als Glied der Familie ansehen. Damit er Athen und die Umgegend ein wenig in Augenschein nehmen könne, ward dem Erzieher ein Urlaub von anderthalb Wochen gewährt. Mit Graf Baudissin und Schinas wurde die Akropolis bestiegen, der Areopag und die Pnyx, der Lykabettus und Pentelikon besucht. Eine etwas beschwerliche heiße dreitägige Fahrt nach Sunium belohnte sie doch durch die herrliche Aussicht vom alten Pallastempel über das blaue Meer. Dann zog Geibel mit dem Hause des Gesandten nach Kephissia, einem Dorfe in der Nähe Athens. Der kleine Ort ist einer der lieblich= sten Punkte Attikas. Hier hat bei großem Quellenreichtum unter der Einwirkung des milden Klimas auch das Pflanzenreich sich in voller Pracht zu entfalten vermocht, während die übrigen Teile der Landschaft mehr durch die Formen und Farben der Berge wirken. Ein Ölbaumwald umgiebt das Dorf. Aus einer grünen Wildnis von Oleandern, Granaten, epheuumrankten Feigenbäumen leuchten die hellen Gartenhäuser hervor.

So behaglich sich Geibels äußere Existenz gestaltete — er hatte sogar zur besonderen Bedienung einen Palikar aus der zahlreichen Dienerschaft des Hauses zur Verfügung — so wenig erfreulich wurde allmählich die Arbeit an seinen Zöglingen. Der zehnjährige Konstantin und der achtjährige Leo waren begabte Kinder. Das Amt des Lehrers fand der Dichter leicht, das des Erziehers schließlich unerträglich in einem Hause, in wel= chem namentlich von der Frau des Gesandten ganz andere Er= ziehungsgrundsätze aufgestellt und gefordert wurden, als der nord= deutsche Pfarrerssohn sie besaß und anwenden konnte. Für die große Welt sollten die Knaben erzogen werden; Kenntnisse und Ton sollten sie besitzen. La morale und les manières galten ziemlich dasselbe. So wenig ihr Lehrer über Respektlosigkeit zu klagen hatte, so sehr verachteten die Knaben, die unter russischen Be= dienten aufgewachsen waren, die übrigen unter ihnen stehenden Menschen. Wenn der Doktor sie schalt, daß sie einen Diener ge= schlagen, getreten, gespieen, antworteten sie lachend: „Es ist ja nur ein Bedienter". Morgens 6 Uhr weckte Geibel oft schon ihr Geschrei, weil sie sich um ein kleines Marienbildchen schlugen, vor dem sie ihr Gebet hersagen wollten. Bis abends 8 Uhr war er fast immer um die Kinder beschäftigt. Erst da schlug die

Stunde der Befreiung, und nun wurde der Abend mit dem Freunde verbracht, bald an den Abhängen des pentelischen Gebirges, bald in der schattigen Grotte Chelidonia:

> Vor Kephissias Nymphengrotte
> Am umwölbten Wasserfall
> Preis dem schönen Frühlingsgotte
> Singt im Busch die Nachtigall.
> Werke III. 186.

Sein Leid bannte er in's Lied. Die ersten Gedichte dort sind von einer Trauerstimmung beherrscht, wie sie in seiner Lage nicht anders erwartet werden konnte.

Der „Spinnerin" legt er seine Gedanken in den Mund:

> Schnurre, Spindel, schnurre leise,
> Rund ist wie das Rad dein Glück;
> Gehst du selig auf die Reise,
> Kehrst du weinend wohl zurück.
> Werke I. 121.

Auch „der Sklave" sagt, was der Dichter fühlte:

> O wär ich frei und reich, ein Pascha sonder Gleichen,
> Wie liebt ich dann dies Land mit seinen Lorbeersträuchen,
> Von Korn und Trauben segenschwer,
> Dies klare Sonnengold in den krystallnen Lüften,
> Diese Gärten, durchwürzt von ew'gen Rosendüften,
> Und dieses glänzend blaue Meer!
> Werke I. 115.

Erst später sang er wieder fröhlichere Weisen, ja er war nach dem Urteil von Curtius niemals frischer, fröhlicher und produktiver als damals bei der ernstesten Anspannung aller seiner Kräfte. Die einzige Seele, welche unter den Hausgenossen den Dichter verstand, und in ebenso großer Zutraulichkeit als Unbefangenheit mit ihm verkehrte, war die Prinzessin Maria Sofianó, die 16jährige Nichte des Gesandten. Sie ist die „Ungenannte" des Sonettes:

Die du den Blick mir zugewandt voll Güte,
Da mich die Andern in den höfisch glatten
Prunkvollen Sälen stolz vergessen hatten,
Wie dank' ich deinem freundlichen Gemüte.

Du botest lächelnd mir des Herzens Blüte,
Mit süßem Wort erquicktest du den Matten,
So mag ein Quell in hoher Palmen Schatten
Den Pilger laben, der von Durst entglühte.

Und doch! Nicht folgen darf ich jenem Glücke,
Das deine Gunst so reich mir zugewogen,
Mich hält das Herz, mich hält die Pflicht zurück.

Denn zwischen uns ist eine Kluft gezogen,
Die sich verbinden läßt durch keine Brücke,
Und die noch keiner glücklich überflogen.

Werke I. 102.

Ihr gilt auch das Gedicht:

Heute wär' ich fast erschrocken
Dir zu Füßen hingestürzt,
Als du plötzlich deiner Locken
Wilden Reichtum los geschürzt . . .

Werke III. 187.

Ihr späteres tragisches Schicksal hat der Dichter in der Idylle: „Das Mädchen vom Don" geschildert (Werke IV. 61 ff.). Er selbst ist der Freund Gregor, dem er die Erzählung in den Mund legt.

Der Winter in Athen wurde angenehmer verlebt. Ein anregender Verkehr in der Familie Brandis, des holländischen Konsuls Travers ließ ihn über so manche Schattenseite seines Lebens hinwegsehen. Für die Vorträge von Brandis bei der Königin Amalie über griechische Poesie lieferten die beiden Freunde das Material an übersetzten Probestücken, und der Gedanke, in stiller Verborgenheit für die anmutige „Königin der Griechen und der Frauen" thätig zu sein, begeisterte sie bei ihrer Arbeit. Am Namenstage des Gesandten, Ende November,

machte das ganze Haus einen Ausflug nach Eleusis — bei der
Mittagstafel im Freien hatte man den Blick auf das Meer, die
Insel Salamis und die Pracht der wundervoll beleuchteten Gebirge. Welch ein Anblick und welche Erinnerungen! Die patriotischen und religiösen Feste der Griechen wurden mitgefeiert —
ein deutsches Weihnachtsfest ward begangen mit Christbaum vom
Pentelikon im Kreise der Freunde, zu denen noch u. a. die jungen
Kaufleute Hausmann aus Hannover und Krauseneck aus Wien
gekommen waren.

Inzwischen erwartete der Gesandte seinen Abschied oder Urlaub und gedachte bald heimzukehren nach Rußland. Das war
für Geibel ein willkommener Grund sein bisheriges enges und
beengendes Verhältnis zu lösen. Nach Pfingsten 1839 schied er
friedlich und freundlich und nicht ohne warmen Dank für die
großen Mühen und die, durch öftere Prüfungen vor den Eltern
und Curtius bewiesenen, überraschenden Resultate seines Wirkens. Wo sonst Launen gewaltet, fehlte es beim Abschiede aus
dem Hause nicht an Thränen. Er gab indessen noch immer
Unterrichtsstunden an fünf Wochentagen; der Minister blieb sich
an Freundlichkeit und Feinheit stets gleich, und seine Frau war
jetzt gegen den Doktor immer die Liebenswürdigkeit selbst. Katakazi ist erst 1843 aus Griechenland geschieden, als er infolge des
griechischen Aufstandes seines Postens entsetzt und gänzlich aus
dem Staatsdienste entlassen wurde.

Geibel wohnte fortan in einer Privatwohnung unweit des
Lysikratesdenkmals, die von den Freunden nach ihrem Besitzer,
dem Quartiermeister Rupp, die „Ruppsburg“ genannt wurde.
Die schönen Abende dort, an denen auch F. A. von Schack gelegentlich teilnahm, als er im Sommer 1839 auf einer Vergnügungs-
reise Griechenland besuchte, schildert das Ghasel:

Zur Zeit, wenn der Frühling die Glut der Rosen entfacht in Athen,
Wie dämmert so lieblich alsdann die selige Nacht in Athen!
Hoch leuchtet der Mond und bescheint Cypressen und Palmen umher
Und marmornen Tempelgesäuls versinkende Pracht in Athen.
Wir aber bekränzen das Haupt und füllen die Becher mit Wein
Gedenkend, wie Sokrates einst die Nächte verbracht in Athen ...

Werke I. 112.

Zur Erholung nach einer durch die große Hitze des Klimas verursachten Erkrankung Geibels unternahmen die beiden Freunde im August eine mehrwöchentliche Reise durch die Inselwelt des ägäischen Meeres auf Byron's Spuren. The isles of Greece! the isles of Greece! so klang es damals in allen Tönen durch Geibels Seele. Diese Klänge haben einen wohllautenden Widerhall gefunden in zahlreichen Sonetten, Distichen und andern „Erinnerungen aus Griechenland". (Werke I. 94 ff. III. 173 ff.)

Im seligen Rausche schwebte der Dichter dahin zwischen den zahllosen Inseln des Archipelagus und begrüßte frohlockend die Heimat der Lieder und der Künste. Nach Briefen Geibels in die Heimat hat Goedeke diese Reise, die er ein „wahres Seelenbad" für den Dichter nennt, ausführlich beschrieben (Emanuel Geibel, Band I. S. 165 bis 189). Wir lassen den Reisekameraden Ernst Curtius*) erzählen:

„Der kleine Postdampfer brachte uns in einer Nacht nach Hermupolis auf Syra, wo man im Mittelpunkt der Cykladen ist und sich die schönste auswählen kann, der man seine Huldigung darbringen will.

Wir schlenderten durch den dichtbesetzten Hafen und erkundigten uns nach Schiffsgelegenheit. Eine Barke war nach Paros segelfertig; die Gebirge der Insel, die durch schöne Umrißkurven ihren köstlichen Inhalt weithin anzuzeigen scheinen, hatten mich schon lange angezogen. Wir wurden rasch handelseinig und steuerten bei günstigem Fahrwind auf die Marmorinsel zu. Wie

---

*) Erinnerungen an E. Geibel. Allg. Zeitung 1884. Nr. 213 ff.

gewöhnlich wurde die Luft gegen Abend still; rudernd kamen wir langsam heran und als wir landeten, lag das ganze Städtchen, Parikia genannt, in tiefem Schlaf. (Vergl. Werke III. 177.)

Unsere Schiffer riefen den Hafenwächter wach und dabei sammelte sich nun eine Anzahl von Insulanern am Strande. Die Cykladen liegen wie Nachbarhäuser neben einander. Alles kennt sich unter einander, und wenn eine Barke anlegt, werden Grüße und Reden gewechselt. Ist der Jannáki an Bord? Habt Ihr die Maria mitgebracht? — so hörten wir vom Ufer rufen. Unser Kapitän meldete, daß er „Milordi“ an Bord habe, und nachdem der Hygionom unsere Empfehlung gelesen, die wir aus Athen mitgebracht, hieß er uns auf seiner Insel willkommen. Die Gruppen zerstreuten sich wieder in die Stadt, und ehe wir noch darüber nachdenken konnten, wohin wir in mitternächtiger Stunde uns wenden sollten, nahm ein junger Mann uns unsere Reisebündel ab und wir folgten ihm durch die schweigenden Gassen in ein hochaufgetrepptes Haus, wo uns seine Mutter empfing und in eine große Stube führte, wo man uns ein Abendbrod vor= setzte und das Lager bereitete. Mir war die harmlose Gast= freundlichkeit der Insulaner aus früheren Reisen bekannt. Emanuel kam die Zuvorkommenheit bedenklich vor. Sein Verdacht stieg, als wir im Fußboden eine verdeckte Treppe entdeckten, die zu einem dunkeln Kellerraum hinabführte. Da sollten, wie seine auf= geregte Phantasie es ausmalte, die Leichen der unbekannten Wan= derer versenkt werden, er wollte die Thüren verrammeln und alles zur Abwehr vorbereiten — indessen dürsteten nur solche Feinde nach unserem Blute, denen man auf griechischen Sommerreisen nirgends entgeht, und als die Morgensonne uns weckte, lachten wir über die eingebildeten Lebensgefahren.

Und welch ein Morgen erwartete uns? Das ganze Städtchen

strahlte von Marmorglanz. An jedem Hause waren die Treppen=
stufen von Marmor und eben so die Brüstungen der Fenster und
Thüren. Vor den Thüren war ein kleiner Vorplatz, zu dem die
Treppen von der Straße hinaufführen, von einer Weinlaube be=
deckt, deren Äste häufig zum gegenüberliegenden Hause reichten.
Auch die Straßen waren mit Marmor gepflastert, und trotz der
Schweine, welche seit den Tagen des homerischen Eumaios einen
ansehnlichen Teil der Inselbevölkerung bilden, sehr sauber ge=
halten. Unter den Thürlauben saßen die Frauen mit ihren Kindern,
den beiden Wanderern neugierig nachschauend. Die Männer
arbeiteten draußen in den Feldern und Gärten; sie riefen uns
herein ihre Feigen zu kosten, den alten Stolz der Insel. Wir
durften sie nach Belieben von den Zweigen pflücken und niemals
erinnerten wir uns, etwas Lieblicheres genossen zu haben...

Vom Städtchen, das uns so lieb geworden war, daß der Ab=
schied schwer wurde, wanderten wir mit unserem Saumthiere dem
Gebirge zu und freuten uns der Palmengruppen, deren wir hier
zum ersten Male ansichtig wurden... Auf dem Kontinent hatten
wir nur einzelne, einsam stehende Palmen gesehen. Auf der Höhe
fanden wir eine freundliche Aufnahme in dem Kloster des H.
Minas, dem alten Besitz der Familie Damlas, welche von hier
einen umfänglichen Grundbesitz bewirtschaftet. Ein junges Ehe=
paar war damals im Besitze; vor den Klostermauern genossen
wir dort, in klarem Mondlicht auf die Insel hinabblickend, unser
Nachtmahl, indem wir uns über nahes und fernes aufs beste unter=
hielten, und wurden dann in eine der Klosterzellen zur Nacht=
ruhe geführt...

Wir wanderten weiter nach den Dörfern, welche im Munde
des Volkes den Namen Marmora führten... Eben hatten wir
uns im unteren Dorfe bei einem wackeren Bauern für die nächste

Nacht behaglich eingerichtet, als der Demarch vom oberen Dorfe
einen Boten schickte und uns zu sich einladen ließ. Es war ein
schlechter Tausch. Der Demarch war einer der Griechen, die sich
in den Besitz einiger französischer Phrasen gesetzt hatten und des=
halb einer höheren Ordnung der Gesellschaft anzugehören glauben.
Es sind blasierte, langweilige Menschen. Wir brachen früh am
nächsten Morgen auf, um den Hafen zu erreichen, der Naxos
gegenüber liegt. Es war eine einsame Bucht, an der der heilige
Nikolaos, der herkömmliche Nachfolger des Poseidon, eine kleine
Kapelle hat. Das Schiff zum Überfahren lag unten, aber dem
Schiffer war die See zu unruhig. Wir mußten stundenlang am
öden Strande harren, und es brach eine Art Hungersnot aus, so
daß uns der Alte, der bei dem heiligen Nikolaos seinen Dienst
hatte, Bergschnecken sammelte und kochte, bis endlich gegen Abend
die Schiffsmannschaft aus dem Dorfe herunterkam und Lebens=
mittel mitbrachte. Wir kreuzten den Kanal, der die beiden Nachbar=
inseln trennt, welche als ein zusammengehöriges Paar von den
Griechen Paronaxia genannt werden. Es sind aber sehr ungleiche
Geschwister, Paros durch den Adel seiner Bergformen, die Mannig=
faltigkeit der Umrisse und seine tiefeinschneidenden Meerbuchten
ausgezeichnet — Naxos ist eine große, plumpe Masse, mächtig in
seiner Gesamterhebung, wie eine Akropole unter den Cykladen.

Auch der Eindruck des Empfangs war nicht zu gunsten von
Naxos. Der Hafen ist nach Verfall des antiken Molo sehr unge=
nügend; der Hauptort erschien unsauber und hatte nichts von
dem poetischen Reize unseres parischen Städtchens... Emanuel
und ich hatten den Eindruck, als wenn wir auf einmal in eine
Schattenwelt der Vergangenheit einträten, und zwar derjenigen
Vorzeit, an die man auf klassischem Boden am seltensten denkt.
Das Zeitalter der Kreuzzüge trat uns lebendig vor die Seele und

der poetische Reiz, der darin lag, bestimmte uns zu dem Entschlusse, uns hier wo möglich etwas einheimisch zu machen.

Wir zogen die Schelle am Kapuzinerkloster. Der einsam dort hausende Mönch nahm uns freundlich auf. Wir suchten rasch all unser Italienisch zusammen und gewannen die wohlwollende Zuneigung des wackeren Padre Agostino, eines Sizilianers, mit dem wir täglich sein einfaches Mahl teilten. Die Latinerstadt bildet eine Insel auf der Insel. Man begegnet überall Abkömmlingen alter Nobili, die sich duca und conte nennen, aber nichts übrig haben als ihre Stammbäume, die Verachtung der Griechen, mit welcher ihre Ahnen einst diese Inseln betreten haben, und die Abneigung gegen Arbeit. Sie bebauen zu eigenem Bedarf ihre Grundstücke, sie wohnen in verfallenen Prachträumen, die zum Teil noch mit stattlichen Cypressenbalken gedeckt sind, und bewahren in altertümlichen Schränken die Reliquien vergangener Größe. Ein alter Coronello führte uns in seine Wohnung. Seine Frau, aus dem Hause Crispo, holte ihr Stammregister hervor. Die Crispi waren auf dem Herzogsstuhle von Naxos die Nachfolger der Sanudos, welche bei dem vierten Kreuzzuge hier ein Fürstentum gegründet hatten.

Unter dem Türken hatte ein Hofjude des Sultans die Herrschaft erhalten, und sein Reichsverweser war ein Coronello. Wir erkannten in dem Alten und seiner Frau, welche in ihren vergrämten Zügen den unverkennbaren Typus edler Geburt verriet, die Vertreter der höchsten Aristokratie der Insel, welche auch im Mittelalter eine hegemonische Stelle im Cykladenmeere eingenommen hatte, und ihr einziger Sohn Francesco Coronello läutete jeden Morgen an der Kapuzinerpforte, um ein Brot in Empfang zu nehmen. Man begreift, daß diese Verhältnisse auf uns einen tiefen Eindruck machten; wir hatten für den nachgebornen Herzogs=

enkel die lebhafteste Sympathie und Emanuel ließ ihn vollständig neu kleiden.

Es war eine besondere Schickung, daß wir auch in die Gegenwart dieser mittelalterlichen Kolonie, dieser Oase aus den Zeiten der Kreuzzüge, lebendig eingeführt werden sollten. Es war nämlich im Vatikan bekannt geworden, daß es unter den Katholiken der Inseln zu sehr ärgerlichen Zänkereien gekommen war. Die Nobili zankten sich um den Vortritt bei dem Besuche der Kirchen, eine Kirchenthür war, wenn ich nicht irre, vermauert worden, weil man sich über die Benützung nicht einigen konnte. Um dem Unwesen ein Ende zu machen, hatte der für Smyrna neu ernannte Bischof den Auftrag erhalten, die Inseln zu besuchen. Eine Pönitenz ward ausgeschrieben, und um die Predigten zu halten war ein Dominikaner beigegeben, ein stattlicher Mann, groß und wohlbeleibt, mehr geeignet ein Bild des Lebensgenusses zu sein, als ein Bußprediger. Der Bischof war ein sehr feiner und wohlgebildeter Mann. Padre Agostino war kreuzunglücklich über die ganze Katastrophe, die ihm seine Ruhe störte.

Emanuel und mir war es eine willkommene Gelegenheit, die Welt von neuen Seiten kennen zu lernen. Wir aßen nun mit den Römern zusammen, welche die Verkommenheit des griechischen Volkes mitleidig bejammerten, und fanden als junge Leute unser Behagen daran, die Weine und Leckerbissen, welche aus Italien mitgebracht waren, unter Anleitung des Dominikaners mit Verstand zu genießen. Als eine naxische Melone zerlegt wurde, erging er sich in Eifer über den Mangel an höherer Obstzucht. Man müsse, wenn etwas Ordentliches werden solle, in einem genau bestimmten Zeitpunkte der Entwicklung, einen Keil aus der Frucht herausschneiden, in das Loch ein Spitzglas feinsten Weines gießen, den Keil wieder einfügen und die veredelte Melone zu Ende reifen lassen.

Am anderen Tage begannen die Bußpredigten, und wir hörten, wie dieselbe Stimme auf die Gläubigen ihr anime infelice, anime perdute hinunterdonnerte; auch die armen Nonnen, die nichts verbrochen hatten, mußten, da die Gelegenheit einmal da war, verschärfte Bußübungen durchmachen. Es folgte eine Versamm= lung aller Geistlichen unter Vorsitz des mit besonderen Vollmachten ausgestatteten Bischofs im Kapuzinerkloster. Wir mußten deshalb das Feld räumen. Wir zogen in das Kloster der Lazaristen, welche den Jesuiten gefolgt sind und, wie die ganze römische Kirche der Levante, unter französischem Schutze steht. Es war ein stattlicher Bau auf der Höhe des Castro, mit herrlicher Aussicht, von nur zwei Vätern bewohnt. Auch hier war uns zu Mute, als wenn die Geschichte stillgestanden hätte, und die Lilien der Bour= bonen glänzten noch in unverminderter Ehre über den Thüren...

Nachdem der Bischof von Smyrna abgereist war, zogen wir wieder in die bescheidenere Wohnung bei unserem Kapuziner. Es waren Wochen der schönsten Freiheit und Muße, die wir in den Klöstern von Naxos verlebten, still und zurückgezogen und doch voll mannigfacher Anregung, die uns aus dem Altertum, dem Mittelalter und der Gegenwart zuströmte. Wir lernten die Menschenwelt von ganz neuen Seiten kennen und betrieben dabei allerlei Studien, verbesserten und ergänzten unsere deutsche Anthologie aus den griechischen Lyrikern und überraschten uns gegenseitig mit allerlei Gelegenheitsproduktionen in Ghaselen und Sonetten. Dabei mußte ich auch zuweilen der Erheiternde sein; denn Emanuel hatte sich die Zeit der Freiheit mit zu idealen Farben ausgemalt. Er hatte sich nun gewöhnt, die poetische Pro= duktion als seinen Lebenslauf anzusehen; er war also von poetischer Stimmung abhängig, die natürlich nicht jeden Tag dieselbe sein konnte, namentlich wenn es sich um lyrische Gedichte handelt, deren

jedes ein Ganzes sein soll; er wurde also leicht mißmutig und wollte
an seinem Dichterberuf irre werden. Ich erinnere mich eines Zu-
spruchs, den ich ihm eines Morgens, ehe ich auf eine epigraphische
Wanderung ausging, auf den Tisch legte, und den ich nur des
Scherzes halber aus dem Gedächtnis niederschreibe:

> „Was klagst Du, Freund? Gab Dir nicht viel Natur?
> Verlieh Dir nicht der Bilder Spiel Natur?
> Und wenn die Welt Dich unbefriedigt läßt,
> Dir gab im Innern ein Asyl Natur.
> Doch nicht so stetig, sagst Du, spendete,
> Und nicht so reichlich, wie es Dir gefiel, Natur.
> Sieh! Fall und Steigen ist das Erdenloos
> Und jeder Mensch ist eine Nilnatur.“

Nach dreiwöchentlichem Aufenthalt, der uns Beiden immer
unvergeßlich geblieben, verließen wir Naxos und kehrten über
Hermupolis nach Athen zurück.“

Nach der Rückkehr von dieser überaus anregenden Reise fand
Geibel sein Zimmer in der Ruppsburg besetzt und zwar von seinem
Freunde Hausmann, der krank eingezogen war, um die Pflege der
freundlichen Wirtsleute zu genießen. Nebenan fand sich eine neue
Wohnung, und Geibel zog gemeinsam mit Curtius dort ein, der
nach der Abreise der Brandisschen Familie frei seinen Studien
leben und „Altertum und Gegenwart“ verbinden konnte. Die
Stunden im Katakazischen Hause begannen wieder. Die Abende
in der Ruppsburg erlitten keine Unterbrechung; der Kreis der
Freunde wurde immer größer: Hermann Kretzschmar, der Maler
der schönen Königin, der Architekt Hochstetter waren tägliche
Abendgäste. Der musikalische Karl Hausmann brachte ein Män-
nerquartett zusammen, an dem Professor Herzog und Kabinets-
assessor Wendtlandt teilnahmen. Auch ein litterarisches Montags-
kränzchen wurde gegründet, bei dem der Dichter zum Archivar er-
nannt ward. Er schrieb damals eine Novelle in Boccacios Manier,

die „Nachtmütze des h. Ambrosius", jedenfalls in der humoristi=
schen Art des lübecker „Heringssalates", wie ihn der Schüler schon
mit Marcus Niebuhr zusammengemengt.

Emanuel Geibel 1839.
Nach einer Zeichnung.

Am 18. Oktober wurde Emanuels Geburtstag und der leip=
ziger Siegestag mit Feuerwerk und Punsch gefeiert. Curtius de=
klamierte sein Siegeslied, in dem es hieß:

> „Wohl trieb ein ungeduld'ges Streben
> „Uns alle in ein fernes Land,
> „Wo an dem buntbewegten Leben
> „Die Jugend ihr Gefallen fand.
> „Doch blieb das Herz dem Vaterlande,
> „Es blieb uns voll Begeisterung,
> „Denn unzerstörbar sind die Bande,
> „Und unsre Liebe ewig jung."

Im Winter wurden die griechischen Übersetzungen der beiden
Freunde zu einem Büchlein zusammengestellt und unter dem Titel
„Klassische Studien“ der Königin Amalie gewidmet, die huldvoll
die beiden Verfasser in einer Audienz empfing. „Wir können nicht
leugnen“, heißt es im Nachwort, „daß es uns ein erfreulicher
Gedanke sein würde, auch im nächsten Jahre von Rom aus ein
ähnliches Büchlein als einen wiederholten Gruß dem deutschen
Vaterlande, besonders aber der Stadt und den Männern, welchen
wir die Grundlage unserer klassischen Bildung verdanken, zuzusen=
den.“ Dieser Wunsch ging nicht in Erfüllung. Im Frühjahr 1840
mußte an die direkte Heimkehr gedacht werden: Geibels bescheidene
ökonomische Lage gestattete ihm nicht einmal ein f l ü c h t i g e s Durch=
eilen Italiens. Er hat Rom nie gesehen; damals verzichtete er
nach „langem bittern Kampfe“ darauf. Als später König Max
ihm den Besuch des schönen Landes in der ehrenvollsten Weise
anbot, mußte der Dichter wegen seiner Kränklichkeit dankbar aus=
schlagen mit dem Könige zu gehen.

Der letzte Monat in Athen bot noch besonders reiche wissen=
schaftliche Anregung: Karl Otfried Müller, der göttinger Lehrer
von Ernst Curtius, wurde täglicher Tischgenosse. Seine sonnen=
heitere Auffassung des griechischen Lebens stimmte so vollkommen
zusammen mit der Geibels, als hätten sie beide immer zusammen
gelebt und sich ineinander hineingelebt, „nur daß Müller w u ß t e,
was Geibel dichterisch schaute.“ — Einen besondern Eindruck
machte auf den Deutschen die Entdeckung einer großen politischen
Verschwörung in Athen, der alle Franken mit Einschluß des
Königspaares zum Opfer fallen sollten. Dies Ereignis lenkte in
der Ferne seinen Blick auf das eigene Vaterland; er fragte sich,
ob es nicht von ähnlichen Gefahren bedroht sei. So entstand sein
bekanntes „Türmerlied“ in Stil und Kraft des alten Kirchenliedes,

eine mächtige Ouverture der nachfolgenden politischen Gesänge
des „Deutschen Reichsheroldes".

> Wachet auf! ruft euch die Stimme
> Des Wächters auf der hohen Zinne,
> Wach auf, du weites deutsches Land!
> Die ihr an der Donau hauset,
> Und wo der Rhein durch Felsen brauset
> Und wo sich türmt der Düne Sand!
>   Habt Wacht am Heimatsherd *)
>   In treuer Hand das Schwert
>   Jede Stunde!
>   Zu scharfem Streit
>   Macht euch bereit!
> Der Tag des Kampfes ist nicht weit . . .
>
> Sieh herab vom Himmel droben,
> Herr, den der Engel Zungen loben,
> Sei gnädig diesem deutschen Land!
> Donnernd aus der Feuerwolke
> Sprich zu den Fürsten, sprich zum Volke
> Und lehr' uns stark sein Hand in Hand!
>   Sei du uns Fels und Burg,
>   Du führst uns wohl hindurch
>   Hallelujah!
>   Denn dein ist heut
>   Und alle Zeit
> Das Reich, die Kraft, die Herrlichkeit.

Werke I. 141.

Geibels Talent ist an Griechenlands Sonne genährt und ge=
reift. Er, der hier im vollen Sinne ein Schüler der Alten wurde,
bekennt es selbst:

> Was ich bin und weiß, dem verständigen Norden verdank' ich's,
> Doch das Geheimnis der Form hat mich der Süden gelehrt.

Werke I. 107.

Im Alter verklärten sich seine Züge, wenn er von jenen Tagen
redete. Als ich ihn 1881 am Ostseestrande in Niendorf aufsuchte,

---

*) Die Gesamtausgabe hat hier den entstellenden Druckfehler: „Weih=
nachtsherd."

las er gerade in der Odyssee, und gleich seine ersten Worte waren der Erinnerung an Griechenland gewidmet. Das Gelübde, das er dort einst gethan, hat er voll gehalten:

> Mutig im Dienste der Kunst nach dem einfach Schönen zu ringen,
> Wahr zu bleiben und klar, wie's mich die Griechen gelehrt,
> Und, was immer verwirrend die Brust und die Sinne bestürme,
> Stets das geheiligte Maß fromm zu bewahren im Lied.

Werke V. 96.

Rückreise. Lübeck.

Die Rückreise wurde zusammen mit Krauseneck unternommen; ihre Fahrt bis Triest war nicht die angenehmste. „Den ziemlich ungünstigen Wind abgerechnet, der mehr als einmal gewisse, im zweiten Canto von Byrons Don Juan sehr treffend geschilderte Gefühle verursachte, war das Schiff besonders der zweite Platz so mit Passagieren überfüllt, daß man sich überall im Wege stand. Christen und Juden, Griechen und Armenier drängten sich durcheinander, und bei Tische, wo bald dies, bald jenes nicht recht koscher war, gab es die seltsamsten Scenen. An Betten war bis Patras nicht zu denken; die beiden Freunde schliefen in den Mänteln auf dem Verdeck; als aber am dritten Abend zwei griechische Weiber das Schiff verließen, bemächtigten sie sich des abgesonderten, bis dahin unzugänglichen Frauengemachs, dessen Lagerstätten nach den beiden harten Nächten ihnen weich wie die Ottomanen des Sultans vorkamen." In Triest gab es Landungsnöte bei der Quarantäne. Der seinem an Klimafieber erkrankten Freunde vorausreisende Krauseneck wurde Bote im Dienste der Musen, schmuggelte die in Athen vollendete Sammlung von Geibels Gedichten undurchlöchert durch und schickte „diesen Erstling einer Hekatombe von Auflagen" an den Verleger Duncker in Berlin.

Die Postfahrt durch die steierischen Berge that dem Rekon=
valeszenten unbeschreiblich wohl; deutsche Worte und Lieder hörte
er wieder, wenn er abends die Bauern an sich vorübergehen sah.
Das Herz ging ihm auf, daß er hätte aus dem Wagen springen
und auf gut deutsch mit einstimmen mögen. Heller Sommer=
sonnenschein begleitete ihn durch die grünen Weingärten und dicht=
bewaldeten Berge bis in die lustige alte Kaiserstadt Wien, wo er
an Krauseneck den liebenswürdigsten einheimischen Führer fand.
In Halle suchte er seinen lieben „Litz"(mann) auf, der ihn zu seiner
großen Freude noch ganz den alten fand, warm, herzlich, offen,
wie in den Lübecker Tagen. Nach kurzem Aufenthalte eilte er der
Vaterstadt zu. Unter dem Geläute der Pfingstsamstagsglocken,
das mächtig von den Türmen scholl, fuhr er in Lübeck ein:

> O, da ging mir das Herz weit auf, und dem Strom der Thränen,
>   Der vom Auge mir heiß flutete, wehrt' ich umsonst.
> Denn was immer die Welt mir Köstliches draußen geboten,
>   Süßer empfand ich das Glück, wieder zu Hause zu sein;
> Doch mit erneuerter Hast jetzt flogen die Räder, und jubelnd,
>   Eh' das Geläut noch verhallt, lag ich der Mutter im Arm.
>
> Werke V. 98.

Was sollte nun aus dem jungen Manne werden? Die Zu=
kunft lag nicht wolkenlos vor ihm. Sein dreijähriges Universitäts=
studium entbehrte des Abschlusses durch eine staatliche Prüfung.
Zuerst dachte er daran in Halle seine philologischen Studien fort=
zusetzen. „Bald aber", so schreibt er in seinem Tagebuche, „erhielt
mein Leben etwas Gedrücktes. Die Hoffnung, auf einer Univer=
sität weiter studieren zu können, zerschlägt sich; zu einer Anstellung
ist vor der Hand keine Aussicht; das Verhältnis zu Cäcilien wird
unter diesen Umständen peinlich". Schon in Halle hatte er Litz=
mann von diesen trüben Gedanken gesprochen: sechs Jahre waren
vergangen, seit die Liebe in Emanuels und Cäciliens Herzen sich
entzündet. Was konnte er nach so langer Zeit ihr bieten? Zu der

eigenen Unsicherheit traten fremde Einflüsse, dann der Stolz. Es
ging so, wie er selber es klassisch schildert:

> Sie redeten ihr zu: er liebt dich nicht,
> Er spielt mit dir — da neigte sie das Haupt,
> Und Thränen perlten ihr vom Angesicht
> Wie Tau von Rosen; o daß sie's geglaubt!
> Denn als er kam und zweifelnd fand die Braut,
> Ward er voll Trotz, nicht trübe wollt' er scheinen;.
> Er sang und spielte, trank und lachte laut,
> Um dann die Nacht hindurch zu weinen.
>
> Wohl pocht ein guter Engel an ihr Herz:
> „Er ist doch treu, gieb ihm die Hand, o gieb!"
> Wohl fühlt' auch er durch Bitterkeit und Schmerz:
> „Sie liebt dich doch, sie ist ja doch dein Lieb,
> Ein freundlich Wort nur sprich, ein Wort vernimm,
> So ist der Zauber der euch trennt, gebrochen."
> Sie gingen, sahn sich — o, der Stolz ist schlimm! —
> Das eine Wort blieb ungesprochen.
>
> Da schieden sie. Und wie im Münsterchor
> Verglimmt der Altarlampe roter Glanz —
> Erst wird er matt, dann flackert er empor
> Noch einmal hell, und dann verlischt er ganz —
> So starb die Lieb' in ihnen, erst beweint,
> Dann heiß zurückersehnt, und dann — vergessen,
> Bis sie zuletzt, es sei ein Wahn, gemeint,
> Daß sie sich je dereinst besessen . . .
>
> Werke I. 78.

Geibel war, wie er später seinem jüngeren Freunde W. Deecke
erzählte, „wie zerschmettert, als in Folge eines Familienrates ihm
formell angezeigt wurde, das Verhältnis gelte als abgebrochen".

Nun kamen die bittern Tage des „Scheidens und Leidens".
Als der Dichter nach 20 Jahren bei seiner alten Freundin Ma=
rianne Wolff, der Witwe des Dichters Immermann, weilte, hat
er ihr gleichsam als Vermächtnis an Cäcilie die Worte gesagt:
„Sollte ich plötzlich sterben, so schreiben Sie ihr, daß ich sie immer
lieb gehabt habe, daß sie mir zuerst die Schönheit des Daseins in

der Liebe erschlossen habe, daß ich ihr immer dankbar geblieben sei für alles, was ich durch sie empfangen. Ich weiß, was ich an ihr verschuldet, ich weiß, daß ich die Nemesis solcher Schuld erfahren, daß sie mir durch mein Leben gefolgt ist. Gern wäre ich noch einmal zu ihr getreten, ich kann es nicht, weil wir beide frei sind; aber ihr Bild ist unzerstört in meiner Seele, und was sie mir gewesen, das habe ich nicht verloren, obgleich jugendlicher Unverstand und Heftigkeit uns auseinander rissen, und die Menschen zerstören halfen, was hätte heilig bleiben sollen". Später hat dann doch eine versöhnende persönliche Aussprache stattgefunden.

Nur wenig Tröstliches brachte das Jahr. Vor Michaelis erschienen die „Gedichte", nachdem das Manuskript einer ersten Sammlung durch den Brand der Hänel'schen Buchdruckerei in Magdeburg vor einem Jahre zerstört worden war, „zu meinem Glücke", wie der Dichter selber sagte. Jetzt hatte er noch die reifsten Früchte der griechischen Sonne dazugethan. Aber die Gedichte wurden wenig beachtet; kein Kritiker nahm sich anfangs lobend oder tadelnd ihrer an. Auch beim Publikum fand das schmale Bändchen nur langsam Eingang. Die zweite stark vermehrte Auflage 1843 wurde hin und wieder besprochen. Franz Kugler, der Gatte Claras, deren Name durch Geibels spätere Widmung unzertrennlich mit diesen Jugendgedichten verbunden ist, lenkte durch seine Rezension die allgemeine Aufmerksamkeit auf den Dichter. Heute liegen bald 140 Auflagen vor.

Damals konnten die wenigsten in Lübeck sich mit dem genialen amtlosen Leben des jungen Mannes befreunden. Wenn er im sammtenen Schnürrock — wie ihn auch aus späterer Zeit noch Luise Kuglers Bild zeigt — mit rotem Fez auf dem Kopfe summend durch die Straßen zog, „ein Märchen aus dem Morgenland", oder wenn er mit seiner allmächtigen Wasserpfeife am Fenster des väterlichen

Hauses saß und mit Donnerstimme seine vorübergehenden Freunde anrief, dann schüttelten die ehrsamen Bürger das Haupt über den verlorenen Sohn und bedauerten den armen Vater. Noch mehrere Jahre später, als sein Dichterruhm durch den Namen eines Schiffes „Emanuel Geibel" über's Meer getragen werden sollte, soll bei der Taufe desselben die Äußerung gefallen sein: „Watt sall dat? He is nix, he hätt nix und he makt nix!" Wenige nur dachten anders — dankbar schreibt aus dieser schweren Zeit der Dichter in sein Tagebuch: „Sehr tröstlicher Umgang mit Frau Nölting und ihrem ganzen Hause." Die musikalisch hochbegabte Gattin des schwedischen Konsuls Nölting sah, besonders während des Sommers, in ihrem gastlichen Landhause in Krempelsdorf dicht bei Lübeck gern ästhetisch gebildete Männer und Frauen bei sich. Der spätere Lübecker Dompfarrer Luger, der Maler Milde, W. Mantels, der Schulfreund Geibels und spätere Professor am Ca=tharineum, Louis Pape, nach Litzmann das Urbild des „lust'gen Musikanten", bildeten den Kern dieser Gesellschaft und der später entstehenden „Ritterschaft der Rose", deren Glieder von Zeit zu Zeit „in die Tiefe" des Lübecker Ratskellers stiegen, um ihrer königlichen Herrin, der Rose, in Dichtung, Bild und Gesang zu huldigen und ihres Urdufts froh zu werden. An dieser Verbin=dung hat Geibel auch in späteren Jahren lebendigsten Anteil ge=nommen. Nicht wenige seiner Gedichte sind in diesem Kreise zu=erst vorgetragen.

Trotz aller Sorgen um die Zukunft behielt Geibel den Kopf oben: im September 1840 schreibt er an den Konsul Travers nach Athen: „Meine Lehr= und Wanderjahre sind noch nicht zu Ende, und wenn ich auch einstweilen diesen Winter hier Rast halte, so wird mich doch schon der kommende Frühling wieder in das Leben, vielleicht in die Ferne hinaustreiben, wer weiß, wohin?

Doch will ich auch darüber nicht klagen; man muß viel durch=
machen, ehe man ein rechter Mann wird, und das soll, so Gott
will, noch einmal aus mir werden. Was helfen alle Kenntnisse
und Talente, wenn der echte treue Kern fehlt, der in dem Drängen
der jetzigen Zeit nach Brot und augenblicklicher Ehre nur bei zu
vielen verloren geht? .. Ich glaube, es kommt die Zeit, die nicht
bloße Federfuchser, sondern Männer in voller Waffenrüstung
braucht. Wohl dem, der dann weiß, auf welche Seite er sich zu
stellen hat, und freudigen Mutes sagen kann: Hier bin ich!"

Einem trüben Winter folgte ein trüberes Frühjahr. Geibels
Mutter, die ihm besonders in dieser Zeit der Verstimmung mit
ihrem Herzen voll Güte und festem Vertrauen Trost und Stütze
gewesen war, starb in der Karwoche 1841. In dieser tiefen Trauer
erging an den Dichter die Einladung eines Freundes seines Vaters,
des Freiherrn Carl von der Malsburg, dem letzterer den Trauer=
fall und auch Nachrichten über den Sohn mitgeteilt hatte.

> Bestürmt von Zweifeln rang ich damals, o wie oft
> Umsonst nach Klarheit in mir selbst, verfehlt erschien
> Mir all mein Streben, Täuschung selbst der Muse Ruf,
> Die immer wieder lockend an mein Herz erging;
> Und wenn ich dann, von hast'ger Arbeit tief erschöpft,
> Hier Stille suchte, fand ich heiße Thränen nur,
> Wie sie auf öder Klippe weint, wer scheiterte.
> Doch Rettung sandte mir ein Gott; du riefest mich,
> Mein edler Malsburg — Segen deiner Gruft dafür! —
> Gastfreundlich in dein waldumrauschtes Escheberg.
>
> Werke III. 232.

Escheberg.

„Es muß doch Frühling werden!" hatte Geibel in trübem
Winter gesungen (Werke I. 197) — sein eigenes Wort, das so
viele seitdem getröstet in ähnlichen Lebenslagen, ging nun an

ihm in Erfüllung. Sein Lebensmai blühte wieder auf, und in der frohesten Erwartung sonniger Tage dichtete er in diesem Frühling auf dem Wege nach Nöltings Landhause in Krempelsdorf das zum Volkslied gewordene Wanderlied:

<blockquote>
Der Mai ist gekommen, die Bäume schlagen aus
Da bleibe, wer Lust hat mit Sorgen zu Haus;
Wie die Wolken wandern am himmlischen Zelt,
So steht auch mir der Sinn in die weite, weite Welt.
</blockquote>

Werke I. 49.

Um Pfingsten reiste er nach Schloß Escheberg im Habichts= walde bei Kassel ab, um die von dem Bruder des Schloßherrn, dem Calderonübersetzer Ernst Otto von der Malsburg, hinterlassene spanische Bibliothek zu ordnen. Das Jahr in Escheberg gehört zu den glücklichsten des Dichters. Er verlebte dort „eine Zeit sorgloser Ruhe und poetischer Befruchtung" wie selten in seinem Leben.

Der alte Freiherr war zum zweitenmale verwitwet; aber er hatte an seiner Schwiegermutter Henriette von Heintze eine treue Stütze in der Erziehung seiner fünf mutterlosen Kinder, eines Knabenkleeblatts und zweier Töchter, deren älteste, Henriette, mit einer Nichte des Freiherrn, der sechszehnjährigen Adelheid von Baumbach, erzogen wurde.

In diesem Kreise geistig angeregter Menschen fühlte sich der Dichter bald ganz heimisch. Sein hochgelegenes altertümliches Zimmer weihte er zur Poetenstube ein. Nach ihm haben Boden= stedt und Rodenberg darin frohe Wochen verlebt. Hier und im anstoßenden Bibliothekssaale verlebte er die Vormittage, zuerst viel mit spanischen Studien beschäftigt, die später ihre reichen Früchte in den Übersetzungen der „Volkslieder und Romanzen der Spanier" (1843) und in dem mit Paul Heyse herausgegebe= nen „Spanischen Liederbuche" (1852) trugen. Daneben aber er= blühte eine Fülle eigener Poesieen, von denen die Gedichte nur eine kleine Auslese bieten. Die Nachmittage und Abende gehörten der Geselligkeit. Das Schloß des hessischen Mäcen war wie ein Taubenschlag, in dem Gäste verschiedenster Art, vorüberreisende Fremde, Jagdfreunde, Geistliche der Umgegend täglich aus= und einflatterten. Der Dichter, dessen Herz anfangs noch oft an den „langen Winter trüb' und bang'" und an den Schiffbruch seiner ersten Liebe gedachte, wurde allmählich in dem lebensfrohen hei= teren Hause umgestimmt. Die Ahnin

> Würdig, im dunkeln Gewand, mit geistvoll leuchtenden Augen,
> Echtesten Adels ein Bild, Greisin, doch jung im Gemüt
>
> Werke V. 99.

hatte er gleich anfangs zur Vertrauten seines Schmerzes um Cäcilie gemacht. Am Ende des Aufenthaltes aber erwuchs in ihm eine stille Neigung zu der schönen Tochter des Hauses, Henriette, dem „Röslein jung, dem schlanken Reh." Im Lenz 1842 sang er:

> Mir wird die Brust so weit, so weit,
> Als ob's drin blüht' und triebe —
> Kommst du noch einmal, Jugendzeit?
> Kommst Du noch einmal, Liebe?
>
> Werke I. 53.

War's ein Wunder, daß dem Minnesänger, der so hinreißend schön in traulichen Dämmerstunden seine eben entstandenen Dich= tungen las oder bei den rauschenden Festen des Kammerherrn durch seine Improvisationen allgemeine Bewunderung fand, auch Henriettens junges Herz zart und schüchtern entgegenschlug:

> O schneller mein Roß, mit Hast, mit Hast,
> Wie säumig dünkt mich dein Jagen!
> In den Wald, in den Wald meine selige Last,
> Mein süßes Geheimnis zu tragen! . . .
>
> So wiss' es, du blinkender Mond im Fluß,
> So wißt es, ihr Buchen im Grunde:
> Sie ist mein, sie ist mein! Es brennt ihr Kuß
> Auf meinem seligen Munde.
>
> Werke I. 53.

Fast ein ganzes Jahr verbrachte der Dichter in dem traulichen
Schlosse. Als er im Herbste fragte:

> Es rauscht das rote Laub zu meinen Füßen
> Doch wenn es wieder grünt, wo weil ich dann?
>
> Werke I. 55.

da wurde der Freiherr über die Reisegedanken des Gastes
ordentlich aufgebracht und beruhigte sich erst, als Geibel noch ein
halbes Jahr zugegeben und mit ihm Brüderschaft getrunken hatte.

Von Escheberg aus wurden mit dem Freiherrn oder auch
allein kleinere Reisen unternommen. Allerlei Feste in Kassel wur=
den mitgefeiert; größer war der Eindruck der Grundsteinlegung
des Hermannsdenkmals auf der Grotenburg bei Detmold. Geibel
war mit Malsburg hingereist; sie wohnten bei Geibels Bruder
Friedrich und verlebten fröhliche Tage im frischen Grün des
Eichwaldes. Ein eigentümlicher Vorfall von dieser Feier, bei der
sich besonders die Wahrnehmung aufgedrängt hatte, daß Deutsch=
land eine Musterkarte von Kleinstaaten geworden sei, blieb dem
Dichter in dauernder Erinnerung. 1875 schrieb er in einem
Briefe an eine Freundin: „Da die Anschaffung von Ban=
nern zu kostspielig gewesen wäre, so hatte man, um die ver=
schiedenen deutschen Länder und Ländchen zu repräsentieren, zwei=
oder dreifarbige Stangen, wie die Feldmesser sie zu brauchen pfle=
gen, im Kreise um die Stätte gepflanzt. Plötzlich aber, mitten in
der Feier, erhub sich ein heftiger Windstoß und warf ein paar
dieser Stangen herunter. Die eine, die mir bis dicht vor die Füße
rollte, war dunkelrot und weiß gestreift (Kurhessen); wäre die
andere, worauf ich damals leider nicht achtete, weiß und gelb ge=
wesen, wer wollte uns hindern, in dem wunderlichen Zufall
eine Vorbedeutung zu sehen?“ Anfangs Oktober 1841 waren
beide, Gastfreund und Gast, in Arolsen, wo zufällig die Königin

von Griechenland weilte. Geibel sah manche Bekannte in ihrem
Gefolge wieder. Das ganze Zusammentreffen mit dieser Gruppe
aus dem Süden kam ihm unter diesen Umgebungen wie ein selt=
sames Märchen vor.

Im Herbst erschien auch in Lübeck, allerdings von der Scheere
des Zensors gemißhandelt, ein neues Heftchen vielfach in Esche=
berg entstandener Gedichte: „Zeitstimmen," mit denen Geibel als
politischer Dichter auf den Kampfplatz trat. Sie waren dem „ver=
ehrten Gönner und Freunde dem Baron Carl Otto von der
Malsburg" gewidmet. Ihre Ankunft im Schlosse gestaltete sich
zu einem wahren Huldigungsfeste für den Autor. Die Winter=
abende wurden traulich verbracht; der Freiherr berichtete aus
seiner Offizierzeit im napoleonischen Heere aus den Feldzügen
in Spanien Dichtung und Wahrheit; Frau von Heintze wußte
mit ernstester Miene schauervolle Familiensagen zum Grauen und
Entsetzen des Hörerkreises zu erzählen — das zu St. Goar ent=
standene Gedicht „Im Grafenschlosse" ist ein Nachklang dieser
Geistergeschichten. Die spanischen Studien in der Schloßbiblio=
thek zeitigten in diesem Winter noch eine andere Frucht: das längst
geplante Drama König Roderich, das seinen Stoff aus spanischen
Romanzen schöpfte, wurde nach mehrfachen Umarbeitungen voll=
endet. Versuche, es bald auf der kasseler Hofbühne zur Auffüh=
rung zu bringen, scheiterten. Der Dichter hat es nachmals als
verfehlt betrachtet und nicht in seine „Gesammelten Werke" aufge=
nommen. Nur einmal ist es 1846 in Weimar auf der Bühne er=
schienen.

Im April 1842 wurden die Frankfurter und Hanauer Ver=
wandten aufgesucht; auf der Rückreise sprach Geibel in Marburg
vor und schloß dort mit Victor Aimé Huber, dem trefflichen Kenner
des Spanischen, warme Freundschaft.

Ende Mai endlich mußte Geibel scheiden: in das Fremdenbuch des Schlosses, über dessen Portal drei Rosen neben dem springenden Löwen als Wappenbilder stehen, schrieb er ein:

Leb' wohl du grüne Wildnis
Leb' wohl, du froher Ort,
Ich trage still dein Bildnis
Im Herzen mit mir fort.
Und wenn der Stürme Tosen
In's Ohr mir draußen schallt,
Denk' ich an deine Rosen
Denk' ich an deinen Wald.

Da wird hinweggenommen
Das wüste Lärmen sein,
Da wird es auf mich kommen
Wie stiller Mondenschein.
Und deiner Quellen Fließen
Und deiner Wipfel Wehn
Wird wie ein stilles Grüßen
Durch meine Lieder gehn.

Mancher Brief kam in den nächsten Jahren noch über die Schwelle Eschebergs; aus ihrem reichen Inhalte hat Albert Duncker in Kassel in einem besonderen Büchlein Auszüge gebracht.*) 1844 weilte der Dichter noch einmal im Vorbeifluge im Schlosse — Henriette hat er noch oft wiedergesehen. Sie wurde in demselben Jahre, wo ihr Sänger „das höchste Glück" in der Verbindung mit seiner Ada fand, glückliche Gattin des Grafen Holnstein in München.

Noch 1878, als die Vertraute jener Tage, Fräulein von Baumbach, dem Greise auf seinen Wunsch die Photographie eines Jugendbildnisses Henriettens sandte, schrieb er dankend zurück: „Ich konnte mich gar nicht satt daran sehen; ich fühlte mich wie

---

*) Emanuel Geibels Briefe an Karl Freiherrn von der Malsburg und Mitglieder seiner Familie. Herausgegeben von Albert Duncker. Berlin 1885.

durch Zauberschlag in die köstliche Escheberger Zeit zurückversetzt, und es kam wie ein warmer Strahl von Jugendglück über mich."

1879 besuchte ihn in Lübeck Henriette zum letztenmale: er hatte gerade die köstliche Elegie vollendet, die seine escheberger Erinnerungen so schön verewigt und las sie ihr zum Empfange vor:

Nahe dem Hange des Bergs, den hundertjähriger Eschen
    Wipfel umschatteten, lag halb im Verborgnen das Schloß,
Altersgrau, doch würdig geschmückt und wohnlich im Innern,
    Groß nicht, aber dem Gast freundlich wie keines im Land . . .

Tröstlicher Hoffnung voll dann sann ich hinaus in die Zukunft,
    An das bezwungene Leid dacht' ich, das herbe, zurück,
Doch es versank schon fern. Und ich dankte den himmlischen Mächten
    Die mir die Freistatt hier, treu mich behütend, gewährt,
Als ich zu scheitern gemeint, und ich bat: Vollendet das Werk nun,
    Und dem Geretteten gebt gnädig zum Wollen die Kraft!

Werke V. 98. 102.

Lübeck. St. Goar.

In Hannover suchte er seinen athenischen Freund Hausmann auf, der als Chef einer großen Handlung schon in sicherm Hafen gelandet war; um so mehr fühlte Geibel, wie sein Lebensschiff noch immer unstät und schwankend auf den Wellen trieb. Dann ging es weiter nach Hamburg, das eben damals von dem großen Brande heimgesucht war. Das Herz ward ihm schauerlich bewegt, als ihn sein Weg über die frische Brandstätte zur Post führte. Er wußte sich in dem ungeheuern Trümmerhaufen kaum zu finden. In Lübeck ordnete er zunächst seine Übersetzungen aus dem Spa=
nischen. Im Juli oder August sah er Ludwig Uhland, dem die Lübecker im Ratsweinkeller ein Fest veranstalteten. „Ein' fröh=
liches Gedränge strömte durch die langen hellen Räume", berichtet er nach Escheberg; „hier war der Dichter wieder einmal ein Zau=

berer geworden, nicht nur, daß er die gewöhnlich öden und stum=
men Hallen mit buntem wogenden Leben angefüllt hatte — es
war mehr — eine Art schwärmenden Jubels hatte die ganze Ver=
sammlung ergriffen, und hundert Herzen, die sich vielleicht seit
Jahren jedem erhebenden Eindrucke verschlossen hatten, tauten
auf, und wagten es, wieder frei und froh und poetisch zu schlagen.
— Ich hatte Uhland schon am Tage vorher gesprochen, er war
mir zuerst häßlich von Gestalt und etwas einsilbig in der Rede
erschienen, aber an diesem Tage hatte der Glanz der Seele, der
auf seinen unebenen Zügen lag, jedes Unangenehme weggenom=
men, und seine Stimme wuchs nach und nach zum metallenen
Klange."

Auch eine reiche lyrische Produktion zeichnet diesen Sommer
aus. Im Nachhall des wehmütigen escheberger Scheidens und im
unmittelbaren Anschauen der dauernden Trennung von Cäcilien
sang er: „Wenn sich zwei Herzen scheiden" und „Rühret nicht
daran" (Werke I. 161, 162).

Damals entstand auch, aus dem Schmerz der Trennung ge=
boren, das Lied, das der Liebe Wesen und höchste Lust so unver=
gleichlich schildert, das „Minnelied". (Werke I. 185.) Der sonst
so ruhig urteilende Goedeke nennt es ein Gedicht, „wie es in der
ganzen Lyrik kein zweites Liebeslied giebt".

Den Gedanken, als Lehrer am Gymnasium in Lübeck einen
Platz zu suchen, verwarf Geibel bald; nicht die Arbeit scheute
er, nur die Abhängigkeit, mit der er in Athen so bittere Erfah=
rungen gemacht. Im September machte er einen Ausflug nach
Berlin — „König Roderich" fiel auch hier „durch die Intendanz".
Kugler und sein Haus war ausgeflogen. Bei seinem Verleger
empfing er die erfreuliche Nachricht, daß eine zweite Auflage der
„Gedichte" veranstaltet werden müsse. Die Ordnung dieser und

der neuen Ausgabe der Zeitstimmen zog sich bis zum Winter hin. Da brachte ein nachträgliches Weihnachtsgeschenk ähnlich wie einst das Bettinas eine neue Wendung in das Leben des Dich= ters. Kammerherr von Rumohr, sein alter Gönner, der ihn einst auch in Bettina von Arnim's Kreis eingeführt, erwirkte bei König Friedrich Wilhelm IV. von Preußen aus dem Dispositions= fonds ein Jahrgehalt von 300 Thalern für den Dichter. Vorher hatte schon der Oberst von Radowitz, der in Frankfurt im Zirkel der Frau von Günderode durch A. Fr. von Schack Gedichte Gei= bels hatte vorlesen hören, den König auf das vielversprechende Talent Geibels aufmerksam gemacht.

Sein Gedicht an Herwegh (Werke I. 218) aus dem Februar 1842 und — ein kleines, von Rumohr dem Könige mitgeteiltes Scherzgedicht auf den Gott Merkur an der Puppenbrücke in Lü= beck, der seine weniger edle Rückseite allen Fremden, d. h. damals den Dänen in Schleswig=Holstein, zukehre, bewirkten die für Geibel so unendlich wertvolle Sicherung seiner freien Dichter= existenz.

Er, der in jenem Gedichte an Herwegh, „den Sämann der Zerstörung, den Glöckner der Empörung", gesagt:

> Ich sing' um keines Königs Gunst,
> Es herrscht kein Fürst, wo ich geboren,
> Ein freier Priester freier Kunst,
> Hab ich der Wahrheit nur geschworen —

er hatte sich die dauernde Gunst eines hochherzigen Fürsten er= sungen, der nun „die schlimmste Musenstörerin, die Sorge, mit holdem Wink von seinem Tisch gescheucht". Das ganz unerwartet eintretende Ereignis bewegte ihn tief. In dieser Stimmung schrieb er seinem väterlichen Freunde im Habichtswalde: „So bin ich denn nun in den Stand gesetzt, ganz Poet zu sein, und bei

Gott, ich will's. Ich will ein redlicher Kämpfer sein in dieser verworrenen Zeit für das, was ich als groß und heilig erkannt habe, will nicht rechts, nicht links sehen, sondern der innersten Überzeugung getreu das Schwert des Geistes führen. Ich fühl' es wohl, ich werde einen schweren Stand haben, denn mein Glauben ist nicht der Glauben der Menge, und die Freiheit, die ich verfechte, dünkt vielen eine Thorheit. Aber „Vorwärts" ist mein Wort und wenn ich auf meinem Wege unterliegen sollte, so will ich wenigstens fallen, wie der Fähnrich, der sich noch blutend in sein Banner hüllt. Das ist mein Gelübde."

Das königliche Urteil war eine offene Genugtuung allen denen gegenüber, welche seinen Lebensplan bisher nicht begreifen konnten. Nur ein politischer Radikalismus konnte es Geibel verargen, daß er, was vor ihm Freiligrath und Minckwitz angenommen hatte, nicht zurückwies. Angriffe hat der Dichter wegen dieses Jahrgehaltes anfangs manche erfahren — mit gutem Humor haben sich „die beiden Pensionierten" über Herweghs „Duett", das wenigstens mehr Witz enthält, als die späteren bissigeren Spottgedichte auf Geibel, (in den „Neuen Gedichten" Herweghs) hinweggesetzt:

Geibel.   Bist du's?
Freiligrath.   Ja, ich bin es —
Geibel.   der da —
Freiligrath.   Der da —
Geibel.   seinen Speer geschwungen
                 Und die Drachen —
Freiligrath.   ja die Drachen,
                 Sammt dem Drachenfürst, bezwungen.
Geibel.   Bist du's?
Freiligrath.   Ja, willst du mich kennen?
                 Ja, ich bin es in der That,
                 Den Bediente Bruder nennen,
                 Bin der Sänger Freiligrath.

<table>
<tr><td>Geibel.</td><td>O so salb ich dich mit Narden
Und so räuchr' ich dir mit Ambra,
O du bartigster der Barden . . .
Ohne dich, den einzig Edeln,
Lernt ich nie so trefflich wedeln;
Heiße Geibel, so's erlaubt ist,
Wenn man mal ein Dichterhaupt ist:
Bin der Sohn von einem Pastor,
Möchte gerne mich zum Kastor
Machen; willst du Pollux sein?</td></tr>
<tr><td>Freiligrath.</td><td>Ich gesteh', ich hätte lieber
Die Unsterblichkeit allein,
Doch dies Demagogenfieber —</td></tr>
<tr><td>Geibel.</td><td>Bändigen wir nur zu Zwei'n!</td></tr>
<tr><td>Freiligrath.</td><td>Und so laß uns unsre Flammen —</td></tr>
<tr><td>Geibel.</td><td>Thun zu einem Brand zusammen —</td></tr>
<tr><td>Freiligrath.</td><td>Braten als getreue Diener —</td></tr>
<tr><td>Geibel.</td><td>Die verfluchten Jacobiner,</td></tr>
<tr><td>Beide.</td><td>Und verzehren dann in Frieden
Die Pension der Invaliden.</td></tr>
</table>

Ein vergessener Kritiker der Hallischen Litteraturzeitung sagte damals mit „charakteristischer Ungezogenheit":

„Herrn Geibels Wert zu bestimmen, ist uns leicht gemacht. Er ist unter die preußischen Staatsschulden aufgenommen worden und wird jährlich mit 300 Thalern verzinst. Da diese nun $3^1/_2\%$ jährliche Interessen tragen, so ist der nominelle Kapitalwert des Herrn Geibel 8571 Thlr. 12 Sgr. $10^2/_7$ Pf. Gewiß ein schöner Wert eines jungen Mannes. Möge er zunehmen und steigen, wie alle europäischen Staatsschulden und nicht wie diese, in welchen sich das konservative und progressive Element so harmonisch ausgeglichen haben, einst unter seiner eigenen Größe zusammenbrechen . . ."

Geibel hatte seine im Frühjahr 1843 erschienenen „Volkslieder und Romanzen der Spanier" Ferdinand Freiligrath, „dem Dichter und Übersetzer" gewidmet. Das gab Anlaß zu freund=

schaftlichem Briefwechsel und schließlich zu einem gemeinsamen
Aufenthalte am Rhein. Geibel wollte ursprünglich in Bonn
Standquartier nehmen, aber Freiligraths freundliches Drängen
führte ihn nach dem einsameren St. Goar, wo sich jener seit Ok=
tober 1842 mit seiner jungen Frau Ida und seiner Schwägerin
Marie Melos ein trauliches Heim gegründet. Nach Pfingsten
reiste Geibel von Lübeck ab. In Bremen sah er zuerst, daß er jetzt
doch schon für das Publikum als bedeutsamer Dichter galt: er
wurde aus einer Gesellschaft in die andere geführt; alle hatten
seine „Gedichte“ und „Zeitstimmen“ gelesen. Bei einem Abstecher
nach Oldenburg traf er an der Wirtstafel die Häupter des dor=
tigen litterarischen Kreises K. A. Mayer, A. Stahr; aber ihre An=
sichten über ästhetische, politische und religiöse Dinge stellten sich
als unvereinbar mit den seinen heraus. Münster, Düsseldorf
wurden durchflogen. In Bonn wohnte er bei Brandis. Alte
Freunde wurden aufgesucht und neue gewonnen. Bei dem alten,
noch immer rüstigen, kecken und lebendigen E. M. Arndt lernte
er Andersen, dies „liebe harmlose Kinderherz“ kennen und machte
auch auf ihn den Eindruck „eines guten Sängers“. Auch Karl
Simrock, den Übersetzer des Nibelungenliedes, sah er. Gottfried
Kinkels Hochzeit mit Johanna Mathieux feierte er als Trauzeuge
mit und half dem jungen Paar zu Rolandseck einige Flaschen
Wein ausstechen. Als er am 24. Mai in St. Goar eintraf, nahm
ihn Freiligrath sogleich für den Abend in Beschlag. Bald fanden
sie eine passende Wohnung mit Ausblick auf den Rhein.

St. Goar ist keiner der glänzendsten Orte am Rhein. Aber
die mächtige Ruine des Rheinfels, und die gegenüberliegende
Lorelei entschädigten für die kleinen Mängel der Gegend. Vor
allem fehlte es nicht an anregender Gesellschaft. Das „Ilium“
(Freiligrath wohnte beim Apotheker Ihl) und das gastliche Haus

des Landrats Heuberger wurden die Mittelpunkte des kleinen
Künstlerkreises, zu denen sich ab und zu noch Durchreisende ge=
sellten. Der Dritte im Bunde war Levin Schücking „mit den
Gespensteraugen", der in seinen „Lebenserinnerungen" ein Cha=
rakterbild des damaligen Geibel entwirft: „Em. Geibel war da=
mals ein eben aufgehendes Gestirn, das sich frei und offen als
Tory bekannte; er war eine gute, redliche und reine Natur von
großer sittlicher Feinfühligkeit, wenn auch ein wenig norddeutscher
Reflexionsmensch und nicht abgeneigt, zu „posieren" .. Sein
dichterisches Naturell war stark genug, daß das in mächtigeren
Tönen sich ausklingende Dichtertalent Freiligraths bei diesem
Zusammenleben keinen beirrenden Einfluß auf ihn übte". (L.
Schücking, Lebenserinnerungen. 1. Band, Seite 230.)

Gegenseitige Hochachtung wurde die Grundlage eines Freund=
schaftsverhältnisses besonders zwischen Geibel und Freiligrath, das
auch bei den später zu Tage tretenden politischen Verschiedenheiten
und der äußeren Trennung ihre Herzen verband. Dem Freiherrn
von der Malsburg schrieb er am 6. Juni 1843: „Jetzt bin ich hier
schon eingelebt und fühle mich wohl und frisch in der neuen Um=
gebung. An Freiligrath habe ich einen Freund gefunden, wie ich
ihn brauchte, offen für alle meine Interessen, von poetischem Geiste,
liebevollem Herzen und ehrenhafter Gesinnung." Und umgekehrt
urteilt der so Geschilderte über Geibel: „Er ist eine wackere tüch=
tige Natur, deren wildes Feuer, so Gott will, in ein paar Jahren
verflackert ist. Wo der Stamm gut ist, da kann man allerlei kleine
Auswüchse schon verzeihen."

Levin Schückings Herz war geteilt zwischen den Freunden
und seiner Braut, die in dem nahen Marienberg eine Badekur
gebrauchte. Der seltsame Hang seiner „mehr feinen und geist=
reichen als schöpferischen Natur" zum Geheimnisvollen und Wun=

derbaren wurde Anlaß zu einem poetischen Wettstreit des Klee=
blatts. Freiligrath begann damals sein Gespenstergedicht von der
„weißen Frau", Geibel ließ nach Erinnerungen an die Erzäh=
lungen der Frau von Heintze die stolze Kindesmörderin „im Gra=
fenschlosse" (Werke I. 176) umgehen.

Auch mit Geistern anderer Art hatten die Freunde zu thun;
die Geister der edlen Weine in Landrat Heubergers Keller regten
an — trotzdem gelang es nicht, „ein Loch hinein zu trinken".

Auch der Lurleifelsen, die Trümmer der „Katz", vor allem
eine Schenke in Oberwesel sah sie manchmal harmlos ausgelassen;
ihr Schild war ein goldener Pfropfenzieher, von zwei grimmen
Leuen gehalten, den der fröhliche Meister Adolf Schrödter gemalt
hatte, um den biedern mit den düsseldorfer Künstlern auf dem
besten Fuße stehenden Wirt zu ehren, gewiß das künstlerischste
Wirtshausschild in allen deutschen Landen. An ein Symposion
hier hat Geibel sein Gedicht „Von des Kaisers Bart" (Werke I.
170) angeknüpft.

Harmlos lebten die Freunde zusammen, bis Hoffmann, der
Dichter aus Fallersleben, am 16. August zu Koblenz im Gasthaus
„zum Riesen" mit Freiligrath und Geibel zusammentraf und „derb
und nagelschuhig" auftretend Freiligrath zum politischen Radi=
kalismus bekehrte. Geibels Ansichten blieben die alten: gegen Hoff=
mann, der ihnen am andern Tage nach St. Goar folgte, war er
„lange sehr ernst und zurückhaltend" (Hoffmann von Fallersleben,
Mein Leben: Band IV., S. 73). Wie anders sein Standpunkt war
und blieb, beweisen die damals entstandenen Dichtungen: „Bar=
barossas Erwachen" (Werke I. 204), „Sanssouci" (I. 183).

Außer Hoffmann erschienen auch Berthold Auerbach, Kinkel,
W. Alexis, Saphir u. a. in St. Goar. Der interessanteste Gast wurde
für Geibel Justinus Kerner, der Dichter, Arzt und Geisterseher aus

Weinsberg. Geibel schloß sich an die köstliche Menschennatur innig an. So viel Poesie und Herzlichkeit, so viel Tiefe und Kindeseinfalt war ihm selten vereinigt vorgekommen und wiederum hatte auch „der junge herrliche Dichter“ des Älteren Herz gewonnen: „er ist sehr lieb und reich an herrlicher Poesie“, schrieb Kerner später an Uhland. Geibel mußte versprechen, nach Weinsberg zu kommen. Geibel entschloß sich bald zur Abreise und schied Anfang September. In Freiligraths Album schrieb er zum „Abschied von St. Goar“:

> Und du fahr wohl, mein Dichter,
> Du Mann so jugendgrün,
> Und mag dir immer lichter
> Das Herz von Liedern blühn!
> Wohl sänge dir Besseres gerne,
> Der dieses sang und schrieb;
> Doch sei’s — und halt auch ferne
> Wie hier am Rhein ihn lieb.
>
> Werke II. 110.

Der Wunsch ist in Erfüllung gegangen. Noch 1845 schrieb Freiligrath mit einer Geburtsanzeige: „ . . Nichtsdestoweniger und trotz allem, was sich seit jener Zeit sonst ereignet hat, glaube ich Deines dauernden, freundschaftlichen Anteils an meinen Geschicken so gewiß zu sein, daß ich Dir da umstehende frohe Botschaft, als einen Beweis meines Andenkens, ohne Skrupel zuschicke. Die Politik apart, sind wir beide Poeten und Menschen . . .“ Geibel wahrt in einem Briefe vom 30. September 1846 deutlicher seinen Standpunkt: „Wer von uns den rechten Weg geht, das mag Gott entscheiden; aber ebenso gewiß, wie ich weiß, daß Du Deinen Schritt aus ehrlicher Gesinnung gethan hast, ebenso gewiß mußt Du wissen, daß es meine ehrliche Gesinnung ist, wenn ich ihn nicht nachthu. Möge Dir der frische Hauch vom Züricher See schöne Lieder in die Seele wehen, an denen ich mich

freuen werde, auch wenn ich sie nicht unterschreiben kann. Du
sagst ja selbst: „Hau, wie Dich's drängt, Dir Deinen Weg zu
Gott." Und so wirst Du denn auch meine in ihrer Weise gelten
lassen."

Beim Abschiede begleitete ihn Freiligrath bis Bacharach, wo
sie noch einmal die Ruinen der Wernerskirche besuchten und dann
in einer düsteren Schenkstube Valet tranken. Dann dampften sie
nach Nord und Süd auseinander, um sich nie wiederzusehen.
Freiligrath ging in die Schweiz infolge seines „Glaubensbekennt=
nisses," dann nach England, und als er nach langen Jahren mit
einem neuen Glauben an das geeinte deutsche Vaterland heim=
kehrte und sein „Hurrah Germania!" jauchzte, führten die äuße=
ren Lebenswege die innerlich genäherten Freunde nicht wieder
persönlich zusammen.

Württemberg.

Die nächste Reiseroute hatte Freiligrath in einem Geibel mit=
gegebenen Schreiben an Karl Buchner in Darmstadt launig vor=
geschrieben:

> Der gute Gesell
> Emanuel
> Schnürt sein Bündel
> Und verläßt das Thal der Gründel.
> Mit Weh und Ach
> Begleiten wir ihn bis Bacharach,
> Dort mit Spruch und Reim
> Entlassen wir ihn nach Geisenheim,
> Wo die Schwiegermutter
> Ihn hoffentlich stärkt mit entsprechendem Futter
> Und wo Adelaide
> Ihn begeistert zum neuen Liede.

> Denn er hat den St. Goarer Harm satt
> Und steuert recta via nach Darmstadt;
> Von Darmstadt aber zum alten Kerner —
> Und so ferner.

In Geisenheim ward Geibel programmmäßig vom Weinhändler Lade und seiner Familie freundlich empfangen. Die gewaltigen Kellereien wurden bewundert, wo Faß an Faß im saubersten Gebinde standen, und ein würzig süßer Duft den Raum durchzog „als blühten Lenz und Herbst vereinigt." Am nächsten Tage wanderte Geibel weiter, besuchte seinen Vetter Heistermann auf einem Weingütchen unter dem Johannisberge, um dann auf dem schönen Umwege über Marienthal, die Antoniuskapelle und Not-Gottes Geisenheim wieder zu erreichen. Von da führte der Dampfer abends den neuen Frauenlob nach Mainz, der Stadt des alten Frauenlob.

In Frankfurt brachte er in der Gesellschaft seines Freundes Adolf von Schack und im Hause des Legationsrats von Sydow ein paar angenehme Tage hin. Ein damals besprochener Plan des Freundes, beim Großherzog von Mecklenburg für Geibel die Stelle eines Dramaturgen am Hoftheater in Schwerin auszuwirken, scheiterte. Lessings, des Malers, Bekanntschaft wurde gemacht. Gutzkow, gegen den er, eine unbesiegbare Abneigung hatte, suchte er nicht auf, wohl in Erinnerung an seine Begrüßung in Lewalds Europa: „Emanuel Geibel, ein unbekannter Anfänger, der gleich in seinem ersten Gedichte den Dichter besingt. Er nennt ihn König Dichter (Werke I. 28) und wird wahrscheinlich sein Lebelang dessen Unterthan bleiben. Es charakterisiert recht den Schwachkopf in der Poesie, statt zu dichten, immer von der Dichtkunst zu reden." Gutzkow vergalt die gesellschaftliche Vernachlässigung mit einem giftigen Artikel der Kölnischen Zeitung (6. Dezbr.), wo er Geibel als „Allerseelentröster" hinstellt und als seine einzige neue Idee „politische Juste-Milieu-Lieder nach Gesangbuchs-Melodieen" nennt. Für fast alle andern Gedichte findet Gutzkow auf trauriger Reminiszenzenjagd Vorbilder und sieht in den aus den verschiedensten Zeiten stammenden Gedichten „Chamäleonsstimmung, die heute künstlich, morgen natürlich, heute Priester, morgen Waidmann sein will." Diesen maßlosen Angriff parierte Gottfried Kinkel kräftig mit treuer Freundeshand in der Allgemeinen Zeitung (17. Dezember 1843): „Es mag geschehen, daß ihn der Strom der Zeit entweder noch mit sich fortreißt oder an das Ufer auswirft, aber Recht ihn zu tadeln hat man nicht, da er ehrlich ist; jene Verantwortung, ob er auf dem rechten Fleck stehe im Kampfe des Lebens, muß jeder Dichter, jeder Mann mit sich ausmachen." Gutzkow hat später selber anders über den angefeindeten Dichter gedacht. In seinem „Dionysius Longinus, oder: Über den ästhetischen Schwulst in der neueren deutschen Litteratur" schreibt er: „Die Pflege des Verses, wenn derselbe etwas bedeuten soll, erfordert ein Leben. Geibel wird es bezeugen können."

In Darmstadt fand er Levin Schücking wieder, der vor wenig Tagen Hochzeit gehalten, verständigte sich mit Eduard Duller und lernte in dem Intendanten von Dalwigk „einen recht wohlwollenden Mann" kennen, der ihm das Leben hinter den Koulissen zeigte und eine Aufführung des Roderich in Aussicht stellte.

Über Heidelberg ging es dann nach Karlsruhe, wo ihn der Oberst von Radowitz, damals dort preußischer Gesandter, in seinen liebenswürdigen Familienkreis einführte. Endlich kam er nach Weinsberg, nachdem er noch am Abend vorher im nahen Heilbronn durch seinen Bonner Universitätsfreund Balduin Clubius aufgehalten war, „den tollsten Kerl, der ihm je vorgekommen, aber mit einem Anflug von liebenswürdiger Genialität." Das

anmutig zwischen Waldhöhen und Rebenhügeln gelegene Weins=
berg machte schon von außen den freundlichsten Eindruck. In
Kerners gastlichem Hause am Fuße der Weibertreu wurde er aufs
herzlichste empfangen. Man wies ihm in dem freundlichen Gar=
tenhäuschen gegenüber ein traulich behagliches Gemach an, in
das die Sonne durch dichtes Weinlaub am Fenster golden herein=
leuchtete. Dort hatte vor ihm Lenau, Freiligrath, Graf Alexander
von Württemberg, Rybinsky, der letzte Feldherr der Polen, u. a.
gewohnt. Noch heute ist dies Zimmer treu behütet wie das eigent=
liche Kernerhaus, das ich als Student einmal von Tübingen aus
besuchte, nicht ahnend, daß der Sohn des Dichters, Hofrat Theo=
bald Kerner, darin wohnte und den zu heißer Mittagsstunde an=
klopfenden Wandersmann selbst führen würde.

Geibel war bald wie zu Hause. Kerners schöne aber wunder=
liche, nur fast zu weiche Natur, der er etwas mehr Sprödigkeit und
Umsicht wünschte, vor allem sein Humor zog ihn an. Kerner
lehnte sich an ihn, wie an einen Sohn; er mußte ihn Du nennen.
Das „Rickele“, ein Weib ganz aus einem Stück, war die vortreff=
lichste Hausfrau und doch voll Sinn für alles Schöne, ohne irgend=
welchen Anspruch. In dem ganzen Hause atmete ein Geist der
Redlichkeit, Freundlichkeit und Milde, der jeden Neuhereintreten=
den anziehen und fesseln mußte. Hier fand er in den drei Wochen
seines Aufenthaltes „eine selige Zurückgezogenheit, ein friedliches
Eiland, wo die Menschen stille fortwandeln, wo die Blumen im
Garten ruhig fortblühen, noch unberührt von dem Sturme der
jungen Zeit, der hoch über ihren Häuptern brausend dahin fährt,
und von dem nur dann und wann ein leises Säuseln bis zu ihnen
herabkommt.“

An den drei Wochen seines Aufenthaltes gab es manche Ab=
wechselung — Levin Schücking und seine Frau, geborene Gall und

deshalb „Gallina“ doppelsinnig genannt, überraschten sie auf der Durchreise nach Augsburg, und die St. Goarer Gespensterge= schichten erlebten hier im klassischen Heim der Geister und der Geisterseher eine verdoppelte Auflage. Ferdinand Röse, gesunder und frischer als je, kam auf ein paar Tage von Stuttgart herüber. Er bewog den Jugendfreund, längeren Aufenthalt in Stuttgart zu nehmen, und als Geibel Ende Oktober in der schwäbischen Hauptstadt ankam, hatte ihm Röse ohne weiteres am Ende der Stadt eine allerliebste Wohnung eingerichtet, deren Fenster auf eine Reihe freundlicher Gärten sahen, hinter denen in gemessener Ferne die waldigen Berge emporstiegen. So lebte er hier wie auf dem Lande und genoß doch dabei die Vorteile der Residenz: Um= gang, Theater, Konzerte. Die schwäbischen Dichter nahmen ihn freundlich auf: Gustav Schwab und Pfizer, Dingelstedt, der Hof= rat und Bibliothekar. Wichtig für ihn war das Entgegenkommen des Buchhändlers Freiherrn von Cotta, der schon durch Frei= ligraths Vermittelung mit Geibel Verbindung angeknüpft hatte und den „König Roderich“ in Verlag nehmen wollte. Seitdem sind fast alle Geibelschen Werke bei dieser ersten deutschen Buch= händlerfirma erschienen. Bald sah er sich ohne sein Zuthun in die Hofkreise eingeführt. Zuerst lud ihn der Hofmarschall von Seckendorf ein, dann die Prinzessin Marie, vermählte Gräfin Neipperg, in deren Salon er den „Roderich“ las. An Schillers Geburtstage war er zusammen mit dem „dämonischen Pianisten“ Liszt in einer Gesellschaft des Kronprinzen. „Bald war die leben= digste Unterhaltung im Gange,“ erzählte er, „die Worte flogen herüber und hinüber, ein blitzender Trinkspruch folgte dem an= dern; der Champagner schäumte und zischte dazwischen. Da plötz= lich sprang Liszt von der Tafel auf und ließ auf dem Flügel Don Juans Champagnerlied daherbrausen. Es war als ob er, ein

Zauberer, alle Dämonen mutwilligen Jubels losgelassen hätte,
wir glaubten den tönenden Flügelschlag eines trunkenen Elfen=
reigens in der Luft zu vernehmen; ein Rausch der Freude kam
über uns alle. Der Kronprinz ließ Noten holen, es wurde ge=
sungen. Er selbst sang meinen Zigeunerbuben, Liszt akkompag=
nierte. Ich werde mein Lied wohl in ähnlicher Weise nicht wieder
hören.“ Auch der König hatte den Wunsch, Geibel kennen zu ler=
nen und befahl ihn zur Audienz. Bald war die begreifliche Be=
fangenheit der ruhigen Freundlichkeit des Königs gegenüber ver=
schwunden. Geibel sprach sich über die Gegenstände, die berührt
wurden, offen und ohne Hehl aus. Die Unterhaltung verlief leb=
haft genug; erst nach Verlauf einer Stunde wurde er entlassen.

Der Winter in Stuttgart, der anfangs Muße und Stille
bot, brachte im späteren Verlaufe viel Zerstreuung; immerhin
wurden mancherlei dramatische Pläne begonnen (z. B. Stilicho),
eine später nicht erschienene Fortsetzung des Chamisso’schen Musen=
almanachs mit Schücking vorbereitet, eine dritte um fünfzig Stücke
vermehrte Auflage der Gedichte herausgegeben und der Druck des
Roderich unter seinen Augen besorgt. Neue Gedichte entstanden
wenig. Das sonst so liederreiche Schwabenland hatte den Nord=
deutschen nicht zu fördern, sondern nur zu zerstreuen und zu zer=
splittern vermocht.

Reisen und Wanderungen.

Ende Februar 1844 ging Geibel wieder nach dem Norden.
In Escheberg blieb er nur kurze Tage. Über Kassel und Halle,
wo er Litzmann wiedersah, zog es ihn nach Berlin; er fand dort
überall offene Arme. Der König, dem er persönlich für seinen

Gnadenbeweis dankte, empfing ihn auf das huldreichste, die Sa=
lons der Minister öffneten sich ihm, die Wogen des geselligen
Lebens schlugen hoch an seine Brust und drohten ihn fast zu ver=

Emanuel Geibel 1844.
Nach Zeichnung von Luise Kugler. Lithographie von Schwertle.

schlingen. Eine angebotene offiziöse Journalistenstellung schlug
er aus und folgte nach einem vierwöchentlichen Aufenthalte der
Einladung seines Freundes, des Hofrats Schöll, nach Weimar.
Der Erbgroßherzog, voll Enthusiasmus für die Stadt Goethes
und Schillers eine neue Glanzzeit herbeizuführen, war selbst die
Veranlassung dazu gewesen. Im März hatte er durch Eckermann
Freiligrath und Geibel über ihre Wünsche und Aussichten son=

bieren laſſen. Schon am zweiten Tage ſeines Aufenthaltes wurde
er bei Hofe eingeladen und war nun während ſeines zweiwöchent=
lichen Aufenthaltes faſt jeden Abend in Geſellſchaft des Erbgroß=
herzogs. Er mußte vorleſen und erzählen, und nicht ſelten ging
die Unterhaltung zu vertraulichem Scherze über. Der bringende
Wunſch wurde ausgeſprochen, ihn künftig für immer in Weimar
zu ſehen. Ohne ſich gebunden zu haben, kehrte er über Berlin nach
Lübeck zurück. Eine ſtille Wohnung vor dem Thore nahm ihn auf.
Außer mit ſeiner Familie und Nöltings verkehrte er mit niemand,
aber die Stille nach dem Sturm der großſtädtiſchen Geſellſchaften
that ihm wohl. Er arbeitete viel, eine große Tragödie (vielleicht
ſchon die Albigenſer) wurde begonnen, auch die Lyrik blühte. Der
unfreundliche Sommer ſah ihn wochenlang am Meer im nahen
Travemünde, aber das Seebad bewährte diesmal ſeine Kraft nicht.
Auch über dem Vaterlande lagerten düſtere Wolken; er fühlte tief
die Gebrechen ſeines Volkes und ſehnte ſich nach Männern, die
es heilen könnten. Damals entſtanden die „Deutſchen Klagen“
(Werke I. 231 ff.).

Ende September reiſte er nach Hannover und trat dem Litterar=
hiſtoriker Karl Goedeke, ſeinem ſpäteren Biographen, nahe. In
den Kreiſen des Hofbuchhändlers Hahn fand er enthuſiaſtiſche Ver=
ehrung. Getrübt wurde der Aufenthalt durch das Erſcheinen von
Freiligraths „Glaubensbekenntnis“, das ihn plötzlich über die tiefe
Kluft belehrte, die ſich zwiſchen ihnen aufgethan. Am 5. Oktober
ging er nach Dresden, wo er mit alten Freunden eine ſchöne Woche
verlebte, dann nach Schleſien infolge einer Einladung des jungen
Grafen Moritz von Strachwitz, der eben ſeine „Lieder eines Er=
wachenden“ veröffentlicht hatte, Geibel kurz vorher in Berlin be=
gegnet und ihm dann brieflich nahegetreten war. Wenn auch im
Schloſſe Peterwitz die Behaglichkeit Eſchebergs beim Mangel an

Frauen fehlte, so entschädigten doch dafür mancherlei Ausfahrten zu benachbarten Edelleuten und Fußwanderungen mit dem jungen bildsamen Dichter. Den Heimweg nahm er anfangs November über Breslau, wo er in dem täglichen ausschließlichen Umgange mit dem Dramatiker Hans Köster, dessen Frau eine geborene Lübeckerin war, reiche Anregung fand. Ohne Aufenthalt in Ber= lin zog dann der „Wandervogel voll Begehr nach Ruh" wieder nach der Heimat, ohne diese Ruhe auch diesmal dort zu finden. Noch immer galt der Prophet im Vaterlande nichts; gerade die am engsten Verbundenen konnten sein unstetes Leben am wenigsten begreifen. Immerhin ging er unbekümmert seinen Weg; mit dem Studium altfranzösischer und provençalischer Lyrik ging Hand in Hand eine innige Teilnahme an den Zeitereignissen.

Gleichsam mit Gebet eröffnete er das Jahr 1845, das beson= ders reich an Entwürfen und vollendeten Schöpfungen wurde:

> Herr, den ich tief im Herzen trage, sei du mit mir,
> Du Gnadenhort in Glück und Plage sei du mit mir. . .
>
> Werke II. 42.

Seine Hoffnung auf eine einheitliche Gestaltung Deutschlands wurde wieder rege; er ließ den „Alten im Bart" der brausenden Nacht und ihrem Liede vom deutschen Kaiser lauschen. (Werke II. 12.) Es entstanden die „Balladen vom Pagen und der Königs= tochter", (Werke II. 151) und das kleine Epos „König Sigurds Brautfahrt", das im folgenden Jahre zum besten einer hülfsbe= dürftigen Familie in Berlin besonders gedruckt wurde. (Werke II. 194.) Im Sommer brachte er mehrere Wochen in Hannover zu. Ihm zu Ehren wurden Gesellschaften über Gesellschaften gegeben; überall aber blieb er der bescheidene Mann, der alle Herzen er= oberte. Besonders eng war wieder der Verkehr mit Hahns, die sich mit aller Kraft auf die Verbreitung seiner Gedichte legten.

Karl Goedeke, bei dem er wohnte, trat mit ihm am 15. Juli eine Harzreise an, auf der sich die beiden verschiedenen Naturen doch immer herzlicher und enger aneinander schlossen. Die Kluft, die dem Litterarhistoriker sonst bei andern Dichtern so oft zwischen Lied und Leben fühlbar geworden war, existierte bei Geibel nicht. Goedeke fand alles im Einklange. Geibel wurde ihm lieb, wie er sich auch zeigte, im weichen Gefühl, in freudiger Heiterkeit, in stürmischer Unruhe, im leidenschaftlichen Aufbrausen.

Harzburg, Ilsenburg, Wernigerode, Blankenburg, Ballen=stedt, der Falkenstein, Stolberg wurden aufgesucht und dann in Kloster Ilfeld längere Zeit Rast gemacht. Von dem Aufenthalte dort erzählte Goedeke später folgendes bezeichnende kleine Erlebnis. Eines Abends bemerkt er im Lauf der Unterhaltung, daß ihm je=des Verständnis Beethoven'scher Symphonieen abgehe. Geibel fährt entsetzt auf: „Das ist ja eine unerhörte Blasphemie! Ich sehe wohl, daß wir nicht zu einander passen; es ist besser, wir brechen den Verkehr ab und trennen uns morgen". Goedeke, durch die unmotivierte Heftigkeit ebenfalls gereizt, erklärt sich sofort bereit dazu, und ohne einander gute Nacht zu wünschen, legen sich beide zu Bett. Am andern Morgen that Geibel, als sei nichts vorge=fallen.

Aus jener Zeit stammt die treffende Selbstcharakteristik:

Ein Bild.

Leichtsinnig, redlich, Mann und Kind zugleich,
Voll Übermut und Demut, starr und weich,
Von Sinnen wild und stets damit im Streit,
Verfolgt von Lieb' und doch in Liebesleid,
Ein Wandervogel voll Begehr nach Ruh,
Ein Weltkind, das sich sehnt dem Himmel zu. —
O Bild des Widerspruchs, wann kommt der Tag,
Der allen deinen Zwiespalt sühnen mag?

Werke II. 77.

Nach fünfwöchentlichem Aufenthalt in den Bergen reiste der Dichter über Hannover nach Lübeck zurück, um bald die tiefe Stille eines Försterhauses bei Waldhusen aufzusuchen. Leider vertrieb ein Unwohlsein die heitere Stimmung, welche den Sommer über im Allgemeinen ihm treu geblieben war, und so konnte der Sorgen- und Grillengeist, welcher von Zeit zu Zeit ihn erfaßte, wieder emporkommen. Der Herbst brachte ihm, dem Lübecker, einen besonderen Verdruß. Die Stadt Lübeck wurde in der Entwicklung ihres Verkehrs durch Dänemark schmachvoll gehemmt, das den Bau einer Eisenbahn durch lauenburgisches Gebiet verhinderte. Der deutsche Bund sollte helfen, meinte Geibel, und schleuderte ein zornsprühendes Gedicht: „Ein Ruf von der Trave" in die Welt. („Lübecks Bedrängnis" Werke I. 223.) „Seine Ohnmacht und Uneinigkeit" der deutsche Bundestag half nicht. Aber der Sänger verzweifelte nicht, daß Gottes Stunde, das deutsche Vaterland zu kräftigen, dereinst noch kommen werde. Das bezeugt das bald darauf entstandene herrliche Gedicht: „Eine Septembernacht", indem er die mächtigen Gestalten der alten lübischen Helden Marx Meier und Jürgen Wullenweber im Gewölbe der „Rose" in einer Vision schaut. Der erste enthüllt die Zukunft:

Die Hansa sank, das alte Reich zerfiel,
Doch Deutschland steigt empor lebendig.

Es geht ein heil'ger Sturm von Stadt zu Stadt,
Sie spüren's all erwacht aus schwerem Traume:
Deutschland ist eins, und jeder ist ein Blatt
Am riesengroßen Wunderbaume.
Schon grollt man jedem fremden Übermut,
Schon zürnt der Süden, ist der Norden fröhnig;
Hinweg denn mit dem knechtischen Tribut
Dem Schoß an jenen Inselkönig!

Frischauf mein Volk, du großes Vaterland,
Treueinig, wie ich's nimmer durfte schauen!

Vollführe du, was mir im Herzen stand,
Zu Masten laß des Forstes Tannen hauen!
Dein sei der Sund, der dich nach Westen weis't,
Der Weg des Meeres dein, ein glorreich Lehen,
Mit Kugeln gieb den Zoll! Es soll mein Geist
Am Steuer deines Heerschiffs stehen!

Werke II. 88.

Um die alten Freunde wiederzusehen und sich durch Musik und Theater anregen zu lassen, ging er im November 1844 nach Berlin und verblieb gegen seine ursprüngliche Absicht den ganzen Winter dort. Das Leben und Treiben der Großstadt legte ihm den Warnungsruf des „Mene Tekel" (Werke II. 91) auf die Lippen. In dem allgemeinen Gewühle fand er an der Familie Kuglers einen sicheren Haltepunkt.

Ein Plan mit Professor Herzog und Ernst Curtius, der jetzt als außerordentlicher Universitätsprofessor und Erzieher des nach= maligen Kaiser Friedrich in Berlin wohnte, neugriechische Volks= lieder herauszugeben, scheiterte. Dagegen wurde auf Felix Men= delssohns Bitte, der ihn schon 1844 dazu angeregt, die Dichtung eines Textes zu einer großen Oper begonnen: Geibel hatte früher eine lyrisch=rhapsodische Behandlung der Sage von der Loreley versucht (wohl unter dem Loreleyfelsen selbst in St. Goar) und arbeitete mit großer Freudigkeit den Entwurf zu dem neuen Zwecke um. Gegen Ostern siedelte er nach Altenburg über, um Mendels= sohn nahe zu sein, der seit August 1845 die Gewandhauskonzerte in Leipzig wieder leitete, nachdem sein Verhältnis als General= musikdirektor in Berlin sich gelöst. Eduard Devrient, den er in Dresden im April aufsuchte, gab Ratschläge in betreff der dra= matischen Formung. Auch Jenny Lind, für welche die Titelrolle bestimmt war, interessierte sich für Text und Musik in gleicher Weise. Mendelssohn war noch nicht ganz befriedigt, als er nach einigen Monaten das Manuskript erhielt. Von Altenburg aus hatte Geibel

einen kürzeren Ausflug nach Neuhaldensleben zum Besuch von
Philipp Engelhard Nathusius und seiner Gattin, der als Schrift=
stellerin und Begründerin des Lindenhofs in Neinstedt a. H. be=
kannten Marie, unternommen und war dann über Groß=Salze
zurückgekehrt. Um Johannis suchte er in Marienbad in Böhmen
Heilung, wo sich auch Kugler mit Frau Clara eingefunden. Ihr,
der liebreizenden mütterlichen Freundin, legte er dort: „dienst=
willig zu Füßen ein halbes Dutzend Auflagen" mit dem schönen
Widmungsgedichte, das ihren Namen auf immer fortklingen läßt:

> Was so im Busen ich getragen,
> Was ich gekämpft, verfehlt, ersiegt,
> Das laß dir nun dies Büchlein sagen,
> Drin meine Seele vor dir liegt.
> So nimm es hin! Und wuchert munter
> Manch buntes Unkraut auch noch heut:
> Schon sind die Erstlingshalme drunter
> Der Ernte, die mein Leben beut.
>
> Werke I. S. VI.

' Bald rief wieder dänischer Übermut den deutschen Sänger auf
den Plan. Die Gelüste des Königs von Dänemark, die Elbherzog=
tümer zu annektieren, erfüllten ganz Deutschland mit Unmut, nur
nicht die maßgebenden Kreise, welche aus dem Winterschlafe eines
faulen Friedens sich nicht aufraffen konnten. Auf der Rückreise
von Marienbad, im Dampfer zwischen Magdeburg und Hamburg,
begann er die kriegerischen Sonette „Für Schleswig=Holstein".
(Werke I. 237 ff.) Mit wuchtigen Worten hält er Deutschland
seine Schmach vor:

> Deutschland, bist du so tief vom Schlaf gebunden
> Daß diese fremden Zwerge sich getrauen,
> Mit frechem Beil in deinen Leib zu hauen,
> Als könntest du nicht spüren Streich und Wunden?
>
> Ist deine Ehre so dahingeschwunden,
> Im Mund der Völker, daß sie keck drauf bauen,

> Mit teilnahmloser Ruhe würden schauen
> Die Schmach des kranken Gliedes die gesunden?
>
> Erwach' und steig' empor in Zornes Lohen!
> Laß aus der Brust, die nicht umsonst sich brüstet,
> Die Riesendonner deiner Stimme drohen!
>
> Da werden die nach deinem Raub gelüstet
> Entsetzt zerstäuben, wie die Troer flohen
> Beim Ruf Achills, noch eh' er sich gerüstet.
>
> Werke I. 237.

Die Sonette erschienen in Lübeck als Broschüre und wurden von dänischer Seite sofort in den Elb=Herzogtümern verboten, wie später die Juniuslieder. Der Herbst, in Waldhusen teilweise ver=bracht, war schließlich durch Unwohlsein getrübt. Er spie Blut und dachte an sein Ende:

> Du Genius, der von ew'gem Herd
> Mein Wesen all gesetzt in Flammen,
> O halte diesen Leib zusammen,
> Bis ich ein Werk schuf deiner wert.
> Dann mag in Erde, Luft und Wellen
> Der Staub dem Staube sich gesellen,
> Ein Tropfen der zum Meere kehrt.
>
> Werke II. 40.

Auch der folgende Winter ward in Berlin verlebt. Im De=zember nahm er am Enkeplatz eine Wohnung und blieb bis zum Himmelfahrtstage 1847. Er schuf weiter an der Loreley. Nächst dem altvertrauten Verkehr mit Kuglers erfreute ihn diesmal be=sonders der Umgang mit Ernst Curtius. Die attischen Nächte wurden in veränderter Form fortgesetzt. Sie kamen oft in ver=traulicher Weise zusammen und verhandelten über die künstlerischen Projekte Geibels, namentlich über die Albigenser. Nach Goedeke sind in diesem Jahre die ersten Lieder des „Troubadours" (Werke II. 143) entstanden, einer stolzen, kalten, seelenlosen Schönheit geltend, die seine Liebe nicht vergalt. Gädertz verlegt die erste

Bekanntschaft bereits in die berliner Zeit von 1837: „Als er in einer großen Gesellschaft bei Rudolf Köpkes (des Historikers) Eltern eine Jungfrau von idealer, geradezu überwältigender Schönheit sah und Wilibald Alexis ihn plötzlich ihr vorstellte, stand er völlig verwirrt und geblendet. Dann traf er sie häufig im Kuglerschen Kreise ... er bildete sich nie ein, daß sie seine stille Neigung erwidere." Später konnte er es ohne leidenschaftliche Erregung vernehmen, daß sie sich verheiratet und in der Schweiz glücklich und in stattlichen Verhältnissen lebe. Als Geibel 1875 ihre Todesnachricht erhielt, bekannte er: „Tony's Bild steht noch heute im vollen Glanze seiner bezaubernden Schönheit vor meiner Seele .. Sie hat, wie ein prachtvoller Stern, ein Stück meines Lebensweges erleuchtet; ich werde sie niemals vergessen." Solcher vorübergehenden Sterne hat es manchen gegeben im Leben Geibels. Sie haben sich meist, wie die Kometen, in einen Sternenregen von Liedern aufgelöst. Der Dichter ist in seinem Leben infolge seines feurigen Temperamentes, seiner lebhaften Phantasie, seines guten Herzens, auch infolge der seinem Ruhm überall entgegen gebrachten Huldigungen manchmal verliebt gewesen, nicht selten mit Leidenschaft. Aber er pries in seinem Alter als ein besonderes Glück, daß er sich nie zu einer unedlen Handlung habe hinreißen lassen, so daß er ohne Reue mit reinem Gewissen auf seine Jugend zurückschauen könnte. W. Deeke (Erinnerungen S. 25) hat 1865 eine Äußerung Geibels aufgezeichnet: „Ihm sei bei der Liebe, trotz aller Leidenschaft, die seelische Erregung allemal das Überwiegende und Bestimmende gewesen: so sei er vor Schuld bewahrt worden, und manches schwierige Verhältnis habe sich später zur reinsten und innigsten Freundschaft verklärt, die durch die Erinnerung an den einstigen Rausch der Neigung und den in Selbstüberwindung errungenen Sieg noch einen besonderen Zauber bewahrt habe."

Zum erften Male, erzählte er halb fcherzend, fei er, wie Dante, schon in feinem neunten Jahre verliebt gewefen, ohne fich natür= lich feines Gefühls bewußt zu werden. Nur erinnere er fich, daß, als die junge Dame, die bei feinen Eltern zum Befuche gewefen, Abfchied genommen, er den Thürgriff geküßt habe, auf dem ihre Hand zuletzt geruht.

Die unerfüllte Sehnfucht feiner Liebe diefes Winters fpiegelt fich wieder nicht blos in jenen Troubadourliedern, fondern auch in dem „Morgenländifchen Mythus.“ (Werke II. 180.) Die Male= rinnen Luife Kugler, die Schwefter von Franz, und ihre Freundin Albertine von Hochftetter wünfchten ein Illuftrationsobject. Der Dichter aber legte in dies Gelegenheitsgedicht wieder fein eigen= tümlichftes Wefen. Er führte in Anlehnung an einen Stoff aus „Taufend und einer Nacht“ den Gedanken aus, wie der Menfch das Ideal, das ihm einmal in glückfeliger Stunde wie durch ein Wunder nahe getreten, in ewiger Sehnfucht fuchen müffe. Die Originalilluftrationen gelangten in den Befitz der Großherzogin Augufte von Mecklenburg=Schwerin, die fpäter die Herausgabe in koftbaren Farbendrucken geftattete. Von befonderem Kunftwert find die Blumenarabesken, während die Figuren eine gewiffe Steifheit zeigen.

Ein neues Werk veranlaßten die durch Curtius vermittelten perfönlichen Berührungen mit dem Prinzen Friedrich Wilhelm. Für ihn und feine Jugendgenoffen fchrieb er binnen wenigen Tagen einen ausgelaffenen Faftnachtsfchwank: „Die Seelen= wanderung,“ der dann am 7. April im Turnfaal des Palais des Prinzen von Preußen mit vielem Erfolg aufgeführt wurde. Nach dem Helden des Stückes ift es fpäter „Meifter Andrea“ ge= nannt. Die Einftudierung war meiftens unter Geibels perfön= licher Leitung gefchehen. Der dadurch hervorgerufene Verkehr mit dem Prinzen und seiner Schwester, der späteren Großherzogin von Baden, ist auch jenen unvergeßlich geblieben; der Dichter galt ihnen, wie ihrer Mutter, der Kaiserin Augusta, als Urbild eines Poeten von Gottes Gnaden. Nach dem Tode Geibels erhielt Curtius folgende Zeilen des Kronprinzen: „Meine aufrichtige Verehrung für unsern ersten deutschen Dichter kennen Sie seit vielen Jahrzehnten; verdanke ich doch Ihnen die Bekanntschaft mit dem teuren Manne .. Geibels Dichtungen waren stets meine Begleiter, seitdem Sie mich mit denselben vertraut machten. Jetzt aber, wo ich im vorgerückten Alter gern zurückschaue auf Zeiten, die so harmlose und freudige Stunden enthielten, wird die Erinnerung an den Dichter, der unseren jugendlichen Kreis anzuregen nicht verschmähte, mir von besonderem Wert zeitlebens bleiben.“

Am Himmelfahrtstage 1847 trat Geibel eine große Fußreise durch Süddeutschland an, die ihm durch die Gesellschaft Franz Kuglers, des Kunstgelehrten, manche neue Blicke in die Welt der Kunst, besonders der Architektur, eröffnete. Weniger Interesse gewann er damals den Werken der Malerei ab, auch in München fesselten ihn später die Pinakotheken am wenigsten. Die Eisenbahn führte sie zunächst nach Kösen, von dort aus wanderten sie wie Handwerksburschen weiter nach Süden, den Stab in der Hand, den Tornister auf dem Rücken. Der Marsch ging das grüne sonnige Saalthal entlang über die Rudelsburg bis nach Rudolstadt, dann durch das wildromantische Thal der Schwarza über den Thüringerwald. Bei Coburg zu Neuseß besuchten sie Rückert, der die Wanderer gastlich an seinem patriarchalischen Heerde aufnahm; sie begrüßten das stattliche Bamberg, das kunstgeschmückte Nürnberg, das altertümliche Regensburg und zogen dann die Donau hinab nach Linz, bis sich endlich bei Gmunden die herrliche Alpenwelt in voller Glorie vor ihnen aufschloß. Von dort schifften sie über den Traunsee, besuchten Ischl und wanderten weiter nach St. Wolfgang. An das Bild des lieblichen Ortes über dem licht= grünen See, das er damals fest und tief in sein Herz schloß, um noch lange daran zu zehren, knüpfte er später das Gedicht:

> O gedenkst du der Stund', als auf schimmernder Bahn
> Überm See von Sankt Wolfgang uns wiegte der Kahn,
> Wo die Felswand sich gipfelt aus laubiger Nacht
> Und die Tiefe der Flut ist wie lichter Smaragd?

Werke III. 41.

Leider stellte sich schon am nächsten Tage das Mißliche einer so frühen Alpenreise heraus; der Schnee lag noch überall auf den Höhen, der Wind fuhr eiskalt durch die Thalschluchten, dazwischen brütete an geschützten Stellen eine glühende Hitze. So langten sie beide, ohne Mantel und Schirm wie sie waren, matt und stark erkältet in Salzburg an. Den Plan bis Venedig vorzudringen, gaben sie auf und fuhren nach einigen bei anhaltendem Nebel und Regen, Zahnschmerzen und Katarrh in Salzburg zugebrach= ten Tagen mit der Schnellpost nach München. Augsburg wurde mit der Eisenbahn erreicht, von dort zu Fuß nach Ulm gewandert und nach elfstündigem Marsche in Blaubeuren Rast gemacht. Reutlingen, Stuttgart, Heidelberg wurden besucht und dann ging's von Frankfurt per Post nach Lübeck, wo der anregenden aber anstrengenden Reise eine große Erschöpfung folgte. Die alten Todesgedanken stellten sich wieder ein. Das schmerzliche Gefühl der Einsamkeit klingt durch das Gedicht: „Nach zehn Jah= ren" (Werke II. 65), in dem er das kinderreiche Haus seiner Schwester Elise schildert. Die Schritte der fröhlichen Neffen und Nichten erinnern ihn, daß er ebenso viele dem Tode entgegen gethan.

Im Herbst ließ er die neuentstandenen Gedichte unter dem Titel „Juniuslieder" erscheinen. Er hatte den Titel gewählt,

weil „diese Dichtungen meistens in der hohen Sommerzeit seines
Lebens entstanden sind und eine dementsprechende Stimmung
darin vorwaltet. Die Zeit des Mais, der Blüten, der Träume,
der ersten süßen Neigung ist vorüber. Nur dann und wann macht
sie sich noch geltend, aber als ein Verborgenes, das im Glanze
der Erinnerung steht. Auch die Leidenschaft bricht noch hervor,
wie ein Gewitter, aber sie zieht vorüber und beruhigt sich in ern=
ster Betrachtung. Auf die Empfindung folgt der Gedanke, auf die
flackernde Glut die milde dauernde Wärme, auf den Kampf der
erste Schritt zur Versöhnung."

Bald nach seiner Heimkehr wurde in Lübeck die Germanisten=
versammlung abgehalten, zu der sich die Elite der deutschen Geister
eingefunden. Das „Album", das in Faksimiles ihre Handschriften
veröffentlichte, zeigt neben den Gebrüdern Grimm die Namen
Dahlmann, Haupt, Jhering, Lachmann. Die Versammlung war
der Vorbote der überall sich regenden deutschen Einheitsbestre=
bungen. Geibel empfing damals den Besuch des Professors von
der Pfordten aus Leipzig, der dann als bayerischer Minister in
München ihm wieder begegnete.

In jenes Album schrieb Geibel den Spruch:

> Für alles, was du bist und kannst, gebührt
> Nächst Gott der erste Dank dem Vaterland.
> Vergiß es nie, und was du immer thust
> Gedenke, daß es seiner würdig sei.
> Am stillen Herd, im Staat, in Wort und Lied,
> In Lieb' und Zorn, in jeglichem Gedanken
> Sei deutsch, bis du dereinst dem Heimatsboden
> Mit deinem Staub die letzte Schuld bezahlst.

Der Herbst, der wieder neue Kraft und strömende Produktion
brachte, entriß ihm seinen Freund Felix Mendelssohn. Die
Loreley war in der Komposition nicht vollendet: der plötzliche
Tod endigte das Werk mit schriller Dissonanz. Die in der

Reinschrift vollendeten Teile werden öfter in Konzert und Theater vorgeführt. So leitete das Finale des ersten Aktes stimmungsvoll die Feier des Lübecker Schillervereins am Vorabend der Enthüllung des Denkmals Geibels ein. Die Dichtung, die erst 1860 nach mannigfachen Umarbeitungen veröffentlicht ist, kann der Musik entbehren. Später hat Max Bruch, zunächst ohne Vorwissen des Dichters, das Werk komponiert — seine Oper hat nach anfänglicher begeisterter Aufnahme den nachhaltigen Erfolg der Chorwerke Bruchs nicht erreichen können. Geibel vermißte daran ungern eine ausgedehntere Ouvertüre.

Ende Februar 1848 rief Geibel die wiederholte Darstellung der „Seelenwanderung" nach Berlin, zu der außer den Fürstlichen Eltern auch der König Friedrich Wilhelm IV. eingeladen war. Es war einer der letzten Abende harmloser Geselligkeit. Schon lagen düstere Wolken auf der Stirne des Königs, der den Dichter bei dieser Gelegenheit zum zweitenmale sah. Eine Woche später donnerten die Geschütze durch die Straßen von Berlin. Das Andenken an jene Aufführung hielt ein von den Darstellern gewidmetes Aquarellbild in dem Dichter dauernd lebendig. Im März 1849 übersandte ihm der Prinz mit freundlichem Schreiben das von H. Kretzschmar, dem Freunde Geibels aus der athenischen Zeit, gemalte Erinnerungsblatt. Den Mittelpunkt bildet der Dichter auf dem durchgehenden Pegasus; in Arabesken sind ringsum die Hauptszenen des Stückes dargestellt und die Namen der Darsteller eigenhändig eingetragen.

Der größte Gewinn dieser Reise war die Bekanntschaft mit dem damals achtzehnjährigen Primaner Paul Heyse, der „schüchtern mit drei poetischen Genossen zu dem berühmten Dichter den Weg gefunden." Es wird erzählt, daß ein junger Hausgenosse eines Tages Geibel ein Heft mit Gedichten seiner Mitschüler brachte

und ihn um ein Urteil bat. Der Dichter fand aus der Menge
sechs besonders talentvolle heraus, und diese stammten, wie er
später auf die Frage nach dem Verfasser erfuhr, sämtlich von
dem jungen Heyse. Geibel führte ihn in den Kugler'schen Kreis
ein, in dem dann wenige Jahre später Paul in der Tochter des
Hauses, Margarethe, seine erste Lebensgefährtin fand. In dem
Gruße, den er beim Erscheinen der 100. Auflage der Jugend=
gedichte Geibel senden wollte, und der wie diese nur auf seinen
Sarg gelegt werden konnte, erzählt Heyse von diesen Tagen:

> Wie lebte da mir auf die alte Zeit,
> Da ich dich fand . .
> Ich sah das Haus, das uns so oft empfing,
> Das Gärtchen, drin Frau Clara sich erging,
> „In stiller Anmut lächelnd".   Wieder fliegen
> Wir Arm in Arm hinauf die schmalen Stiegen
> Und treten ein ins niedrige Gemach,
> Wo es an frohem Willkomm nie gebrach,
> Am Widerhall für jeden Herzensklang,
> An alles Gut' und Schönen Überschwang.
> Ich seh' dich wieder, wie mit finstrem Blick
> Du streichst die braunen Locken dir zurück
> Und deinen Kinnbart zausend träumst und sinnst,
> Bis tiefen Tons zu lesen du beginnst
> Ein neues Lied, das dir der Tag beschert.
> Und ringsum lauschen, ernst in sich gekehrt,
> Die Frau'n und Jünglinge, des Spiels vergessen
> Die Kinder, die am Tische mitgesessen,
> Und wenn du schweigst, bleibt's noch ein Weilchen stumm,
> Dann schweift die Rede frischen Fluges um,
> Der Frauen Lob erklingt, nach Männerart
> Wird auch ein kritisch Wörtlein nicht gespart,
> Bis Franz die Tasten anschlägt am Klavier
> Und hebt mit weichem Baß zu singen an,
> Was alle kennen, dein: „O komm zu mir —",
> Dann das „Du mit den schwarzen Augen —", dann
> Das trübste Lied: „Wenn sich zwei Herzen scheiden —",
> Das freudigste, vom Kaiser, dessen Thron
> Du schautest in prophetischem Traume schon;

Und während wir an Wort und Ton uns weiden
Hältst du Luisen vielgeduldig still,
Die dein Profil ins Hausbuch zeichnen will.
Die Kinder wurden längst zu Bett gebracht,
Zu scheiden mahnt auch uns die Mitternacht.
Doch zwischen Thür und Angel, schon im Geh'n
Bleibst du, ein flüchtig Wort erhaschend, stehn,
Und windest aus dem Stegreif eine Kette
Melodischer Oktaven und Sonette,
Elegisch bald, bald humoristisch endend,
Aus deinem Füllhorn unerschöpflich spendend,
Daß der sonoren Verse Klang hinaus
Sich dröhnend schwingt und unten vor dem Haus
Ein später Wandler stehen bleibt und staunt,
Was für ein Spuk da droben rauscht und raunt.

(Allgemeine Zeitung 1884, 10. April.)

Bald nach der Rückkehr brach der Sturm der Revolution los: Geibel durchlebte mit unzähligen Patrioten diese Zeit in fieberhafter Aufregung. Er hatte Tage, ja Wochen, „wo seine Seele, als wäre sie des Leibes ledig, nur in den ungeheuren Begebenheiten der neuesten Weltgeschichte flutete, alle die leidenschaftlichen Kämpfe der Zeit freudig und schmerzlich mitkämpfend." Aber er, der die wahre Freiheit in der rechten Gebundenheit kannte, stand nicht auf den Barrikaden; er betete:

Herr, in dieser Zeit Gewog,
Da die Stürme rastlos schnauben,
Wahr', o wahre mir den Glauben,
Der noch nimmer mich betrog,

Der noch sieht in Nacht und Fluch
Eine Spur von deinem Lichte,
Ohne den die Weltgeschichte
Wüster Gräuel nur ein Buch. . .

Werke II. 93.

Sich und andern rief er zu „Geduld!" (Werke II. 94), und in der stillen Arbeit des Jugendlehrers fand er Ruhe. Für Professor Ernst Deeke, der in die Nationalversammlung gewählt war, übernahm er von Michaelis 1848 bis Johannis 1849 am Catharineum die Erklärung des Horaz und deutschen Unterricht „mit bedeutendem, wenn auch nicht methodisch geübtem Lehrtalent." Zwischendurch hatte er Muße genug, angeregt durch das Studium der mittelalterlichen Litteratur, dramatischen Plänen nachzugehen: der Beginn der ersten Vorarbeiten zur „Brunhild" fällt in diesen Winter. Im Mai 1849 konnte er unter dem Titel „König Konrads Tod" Szenen aus einem später nicht fortgeführten Drama „Heinrich der Vogler" im Morgenblatte erscheinen lassen. Es klingt wie ein Echo der Zeit, wenn er diese Szenen schließt mit den Worten:

> Wir aber ziehen feierlich zum Harz
> Und geben dem verwaisten Reich den Herrn.

Daß damals Friedrich Wilhelm IV. die Kaiserkrone ausschlug, machte dem Werke des Dichters ein jähes Ende. Als ich 1881 mit ihm darüber sprach, besann er sich kaum noch darauf. Auch zu leichteren Arbeiten fand er Stimmung: für Henriette Nöltings Hochzeit mit seinem Jugendfreunde Mantels verfaßte er ein sinnvolles Festspiel „Salomos Urteil," in dessen Zigeunerchor auf seinen besonderen Wunsch die kleine schwarzäugige Amanda Trummer mitwirken mußte, seine spätere Gattin.

Johannis 1849 ging Geibel über Hannover (wo er sich bei einem Arzte einer achttägigen Kur unterzog und viel mit Goedeke verkehrte) nach Detmold zum Besuche seines ältesten Bruders Friedrich. Bei ihm ruhte seit zwei Jahren der Vater nach fast fünfzigjähriger Amtsthätigkeit aus. Während dieses Besuches starb Friedrich plötzlich. Der Verlust erschütterte besonders den gealterten Vater tief.

Den Sommer brachte der Dichter in Heringsdorf zu, wo er im täglichen Verkehr mit Kuglers angenehme und an Früchten

reiche Tage verlebte. Folgenschwer wurde die hier durch Zufall
gemachte Bekanntschaft mit dem Fürsten Heinrich Karl Wilhelm
von Carolath-Beuthen, preußischem General der Kavallerie und
Oberjägermeister. „Der Fürst — so schreibt Geibel am 26. No=
vember 1849 an seinen Vater — hatte im Frühling dieses Jah=
res seine Gemahlin (Adelheid Gräfin von Pappenheim) verloren,
die er über alles liebte und mit deren Leben das seinige so ver=
wachsen war, daß er nach ihrem Tode sein einsames Dasein kaum
ertragen zu können meinte. Eine tiefe Schwermut bemächtigte
sich seiner. Nur mit Mühe bewog ihn sein Schwiegersohn Graf
Haugwitz, der wegen der angegriffenen Gesundheit seiner Frau
ins Seebad nach Heringsdorf gehen wollte, ihn zu begleiten. Dort
nun war es, wo ich zuerst an der Wirtstafel, später in häufigerem
Verkehr mit dem Fürsten zusammentraf und ohne eine Ahnung
davon zu haben, ihn zuerst zu geselligerem Austausch anregte und
mancherlei vergessene Interessen in ihm wieder auffrischte. Der
alte Herr hatte sich früher vielfach mit Litteratur beschäftigt, er
hatte, ohne daß seine Bescheidenheit ihn damit prunken ließ, selbst
gedichtet. Das alles ward, durch den glücklichen Einfluß der Orts=
veränderung und die heitere Luft des Badelebens begünstigt, all=
mählich wieder in ihm lebendig, und wie er nun mit erfrischtem
Lebensmute die alten Beschäftigungen wieder aufnahm und mit
erneuter Teilnahme der Welt und ihren Dingen sein Herz eröff=
nete, wandte er zugleich sein ganzes Wohlwollen mir zu, der ich
ganz unbewußt nur den ersten Anstoß zu seiner Erheiterung ge=
geben hatte." Die Einladung des Fürsten, ihn auf einige Wochen
nach Carolath zu begleiten, nahm Geibel dankbar an und genoß
dort in dem von wundervollen Waldungen umgebenen Schlosse
das große Adelsleben, auf das die Escheberger Tage nur eine Art
Vorbereitung gewesen waren.

In demselben von H. Lindenberg in seinem Schriftchen „Geibels Vater" 1893 mitgeteilten Briefe schildert Geibel den romantischen Jagdaufenthalt auf dem im tiefsten Walde gelegenen Schlößchen Heinrichsluft: „Den Tag über war alles auf der Jagd, selbst die Damen begleiteten ihre Kavaliere im Wagen. Von allen Seiten hörte man Büchsen knallen, Hifthörner erklingen. Aber wenn dann am Abend die Schützen mit Beute beladen wieder heimkehrten, wenn die erlegten Hirsche und Keiler im Kreis auf den Rasen gestreckt wurden, wenn dann hohe Feuer rotlodernd zu den prächtigen Eichengewölben emporstiegen, während von oben das silberne Mondlicht durch die Wipfel strömte, dann konnte man sich zwischen all den bärtigen bewaffneten Gestalten und den schönen glänzend überstrahlten Frauengesichtern bei Gesang, Hornruf und Zitherschall in irgend ein abenteuerliches Waldmärchen versetzt glauben." Neben den rauschenden Vergnügungen gab es auch stillere Tage, wo abends die trauliche Geselligkeit ihr Recht fand und ernstere Gespräche das Band der echten Freundschaft zwischen dem greisen Fürsten, seinem Schwiegersohne, dem Grafen Haugwitz, dessen Gattin Lucy und dem Dichter immer enger knüpften. Besonders traulich ward es im Schlosse, als eine jüngere Verwandte des Fürsten, Freifräulein Alma von Firks, zum Besuche kam. Aus den Wochen, für die der Besuch in Carolath ursprünglich verabredet war, wurden Monate, so daß Geibel erst im November heimreiste und beim Abschiede versprechen mußte, im Frühjahr wiederzukehren. Er that es gern, zog ihn doch bald nicht nur die Freundschaft, sondern auch ein tieferes Gefühl zu dem Hause, in dem von jetzt an fast ständig auch Alma von Firks weilte.

Anfang 1850 beabsichtigte Karl von Holtei, der alte „Vagabund," der Geibel warm verehrte, in Hamburg die „Seelenwanderung" aufzuführen. Geibel gab ihm dazu volle Macht zu strei-

chen und dankte ihm dann am 24. Januar in einem Briefe, der
in meinen Besitz übergegangen ist: „Daß ich Ihnen für Ihr
freundliches und hocherfreuliches Schreiben bis dahin noch nicht
gedankt, hatte verschiedene Gründe, als da sind erstens Vertiefung
in Arbeiten, zweitens des Menschen natürliche Trägheit, drittens
und hauptsächlich aber ein Stück Hypochondrie, das zu Ihrer
frohen Zeitung noch immer kein rechtes Vertrauen fassen wollte.
Meine früheren Theatererfahrungen in Bezug auf den „Rode=
rich" seligen Vergessenseins waren von so durchaus trübseliger
Art, daß es mir ordentlich schwer ward, zu glauben, das Ding
solle nun auf einmal so glatt abgehen, und daß ich von Tage zu
Tage auf den nachhinkenden Boten wartete mit der Meldung:
es geht doch nicht. Da sich derselbe jedoch bis heute nicht einge=
stellt hat, und ich am Ende fürchten muß, meine Zeilen könnten
Sie bei längerem Verzug bereits verfehlen, so lassen Sie sich einst=
weilen sagen, wie freudig der Inhalt Ihres Briefes mich über=
rascht hat, und zu wie herzlichem Dank ich mich Ihnen und dem
vortrefflichen Marr (Darsteller des „Andrea") verpflichtet fühle.
Geht die Sache ihren ruhigen Gang fort, und wird die erste Vor=
stellung der „Seelenwanderung" einigermaßen günstig aufge=
nommen, so komme ich zur zweiten selbst nach Hamburg. Wie
lieb es mir wäre, Sie alsdann noch dort zu finden, können Sie
sich selbst sagen; doch muß ich dies leider bezweifeln, da Sie be=
reits Ende Januars in Schwerin sein wollten.". . Holtei hat
auch später das Lustspiel durch Rezitation bekannt gemacht.

Während des Winters in Lübeck nahm er die „Albigenser"
wieder auf. Einem Briefe an den Vater legte er die Schluß=
szenen des 2. Aufzuges bei, die er später nebst dem Vorspiel
seinen Gesammelten Werken (VII. 200) einverleibte. Das Stu=
dium der mittelalterlichen deutschen und fremden Litteraturen

trieb er daneben. Da seine Gesundheit ihm wieder viel zu schaffen machte, entschloß er sich zur Kur in Karlsbad. Zuvor blieb er von Pfingsten 1850 an einige Wochen in Carolath. In Karlsbad überkam ihn diesmal das Gefühl der „Genesung" (Werke III. 3); weniger froh konnte er über die ungesunden politischen Zustände Deutschlands sein; er mußte klagen:

> Das treibt das Blut mir heiß in's Angesicht,
> Daß, wo ich schweifen mag im fremden Lande,
> Ich hören muß des deutschen Namens Schande
> Und darf nicht sagen, daß man Lüge spricht,
> Ob mir vor Gram und Scham das Herz darob zerbricht.
> Werke IV. 196.

Auf der Heimreise von Marienbad suchte ihn Graf Haugwitz auf und beredete ihn, zur Nachkur den Schwiegervater Carolath nach Gastein zu begleiten. Bei der Ankunft im Wildbad fand er das beste Zimmer des Hotels des Fürsten mit der Aussicht auf die Ache für sich bestimmt. Nach vier Wochen reiste die ganze Familie und ihre Gäste nach Wien. An diesen Aufenthalt knüpfen sich wohl die Gedichte „Aus verschollenen Tagen". (Werke IV. 15 ff.) Das lebendige Abbild des „schönsten Frauenkopfes von Palmas Hand" im Belvedere ist leicht zu erraten. In Olmütz lernte Geibel an dem Hofe des mit dem Fürsten befreundeten Erzbischofs das Treiben der hohen katholischen Geistlichkeit kennen. Auf der Rück= reise kamen Carolath und Geibel nach dem waldumkränzten Templerschloß an der stillen Oder in Rogau, dem Besitz des Grafen Haugwitz, der sie dort schon erwartet hatte. Nach einiger Rast siedelten sie nach Carolath über, wo Geibel bis zum Jahres= schlusse bleiben mußte.

Am 29. November wurde der Geburtstag des alten Fürsten und zugleich die Taufe seines jüngsten Enkels gefeiert, bei der Geibel Pate war und dem Knaben die Verse in die Wiege legte:

Wenn wir mit Wünschen und Gebeten
An eines Kindes Wiege treten,
Und wie wir auf sein Lächeln schau'n,
Im Geist ein Leben ihm erbau'n,
Wohl rührt's zugleich mit Freud und Leid
An unsre Seele jederzeit.
Doch tiefer noch mit Ernst erfüllt,
Begeh'n wir heut des Täuflings Feier,
Denn dicht und dichter wird der Schleier,
Der seine Zukunft uns verhüllt.
Es hat die irrverworr'ne Welt
Aufs Schwert ihr letztes Heil gestellt,
Und flatternd rauscht der Fahnensaum
Des Krieges in des Kindes Traum.

Die Zeit ist krank; am Eisen scharf
Will zur Gesundheit sie gedeihen.
So woll', o Herr, dem Knaben leihen,
Was er in solcher Zeit bedarf;
Gieb ihm das eine höchste Gut,
Draus jede Mannestugend sprießet,
Das alles Andre in sich schließet,
Wenn's rechter Art ist: gieb ihm Mut,
Den Mut, der nie zu Scherben geht,
Weil er mit Dir in Frieden steht!
Der kühn in der Verneinung Tagen
Sein gläubig Ja noch wagt zu sagen,
Der in des Königs Angesicht
Wie in des Pöbels Wahrheit spricht,
Den Mut des Zorns, den Mut der Liebe,
Den opferstarken Mut der Pflicht,
Der alles in des Kampfs Getriebe
Dahinwirft, nur die Ehre nicht,
Gieb ihm den Mut, o Herr der Gnade,
Auf sonn'gem Weg, auf dunkelm Pfade!

Und kämpft er so sich unverzagt,
Ein deutscher Rittersmann, durchs Leben,
So woll' am Ziel ihm Eins noch geben,
Eins, das uns allen blieb versagt,
Das Glück, nach Sturm und Not und Pein
Des Vaterlandes froh zu sein!

Gädertz S. 132 ff.

Diesem Aufenthalte in Carolath verdanken wir zahlreiche der vollendetsten, nicht blos rein lyrischen Dichtungen Geibels. Ich nenne nur: Gudrun, Herbstnacht, Mythus vom Dampfe, Türken= kugel. Ein bisher ungedrucktes, wunderbar inniges Gedicht möchte ich ungefähr in diese Zeit und diesen Zusammenhang verlegen. Es befindet sich handschriftlich im Besitze Ihrer Excellenz, der Frau Gräfin von der Asseburg=Falkenstein. Ich vermute, daß es an Alma von Firks gerichtet ist.

> O wenn sich unerbittlich Lieb' auf Erden
> In höchste Lust und tiefstes Weh entzweit:
> Laß ihr, o Gott, zu Teil die Wonne werden,
> Und mir das Leid.
>
> Was glänzt und lächelt thu zu ihrem Loose,
> Mein sei das Dunkel und der Thränenborn;
> Gieb ihr den vollen süßen Duft der Rose
> Und mir den Dorn.
>
> O keinen Schatten ihr und keine Zähre!
> Wie sollt' ich's tragen, ach, daß so viel Huld,
> Daß diese Friedenswelt zerschlagen wäre
> Durch meine Schuld!
>
> Wohl rang ich schwer, die Sehnsucht zu besiegen,
> Die stillen Flammen wollt' ich nie gestehn;
> Doch endlich solchem Engelsreiz erliegen
> War's ein Vergehn?
>
> Und wenn's Vergehn war, daß zu ihren Füßen
> Ich ausgeschüttet meiner Seele Schrein,
> Daß sie mich nicht verstieß, laß mich es büßen,
> Doch mich allein!
>
> Ja, wenn sich unerbittlich Lieb auf Erden
> In höchste Lust und tiefstes Weh entzweit:
> Laß ihr, o Gott, zu Teil die Wonne werden
> Und mir das Leid.

Den Rückweg von Carolath nach Lübeck nahm Geibel im Januar 1851 über Berlin, um wieder Franz Kuglers und Paul

Heyses Umgang zu genießen. Der „Romane und der Germane", Heyse und Geibel, wie sie mir gegenüber einmal treffend Ober= hofprediger Kögel charakterisierte, verabredeten die Herausgabe des „Spanischen Liederbuches", das 1852 mit einem Titelblatt von A. Menzels Meisterhand erschien.

Um Pfingsten trat Geibel eine neue Badereise über Hannover nach Karlsbad an. Im Herbst soll er nach Graf Haugwitz Angabe mit ihm und seiner Gattin in Wien zusammengetroffen sein; den alten Fürsten sah er in diesem Jahre nicht. Im September war er wieder in Lübeck, beschäftigt mit der Ausarbeitung seines „Ju= lian". Bald traten andere Interessen in den Vordergrund. Der sechsunddreißigjährige Mann sollte endlich nach mancher Irr= fahrt Ruhe finden für sein ungestümes Herz in der Hafenstille einer seligen Ehe, der Künstler Befriedigung in sorgloser, schaf= fensfreudiger, ehrenvoller Stellung. Die Wanderjahre gehen zu Ende, die Meisterjahre beginnen.

Meisterjahre.

1852—1868.

Werke III. 59.

Heirat.

Am 19. November 1851 überraschte den Freund der vier=
undsechzigjährige Fürst Carolath durch die Anzeige seiner Ver=
lobung mit Alma Freiin von Firks; Geibel bot am folgenden Tage
der jugendlichen Amanda Trummer Herz und Hand. Seit 1847
hatte er öfter im Hause der Frau Dr. Trummer, der Witwe eines
angesehenen lübischen Rechtsanwaltes, geweilt. Einst, als gefeierte
Schauspielerin Caroline Kupfer, hatte sie in dem 13 jährigen Schü=
ler durch ihre Verkörperung klassischer Gestalten Begeisterung ge=
weckt. Dann teilte sie als freundliche Nachbarin des reformierten
Pfarrhauses mit dem vereinsamten Vater Geibels oft die Abend=
stunden und war so auch dem Sohne nahegetreten. Geibel besuchte
sie oft und gern und erfreute sich an dem gemütlich frohen Kreis
ihrer vier Kinder. Auch bei Leseabenden im Nölting'schen Hause
wirkte sie mit. „Ich wollte", schrieb später der Dichter an seine
jüngste Schwägerin Pauline Claudius, „Du hättest den Coriolan
auf unserem Leseabend gehört. Die Volumnia Deiner seligen
Mutter werde ich nie vergessen; ihre letzte große Rede war das
Höchste von tragischer Weise und Vollendung, was sich erreichen
läßt." In einer ungedruckten Gelegenheitsdichtung nennt er sie
„die hohe Lilie im Reiche der Kunst". Im Juli 1847 zeigte sie
ihrem Freunde ein kleines Gedicht der dreizehnjährigen Amanda:
„An die Natur". Geibel war des Lobes voll und erbot sich der
„kleinen Sappho" einigen Unterricht in der Metrik und Litteratur
zu erteilen. Aus der Teilnahme an ihrem Talent erwuchs bald
ein innigerer Zug des Herzens.

Der Mutter entging das nicht; ihre Tagebuchblätter verraten auch ihres Herzens Wunsch. Da heißt es: „Am 17. November 1849 kam unser Freund Emanuel zurück und bereitete uns wieder höchst genußreiche Abende. Er kam diesen Winter noch häufiger als früher", und später: „Am 17. April 1850 trat Emanuel wieder seine Reise an. Wenn er nur nicht wieder so lange bleibt, als voriges Jahr!" Sie erlebte das Glück ihrer Tochter nicht: „Unsere liebe Doktorin Trummer", teilt der Dichter nach seiner Rückkehr von Carolath dem Vater nach Detmold mit, „fand ich nicht wieder. Als die Cholera hier wütete, fiel auch sie der entsetzlichen Seuche zum Opfer. Ich habe an ihr eine treue Freundin verloren, die mich durch liebenswürdig heitern Sinn und feines Verständnis stets geistig und gemütlich anzuregen und zu erfrischen wußte. Nächst den Kindern mag vielleicht Niemand den Verlust so schwer empfinden, als ich. Mir ist es oft, als sei mit ihr aus unserm ge= selligen Leben eigentlich aller Schimmer, alle wohlthuende Anmut verschwunden."

Amanda schwärmte schon früh für den Dichter. Als einmal die Geschwister sich verkleidet hatten und Amanda Knabenzeug trug, war zu ihrem Schreck Geibel gekommen; den flüchtigen Kuß, den er auf ihren Scheitel drückte, fühlte sie „bis in die Fußspitzen". Als Geibel im Januar 1850 nach Lübeck zurückgekehrt war, sah er die verwaisten Kinder nur selten: „Damals", sagte sie ihrer Schwester in späterer Zeit, „war mir zu Mut, als wenn ich mein Leben lang nicht wieder froh werden könnte." Im Winter 1851 traf er sie oft im neugegründeten Hause der ältesten Schwester Elise, die sich mit Dr. Reuter verheiratete. Amanda fühlte sich jetzt in ihrer Liebe schon völlig sicher und verstanden. Sie fragte scherzend ihre Schwester: „Möchtest du wohl, daß Emanuel dein Schwager würde?" Sie war es, die er als Anna im Julian schilderte:

Weich, schlank und schmiegsam ist ihr Wuchs zu schauen,
Vom Auge, dunkel wie gestirnte Nacht,
Strahlt Güt' und Unschuld; Schläf' und Wangen zeigen
Den blassen Schmelz, der ächten Perlen eigen.
Werke II. 236.

Von seinem Lieben und Schwanken erzählt das Tagebuchblatt:

Noch webt der Kindheit Dämmrung ihr um's Haupt
Und läßt sie träumen kaum von künft'ger Blüte;
Dein Wahn nur ist's, der mehr zu spüren glaubt;
Drum still, mein Herz, und dein Geheimnis hüte.

Doch einst, ach, wird sie einst die Deine sein?
Wirst du noch alternd ihrer Jugend taugen?
Mein gläubig Herz spricht: Ja, mein Kopf spricht: Nein,
Und heiß vom Herzen schießt mir's in die Augen.

So schwank ich Stund' um Stunde. Nacht wird Tag,
Und Tag wird Nacht im langen, bangen Warten.
Wann kommst du, Mai? Wann blüht die Ros' im Garten,
Daß ich mein Schicksal wissen mag?
Werke III. 111.

Im Reuter'schen Hause wurde am 20. November das ent=
scheidende Wort gesprochen: die Nachricht und das Beispiel Caro=
laths mag den Entschluß beschleunigt haben. „Weib und Kind zu
haben“, hatte er schon 1845 zu Freiligrath geäußert, „ist eine
Wurzel im Leben, die den ganzen Menschen zusammen und auf=
recht erhält und somit auch den Poeten. Könnt' ich nur die Rechte
finden, ich thäte Dir's gleich nach. Aber das Suchen hilft eben
zu nichts. Das muß wie das Größeste vom Himmel fallen.“ Nun
hatte er gefunden, was er längst ersehnt, ja er sollte in seiner Ehe
mit ihr noch weit mehr finden, als er vielleicht zu Anfang ahnen
konnte. Immer mehr entfaltete sich Amanda oder Ada — so kürzte
er ihren Namen ab, indem er „ihr Mann sein, ihn aber aus ihrem
Namen herausnehmen wolle“ — aus einem jungen schüchternen
Kinde zu einem Schatz von Liebe und Treue, innig und anmutig,
und mit jener feinen Empfänglichkeit für das Schöne begabt, die

ihm, wenn auch nicht das erste, doch ein notwendiges Erfordernis
für seine Lebensgefährtin schien. Ihr leider so kurzes Eheglück
wurde zu einer vorbildlichen Erfüllung des „Ehespruches“:

> Das ist die rechte Ehe,
> Wo zweie sind gemeint
> Durch alles Glück und Wehe
> Zu pilgern treu vereint:
> Der Eine Stab des Andern
> Und liebe Last zugleich,
> Gemeinsam Rast und Wandern,
> Und Ziel das Himmelreich.
>
> Werke III. 220.

Ist es nicht rührend, wenn der Bräutigam, den schon am
Morgen nach der Verlobung notwendige, längst verabredete Ge=
schäfte auf 8 Tage nach Berlin riefen, an die Braut schreibt: „O
Du, wie soll ich Dir danken, daß Du mich liebst, und weißt doch
recht gut, wie viel Dunkles, Unbändiges und Verkehrtes in mir
ist. Du wirst noch davon zu leiden haben, aber hab’ Geduld, nimm
mich hin, wie ich bin; ich will mir Mühe geben, den bösen Geist
in mir zu überwinden und sanfter und milder zu werden, Lieb’ ist
ja Kraft und Gott wird helfen. Und bin ich Saul, so sollst du
David sein, der Frieden sagt und singt und leise nach oben deutet. . .
Daran wollen wir zusammen arbeiten, daß dies göttliche Leben in
uns immer reiner und lebendiger werde. Das allein ist das wahre
Heil und der höchste Segen der Ehe, gemeinschaftlich Pilger zu
sein nach der Seligkeit, die nicht von dieser Welt ist.“

Während einer Woche in Berlin ordnete Geibel mit Paul
Heyse das „Spanische Liederbuch“ und tauschte für das seinige
das Herzensgeheimnis zwischen Paul Heyse und Margarethe
Kugler ein. Außer Kuglers sah er noch seinen Freund A. von
Schack, der ihm seinen Firdusi auf den Weg gab.

Am 8. Dezember fand im Hause des Direktors Klügmann, des

Bruders von Adas Vormund, eine Verlobungsfeier statt. Geibel wollte sich nun eine feste bürgerliche Existenz gründen, eine Anzahl Stunden am Katharineum übernehmen und sonst von der Feder leben. Aber bevor er dazu Schritte that, bot sich ihm von einer Seite, an die er am wenigsten gedacht hatte, eine Wendung seines Geschicks, die ihn über alle Sorgen hinaustrug. „Wer sich führen läßt, der wird geführt."

Im Januar 1852 erging an Geibel die erste vorläufige Anfrage, ob er bereit sei, in München eine Ehrenprofessur für deutsche Litteratur und Ästhetik anzunehmen. König Maximilian II. von Bayern, einer der edelsten und geistvollsten Könige, hatte bald nach seiner Thronbesteigung die Münchener Universität zu heben gesucht: ein Schüler Rankes, förderte er alle Wissenschaften, wie sein Vater die bildende Kunst. Namen wie Sybel, Giesebrecht, Riehl, Liebig, Carrière glänzten unter den Reformatoren der Hochschule. Angeregt durch den „Preußen" Franz v. Dönniges wollte er seinen Hof zu einem zweiten Weimar machen; Geibel war der erste Auserlesene.

Die Verhandlungen zogen sich über einige Wochen hin; ehe der Dichter aber eine bindende Erklärung abgab, wollte er persönlich sehen und prüfen.

Am 8. März wurde er zum Könige beschieden. Oberst von der Tann, der spätere Held von Orleans, empfing ihn als Adjutant des Tages. König Max war sehr freundlich, sprach von Epos und Geschichte, fragte nach den Arbeiten, die der Dichter gerade unter den Händen hatte, und ließ sich mit sichtbarem Interesse vom „Julian" erzählen. Er selbst habe keine Zeit mehr für den Umgang mit den Musen übrig, sagte er, aber die Teilnahme für fremde Schöpfungen wollte er sich durch nichts verkümmern lassen. Dann sprach er mit vielem Sinn von der Aufgabe des Poeten in unserer Zeit und schloß endlich mit den Schiller'schen Worten, daß der Dichter mit dem König gehen solle. Wohlwollend, wenn auch etwas zeremonieller, war einige Tage später auch der Empfang bei der schönen, nachmals so unglücklichen Königin Marie, einer preußischen Prinzessin, dem „Angelo di Dio", wie sie nach dem Ausspruche des Grafen Ricciardelli genannt wurde. Mit erklär=licher Befangenheit ging Geibel zum Kultusminister Ringelmann, dem ultramontanen Gegner jeder Berufung von Protestanten. Der Minister des Äußern, von der Pfordten, den er einige Male ver=fehlte, suchte ihn im Wirtshause auf und gab sich ganz in der be=quemen, behaglichen Weise, wie fünf Jahre früher in Lübeck. Einige Tage nach dem ersten Empfang wurde Geibel auf den Abend zu Hofe befohlen. Er fand einen kleinen auserlesenen Kreis beisammen, und bald erschien der König mit der Königin. Geibel las einige seiner Gedichte, auf besonderen Wunsch der Königin das „Geheim=nis der Sehnsucht", eine Wahl, welche der Königin Ehre macht, da dies Gedicht zu den tiefsten und vollendetsten des Dichters gehört:

> Wohl wähnt' ich einst in goldnen Stunden,
> In meines Herzens Maienzeit,
> Des Räthsels Lösung sei gefunden,
> Und Minne heile jedes Leid;
> Doch was so hoch mir war, so lieb,
> Mir ward es — und die Sehnsucht blieb.
>
> Darum zur Ruh mein wild Gemüt!
> Nicht alles wird hier Frucht, was blüht;
> Du trägst, der Erde stummer Gast,
> In dir, was nur der Himmel faßt.
> Was für und für so ruhelos
> Dich dunkel treibt auf deinen Wegen,
> Es ist das erste Flügelregen
> Des Falters in der Puppe Schooß;
> Dir selbst bewußt kaum ist dein Leid
> Ein Heimweh nach der Ewigkeit.

Werke II. 76.

Die hohe Frau war ersichtlich von dem Vortrage ergriffen und wünschte noch andere Juniuslieder zu hören und nannte immer die besten. Bereits am 17. Mai erfolgte die Verleihung des Bayerischen Indigenats und die Ernennung zum Professor an der Maximiliansuniversität.

Geibel ging zunächst Ende Mai zur Kur nach Ems, von wo aus er seinen Freund Röse besuchte. Er fand ihn bei seiner „Philosophie des Menschen und der Menschheit" beschäftigt, die ihm den Weg zum Katheder bahnen sollte.

Er sah ihn damals zum letztenmale. Eine Hauslehrerstelle in einem gräflichen Hause bot ihm Geibel im November an, um ihm eine vorläufige Abhülfe seiner immer größer werdenden pekuniären Not zu verschaffen; aber er nahm sie stolz nicht an.

In Ems verkehrte der Dichter mit dem späteren preußischen Justizminister Friedberg und dem Theologen Pressel, an dessen Predigt über den von Geibel selbst gewählten Text: „Seid fröhlich in Hoffnung, geduldig in Trübsal, haltet an am Gebet", er so recht erfuhr, „wie viel tiefer das Christliche wirkt, wenn es sich unmittelbar an's Leben anknüpft, als wenn es in rein dogmatischer Form lehrhaft vorgetragen wird". Ein so echter Christ er war und blieb, so liebte er schon damals eine „klebrige Salbung" und „den Lammfellskragen auf dem Rock" nicht. Später konnte dieser Widerwille gegen einzelne Vertreter eines solchen Christentums ihn Fernerstehenden leicht in ungünstigem Lichte erscheinen lassen. Seine ursprüngliche, vom Vater ererbte dogmatische Rechtgläubigkeit hat er allerdings mehr und mehr fallen lassen. Er wollte weder politischer Tendenz- noch theologischer Parteipoet sein. Jensen, der ihn so meisterhaft getreu schildert, hat ihn (Gedenkbuch S. 159 f.) in diesem Punkte nicht ganz zu würdigen gewußt. Geibels „nicht denken wollen" über manche Punkte, das Jensen bemängelt, ist

der echte Glaube des Christen, der sich seinem Gott „auf Gnade
und Ungnade ergiebt", wenn er einmal Gottes Dasein und Walten
in innerer Lebenserfahrung gespürt. Daß Geibel dies Heiligtum
des Herzens nicht gern, besonders vor anders Denkenden, enthüllte,
kann man ihm nachfühlen. Aber das darf nicht als Schwäche
seines Standpunktes ausgelegt werden.

Nach beendigter Kur ging er über Mannheim nach St. Goar.
Von tausend Erinnerungen bewegt, erstieg er die Trümmer des
Rheinfels, kletterte in's Grindelthal hinab, wo er 1843 so manches
mal gewandert, gesonnen und gedichtet, sah den Loreleyfels wieder
und verlebte bei Heubergers einen frohen Abend.

In diese Zeit verlege ich das Erlebnis*):

> Ich fuhr von St. Goar
> Den grünen Rhein zu Berge;
> Ein Greis im Silberhaar
> War meines Nachens Ferge . .
>
> Und als wir an der Pfalz
> Bei Caub vorüber waren,
> Kam hellen Liederschalls
> Ein Schiff zu Thal gefahren.
>
> Ins weiße Segel schien
> Der Abend, daß es glühte;
> Studenten saßen drin,
> Mit Laub bekränzt die Hüte . .
>
> Und horch, nun unterschied
> Das Singen ich der Andern;
> Da war's mein eigen Lied
> Ich sang es einst vom Wandern; .
>
> Wie seltsam traf's das Ohr
> Mir jetzt aus fremdem Munde!
> Ein Heimweh zuckt' empor
> In meines Herzens Grunde.

---

*) Da die „Neuen Gedichte" schon 1857 erschienen, kann das Gedicht
nicht erst, wie Gäderz und nach ihm Litzmann annimmt, 1863 erlebt sein.

> Ich lauschte, bis der Klang
> Zerfloß in Windesweben;
> Doch sah ich drauf noch lang
> Das Schifflein glänzend schweben.
>
> Es zog dahin, dahin —
> Still saß ich, rückwärts lugend;
> Mir war's, als führe drin
> Von dannen meine Jugend.   Werke III. 76.

Einige Zeit war er noch in Tübingen; dort schloß sich ihm der alte Silcher „in rührender Weise" an. Auch Ludwig Uhland nahm ihn herzlich auf, und je verschlossener und einsilbiger er ihn sonst wohl gesehen, desto wohler that ihm diesmal das unerwartete Auftauen. Als er aufstand, begleitete ihn Uhland noch durch den Garten, der hart über dem Neckar sich am Hange des Osterberges hinzieht, und zeigte ihm seine Fruchtbäume und Reben; am schattigen Lusthäuschen mit entzückender Aussicht in's grüne Neckarthal und auf die blauen Höhen der Alb mußte er sich nochmals setzen und von der Braut erzählen. — Auch Weinsberg und das Kernerhaus begrüßte er damals wieder.

Am 24. August wurde im Nölting'schen Hause in Krempelsdorf der Polterabend gefeiert, am 26. August die Hochzeit. Sänger brachten ihm am frühen Morgen ein Ständchen; das (später untergegangene) Schiff „Emanuel Geibel" wimpelte unter seinen Fenstern und freute sich, daß Geibel es doch nun zu etwas gebracht, zum Trotz der bei seinem Stapellauf geäußerten Zweifel. Schwager Lindenberg vollzog in der Aegidienkirche die Trauung; dann schauten die alten Wipfelkronen der „Lachswehr" Geibels Ehrentag.

> Da saß ich droben im bekränzten Gartensaal
> Ein selger Mann, und rings an froher Tafel hin
> Die Schar der Lieben, Haupt für Haupt, und neben mir
> Im Schmuck der Myrte holderglüht die süße Braut,
> Die mir Beglücktem an des Herbstes Grenze noch
> Den vollen Frühling ihrer jungen Seele gab.
>   Werke III. 233.

Bis zum 10. September blieb das neuvermählte Paar noch in Geibels Junggesellenwohnung an der Trave. Dann wurde

Emanuel und Ada Geibel.
Nach einer Daguerreotypie im Besitze der Familie.

eine längere Hochzeitsreise unternommen zunächst über Berlin nach Schlesien zum Fürsten Carolath, der mit seiner jungen Gattin Alma die beiden Glücklichen in Heinrichsluft unbeschreib=

lich freundlich aufnahm und mit Aufmerksamkeiten überhäufte. Aba und die Fürstin verstanden sich bald: „sie ist ganz rei= zend, so daß ich gleich im ersten Augenblick vergessen habe, sie Durchlaucht anzureden, habe es auch bis jetzt noch nicht ge= than; sie ist viel zu herzlich und süß, daß ich es könnte." Nach einem Besuche bei Kuglers ging es über Hannover nach Det= mold zu Geibels greisem Vater, dann den Rhein aufwärts nach Heidelberg, Heilbronn, Stuttgart, Ulm, Augsburg in die neue Heimat.

München.

Am 1. Oktober langte das junge Paar in München an und richtete vom Gasthof aus sich die Wohnung in der Barrerstraße ein. Unvermeidliche Besuche brachten viel Unruhe. In Verkehr traten sie zunächst u. a. mit Thiersch, Dönniges, Dingelstedt, Liebig, Kobell, Kaulbach. Ausflüge in die Umgegend wechselten noch mit geselligen Vereinigungen. Die Ateliers der Künstler wurden mit Aba besucht, besonders zog Kaulbach an; am liebsten aber waren sie abends allein in der Häuslichkeit, wo Geibel bald Fremdes, bald Eigenes vorlas. Sein Heim hatte die Heimat mit „farbig reicher Spende" liebevoll geschmückt. Kurze Zeit nach dem Einzuge sandten Frauen und Jungfrauen Lübecks als Erin= nerungsgruß Schreibtisch, Lehnstuhl und Teppich, für die Geibel poetisch dankte:

> Oft pries ich sonst den Mund von süßem Tone,
> Den rheingebornen Frauenlob mit Fug,

Daß — um sein Lied — in dunkler Blätterkrone
Ein fromm Geleit von Frau'n zur Gruft ihn trug.
Doch länger nicht den Kranz in seinem Haare
Beneid' ich, bin ich höher doch beglückt,
Da eure Huld mir nicht die Todtenbahre,
Da sie das Leben anmutvoll mir schmückt . . .

Mit den Vorarbeiten für seine Vorlesungen an der Univer=
sität nahm es Geibel sehr ernst, so daß er anfangs zu eigenem
Bedauern gar nicht zu poetischen Arbeiten kam. Am 23. Novem=
ber hielt er sein erstes Kolleg über Poetik. Eine zahlreiche Zuhö=
rerschaft hatte sich im Hörsaal eingefunden, und Katheder und
Pult waren von Freundeshänden mit einem Blumengewinde und
einem von Rosen durchwirkten Lorbeerkranze geschmückt. Geibel
dankte mit hörbarer Beklommenheit für den freundlichen Empfang,
sprach sodann bescheiden von den wissenschaftlichen Leistungen, die
seine Zuhörer von ihm, dessen Lebenskraft bei aller Teilnahme
an den Forschungen und Ergebnissen der Wissenschaft doch haupt=
sächlich dem künstlerischen Schaffen geweiht war, zu erwarten
hätten, und begann hierauf in allgemeinen Zügen eine Ausein=
andersetzung der Aufgabe, die er sich in den Vorlesungen über
Poetik gestellt. Bald genügte der Raum nicht mehr, er mußte
einen größeren Saal nehmen. Diese Teilnahme auch von seiten
der Gelehrten und Künstler hatte er nicht erwartet. Am 5. De=
zember wurde von den „Zwanglosen" zur Begrüßung des Dich=
ters ein großes Festmahl veranstaltet. Ein zahlreicher Kreis von
Künstlern, Gelehrten, Staatsmännern bewillkommte unter lautem
Jubel den Ehrengast; den Festgruß an den Dichter sprach Franz
von Kobell. Geibel antwortete in Versen; er sprach von des Va=
terlandes Weh und seiner Zerrissenheit, von seinem Trost und
seiner Kraft in der Einheit geistiger Bestrebung, von der Macht
und der Lust der Poesie, von seinen Hoffnungen und Wünschen

für sie am Strande der Isar. Ein unendlicher Jubel folgte, die ganze große Versammlung war von Schmerz und Freude wie überwältigt und viele Augen wurden feucht, die wohl seit lange nicht mehr geweint, und viele sorgenschwere Herzen gewannen unter des Sängers holdseliger Rede den leichten Schlag der Entzückung. „Das ist ein Mensch! das ist ein Herz!" scholl es von allen Lippen, und das Frohgefühl einer gemeinsamen Liebe durchbebte die Versammlung. „An jenem Abend", schreibt Luise von Kobell (Unter den vier ersten Königen Bayerns II. S. 12) „versetzte die Begeisterung Geibel und die andern in eine Art Ekstase, und in einer Ekstase zu leben, wenn auch nur ein paar Stunden, ist denkwürdig." Die Altmünchner freilich waren weniger erfreut, mit scharfer Lauge übergoß der Redakteur der „Allgemeinen Zeitung", Altenhöfer, das „Fest der Zwanglosen".

Geibel fühlte sich bald wohl in Münchens angeregter geistiger Atmosphäre, in seinem jungen Eheglück. Nur sein häufiges Unwohlsein, das seit 1847 sich immer mehr zu einem chronischen schmerzhaften Unterleibsleiden ausbildete, warf einen Schatten auf diese sonst so hellen Tage. Seiner Gesundheit wegen mußte er auch die ehrenvolle Einladung seines Königs, ihn nach Rom zu begleiten, ablehnen. Der König sprach in einem eigenhändigen Briefe aus Palermo, dem ein Gedicht und ein Epheublatt beigelegt war, sein Bedauern aus, daß es ihm nicht gelungen sei, Geibel über die Alpen zu locken. Überhaupt zeigte der huldvolle Monarch ununterbrochen die offenste herzlichste Freundschaft für den Dichter, der seinerseits sich auch dem Könige von ganzem Herzen anschloß, aber es sich von Anfang an zum unverbrüchlichen Gesetze machte, sich in keiner Weise in politische Dinge zu mischen oder seine Stellung als Freund zur Stellung eines einflußreichen Günstlings werden zu lassen.

Während des Februars und März besuchten die jungen Ehe=
leute die Vorträge in Liebigs Laboratorium, welche die Elite der
Geister dort hielt, Liebig, Dingelstedt, Kobell, Thiersch, Dönniges.
Geibel selbst las am 8. März ein organisches Bruchstück aus dem
„Julian" vor.

Im Frühling erging sich die junge Frau voll froher Hoffnung
viel im englischen Garten, wiederholte Ausflüge nach der Metter=
schwaige wurden mit Bekannten unternommen — da stürzte am
10. Mai der verfrühte Eintritt der Geburt Ada in die ernsteste
Lebensgefahr. An der Professorin Erdl fand sie in diesen Tagen
schwerster Gefahr eine barmherzige Samariterseele. Nach einigen
Wochen erholte sich indessen die junge Mutter wieder, leider
nicht dauernd.

> Über die sonnigen Bergesgipfel
> Kommt es geflossen wie Liebeshauch,
> Schauerndes Leben durchflutet die Wipfel,
> Hoch in Blumen entlodert der Strauch.
>
> Alles Gealterte will sich verjüngen,
> Alles Gebundene sanft sich befrein, —
> Herz, wie jauchzest auch du in Sprüngen
> In den klingenden Frühling hinein!
>
> Ziehende Schwäne droben im Blauen,
> Drunten die quellende Blütenluft —
> Ach, und im Garten hinab zu den Auen
> Wandelt mein Weib mit dem Kind an der Brust.
>
> Werke III. 118.

Am 28. Juni fand die Taufe statt. Das Töchterchen wurde
Ada Marie Caroline getauft und (wohl nach der Königin) Marie
genannt.

Zwei Tage später schon mußte Ada schweren Herzens ihren
Gatten allein fortreisen lassen, da Dr. Pfeufer schleunigste Kur
in Carlsbad für notwendig erachtet hatte. Wir verdanken dieser

Trennung eine Reihe der schönsten Briefe. Wir teilen aus Litz=
manns Buche, in dem er mit besonders liebevollem Eingehen das
Verhältnis Geibels zu Ada schildert, einige Perlen mit:

„Du glaubst nicht, wie Du mir stündlich fehlst, wie ich Dir
alles sagen und zeigen möchte. Das ist noch ganz anders, wie im
vorigen Jahr, Du unendlich liebe Seele. Freud' und Leid haben
uns seitdem viel, viel inniger verbunden …“ „Und nun lebe wohl,
mein einzig süßes Herz. Gott mit Dir und Deinem Kinde! Mir
ist der Sinn heut so hoffnungsreich, bitte nur recht, daß wir fröh=
lich wieder zusammengeführt werden. Ach gesund mit Dir zu
leben, mit Dir der schönen Welt mich freuen, welche glückselige
Aussicht, so glückselig, daß ich sie kaum mir auszumalen wage!
Nun, wie Gott will, der Macht hat zu Allem…“ „Wenn Du
nur nicht so einsam wärest. Und doch thut es mir schändlichem
Menschen nicht blos wehe, daß Du Dich nach mir sehnst. Aber
mir geht es ebenso, und gerade bei diesem schönen Wetter am
meisten. Alles, alles mit Dir teilen, das ist erst leben …“ „Du
bist doch die liebe Heimat, zu der nach allen hohen und weiten
Flügen meine Gedanken fröhlich wieder zurückkehren, und wie ich
mir ein Leben ohne Gebet und Lied nicht denken kann, so weiß
ich auch nicht mehr, was die Welt mir sein sollte, wenn ich Dich,
Du treues süßes Herz, nicht hätte. Mit Dir wach' ich auf und zu
Dir schlaf' ich ein, und der letzte höchste Wunsch, der allezeit in
den Tiefen meiner Seele dämmert und zu allem, was der wech=
selnde Tag auch bringt, den unwandelbaren Hintergrund bildet,
ist der, Dir Deine innige Liebe so lohnen zu können, wie ich wohl
möchte, und Dich recht, recht froh und glücklich zu wissen.

> Und so geht mein Leben weiter
> Durch Gewölk und Sonnenschein,
> Heute trüb und morgen heiter,
> Aber trüb und heiter — Dein.“

Als am 25. Juli sein 77 jähriger Vater in Lübeck, wohin er
erst im Juni zurückgekehrt war, an einer Gehirnkrankheit starb,
schrieb er seiner Gattin: „Ach Kind, Du glaubst nicht, welch' ein
Mann das war, eh' Alter und Krankheit ihren Schleier über ihn
warfen, wie hoch und hell dies heilige Feuer loderte, von dem
Du eigentlich nur noch ein Häuflein verwehender Asche gesehen. . .
Ich hab' es Dir oft gesagt, daß ich unter allen Kindern wohl am
meisten der Sohn meines Vaters war, daß ich mehr als die anderen
seine wesentliche Natur, seine geistigen Vorzüge und Schwächen
erbte, ja, daß ich selbst in meinen körperlichen Anlagen und Gebrechen, oft bis in's kleinste hinein, das Bild der seinigen wieder
erkennen mußte. Neben dem tiefen Zuge des Herzens nach göttlichen Dingen, neben dem ernstesten Ringen nach den Gütern des
Himmels, neben einer Flugkraft des Gedankens und der gläubigen
Empfindung, die ihn höher hinauftrug, als den meisten Sterb-
lichen zu streben vergönnt ist, trat bei ihm im häuslichen Leben
nicht selten eine fast harte Unfügsamkeit, ein Mangel an Selbst-
beherrschung, eine augenblickliche Maßlosigkeit hervor, die ihm
und uns manches Herzeleid bereitete. Gewiß, er hat das in seinen
letzten einsamen Leidensjahren mehr als völlig abgebüßt; und ich
spreche dies hier wahrlich nicht aus, um auf den Verklärten einen
Makel zu werfen, sondern nur weil ich, ach allzutief, fühle, daß ich
gerade auch in diesen Fehlern sein getreuer Abdruck bin. Darum
bitte ich Gott von Herzen, daß er mir seinen gnädigen Beistand
schenken möge, diese Erbsünde mehr und mehr zu überwinden, von
der auch Du, mein süßes Kind, schon oft genug hast leiden müssen.
Vergieb mir das, mein Herz, und bitte mit mir um Sanftmut
und Geduld und glaube nur, wenn ich oft manches zu leiden habe,
es sind das himmlische Mahnungen, die mich zu unausgesetzter
Wachsamkeit über mich selbst führen sollen. Ich weiß das wohl,

aber das Wissen thut's nicht; es liegt oft weit ab vom Vollbringen, und das Blut ist gewaltig in mir. Stehe Du mir denn auch in diesem Kampfe fest und treu zur Seite und mit leisem, liebem Wort hilf mir das wilde Element dämpfen und beschwichten. Das ist ja der höchste Segen des Ehestandes, daß Einer den Anderen auch innerlich heben und tragen, daß Einer an dem Anderen täglich besser, reiner und himmlischer werden soll. Nicht wahr, davon bist auch Du durchdrungen? So sei denn Gott mit uns und helfe uns rüstig sein, und lasse uns endlich den Sieg gewinnen über die angeborene sinnliche Natur."

In Carlsbad erfreute er sich am Umgang mit Heinrich Laube, „mit dem sich's gut und bequem verkehrt", und dem Freiherrn von Münch-Bellinghausen (Friedrich Halm), den er jetzt, (nicht schon 1850, wie Goedeke vermutete) kennen lernte. Besonders Halm drängte ihn zur Ausarbeitung seines Nibelungendramas, dessen Plan ihn seit Jahren beschäftigte und gab ihm als bühnenerfah= rener Dichter mit hingebender Teilnahme die trefflichsten Winke.

Am 22. Juli schrieb er an Ada: „ich arbeite jetzt mit ganz be= sonderer Vorliebe an den lichten Szenen zwischen Siegfried und Kriemhild, und wenn sie geraten, so ist das Dein Verdienst".

Im Oktober wurde eine neue Wohnung (in der Schützenstraße) bezogen, mitten im Grünen hoch oben im dritten Stock mit herr= licher Aussicht. Im Winter las er über Shakespeare, mannigfach wieder von Krankheit gestört. Viel Zeit nahmen die Kapitel= sitzungen des am 24. November 1853 gestifteten Maximilians= ordens weg, in denen Geibel die Sache der Poesie vertrat. Hof= festlichkeiten besuchte er nur ungern — „hoffähig" war er sogleich nach seiner Berufung durch Verleihung des Kronenordens ge= worden, mit dem der persönliche Adel verbunden war. Geibel hat niemals außer bei diesen offiziellen Gelegenheiten von seinem

Adelsprädikate Gebrauch gemacht. Entschiedenes Vergnügen fand
er an den Abendgesellschaften, die der König bei sich angeordnet
hatte, an denen nur Männer der Kunst und Wissenschaft oder Ver=
trautere des Königs teilnahmen. Später, da sie sich häuften und
in mancher Woche drei= viermal angesagt wurden, mußte sich der
kränkelnde Mann oft dazu überwinden und aufraffen. Denn hatte
er gebeten ihn zu entschuldigen, so wurde in der Regel der Abend
abgesagt. Fürst Pückler schilderte diese „Symposien" im geheim=
nisvollen grünen Zimmer folgendermaßen:

„Im einfachen Hofkleide treffen die Geladenen, empfangen von
dem dienstthuenden Flügeladjutanten, allmählich gegen 8 Uhr
Abends ein. Sind alle versammelt, so betritt der König den Saal,
naht sich freundlich grüßend den im Halbkreis stehenden Gästen,
und hat, von einem zum andern gehend, für jeden ein ermunterndes
Wort oder eine teilnehmende Frage, sei es nach dem Befinden
seiner Angehörigen oder nach dem Fortschritt seiner wissenschaft=
lichen Bestrebungen. Auf seine Einladung nimmt die Gesellschaft
um ihn Platz an einem einfachen Tische, wo einige Erfrischungen
geboten werden. Der König greift zur Zigarre, wer will folgt
seinem Beispiel, und nun öffnen sich, von ihm geschickt angeregt,
die Schleusen der Unterhaltung. Bald fliegt die Rede wie der
Ball im emsig unterhaltenden Spiel hin und her, und des Königs
geschickt gestellte Fragen oder sinnreiche Einwürfe wissen dem er=
matteten oder zu Boden gefallenen Thema immer wieder neues
Leben zu verleihen. Stets hält der eine oder andere einen kurzen
Aufsatz von allgemein interessantem, wissenschaftlichem Inhalte
bereit, den er auf Wunsch des Königs vorträgt, oder es überrascht
ein dritter den ausgewählten Kreis mit der jüngsten Schöpfung
seiner Muse, die hier das Ohr des Königs zuerst erfreuen soll, ehe
sie hinaustritt in das Gewühl der Welt. Oft liebt es der König

auch selbst ein Thema zur Unterhaltung aufzuwerfen, und es ist wahrhaft erhebend zu beobachten, mit welcher Aufmerksamkeit, mit welcher Spannung er der Diskussion folgt und sie gleichsam leitet und regelt . . .

Nach einem solchen, manchmal mehrere Stunden dauernden Gespräch erhebt sich der König, um im Nebenzimmer, wo auch der Punsch serviert wird, auf dem Billard mit der Gesellschaft noch einige Gänge zu machen, und zieht sich dann, freundlich grüßend wie er gekommen, in sein Kabinet zurück."

Auch mit der übrigen Hofgesellschaft verknüpften Geibel manche Beziehungen: Henriette von der Malsburg hatte sich mit dem Königlichen Hofkämmerer Grafen Ludwig Holnstein ver= heiratet. Schon im Februar 1853 durfte Geibel bei ihnen seinen alten Gönner, den Freiherrn, begrüßen. Auch der Hofmarschall Graf Dürkheim, der Verfasser von „Goethes Lilli", stand ihm nahe. Bald vergrößerte sich der Kreis der engeren Freunde. Geibel, der immer „neidlos und treu den Jüngern zugewendet" war, veranlaßte zunächst den König, den 24jährigen Paul Heyse zu berufen, diese „aufgehende Sonne". Von ihm hatte er schon früher an Luise Kugler geäußert, als ihm diese ein Bild der Kuglerschen Tafelrunde sandte: „Heyses Kopf mag mich zu zwiefacher Eile treiben, damit mir die Jugend nicht vor der Zeit über den Kopf wachse." Heyse nahm mit seiner jungen Frau ganz in der Nähe Wohnung; der Kulturhistoriker Riehl, den Geibels öfter bei ihrer Hausgenossin der Staatsrätin Lede= bur getroffen, gesellte sich als Dritter im Bunde hinzu, und so entstand jener Kreis, den der gemütvolle Erzähler in der Vor= rede seiner Novellensammlung: „Aus der Ecke" so anschaulich schildert:

„Vor zwanzig Jahren wohnte ich am Nordwestende von

München, schräg gegenüber wohnte Emanuel Geibel und in einer
der nächsten Straßen Paul Heyse. Da unsere übrigen littera=
rischen Freunde allesamt tiefer in der Stadt sich niedergelassen
hatten, so erschienen wir Drei uns wie ein vorgeschobener Posten
und nannten uns die Ecke. Wir hielten gute Nachbarschaft, und
unter Geibels leitender Hand gewann die Ecke bald einen festen
Krystallisationskern. Je am andern Sonntage kamen wir mit
unsern Frauen in dem Salon einer befreundeten alten Dame zu=
sammen, welche an der Spitze der Ecke wohnte. Da besprachen
wir dann in heiterer Geselligkeit unsere neuesten Arbeiten und
Entwürfe, lasen vor, was wir ganz oder halb vollendet hatten
und tauschten uns aus über die litterarischen und künstlerischen
Erscheinungen des Tages. Ein solcher Abend hieß ein „Ecken=
abend“. Und als mir damals ein Sohn geboren wurde, standen
die andern beiden Väter der Ecke zu Gevatter und er erhielt den
Namen „Eckbert“.

Dergleichen Ecken=Abende gab und giebt es wohl viele in
Deutschland, aber selten werden sich dabei drei so grundverschie=
dene Naturen dennoch so harmonisch zusammenfügen. Kein ge=
ringes Verdienst um diese Harmonie hatte ohne Zweifel — neben
unsern Frauen — die vorgedachte alte Dame, die treffliche Wirtin
der Ecke. Frau Staatsrätin Elisabeth von Ledebur, die Witwe
des berühmten Dorpater Botanikers, war eine der würdigsten
und liebenswürdigsten Matronen. In kinderloser Ehe hatte sie
ihr Leben der Mitarbeit an ihres Mannes Schaffen gewidmet
und ihn auf seinen Forscherreisen durch die asiatischen Steppen,
den Altai und die Krim begleitet... Mit achtzig Jahren war
sie geistig noch immer nicht alt geworden ... sie war und blieb
jung mit uns jungen Leuten, sie verfolgte die Politik und Litteratur
der Zeit gespannten Auges... Bei diesem freundlichen Walten

wurde sie auf's beste unterstützt durch ihre Pflegetochter, Fräulein Julia Dreuttel, ein allezeit fröhliches Heidelberger Kind, welche an den Ecken=Abenden die Honneurs machte und als Taufpatin Hebels schon in der Wiege zu dem schwierigen Verkehr mit Dich= tern vorbestimmt war ...

Wir drei Männer glühten damals in vollster Schaffenslust: kein Wunder, daß sich unsere Gaben für die Eckenabende drängten. Da entwickelte Geibel den Plan seiner „Brunhild" und las ein= zelne eben vollendete Szenen des Dramas, oder er brachte uns eines seiner gedankenreichen erzählenden Gedichte, den „Tod des Tiberius", den „Bildhauer des Hadrian", wie er sie eben frisch geschrieben hatte. Heyse beschenkte uns mit der „Braut von Cy= pern" und den Novellen seines ersten und zweiten Bandes und ließ sich durch die Ecke zu seinem ersten Bühnenversuche ermutigen. Später trat auch noch Adolf von Schack als der Vierte in unsern Kreis und las uns neue Poesien vor, während er, durch Heyse auf Genellis große und verkannte Künstlernatur aufmerksam gemacht, den ersten Grund zu seiner jetzt so berühmt gewordenen Bilder= galerie legte.

Ich selber las die ersten Abschnitte meiner „Familie" in der Ecke und wir machten Hausmusik." ...

Im Mai 1854 kamen leider für Geibel so anhaltend schlimme Tage, daß er sich entschließen mußte, in Schlesien allein eine Wasser= kur zu brauchen, eine harte Prüfung für beide Gatten. Abas Trost in ihrer Einsamkeit waren Emanuels Briefe, der Umgang mit den „Eckenfrauen" und Luise Bluntschli und last not least — ihr Kind, der „Musch", das nun „ungeheuer viel größer, klüger und amüsanter" wurde und schon den Vater in der Büste auf dem Tassenschranke erkannte. Geibel mußte in Ohlau Geduld lernen.

„Ach ich hatte so schön gehofft," schrieb er am Pfingsttage;
„nun ist die Hälfte der Kurzeit vorüber, und ich bin nicht weiter,
wie vorher. Wie schwer ist es Geduld zu lernen! Ich arbeite nun
seit Jahren daran und mein trotziges Herz will sich noch immer
nicht geben. Immer noch drängen sich die Wünsche des Fleisches
vor, immer noch sind die Bitten: gieb uns unser täglich Brot! und
erlöse uns von dem Übel! die dringendsten... Ich sehe den himm=
lischen Trost von fern winken, aber er ist noch nicht mein Eigen=
tum; nur an meine Brust schlagen kann ich und bitten: Herr hilf
meinem Unglauben, nimm die dunkle Sehnsucht gnädig an und
wirke selbst in mir den rechten Geist, daß aus Trübsal Geduld
erwachse, und aus Geduld die Hoffnung, die nicht zu Schanden
werden läßt..."

In Carolath verweilte er einige Tage in wohlthuender Be=
haglichkeit. „Wäre ich gesund", schreibt er seiner Ada, „ich würde
jetzt ein Paar goldene Tage leben, aber auch so empfinde ich tief,
wie schön es ist, im Bewußtsein gegenwärtigen Glückes eine liebe
Vergangenheit träumerisch nachzufühlen, und gestatte im treuen
Gedenken an Dich und an das süße Kind, das Gott uns geschenkt
hat, der Erinnerung an frühere Zeit willig ihr Recht. Du zürnst
mir gewiß nicht darüber und gönnst mir von Herzen den milden
Glanz, der aus alten Tagen in meine tief beruhigte Seele fällt;
wärst Du nur hier, daß ich Dir mein ganzes Herz bis auf den
Grund ausschütten könnte. Du würdest innerlich still und froh
sein und Gott mit mir danken, der es für alle Teile so wunderbar
gnädig gefügt." —

In den ersten Tagen des Juli kehrte Geibel leider kaum ge=
bessert zurück. Er sowohl wie Ada empfanden in dem Münchner
Staub und Fremdengewühl — es war die Zeit der Industrieaus=
stellung — große Sehnsucht nach einem stillen Gebirgsaufenthalt.

Eine Mitteilung von Geibels Bruder Karl, daß er mit seinen Töchtern nach Lindau am Bodensee kommen werde, bestimmte sie zu einem Ausfluge dahin. Der Aufenthalt mutete so an, daß sie beschlossen, für den August wieder dahin zu gehen. Das große „Gesamtgastspiel", das der Intendant Dingelstedt damals arrangiert, hielt sie noch in München fest. Julie Rettich aus Wien war damals öfter Geibels Gast und erinnerte Ada lebhaft an ihre verstorbene Mutter. In den ersten Tagen des August kamen Carolaths nach München und bestellten ihre Zimmer in Ostende ab, um mit Geibels nach Lindau zu gehen. Der Umgang mit dem edlen Fürstenpaare erfreute beide. Ada war sehr froh, nun hier ganz in der Stille die Fürstin näher kennen zu lernen, wie dies auf ihrem Schlosse niemals in dieser Weise hätte möglich sein können. Ihre Briefe an die Schwestern atmen das reinste Glück; es waren die letzten Wochen, wo sie sich noch der Gesundheit erfreute: „Diese Zeit hier in Lindau", schreibt sie, „ist freilich so schön, wie sie uns, seit wir verheiratet sind, noch nie früher geworden ist. Mir kommt das Lied nicht aus dem Kopfe:

> Ach, in diesen blauen Tagen,
> Die so licht und sonnig fließen,
> Welch ein inniges Genießen,
> Welche stillverklärte Ruh!"
>
> Werke II. 16.

Sie blieben bis in den Oktober hinein. Geibel arbeitete fleißig an der „Brunhild". Jene schöne Szene, in der Siegfried vor der Jagd heiter von Kriemhild den letzten Abschied nimmt, entstand hier; bald zeichnete die Hand des Todes das süße Urbild der Kriemhild. Auf der Rückreise in Kaufbeuren empfand Ada eine solche Lahmheit in den Gliedern, daß sie nur mit größter Mühe einige Schritte gehen konnte. Am 11. Dezember ging sie zum letzten=

male in München aus. Krank und siech im Bette sitzend, brachte sie das letzte Jahr ihres Lebens zu.

Sie litt ohne zu klagen: „ich erfahre so viel Liebe und Freund=schaft, daß es wirklich Unrecht wäre zu klagen. Emanuel ist viel bei mir und verzieht mich auf jede Weise". Die Abende brachte er fast immer an ihrem Bette zu. Sonntags pflegte er ihr, wie früher, eine Predigt vorzulesen von Harleß, Luger (in Lübeck), Ahlfeld. So viel als möglich hatte sie ihr Kind um sich.

Geibel las in diesem so traurigen Winter „über die poetischen Formen der abendländischen Litteraturen"; die Nibelungen be=schäftigten ihn weiter.

Mitte Februar hatte er die Freude, im Hoftheater seinen „Meister Andrea" aufgeführt zu sehen, der besonders durch Josts meisterhafte Darstellung der Hauptperson gegen Ende durch=schlagenden Erfolg hatte. Das war auch eine frohe Botschaft für Ada, die auf ihrem Krankenbette noch lebhaften Anteil an allem nahm, ja lebendiger und heiterer wurde. Fast schien es, als ob die Schwingen ihres Geistes mehr und mehr die Fesseln abstreiften und zu freierem Fluge sich regten. Im Juli mußte ihre Schwester Pauline von Lübeck zur Pflege kommen, und Geibel konnte einen zehntägigen Erholungsausflug nach Obertürkheim bei Stuttgart machen. Er besuchte bei dieser Reise Eduard Mörike, dessen Ge=dichte er überaus hoch schätzte. Gegen Ende Oktober erschöpfte häufiges Fieber Adas Kräfte. Jetzt kamen auch ihr öfter Todes=gedanken. „So werden wir sein wie die Träumenden" sagte sie mit so glücklichem Ausdruck.

Am 20. November schreibt Geibel in sein Tagebuch: „Ada wird immer schwächer — abends langes herzliches Gespräch mit ihr. Die Todesahnung ist über ihr." Etwa um 7 Uhr morgens sprach sie, nachdem sie lange geschwiegen: „ich sterbe;" nach einer

Weile: „noch einen Kuß“ und dann „leb' wohl;“ darnach fiel sie
in einen festen Schlaf, in dem ihr Atem fast klang wie starker
Gesang — ihr „Schwanengesang.“ Nach einer halben Stunde
verstummten diese wunderbaren, langgezogenen Töne, es folgten
noch einige tiefe Atemzüge, und sie hatte vollendet. Im Sarge,
im weißen Gewande, den Kranz im Haar, den Palmenzweig in
der Hand wollte sie Moritz von Schwind zeichnen. Er legte den
Stift fort mit den Worten: „Diesen Engel zeichnet keine Menschen=
hand.“ Er hat ihr später in seinem „Märchen von den sieben
Raben“ ein künstlerisches Denkmal gesetzt. Die Muse, die in der
ersten Halle des Rundbildes aufrecht steht, hat die Züge Adas
und trägt auf der Gewandung den Namen „Ada Geibel“.
Erich Correns hat später (1864) in einem Ölbilde von unsag=
barer Schönheit das märchenhaft liebliche Gesicht verewigt.
Das Bild gab Geibels Zimmer später die Weihe erinnerungs=
voller Sehnsucht.

Im zweiundzwanzigsten Jahre ihres Alters, im vierten ihrer
glücklichen Ehe mußte der Dichter, was sterblich an ihr war,
unter allseitiger Teilnahme der Künstler= und Gelehrtenwelt am
24. November auf dem südlichen Kirchhofe in München dem Schoße
der Erde übergeben. Ihr Grab überwuchert Epheu, ein Lebensbaum
grünt am Kopfende, die Inschrift der Marmorplatte weist auf
die Hoffnung hin, die das Grab nicht töten kann: „Wenn der
Herr die Gefangenen Zions erlösen wird, so werden wir sein
wie die Träumenden.“ Es sind die Worte ihres Lieblings=
psalmes.

Wachst du noch einmal auf zum Schmerz
Aus dumpfem Schlaf, zerdrücktes Herz?
Was schlägst du noch? O Gott, sie haben
Mein Weib und all mein Glück begraben.
Werke III. 119.

Adas verklärter Geist zog die Gedanken des zurückgebliebenen Gatten nach oben:

Im Saal gedankenvoll
Saß ich bei Lampenschein;
Durch's offne Fenster quoll
Die Sommernacht herein.

Dein Bild, von treuer Hand
Geschmückt mit frischem Kranz,
Sah von der dunkeln Wand
Mich an im Dämmerglanz.

Da, auf der Sehnsucht Pfad
Vertiefte sich mein Sinn,
Und himmlisch leuchtend trat
Dein Wesen vor mich hin;

Ach, wie du lilienrein
Nie nach dem Deinen frugst,
Und lächelnd selbst die Pein
Wie eine Heil'ge trugst,

Und über'm Abgrund dann,
Dem düstern, Tod und Grab,
Hing mein Gedank' und sann
In seine Tief' hinab.

Werd' ich dich wiedersehn?
Kann je, was Liebe hier
Erwarb, verloren gehn?
Und weißt du noch von mir?

O gieb mir, hast du Macht,
Ein Zeichen noch so stumm! —
Da schlug es Mitternacht
Und zaudernd blickt' ich um.

Ein süßes Duften flog
Vom Kranz, der zitternd hing,
Und um die Lampe zog
Ein weißer Schmetterling. —

            Werke III. 236.

München und Lübeck.

Nach dem Tode Adas teilte Geibel seinen Aufenthalt zwischen der neuen und alten Heimat. Im April brachte er die mutterlose Marie in das Haus seiner Schwägerin, Frau Dr. Elise Reuter in Lübeck, wo sie von treuester Liebe getragen und sorgsam behütet wurde. Die Tochter wurde nun der Magnet, der ihn immer und immer wieder nach der Vaterstadt zog, bis er 1868 völlig dahin übersiedelte.

Im Juli 1856 reiste er über Celle, wo er mit Goedeke die „Neuen Gedichte" zum Drucke vorbereitete und die „Brunhild" vorläufig beendete, nach München zurück. Dort hatten ihm die Freunde in der Dachauerstraße eine neue Wohnung eingerichtet.

Im Spätsommer brachte er mehrere Wochen bei seinem Bruder Karl in Achern (Baden) zu, kehrte von da vorübergehend nach München zurück, um hier mit Carolaths zusammenzutreffen und verlebte dann noch im Verkehr mit Mörike eine erfrischende Zeit in Stuttgart. Als Dichter fühlte er sich noch immer in München heimisch; immer mehr sammelte sich ein Kreis von jüngeren Genossen um ihn, denen er durch Beispiel und Anweisung neue Bahnen zeigte oder die selbständigen in ihren Anlagen stärkte und befestigte und ihnen auch mit unerschöpflicher Herzensgüte äußerlich behilflich war, so viel er konnte. Nicht als Lehrer, aber als spiritus rector trat er an die Spitze der sogenannten „Münchner Dichterschule", anregend und selber angeregt durch das jugendfrische Streben von Poeten wie Heyse, Lingg, Dahn, Julius Grosse, Leuthold, zu denen im Laufe der Jahre Scheffel, Bodenstedt, Schack, Wilbrandt, Wilhelm Hertz, Karl Stieler, Hans Hopfen, Wilhelm Jensen hinzutraten. Schon

1853 hatte Geibel die Gedichte Hermann Linggs mit einer Vor=
rede herausgegeben.*)

1861 vereinigten sich die meisten Genossen zu dem „Münchner
Dichterbuche“, das schon klar beweist, wie viel die Münchener
„Kleindichterbewahranstalt“, wie sie Friedrich Hebbel mit un=
gerechtem Spotte nannte, zu leisten vermochte. Mancher hat es
öffentlich anerkannt, wie viel er Geibel zu danken. „Geibels
ganze Persönlichkeit war gleichsam von hierophantischer Weihe
umgeben“, sagt Julius Grosse; „er war ein Mann von großem
Zuschnitt“ der psychischen Konstitution. Weil ihm die Kunst in
der Aufgabe, das Ideale zu verkörpern, ein Priesteramt war, so
wirkte er demgemäß auch da, wo er nicht „ex cathedra“ sprach,
erhebend, befreiend, klärend, jedes Erstrebte wie zu Erstrebende
nach den höchsten Zielen messend, gegen die Misère des Lebens
aber abhärtend und abstumpfend, eben weil ihm bunte Realität
der Wirklichkeit mit ihren kleinlichen Forderungen und Stö=
rungen als wertlos, flach und nicht der Beachtung wert galt.

Wie unvergeßlich sind die zahlreichen Abende, die der jüngere
Kreis mit ihm und den andern berufenen Meistern verleben
durfte. Mochte er dann selbst seine neuesten Lieder, Balladen
oder dramatischen Szenen mit markig melodischer Stimme lesen
oder andrer Darbietungen wohlwollend würdigen, immer fühlten
sich die Anwesenden im Bann jenes geheimnisvollen Zaubers,
der nur von bedeutenden Menschen ausstrahlt. Und wenn die
Zucht strenger Formschönheit, Wohllaut des Ausdrucks, durch=
sichtige Klarheit und reine ungebrochene Charakterzeichnung,
weiter die Verbannung alles Phrasenhaften und Tendenziösen

---

*) Vergl. Gegenwart 1880 Nr. 6. Geibels Bericht über seinen An=
teil an denselben.

gleichsam das Schiboleth der Münchner Schule geworden, so hat sie dies niemand anderem zu danken als Emanuel Geibel."

Die Genossen sahen sich lange Jahre hindurch allwöchentlich in einem Kaffeehause. Hier wurden neu entstandene Poesien vorgetragen und, was in Kunst und Leben die Freunde interessierte, in gemütlichen, nicht selten auch in eifernden Gesprächen verhandelt. Geibel war als Jupiter tonans verehrt und gefürchtet:

> „Wie schaltest Du in München
> Auf handwerkmäßig Tünchen!
> Dem Falschreim wurde höllenangst,
> Dem Flickwort bange, bänger, bangst:
> „Was?" — hörte man Dich dröhnen,
> „Hiatus? Elisionen?
> Könnt ihr's nicht abgewöhnen?
> Schock Schwere Not Schwadronen!
> Poeten wollt ihr heißen?
> Mit Knüppeln sollt man schmeißen!"
> Doch nicht allein das ABC
> Erlernten wir in Deiner Näh', —
> Auch daß die Weihe müsse schweben
> Um echten Dichters Lied und Leben,
> Daß sternenhoch das Ziel entfernt
> Und daß Du selbst nie ausgelernt.
> Wie doch die Eitelkeit zerschmolz
> Vor Deinem tief bescheid'nen Stolz!"

So sang Felix Dahn beim Erscheinen der Spätherbstblätter Geibels.

Allmählich vergrößerte sich die Gesellschaft; „als Lingg eingetreten war", erzählt Karl von Binzer, „brachte er sein Gedicht vom alten Krokodil zu allgemeiner Belustigung zur Kenntnis:

> Im heil'gen Teich zu Singapur,
> Da liegt ein altes Krokodil
> Von äußerst grämlicher Natur
> Und kaut an einem Lotosstiel.

Es ist ganz alt und völlig blind
Und wenn es einmal friert des Nachts,
So weint es, wie ein kleines Kind,
Doch wenn's ein schöner Tag ist, lacht's.

Dies fand schon eine kreuzlustige Schwester vor an Geibels überall eingebürgertem:

„Ein lust'ger Musikante
Marschierte einst am Nil.“ . . .

Die Münchner begannen zu eben der Zeit den Kreis mit dem Namen „Idealisten“ zu bezeichnen, und um dem furchtbaren Schicksal zu entgehen, dergestalt in die Wolken verbannt zu werden, beschloß man, jetzt, wo die Krokodile so gut eingebürgert waren, der Gesellschaft diesen vielsagenden Namen zu geben. So wurde denn das Nilungetüm der Retter vor einem sehr zweideutigen Komplimente der Mitwelt und deshalb als Hausgötze hoch in Ehren gehalten.

Einem Bildhauer wurde der ehrenvolle Auftrag zuteil, das Krokodil zu bilden. Er entledigte sich dessen zu allgemeiner höchster Befriedigung. Dieser Götze wurde bei jeder Zusammenkunft inmitten aufgestellt, als handgreiflicher Sendbote des Humors.

Als später das Krokodil zu deutliche Symptome seiner Vergänglichkeit gab, wurde es einem trefflichen Künstlerpaar zur Wiederbelebung anvertraut. Die Erneuerung der baufälligen Teile übernahm der Bildhauer Knoll. Als es wieder auf festen Füßen stand, übernahm es der Maler Pixis, dem Untiere seine blühende Farbe wieder zu geben. Beide Väter dieser Wiedergeburt setzten die Poeten in ein solches Entzücken, daß man sie ohne viel Federlesens zu Ehrenmitgliedern ernannte. . .

Da nun die Gesellschaft einmal in Ägypten angelangt war, so ließ sich auch die Pyramide nicht mehr umgehen. Es wurde eine solche erbaut und neben das ihm homogene Krokodil gestellt. Diese Pyramide hatte ein Loch, und in dieses Loch warfen die Poeten ihre Gaben, wie die Kinder ihre Kreuzer in die Spar=büchse. Als man vermuten konnte, daß die Summe ausreichte, um etwas damit anzufangen, zerschlug man die Pyramide, und heraus kam das „Münchener Dichterbuch" ... Im Jahre 1872 starb das Krokodil an der Cholera."

Die Intimsten fanden sich oft im Salon des Geh. Legations=rats Dönniges zusammen. An den „Montagen" dort hielten Geibel, Dingelstedt, Bodenstedt, Heyse, Graf Schack, der seit 1854 auf Einladung des Königs meist längere Zeit im Winter in München verweilte und später ganz dahin übersiedelte, Bluntschli, Kobell, Carrière, je einen Vortrag oder einige aus der Gesell=schaft lasen ein klassisches Drama mit verteilten Rollen. Dön=niges selbst, Dingelstedt, die Gräfin Henriette Holnstein, Agnes Carrière exzellierten dabei. Wer von berühmten Fremden durch München kam, fand sich hier ein. Durch sein Klavierspiel ent=zückte Rubinstein, die Cruvelli durch ihren Gesang. Kaulbach stellte während eines Jahres jeden Montag ein Kreidebrustbild eines Gastes aus und schenkte es dann dem Original als Eigen=tum. Aus Geibel machte er damals seinen bekannten „Hunnen=häuptling", wie der Dichter einmal äußerte. — Viel Anregung erhielt Geibel durch das unter Dingelstedts Leitung so vorzüg=liche Hoftheater. Mehr und mehr wurde das Drama der Lieb=lingsgegenstand seines Studiums; besonders auf seinen fleißigen Spaziergängen nach der Metterschwaige mit A. Fr. von Schack behandelte er gern die ihn beschäftigenden Entwürfe, „Alarich und Stilicho", die „Albigenser", später den Plan der „Sophonisbe". Geibel veranlaßte damals den König, zur Förderung der drama=tischen Litteratur einen Preis für das beste Trauerspiel auszu=

setzen. Er, Sybel und Schack wurden 1857 zu Preisrichtern er=
nannt; sie krönten Paul Heyses „Sabinerinnen“.

In diesem Jahre schloß Geibel sein eigenes erstes großes
Drama ab: „Brunhild“. Bei den Vorträgen in dem Liebigschen
Hörsaale las er die letzten Akte unter großem Beifall schon im
Februar. Ende des Jahres erschien das Buch.

Anfang April 1857 verließ er die Stadt am grünen Isar=
strande, nahm in Lübeck wieder wie im vergangenen Jahre Quar=
tier im Gasthofe, erfrischte sich im Umgang mit den Verwandten
und den „Rosenrittern“ des Ratskellers und trat schon im Juni
seine Rückreise nach München an. In Celle war er mehrere
Tage Goedekes Gast; sie tauschten Poetisches, Geschäftliches, Per=
sönliches mit einander aus; besonders der Plan zu einem „Tristan“
wurde vielfach durchgesprochen. Nach der Rückkehr begannen die
„Symposien“ wieder. Geibel fand den König außerordentlich
frisch und liebenswürdig. Während er sonst bei der Unterhaltung
nur zu fragen und anzuregen pflegte, war er diesmal nach seiner
größeren Reise außerordentlich mitteilend. Er erzählte mit
reizendem Humor eine Menge kleiner Geschichten und Abenteuer:
wie man in Herkulanum, wo er einer Ausgrabung beiwohnen
wollte, ihm zu Ehren am Tage vorher ein schönes Basrelief ein=
gescharrt und dann in seiner Gegenwart wieder herausgeholt; wie
ihn in einem kleinen französischen Ort die schlecht instruierte Schul=
jugend eine Viertelstunde lang mit dem Rufe begleitete: Vive le
roi de Suède! Am Billard sprach der König den Wunsch aus,
Geibels Brunhild bald auf dem Hoftheater zu sehen.

Im Juli hatte Geibel die Freude, Carolaths wieder in München
begrüßen zu können; wie viel Anregung er der geistvollen Fürstin,
deren innigste Freundschaft ihm dauernd erhalten blieb, verdankte,
sprach er damals aus: „Die Fürstin weiß eben auf alles einzu=

gehen; durch die Weise, wie sie hört und erwidert, löst sie mir die Lippen, so daß das Beste, was in mir ist, selbst wenn es bis dahin nur gestaltlos dämmerte, ihr gegenüber unwillkürlich hervorspringt und feste Form gewinnt."

Im ganzen war dies Jahr der eigenen Produktion nicht allzu günstig. Er nahm bei dem pflichtmäßigen Lesen der massenhaft eingehenden Stücke zur Preiskonkurrenz zu viel Fremdes auf, um für das Eigene die rechte Sammlung zu finden. Im August traf er sich in Lindau wieder mit seinem Bruder Karl und Michelsens. Im Oktober bezog er eine Wohnung mit freier Aussicht in der Karlstraße, nahe der Dachauerstraße. Ende November wurde das renovierte Residenztheater mit einem Prologe Geibels eröffnet. Seine Vorlesungen an der Universität hielt er diesen Winter zum letztenmale: seine andauernde Kränklichkeit hielt ihn nachher fern davon.

Franz Kuglers Tod im März 1859 betrübte ihn tief. Der König blieb dies Jahr länger als gewöhnlich in München; Geibel konnte deshalb nicht, wie er gewohnt war, den Geburtstag seines Töchter= chens in Lübeck feiern. Erst Ende Juni ging er zu seinem Bruder Karl, der in der Nähe von Achern das Lindenhaus, eine von alten Linden umschattete und von Rosenhecken umgebene Villa gemietet hatte. Im Juli machte er sich nach Lübeck auf und blieb in dem traulichen Pfarrhause seiner Schwester Johanna Michelsen. Den Herbst genoß er in Carolath. „Ich führe hier", berichtet er von dort, „ein Leben wie im Schlaraffenland, und in der That, es würden himmlische Tage sein, wenn mein Herz fröhlicher wäre. Aber zwischen all dem heiteren Glanz befällt es mich immer wieder, wie den Schweizer, der in der Fremde das Alphorn blasen hört. Ich habe Heimweh, Heimweh nach der Vergangenheit, nach dem alten verlorenen Glück."

Auch im Sommer 1859 sah er Carolaths wieder und verlebte mit ihnen zuerst in Travemünde und Lübeck, dann in Schlesien höchst anregende Monate bis in den späten Herbst hinein.

In München erhielt er Ende November die Nachricht von dem Tode F. Roeses, der zuletzt nur noch von den Mitteln, die Geibels Barmherzigkeit ihm darreichte, sein sieches, elendes Leben fristete.*)

Was Geibel hier im reichen Maße am Jugendfreunde that, hat er später auch an ihm ferner Stehenden geübt. Er, der hauszuhalten verstand mit Wenigem — der Ertrag seiner Werke reichte bis wenige Jahre vor seinem Tode eben nur hin, um „die Kosten seines Weins und seines Sommeraufenthalts" zu bestreiten — hat manchem armen Litteraten Barmherzigkeit erwiesen, oft nobel über seine Verhältnisse. (Vergl. Gedenkbuch S. 327 und 329.)

Rührend ist, was Hans Hopfen in seinen dankerfüllten Erinnerungen an Geibel**) erzählt:

Als er 1860 in Geibels Zimmer in München trat, um zum erstenmal seine Verse dem Urteil des Meisters zu unterbreiten, empfing ihn Geibel auf das Freundlichste und sagte beim Abschied „mit einer unbeschreiblichen Liebenswürdigkeit, ordentlich schüchtern: „Kann ich Ihnen nicht sonst irgendwie dienen?" Ich sah in des Menschenfreundes offenes Gesicht, ohne noch den Sinn seiner Worte recht zu verstehen. „Mit Ihrem Urteil, Herr Professor. Womit sonst?" antwortete ich. Da war's, als wollt' er mir mit den Augen Mut machen, indem er sein Angebot wiederholte, als wär's ihm Herzenssache, einem Bedürftigen

---

*) Litzmann hat das Verhältnis der beiden ausführlich erörtert. Noch fehlt aber die Veröffentlichung der Briefe Geibels an Roese, die, so viel ich erfahren, bis 1900 versiegelt in der Handschriftensammlung der Berliner Königlichen Bibliothek ruhen müssen.

**) St. Petersburger Zeitung 5.—7. Sept. 1893 „Wie ich in die Litteratur kam."

seine Befangenheit zu entwinden: „Ich meine, wenn ich Ihnen noch anderweit nützlich sein kann...." Der Wohlthäter war es so gewohnt, von Alt und Jung um Hilfe angegangen zu werden, und der Fall, daß ein deutscher Dichter sich auf eitel Lyrik verlegte, ohne dabei Hunger zu leiden, war so selten, daß er in nimmer müder Herzensgüte seine allzeit bereite Hilfe dem Neuling ordentlich aufdrängte. Da ging mir ein Licht auf und lächelnd sagte ich: „Nein, Herr Professor, wirklich nicht. Ich befinde mich in ganz erträglichen Verhältnissen und erbitte von Ihnen in der That nichts Anderes, als Ihr maßgebendes Urteil über diese Handvoll Verse." Und wie gezwungen, auch ja keinen Stachel an den Rosen seiner Menschenliebe zu lassen, die er mir eben mit so seltener Anmut geboten hatte, beeilte er sich, jenen treuherzigen Worten eine andere Deutung unterzuschieben, indem er hastig sagte: „Ich habe nämlich eine sehr reichhaltige lyrische Bibliothek. Darunter allerhand, was sich nicht überall findet. Wenn ich Ihnen irgend mit meinen Büchern dienen kann, sie stehen Ihnen immer zu Gebote." Ich dankte heut auch dafür und ging entzückt über den Menschen und seinen Empfang davon."

Im Januar 1860 besuchte Karl den Bruder in München mit seinen Töchtern; nach seiner Abreise produzierte Geibel viel Poetisches. Die „Erinnerungen aus Griechenland" wurden jetzt nach 20 Jahren lebendig. Im Verkehr mit Schack, dem großen Kenner des Spanischen, waren auch manche spanische Übersetzungen neu entstanden: so erschien in diesem Jahre ihr gemeinsamer „Romanzero der Spanier und Portugiesen".

Im Mai feierte er im „Lindenhaus" die Hochzeit seines verwitweten Schwagers Michelsen mit Karls Tochter Johanna.*)

____

*) „Meinem Schwager am Tage seiner Wiedervermählung." Werke IIX. 14.

Im Juli kehrte er nach Lübeck zurück. Nach der Verheiratung seiner Schwägerin Pauline mit Professor Matthias Claudius, dem Enkel des „Wandsbecker Boten", versäumte er nie, mit dieser Reise einen Besuch in Marburg zu verbinden.

Ein Plan zu einer „Constanze von Apulien" beschäftigte ihn damals vielfach. Im November, bei der Rückkehr nach München, reichte er dem Könige ein Entlassungsgesuch ein, entschloß sich aber auf den Wunsch des Monarchen, wenigstens einige Wintermonate nach wie vor in München zuzubringen. Gegen Weihnachten er=schien die „Loreley", während er im Einstudieren der Hauptrollen für die Darstellung der Brunhild am Hoftheater beschäftigt war. Die Aufführung gestaltete sich zu einem Ereignis für die gebildeten Kreise Münchens. Dem Dichter wurden begeisterte Ovationen ge=bracht: er saß „erstarrt und völlig überwältigt dem eigenen Werke gegenüber". Der große Erfolg spornte ihn zu neuem Schaffen an: „Sophonisbe" wurde noch im Januar 1861 begonnen. Eine neue fördernde Anregung erfuhr er für diese Arbeit durch das Gastspiel der Frau Bulyowsky, deren „einziges" Talent er begeistert pries. Leise Schwärmerei für ihre Person mischte sich ein, und so ent=schloß er sich, zu Anfang April nach Lübeck über Köln zu reisen, um „noch einmal diese Eindrücke hoher Tragödie zu empfangen". Die Kölner Tage vergingen ihm mit ihren „wundersam gesteiger=ten Ausnahmezuständen wie ein Märchentraum" und wurden ihm zu einem wahren Verjüngungsbad.

Seine Schwärmerei lebte mehrere Jahre hindurch wieder=holt auf. Julie von Bulyowsky gilt das Gedicht: „An eine Künstlerin."

> Noch einmal in mein düster Leben
> Fiel unverhofft ein Sonnenstrahl;
> Noch einmal ward es mir gegeben,
> Zu glühn, vielleicht zum letzenmal.

Dir dank' ich's, Liebling aller Musen,
Nicht weil dein Reiz mich hold befängt,
Nein, weil ein tiefer Zug im Busen
In's Große dich, in's Schöne drängt;

Weil auf den Höh'n, den wolkenreinen,
Die mir zu schaun ein Gott verlieh,
Mein Geist berührt ward von dem deinen
Im Flügelschlag der Poesie;

Weil ich die Namen, die mir teuer,
In dir lebendig wandeln sah,
Verklärt von deines Herzens Feuer
Maria, Sappho, Julia.

Hab Dank, hab Dank! und sei gesegnet
Und dein sei jeder beste Kranz!
Der Tag, an dem ich dir begegnet,
War mir ein Tag voll Jugendglanz . . .

Werke VIII. 27.

Von Lübeck aus besuchte er im Sommer seinen Freund Gustav zu Putlitz auf Retzien in der Priegnitz; ein Kreis hochgebildeter, für Poesie empfänglicher Gemüter lauschte da am Abend, wenn er aus seiner Mappe vorlas, „im Banne seines Zaubers andächtig seinem beschwingten Worte." Putlitz wurde ihm zum Förderer seiner Arbeit an der „Sophonisbe"; auf manchem Spaziergange, in vielen poetisch bewegten Stunden verhandelten sie über Stoff, Aufbau und Charakteristik, stritten und vereinigten sich wieder. Nach seiner Rückkehr bezog er eine eigene freundliche Wohnung am Mühlenthor in Lübeck; dort konnte er auch sein Töchterchen mehr bei sich haben. Eine bekannte Illustration zeigt ihn im Garten sitzend, sein spielendes Töchterchen neben ihm:

Im Garten wandelt hohe Mittagszeit,
Der Rasen glänzt, die Wipfel schatten breit;
Von oben sieht, getaucht in Sonnenschein
Und leuchtend Blau, der alte Dom herein.

Am Birnbaum sitzt mein Töchterchen im Gras;
Die Märchen liest sie, die als Kind ich las; . .

10

Kein Laut von außen stört; 's ist Feiertag —
Nur dann und wann vom Turm ein Glockenschlag! . .

Da kommt auf mich ein Dämmern wunderbar;
Gleichwie im Traum verschmilzt was ist und war;
Die Seele löst sich und verliert sich weit
In's Märchenreich der eignen Kinderzeit.

Werke III. 237.

Im Winter ließ er in München zusammen mit Heinrich Leut=
hold die „Fünf Bücher französischer Lyrik" erscheinen. Bald folgte
das „Münchener Dichterbuch". Im Frühjahr 1862 war er beson=
ders froh und heiter im Kreise der Seinen in Lübeck: er sang seine alten
Lieder und improvisierte mit Bruder Konrad wie in alten Tagen.
Im Juni besuchte er Putlitz wieder und nahm seine Nichte Elisabeth
und sein Töchterchen mit. Er blieb, da er viel Anregung für die „So=
phonisbe" bei dem tüchtigen Dramaturgen fand, bis zum August.

In München lebte er diesen Winter noch einsamer als sonst:
zu den alten Freunden begann sich allmählich der jüngere W. Jensen
zuzugesellen, der ihn zuerst in Lübeck aufgesucht und dann auf seinen
Rat nach München ihm nachgezogen war. Ein Gastspiel der Janau=
scheck, die er mir als beste Darstellerin der „Brunhild" nannte,
bot ihm viel Freude. Den Ausgang des Winters verbitterte ihm
ein ungerechtfertigter Angriff eines münchener Korrespondenten
des londoner „Athenäums". E. Wilberforce warf ihm vor, beim
Könige seinen Einfluß mißbraucht zu haben, um in den durch
Justinus Kerners Tod erledigten Platz im Maximiliansorden den
Schwaben E. Mörike statt Bodenstedts einzuschieben. Freiligrath
teilte ihm in alter Freundschaft das mit und wies ungenannt die
Verläumdung energisch zurück. Wilberforce suchte sich vergeblich
ausführlich zu verteidigen, und der unerfreuliche Streit wurde
durch einen meisterhaften Brief Geibels selbst geschlichtet.*)

---

*) The Athenäum 1863. Nr. 1839. 1842. 1844. 1848.

Zu Ostern nahm er rheinabwärts wieder seinen Weg nach der Heimat. In Köln besuchte er seinen Freund H. Kruse, der dort seit einigen Jahren als Chefredakteur der „Kölnischen Zeitung" lebte.

In Lübeck blieb er, da ihm der Aufenthalt des Königs in Italien Freiheit ließ, bis Weihnachten. Seines Bruders Karl Tod berührte ihn in dieser Zeit schmerzlich. In München, wohin er im Januar wieder übersiedelte, schloß sich ihm Paul Heyse enger als je an — auch er hatte vor einem Jahre seine Gattin verloren. Beide Dichter sind innig verbunden geblieben, wenn auch die immer mehr sich entwickelnde Verschiedenheit ihrer Bahnen und Lebensanschauungen eine gewisse Kluft aufthat zwischen dem fest im Christentume wurzelnden Geibel und dem „Kinde der Welt", als das sich Heyse immer mehr bewußt darstellte.

Der König empfing ihn bei der Antrittsaudienz überaus herz= lich und freundlich; Geibel schüttete ihm sein ganzes Herz aus über die Schleswig=Holsteinische Angelegenheit und fand, daß er allen möglichen guten Willen habe, aber zu wenig rasch zum Ent= schlusse und zur That sei.

Er sah ihn wieder auf dem großen Hofkostümball am Karnevals= schluß, wo der Hof des Kurfürsten Maximilian Josef III. ins Leben zurückgerufen wurde. Prinz Luitpold erschien damals als Kurfürst, Königin Marie als Kurfürstin. Die Hofämter und Würden wurden meist durch die Nachkommen derjenigen dargestellt, die sie dereinst besessen. Es war das letzte Fest, das König Max feierte. Seine Gesundheit war gebrochen. Den politischen Aufregungen, die ihm die dänische Frage bereitete, konnte sie nicht Trotz bieten. Nach nur kurzer Krankheit entschlief er am 10. März 1864 zum tiefsten Schmerze seines Volkes.

Geibel, der in ihm den hohen Gönner und Freund verlor,

weihte ihm den tief empfundenen Nachruf: „Am Ostersamstag“,
(Werke III. 238) und das schöne Sonett:

> . . . Wo war wie deins ein königlich Gemüte
> So reinen Willens, der Gerechtigkeit
> Den eignen Wunsch zu opfern so bereit,
> So treu, so standhaft, von so lautrer Güte!
>
> Der Weisheit ernster Freund, den Musen hold,
> In Freiheit fromm, mit deinem Volk in Frieden
> Hast du dein Glück in seinem nur gewollt.
>
> Gesegnet, wie du segnetest hienieden,
> Sei dein Gedächtnis! Unsre Thräne rollt,
> Als wär ein Freund und Vater uns geschieden.
>
> Werke VIII. 19.

Das stärkste Band, das den Dichter an München fesselte, war
gelöst. Der junge siebzehnjährige König wandte sich bald andern
Sternen zu — seitdem der Lohengrin ihn als erste Oper begeistert
und auf den Zinnen von Hohenschwangau der „Morgenweckruf“
unter Wagners Leitung erklungen war, unterlag der phantastische
königliche Musikfreund dem Zauberbann des „Meisters“.

Geibels Stellung wurde immer weniger erfreulich, besonders
als 1866 sein eigener innerer Zwiespalt durch den äußeren zwischen
Nord= und Süddeutschland verschärft war.

Auch der Sommer 1864 riß eine schmerzliche Lücke: Fürst Caro=
lath starb am 14. Juli zu Carlsbad, wo er so oft Heilung gefunden.

Hoch erfreut aber war des Dichters Herz bei den Jubelkunden
von Düppel und Alsen; und als der Kronprinz von Preußen mit
seiner Gemahlin im Mai vom Kriegsschauplatze aus nach Lübeck
kam und den Dichter mit großer Aufmerksamkeit und Teilnahme
ehrte, richtete Geibel an den jungen Fürsten bei einer vertraulichen
Vereinigung im Ratskeller einen begeisterten poetischen Spruch,
in dem er warm und lebendig die Hoffnungen Deutschlands aus=
sprach.

Ende des Jahres kamen die „Gedichte und Gedenkblätter"
heraus, die nach der Handschrift der Frau seines jüngeren Freun=
des, des jetzigen Gymnasialdirektors Wilhelm Deeke, gedruckt
wurden. Deeke stand ihm seit einigen Jahren in Lübeck als an=
regender, eng verbundener Freund nahe. Ihn wünschte er sich als
Biographen, da er als Lübecker genau den Boden kenne, auf dem
er erwachsen sei. Der Weggang Deekes 1870 nach dem Elsaß
ließ den Plan in den Hintergrund treten.

Im November riefen Geibel die Kapitelssitzungen des Maxi=
milianordens nach München. Das Frühjahr 1865 brachte ihm
eine ernstere Verschlimmerung seines Leidens. Im Sommer rich=
tete er sich in Lübeck eine neue Häuslichkeit in der Breiten Straße
ein. Seine Nichte Bertha, die dritte Tochter seines Bruders Karl,
und sein Töchterchen zogen zu ihm. Bertha blieb seine aufopfernde
Pflegerin bis an seinen Tod: mit feinem Verständnis und treff=
licher Kenntnis seiner Gedichte begabt, ging sie förmlich in dem
Onkel auf.

Er war glücklich, jetzt abends die Familie und gute Freunde
wieder bei sich sehen zu können. Auch an den „Rosensitzungen"
nahm er in diesem Sommer wieder teil. Bis 1868 war er nun
nur noch im November und Dezember fern von Lübeck. Im De=
zember 1865 besuchte er auf der Rückreise von München die ver=
witwete Fürstin in Carolath. Im April 1866 sah er auch nach
langer Zeit Cäcilie Wattenbach wieder, die aus Heidelberg, wo
sie mit ihrem Bruder wohnte, zum Besuch nach Lübeck gekommen
war. Da trieb es Geibel, bei beginnendem Alter die Wolken zu
zerstreuen, die sich einst zwischen ihnen aufgetürmt. Er eilte zu ihr;
sie drückten sich in Freundschaft die Hände, die einst das Schick=
fal so schmerzvoll auseinandergerissen. Im Herbste waren sie von
neuem zusammen. Geibel reiste nach München über Frankfurt

und Heidelberg mit seiner Nichte und Tochter. In Heidelberg suchten sie Wattenbachs auf. Geibel blieb von nun an in steter persönlicher und brieflicher Verbindung mit seiner Jugendmuse bis zu ihrem Todestage am 23. Juni 1883.

Im Jahre 1866, an dessen Weihnachtsabend er die jubelnden Worte schreiben konnte:

> Hast du endlich allverständlich,
> Schicksal, deinen Spruch gethan,
> Und wie Frühlingsbrausen endlich
> Weht's das deutsche Leben an?
> Ja, der Bannfluch ist gebrochen,
> Der beklemmend auf uns lag,
> Und befreit, mit Herzenspochen
> Grüßen wir den jungen Tag,
>
> Werke IV. 223.

schloß er seine „Sophonisbe" vorläufig ab. Sein Freund Putlitz, der seit einigen Jahren die Hofbühne in Schwerin leitete, führte sie noch in diesem Jahre bei Anwesenheit des Dichters zum erstenmale auf und errang einen vollständig durchgreifenden lauten Erfolg. Die Widmung des Buches an Putlitz ist des Dichters Dank.

Im März 1868 weilte Geibel vorübergehend in Berlin; damals überraschte er Berthold Auerbach, den er im Poetensommer von St. Goar kennen gelernt. Sie verlebten eine „Stunde innigsten Erfassens und Neuerweckens schöner freier Jugendtage" mit einander. Auerbach schrieb unter dem Eindrucke dieses Wiedersehens das schöne Wort: „Geibel ist ständig eine im Besten lebende Seele von wahrem und warmem Pathos".*)

Im Sommer 1868 brachte Geibel einige Wochen in Carolath zu: die gütige Fürstin, die seine Unlust in die alten Verhältnisse

---

*) Briefe an Jakob Auerbach 1884. S. 333.

nach München zurückzukehren kannte, richtete bald nach ſeiner
Abreiſe am 27. Auguſt ohne Wiſſen und Willen Geibels ein
Immediatgeſuch an den König von Preußen, worin ſie die Ver=

Emanuel Geibel um 1868.
Nach Hanfſtängl'ſcher Photographie radiert von J. L. Raab.

hältniſſe in München, die Hinderniſſe eines gedeihlichen Wirkens
Geibels durch muſikaliſche und ultramontane Einflüſſe nach König
Max' Tode ſchilderte und den König bat, ihm einen Ehrenſold zu
gewähren, der ihn bei Wegfall des münchener Profeſſorengehaltes
vor drückenden Sorgen ſchützte und ihm den Lebensmut zu fer=
nerem Schaffen erhielte.

König Wilhelm ging sofort auf den Gedanken, Geibel nach
Norddeutschland gänzlich zurückzuziehen, ein und forderte noch am
30. August den Kultusminister zum Bericht auf. Ehe die Sache
aber zur Kenntnis des Dichters gelangte, traten Ereignisse da=
zwischen, die eine friedliche Lösung unmöglich machten.

Am 13. September weilte der König von Preußen bei Ge=
legenheit eines Manövers in Lübeck. Im Hause des Bruders von
Ernst Curtius nahm er Wohnung. Senator Curtius veranlaßte
den Dichter, den königlichen Gast mit einem Gedichte zu begrüßen.
Mit frischen Lorbeer= und Eichenzweigen umkränzt ward vor dem
Gang in die Marienkirche dem greisen Fürsten Geibels Will=
kommen überreicht:

Drum Heil mit dir und deinem Throne!
Und flicht als grünes Eichenblatt
In deine Gold= und Lorbeerkrone
Den Segensgruß der alten Stadt.
Und sei's als letzter Wunsch gesprochen,
Daß noch dereinst dein Aug' es sieht,
Wie über's Reich ununterbrochen
Vom Fels zum Meer dein Adler zieht.

Werke IV. 240.

Auf das gnädigste nahm er den Gruß des Sängers auf, der
nicht ahnte, daß der König kurz zuvor seiner Zukunft huldvoll
gedacht. Am Ostersonntag 1884, nach dem Tode Geibels, erinnerte
sich der Kaiser Kögel gegenüber jenes Gedichtes: „Damals sah ich
ihn wieder, die langen braunen Locken waren dahin, aber im Ge=
spräch war's derselbe feurige Geist. Geibel war ein wahrhaft
edler Mensch." —

Schon wenige Tage nach jenem Lübecker Gruße fragte eine
bayerische Zeitung, ob es denn so ganz ziemlich sei, daß der Ge=
danke eines deutschen Einheitsstaates, der eine mehr oder minder
direkte Mediatisierung der Krone Bayern in sich schließe, so gar

eifrig von einem Pensionär der bayerischen Kabinettskasse befür=
wortet würde? Ob Frau von Bülow, die Freundin und spätere
Gattin Richard Wagners, der schon längst den „Verserittern
Maximilians" den Untergang geschworen, zu dem schwachen Nach=
ahmer des absoluten Ludwig XIV. noch überzeugender geredet,
lassen wir dahingestellt. Am 15. Oktober aber ging kurz nach
seiner gewohnten Rückkehr nach München Geibel ein Schreiben
aus dem Zivilkabinette Ludwig II. zu, das ihm die Verweige=
rung seines Gehaltes anzeigte. Seine Antwort an den König
war würdig und gemessen:

„Durch ein Schreiben der Verwaltung der Königlichen
Kabinettskasse vom 14. Oktober ist mir eröffnet worden, daß der
mir bisher aus dieser Kasse bewilligte Ehrenbezug infolge der in
meinen Gedichten neuerlich ausgesprochenen politischen Ten=
denzen durch Allerhöchste Kabinettsordre bis auf weiteres sistiert
sei. Da ich nun in diesem Ausflusse des königl. Willens nur
eine entschiedene Verurteilung meiner innersten Gesinnung zu
erblicken vermag und somit auf die Aussicht verzichten muß, hier
fernerhin in erfreulicher Weise thätig sein zu dürfen, so sehe ich
mich in die schmerzliche Notwendigkeit versetzt, auch die letzten
äußeren Bande, die mich noch an München knüpfen, sofort zu
lösen, und richte daher an Ew. Majestät die ehrfurchtsvolle Bitte,
mich meiner nominellen Ehrenprofessur an der Ludwig=Maxi=
milians=Universität, so wie meiner Verpflichtungen als Kapitular
des Maximiliansordens definitiv entheben zu wollen. Indem
ich hierin ganz nach dem Wunsche Ew. Majestät zu handeln meine,
sei es mir gestattet, in aller Kürze noch zwei Punkte zu berühren,
die nicht unerwähnt zu lassen mir beim Scheiden Bedürfnis ist.
Einmal möchte ich darauf hinweisen, daß ich mich zu diesen
Grundanschauungen, die mir gegenwärtig das Allerhöchste Miß=

fallen zugezogen haben, nicht erst in jüngster Zeit, sondern von jeher offen und unumwunden bekannt habe. Die Sehnsucht nach einer festen Einigung des deutschen Vaterlandes, das Verlangen nach Kaiser und Reich klingt schon in meinen frühesten Gedichten, auch in jenen, die längst in aller Hände waren, als mir der Ruf nach München zuteil wurde. In diesem Verlangen bin ich mir allezeit treu geblieben, und wenn dasselbe seit den Ereignissen des Jahres 1866 eine bestimmtere Gestalt annehmen mußte, so lag das in den Zeitgeschicken, nicht in mir. Abgesehen jedoch von der Idee einer Wiedervereinigung sämtlicher deutschen Fürsten und Volksgeschlechter zu einem großen Ganzen unter kaiserlicher Obhut bin ich mir bewußt, niemals einem Gedanken Ausdruck geliehen zu haben, der das vollkommen berechtigte Selbstgefühl des bayerischen Stammes auch nur im mindesten hätte verletzen können. Zum andern aber drängt es mich, auszusprechen, daß ich trotz der notwendig gewordenen Lösung meiner hiesigen Ver= hältnisse — die ich in Erkenntnis der Sachlage noch vor Jahres= schluß in einer milderen Form selbst herbeizuführen gehofft hatte —, daß ich die dankbare Erinnerung an eine reiche und schöne Zeit sorglos künstlerischen Schaffens, die mir durch die freie Huld des hochseligen Königs Max so ehrenvoll gewährt und durch Ew. Majestät Bestätigung bis dahin verlängert wurde, unverbrüchlich im Herzen bewahren und mir, wie sich mein ferneres Leben auch gestalten möge, das Gefühl persönlicher Pietät niemals durch den Wogenschlag politischer Parteiung er= schüttern lassen werde."

Die ultramontane Partei frohlockte: „Bravo! Vivat Sequens! Wir brauchen keine Preußen im Lande!" scholl es aus ihren Blättern, die in Geibels Entfernung die „Morgenröte einer neuen Ära" sahen. Paul Heyse verzichtete freiwillig auf seinen Ehren=

sold. Norddeutschland war empört. Kruse regte in der Kölnischen
Zeitung eine Nationalsammlung für den Dichter an, der sie
dankend ablehnte. Der Großherzog von Sachsen-Weimar lud
Geibel und Heyse sofort nach Weimar ein mit dem Bemerken,
daß sie selbst die Bedingungen angeben möchten, unter denen
ihnen die Übersiedelung wünschenswert erscheine. König Wilhelm,
der das Schicksal des Dichters ja schon vorher entschieden, ließ ihm
am 5. November, einen Tag nach seiner Rückkehr in die Heimat,
durch den Kultusminister Mitteilung machen von einem Aller=
höchst bewilligten weiteren Gnadengehalt von jährlich 1000
Thalern. Die Aussicht auf eine Universitäts=Professur für
deutsche Litteratur wurde eröffnet.

In seinem Dankschreiben sagte Geibel: „es konnte mir kein
willkommneres Los zufallen, als die Vergünstigung, das schöne
Geschenk dichterischer Muße fortan aus derjenigen Hand zu
empfangen, deren hohes Walten seit Jahren ein Segen für das
gesamte deutsche Vaterland und für mich ein Gegenstand treuester
und aufrichtigster Verehrung war."

Zahlreiche Ehrenbezeugungen wurden dem Dichter zu teil.
Lübeck ehrte seinen großen Sohn durch Verleihung des Ehren=
bürgerrechtes „in voller Würdigung seines Dichterruhms und in
dankbarer Anerkennung der in seinen Gedichten der Vaterstadt
vielfach bewährten patriotischen Gesinnung". Mit einem Fackel=
zug am 9. Dezember begrüßten ihn die Mitbürger. Freunde
und Verehrer widmeten ihm ein silbernes Schreibzeug, dessen
mittlerer Teil die Gestalt der Loreley ziert, eine goldene Feder,
einen silbernen Pokal und ein Ohm edlen 62er Rheinweines.
Wie glücklich er sich fühlte, der Heimat wieder ganz anzugehören,
sprach er aus in seiner Rede beim Festmahl im Kasinosaale:

„.. In den Lorbeerwäldern des schönen Südens, an den

rheinischen Rebenbergen, an der königlichen waffenstolzen Spree,
wie in den glänzenden Kunsthallen an der Isar beschlich mich
immer wieder ein Heimweh nach den Stätten meiner Jugend,
und ich fand nicht Ruhe, bis ich die wohlbekannten Türme wieder
vor mir aufsteigen sah und das Geläute der Glocken von
St. Marien hören konnte. Was mich immer wieder zurücktrieb,
war der Geist, den ich in allen Wandlungen der Zeit unverfälscht
hier wiederfand, der Geist prunkloser Tüchtigkeit und ehrenhafter
Sitte, der Geist menschlichen Wohlwollens und gegenseitigen
Vertrauens, der Geist des echten wahren Bürgertums und der
treuesten Vaterlandsliebe.“

Ruhejahre.

1868—1884.

Glücklich, wer durch die Welt schweifend am Wanderstab,
Höchstes Wonnegeschick, bitterstes Leid erfuhr,
Und zuletzt in der Heimat
Grüner Stille den Frieden fand!

Werke V. 71.

Lübeck.

Sechszehn Ruhejahre sollten dem durch sein langes Siechtum früh gealterten Dichter beschieden sein — Jahre, von der Liebe der Seinen, von der Erinnerung an so viel Glück und Leid, von der Verehrung seines ganzen Volkes verklärt, das ihn immer mehr als seinen ersten lebenden Dichter schätzen lernte.

Was er sich immer ersehnt, wurde ihm voll gewährt. In den schwellenden Klang der Glocken seiner siebentürmigen Vaterstadt, welche

> mit großer Erinnerung
> Des Knaben klangfrohes Gemüt im Erwachen schon
> Genährt,
>
> Werke V. 74

und in das Rauschen der Ostsee tönten seine letzten Lieder hinein, so harmonisch, wie sein ganzes Leben im großen und ganzen ver=
laufen war. Die „Mutter" Lübeck erfüllte seinen Wunsch:

> Mir aber verleih,
> Der wohl dem hellstimmigen Kranich zugesellt
> Gen Mittag zog, doch seiner Geburt nie vergaß,
> Mir gieb, wenn flugmüde dereinst
> Mein Fittich sinkt, im heimischen Grund,
> Mutter, ein Grab,
> Aber zuvor noch manchen Gesang im goldnen Licht!
>
> Werke V. 74.

Der Dichter vergalt seines Volkes Liebe auch noch in seinen Ruhejahren mit mancher köstlichen Gegengabe.

1869 erschien im Druck das Trauerspiel „Sophonisbe", das vorher bereits in Karlsruhe, Lübeck und an der Burg in Wien unter Laubes Direktion, in den Hauptrollen von Sonnenthal und der Wolter dargestellt, großen Erfolg errang. Dies Werk, an dem er während sieben Jahren gearbeitet und immer wieder und wieder gefeilt, sollte ihm noch größere Ehren eintragen. Die preußische Kommission für die Verteilung des „Schillerpreises" für das beste in dem Zeitraum von je drei Jahren hervorgetretene deutsche Drama hatte Geibels „Sophonisbe" und die anonym erschienene „Gräfin" unter 51 Stücken als die beiden besten erklärt. Nach einigem Schwan=ken entschied die Kommission, daß Geibel der eigentliche Schillerpreis (1000 Thaler in Gold und eine silberne Denkmünze), dem ano=nymen Verfasser der „Gräfin" aber die große goldene Medaille für Kunst zufallen solle. Leopold von Ranke, der mit dem General=intendanten von Hülsen, Professor Curtius, Droysen und andern in Berlin, mit Hettner in Dresden, Direktor Eduard Devrient in Karlsruhe, Hofrat Schöll in Weimar Mitglied des Preisrichter=Kollegiums war, urteilte: „Der Autor strebt mit Glück klassischen Mustern nach. Sein Stück ist in diesem Bezug eine vorzügliche Leistung."

Vielleicht hätte Geibels „Brunhild" diesen Preis seiner Zeit noch mehr verdient und es waren auch Stimmen laut geworden, die das forderten; Hebbels Nibelungen errangen damals den Sieg. Die jetzige Auszeichnung erfreute den Dichter auf das Höchste. Die überraschende Kunde traf ihn leider in besonders trau=rigen Gesundheitszuständen; eine Sommerkur in Kissingen hatte ihm nicht wohlgethan. Er mußte sich durch den ihm befreun=deten Kultusminister bei Sr. Majestät entschuldigen lassen, daß er die anwachsende Schuld seiner Dankbarkeit nicht persönlich abtragen könne. „Mein trauriges Siechtum", schreibt er in seinem tief bescheidenen Dankbrief, „hat dergestalt zugenommen, daß ich kaum noch eine schmerzlose Stunde habe und mich völlig außer Stande sehe, auch nur über den nächsten Tag frei zu bestimmen."

Als Autor der „Gräfin" stellte sich Geibels Freund Heinrich Kruse heraus: beide Freunde, die so viel vor und nachher über die Geheimnisse des Dramas disputierten, hatten sich, ohne es zu ahnen, als Rivalen im Wettkampf der Gesänge gegenüber gestanden und waren beide als Sieger hervorgegangen. „Daß Kruses Drama neben dem meinigen ausgezeichnet ist", schrieb Geibel an Curtius, „hat mich von ganzem Herzen erfreut. Die beiden Stücke ergänzen sich in gewisser Weise, indem sie in doppelter Hinsicht zwei entgegengesetzte Richtungen zur Anschauung bringen, hier die epische und realistische, dort die architektonische und idealere." Diese epische Richtung von Kruses Dramatik erwähnte Geibel auch mir gegenüber: „er liebt es, Einzelheiten auf Kosten der Gesamtwirkung breit auszumalen."

Die berliner Hofbühne, die unter Hülsens Leitung die idealen Ziele der Kunst öfter außer Acht ließ, konnte sich der Ehrenpflicht diesmal nicht entziehen, Geibels Stück noch Ende 1869 aufzuführen. Berndals Darstellung des Scipio gebührte die Palme des Abends.

Der Dichter hatte sich noch nicht ausgegeben. In den schmerzfreien Stunden, die ihm zu Zeiten doch ab und zu beschieden waren, schuf er noch gerne fort. Bei einem Sommeraufenthalte in Waldhusen sang er jetzt am Hünengrabe:

> Und ob der Rost der Jahre mir
> Gemach den Ton der Harfe dämpft,
> Nach flattert meines Liebs Panier,

Wo man für Reich und Kaiser kämpft.
Und mahnt, wo zwischen Gau und Gau
Der Main sich wälzt, zum Brückenbau.

Werke IV. 45.

Und als 1870 sein lebenslanges Sehnen Erfüllung fand, als aus den Wehen des glorreichen Kampfes mit dem Erbfeinde die deutsche Einheit geboren wurde, da tönte die Leier dessen, der als Gymnasiast schon gebetet:

Auf dem Thron der Kaiser im Morgenrot,
Das Herz voll Lieb', in der Brust den Tod,
Auf der Lippe ein Lied wie Sturmeswehen,
So laß mich Gott zu den Vätern gehen —

mächtiger und voller als je.

Empor mein Volk! Das Schwert zur Hand!
Und brich hervor in Haufen!
Vom heil'gen Zorn ums Vaterland
Mit Feuer laß dich taufen!
Der Erbfeind beut dir Schmach und Spott,
Das Maß ist voll, zur Schlacht mit Gott!
Vorwärts!

Werke IV. 243

so rief er feurig beim Ausbruch des Krieges; und die ersten deutschen Siege, in denen seine Bayern nun auf einmal Schulter an Schulter mit den verhaßten Preußen so löwenmutig gekämpft, besang er begeistert:

Habt ihr in hohen Lüften
Den Donnerton gehört
Von Forbach aus den Klüften,
Von Weißenburg und Wörth? . .

Preis euch, ihr tapfern Bayern
Stahlhart und wetterbraun,
Die ihr den Wüstengeyern
Zuerst gestutzt die Klau'n!

Mit Preußens Aar zusammen
Wie trutztet ihr dem Tod,
Hoch über euch in Flammen
Des Reiches Morgenrot . .
Werke IV. 247.

Noch heute weckt sein Psalm auf den Tag von Sedan an jedem
Gedenkfest dieses Sieges tausendfaches Echo in deutschen Herzen:

Nun laßt die Glocken
Von Turm zu Turm
Durchs Land frohlocken
Im Jubelsturm!
Des Flammenstoßes
Geleucht facht an!
Der Herr hat Großes
An uns gethan.
Ehre sei Gott in der Höhe!
Werke IV. 250.

Und als der Kaiser gekürt war im stolzen Schlosse des Feindes,
da fordert er sein Deutschland auf:

Nun wirf hinweg den Witwenschleier
Und rüste dich zur Hochzeitsfeier,
O Deutschland, hohe Siegerin!
Werke IV. 255.

Glückauf, das ist der Flügelschlag
Des Adlers vom Kyffhäuser,
Das ist der Donnerhall des Siegs,
Erstanden ist der Kaiser.

Nun jauchze, jauchze deutsches Volk
Dem jungen Reich entgegen,
Und Friede sei mit Dir und Heil
Und aller Freiheit Segen!
Werke IV. 112.

In die Chronik des Lübecker Bataillons dichtete er damals die
bisher kaum gedruckten Verse:

> Kriegsgefahr mit Gott bestanden,
> Schlacht und Wacht auf blut'ger Fahrt,
> Not und Sieg in fremden Landen
> Sei getreu hier aufbewahrt,
> Unsern Tapfern zum Gedächtnis
> Und der Nachwelt zum Vermächtnis.
>
> Jahr des deutschen Heldentumes,
> Das den Erbfeind überwand,
> Jahr der Eintracht, Jahr des Ruhmes
> Da verjüngt das Reich erstand.
> Gott dem Herrn für dich die Ehre!
> Dank und Preis dem treuen Heere!

Gegen Ende des glorreichen Jahres sammelte er seine älteren und neueren Zeitgedichte, und ließ sie als „Heroldsrufe" in die Herzen schallen. Der Großherzog von Mecklenburg-Schwerin verlieh dem Dichter für seine Kriegslieder die goldene Medaille für Kunst; der Kaiser dankte für die Übersendung mit den Worten: „Was Sie, in würdiger und loyaler Übung Ihres Berufes, seit drei Jahrzehnten mit gläubiger Zuversicht in jenen Dichtungen verkündigt haben, es ist jetzt zur Wahrheit geworden. ."

Das Jahr der Freude über das Vaterland brachte ihm auch in seinem Privatleben Glück und Segen. Ende 1871 verlobte sich der lübische Rechtsanwalt Dr. Ferdinand Fehling mit Geibels 18jähriger Tochter Marie und führte sie im Mai 1872 als Gattin heim. 1873 konnte dankerfüllt der Ahn singen:

> Zwei Freuden sind mir noch geworden
> Drum ich beglückt mich preisen mag.
>
> Ich sah mit Augen noch die Siege
> Des deutschen Volks und sah das Reich,
> Und legt' auf eines Enkels Wiege
> Den frisch erkämpften Eichenzweig.

Werke IV. 112.

Lübeck verließ er nun nur noch in den Sommermonaten, um in den nahen Wäldern oder an der See Erholung zu suchen.

In Travemünde, wo er 1872 drei Monate lang weilte, fühlte er sich besonders wohl: sein Tagewerk dort beschreibt er in der „Epistel":

Morgens ein Buch des Homer, aus Shakspeare abends ein Aufzug
Weiht und beschließt mir würdig den Tag. Im Übrigen halt' ich
Nur mit Wetter und Wind, mit Sonn' und Wasser verkehrend,
Alles Gedruckte mir fern . .
Werke IV. 35.

Manchmal aber grüßte ihn doch auch „aus den Nebeln des Meeres auftauchend" die Muse, und manches „Ostseelied" glückte ihm im Schweifen zwischen Wellen und Wind:

Sanft verglimmt des Tages Helle
Und, vom letzten Strahl geküßt,
Liegt die glatte Meereswelle
Wie geschmolzner Amethyst.

Kaum ein Lüftchen rührt die Schwingen,
Schweigen rings und Abendglut!
Nur der Fischer leises Singen
Schwebt verhallend auf der Flut.

Jetzt erstirbt's, ihr Nachen gleitet
Ohne Laut dem Hafen zu,
Und um meine Seele breitet
Sich dein Zauber, Meeresruh.
Werke IV. 57.

Den Sommer 1873 brachte er im Riesebusch bei Schwartau zu; er ordnete seine letzten Gedichte und stellte sie zu einem lyrischen Bande „Spätherbstblätter" zusammen, ließ sie aber erst 1877 im Druck erscheinen. „Man drückt schwer los, wenn man die letzte Kugel in der Büchse hat" schrieb er mit Beziehung darauf an Max Kalbeck.

Einen tiefen Schmerz bereitete ihm in diesem Jahre der ent=
setzliche Tod seiner alten hochverehrten Freundin Klara Kugler,
die mit ihrem unglücklichen Sohne Hans plötzlich aus dem Leben
schied. Es will als Dichtung erscheinen, was Adolf Wilbrandt
über diese furchtbare Tragödie der Wahrheit gemäß*) berichtet.

Ferdinand Freiligrath knüpfte zu des Freundes Geburtstag
1873 die alten Bande wieder an: „Erschrick nicht, lieber alter
Emanuel! „Briefliche Herzensergießungen“ sind auch meine Sache
nicht, aber einen kurzen, warmen Gruß darf ich, und wirst Du mir
ja wohl gestatten. Es drängt mich längst, Dir wieder einmal ein
treues Wort zuzurufen. Möge es sich denn endlich heute aufmachen
um morgen in den allgemeinen frohen Chor mit einzustimmen,
der Dich umjubeln wird. Glück auf zum 18. Oktober, mein Emanuel!
„Many happy returns of the day!“ wie man's sich in England
mit schlichten Worten zuwünscht, und ein heiterer, sonniger Lebens=
abend! — und noch mancher frische Lorbeerkranz zu den wohl=
erworbenen alten! Alles, Alles sei Dir in vollem Maße beschieden!

Ich wollte, wir könnten eine Stunde Auge in Auge mit einander
plaudern, lieber Freund! Wir würden uns viel zu sagen haben!
Die Welt ist eine andere geworden, und wir selbst, — o, wie viel
Leid und Freud’ ist über uns hingegangen, seit wir zuletzt von
einander hörten!“

Noch 1874 sandte er ihm „einen fröhlichen Gruß aus unserem
alten St. Goar. Auch die alten Nußbäume grüßen!“

Geibel sollte ihn noch um 8 Jahre überleben.

Er fühlte es tief:

> Nun um deine Pfade leis
> Welke Blätter stieben,

---

*) In der Vorrede zu der Novelle von Johannes Kugler: „Im Fege=
feuer“ 1877.

Eng und enger wird der Kreis
Täglich deiner Lieben.

Die im Jugendmorgenrot
Dir Geleit gegeben,
Ach, wie viele nahm der Tod,
Wie viel mehr das Leben! Werke IV. 110.

Indessen ließ sich mancher der alten Freunde ab und zu blicken: Im März 1874 war die Fürstin bei ihm. Als er im Juli und August dieses und des folgenden Jahres in Schwartau weilte, leistete ihm der liebenswürdige Wilhelm Jensen mit seiner Familie Gesellschaft. Um 5 Uhr, fast mit der Präzision des Königsberger Philosophen, holte er täglich Jensen ab, immer in der gleichen Erscheinung, mit einem grau gewürfelten Plaid über der Schulter und grauem Filzhut, auf dem regelmäßig irgend eine gefundene Raubvogelfeder steckte. Er selbst hatte in den Zügen und den Augen etwas von einem grauen Falken. Gemeinsam machten sie dann einen weiten Gang durch Wälder, Wiesen und Heiden; ein schöner, stets einsamer Weg, den er besonders liebte, führt nach ihm dort den Namen „Geibelweg". Trotz des Unterschieds der Jahre standen sich beide menschlich = freundschaftlich sehr nahe. Jensen hing mit wachsender Liebe und Verehrung an ihm, und ihr Verhältnis ward durch manchen Gegensatz der Naturen und Richtungen nie gestört.

Auch Karl Goedeke suchte ihn hier 1874 mit seinem Sohne noch einmal auf; wie gewöhnlich ereiferten sie sich auch diesmal wieder über manche litterarische Tagesfragen. Als Geibel von Jensen am Tage nach Goedekes Abreise gefragt wurde, wie das Zusammensein ausgefallen sei, schwieg er erst kurz und antwortete dann „Das ist der verrückteste liebenswürdige Mensch auf der Welt: Weißt Du — und er faßte Jensens Arm und sah mit großen, erstaunt über etwas Unverständliches nachsinnenden Augen ihn an — ich glaube, er sieht beim Debattieren über eine Sache zuweilen mehr

auf die Form des Ausdrucks als auf den Inhalt." Es hieß mit
wenig andern Worten: Geibel hatte ihm einigemale seine Mei=
nungen in seiner nachdrücklichen aufbrausenden Art ausgesprochen.
Und das that er, ganz voll von seinen Gefühlen und Gedanken,
oft ohne Rücksicht auf Person und Ort, so liebenswürdig er für
gewöhnlich war. Man erzählt, daß er einst, zum Souper eines Ge=
sandten in München mit Heyse und Bodenstedt eingeladen, auf
die taktlose Anfrage, ob die Herren nichts zum Vorlesen mitgebracht,
heftig aufgefahren sei: „Sind wir denn Musikanten, die zum Dank
für die Mahlzeit eins aufspielen müssen?"

Gädertz berichtet die reizende Geschichte: als der Dichter eines
Abends bei seinem Schwiegersohne mit Donnerstimme wieder
seine Meinung verfochten hat und am nächsten Tage wieder=
kommt, stürzt das Dienstmädchen, welches neu vom Lande zu=
gezogen war und den Vater der Frau Doktor noch nicht kannte,
ins Zimmer und ruft erregt: „Fru Doktorin, de Keerl von
gistern Abend, de so'n Spektakel maken deh, is wedder dor! Sall
ick em ok herinlaten?"

Die Waldluft in Schwartau that ihm wohl; eigene Lyrik
blühte wieder auf. Die Ode auf Bismarck, (Werke VIII. 25) und
zahlreiche Übersetzungen für das „klassische Liederbuch", das er
dann 1875 erscheinen ließ, entstanden dort.

Der folgende Winter brachte ihm manche Anregung durch
das Lübecker Theater. Besonders der junge Max Grube, der
ihm von Karl v. Holtei empfohlen war, interessierte ihn — er hat
seine Erinnerungen an die Winter in Lübeck im „Gedenkbuche"
frisch und warm erzählt. Geibel hat nicht mehr erlebt, daß sein
Schützling der tüchtige Leiter der ersten deutschen Bühne wurde.
Damals wurde die „Brunhild" in Lübeck aufgeführt; 1877
stellte Grube als Gast den Scipio in der „Sophonisbe" dar, auch

den „Andrea“, den er in den letzten Jahren im Berliner Schau=
spielhause wieder zu neuem Leben erweckte.

Im Mai 1875 konnte er Cäcilie Wattenbach persönlich ein
Exemplar seiner ersten Gedichte überreichen, in dem er alle auf sie
gedichteten Lieder bezeichnet hatte. „Es war doch köstlich“, meinte
er nachher, „das zehnfach durchschmolzene Gold des Gefühls, das
wir einst Jahre lang im verschwiegenen Herzen tragen mußten,
ohne Scheu ausströmen zu dürfen.“

Aus dem Januar 1876 findet sich über sein damaliges Leben
und Denken ein bezeichnendes Wort. Er schrieb an Luise Kugler,
die ihm ihr „Spruchbuch“ geschickt: „Als ich das Spruchbuch auf
gut Glück aufschlug, traf es sich eigen, daß mir zuerst grade die
Zeilen von Kopisch ins Auge fielen:

> Niemand soll aus der Welt sich sehnen,
> Und sei er noch so hoch betagt.
> Und siech und matt —
> Wer weiß, wer sagt,
> Wozu Der droben
> Ihn aufgehoben?
> Laßt uns den Herrn im Himmel loben!

Darin ist meine ganze Lebensstimmung ausgesprochen. Siech
und matt bin ich, aber nicht verzagt und täglich bereit, Gott zu
loben. Denn wenn mir auch alles kirchliche Bekenntniswesen
völlig fern liegt, so habe ich doch an mir selbst den Segen höherer
Führung und Fügung zu oft und zu sichtbar erfahren, als daß
ich jemals zum Banner der modernen philosophischen Verneinung
schwören könnte“.

Als Anfang 1877 die „Sophonisbe“ in Lübeck aufgeführt
wurde, gab ihm seine gehobene Stimmung den Mut, ein längst
begonnenes seines Proverbe zu vollenden: „Echtes Gold wird
klar im Feuer“. Außerdem entstanden noch allerlei Lieder,

Distichen und Elegien, die nicht mehr alle in den am Ende des
Jahres erschienenen „Spätherbstblättern" Aufnahme fanden.
Immerhin hatte er stets das Gefühl, nur noch auf einer dünnen
Eisdecke zu wandeln.

Im Frühjahr 1877 ließ Karl Leimbach drei in Goslar ge=
haltene Vorträge über den Dichter drucken, die erste Gestalt des
vorliegenden umfangreicheren Buches. Im Juniheft von „Nord
und Süd 1877" veröffentlichte auch Karl Goedeke wieder eine
Skizze über Geibel. Nicht genug ist zu beklagen, daß er nicht dem
ersten Teile seiner großen Biographie von 1869 den Schlußband
nachfolgen lassen konnte.*)

Um diese Zeit modellierte Heinrich Pohlmann aus Berlin
Geibels Büste nach dem Leben. Sie gefiel dem Dichter außerordent=
lich; in einer kleineren Kopie erschien sie ihm absolut tadellos,
sowohl in Hinsicht auf die äußerliche Ähnlichkeit der Form, als
auch auf die charakteristische Wiedergabe des geistigen Aus=
drucks. Ein jüngerer Maler, Theodor Kutschmann, zeichnete in
zwölf Folioblättern Stimmungsbilder nach Geibelschen Gedichten
und übersandte sie dem hocherfreuten Dichter als Weihnachts=
gabe. Sie wurden später veröffentlicht.

Dieses Jahr hatte ihm auch willkommene Besucher gebracht.
Von dem erneuten Aufenthalt der Fürstin erzählte er im Sommer

---

*) Als 1884 Arno Holz, der spätere Geibelapostat und Apostel des Jüngsten
Deutschlands, mit mir das „Gedenkbuch" zusammenstellte und ich Goedeke
meinen Plan dazu mitteilte, schrieb er mir: „Da ich in meinen Jahren, und
überdies mit Pflichtarbeiten überhäuft, auf eine Fortführung meiner Geibel-
biographie verzichten muß, kann es mir nur erfreulich sein, wenn jüngere
Kräfte sich der Aufgabe liebevoll unterziehen. In der Art, wie Sie dieselbe
lösen wollen, sehe ich eine Bürgschaft des Gelingens". Dies „Gedenkbuch,"
dem ich als Student zum Besten des Geibeldenkmals mein mühevoll gesam=
meltes Material zum Teil opferte, ist vom ursprünglichen Verleger an einen
andern Buchhändler in Leipzig verkauft, der ohne Weiteres Titelblatt und Vorrede kassierte und das Buch unter der Flagge: „Emanuel Geibel, ein deutscher
Liederdichter" neu ausgab. Es ist längst vergriffen, aber kein Pfennig für
den ursprünglichen Zweck abgeliefert.

mit Begeisterung jener Dame, die pietätvoll eine vom Dichter selbst mit Inschriften versehene Tafel von sieben Porträts Geibels in prachtvollem Kupferstich hat vervielfältigen lassen.*)

Im Juli 1878 saß er mit lieben Gästen auf seinem angestammten Platz im Schifferhause, von wo aus er abends so gern das bewegte Treiben beobachtete: Alfred Carolath-Beuthen, Gustav zu Putlitz, Elisabeth zu Putlitz geborene Gräfin Königsmark, E. Haugwitz, zeichneten sich mit ihm im Fremdenbuche ein. Im August 1878 sah er Wattenbachs wieder bei sich, im Oktober des folgenden Jahres Henriette Gräfin Holnstein. Noch einmal freute er sich der Wohlthat des friedlichen Ausklingens schmerzlich verworrener Tage, als er Cäcilie im Frühling 1880 zum letztenmale begrüßte:

> .. Wie trüb uns immer
> Irrsal und Verhängnis schied,
> Dein vergessen konnt' ich nimmer
> Denn du warst mein erstes Lied.
>
> Und mein alterndes Gemüte
> Hat's wie Himmelsthau getränkt,
> Daß dein Herz in reiner Güte
> Wieder nun des Freundes denkt.

Im März war Geibel 14 Tage in Kiel gewesen, wo er Professor Quincke konsultierte und den täglichen Umgang mit seinem Jugendfreunde Litzmann und dem von ihm hochgeschätzten Klaus Groth**) genoß. Im Hause Litzmanns las er des Abends sein „Buch Elegien" vor, seine letzte schöpferische Arbeit. Es ging mit seiner Gesundheit immer mehr bergab. Zwar erschien er Wilhelm Jensen, der ihn im jenem Sommer zum letztenmale sah, völlig als der alte — aber in seinem Tagebuche kommt nunmehr kaum noch ein einziges Mal vor: „Gesonnen und geschrieben".

---

*) Verlag der Kunsthandlung von Moeller in Lübeck.
**) Groth, meine Beziehungen zu Geibel. Nord und Süd. 1884.

Das „Studiert und gelesen" tritt an seine Stelle. „Unruhige fast schlaflose Nacht", „Schmerzlich verstörter Tag" kehren häufiger wieder. Seine gesamte Korrespondenz führte schon seit lange die treue Nichte mit ihrer fast der des Dichters gleichen Handschrift. Im Herbst zog er, da ihm die beiden Treppen zu steigen schwer wurde, nach der Königstraße in ein Haus seines Schwiegersohnes Dr. Fehling.

1881 lebte er vom Mai bis August wieder an der See in dem kleinen Fischerdörfchen Niendorf an der Neustädter Bucht. Dort wurde mir als Primaner das Glück zu teil, mit dem jugendlich=schwärmerisch verehrten Manne und seiner Nichte Bertha einen unvergeßlichen Abend zusammen am Strande der See verleben zu dürfen. Der Zauber seiner Gedichte ist mir damals noch von dem Glanz seiner liebenswerten Persönlichkeit überstrahlt. Nur anfangs störten die ergreifenden Klagen über sein schmerzhaftes Leiden die volle Harmonie des Abends; aber immer mehr überwand sein Geist den Körper, sodaß ich, wie Bruder Martin von Götz von Berlichin=gen, mit dem Bewußtsein schied: „Es ist eine Wollust einen großen Mann zu sehen." Er erhielt sich auch in den folgenden Jahren noch die volle Teilnahme an den geistigen Interessen der Nation. Grill=parzers Dramen, Konrad Ferdinand Meyers Dichtungen empfahl er mir aufs Wärmste zum Studium. Von Wildenbruch sprach er mit hoher Achtung zu Litzmann. Wilhelm Scherer verhandelte im Herbst 1881 eingehend mit ihm persönlich über litterarische Fragen. 1882 noch las er in der Donnerstagsgesellschaft eigene Dichtungen vor. Bis 1883 besuchte er bei klassischen Stücken sogar noch das Theater; der aufgehende Stern Otto Sommerstorffs zog ihn dort an.

Noch einmal ging er im Mai 1882 nach Travemünde und fühlte sich in der Seeluft kräftiger. Für den Sommer 1883 bezog er eine Villa vor dem Burgthor, in der Nähe des Kirchhofs, wo

bald seine sterbliche Hülle gebettet werden sollte. Dort fand ihn
Litzmann mit der Korrektur seiner „Gesammelten Werke" beschäf=
tigt. Er war fröhlich, so weit gelangt zu sein, und äußerte schmerz=

Emanuel Geibel 1883.
Nach Photographie von H. Schroeder in Lübeck.

lich lächelnd, daß diese Thätigkeit wohl seine letzte sein werde.
Innig erfreute es ihn, als Emil Rittershaus ihm, dem abwesenden
Ehrengaste, bei der Enthüllung des Niederwalddenkmals im Sep=
tember unter dem Jubel der Festgenossen sein Glas weihte.

Seine letzten Monde brachte er teilnahmloser zu. Sein Ge=
dächtnis nahm ab, Herzstörungen traten ein: umgeben von der

aufopfernden Liebe seiner Nichte Bertha, umspielt von der Schar
seiner sieben Enkelkinder, unter denen wieder ein „Emanuel“ und
eine „Ada“ neu erblühte, ging er getrosten Herzens der ewigen
Heimat entgegen.

Marie, seine Tochter, das volle Abbild der Mutter, drückte
ihm am 6. April 1884 die Augen zu in der Frühe des Palm=
sonntags. Es ward an ihm erfüllt, was er einst gesungen am
„Palmsonntagmorgen“:

> Es fiel ein Tau vom Himmel himmlisch mild,
> Der alle Pflanzen bis zur Wurzel stillt,
> 　　Laß dein Sehnen
> 　　Laß die Thränen!
> Es fiel ein Tau, der alles Dürsten stillt . .
>
> Wie Engelsflügel blitzt es über Land;
> Nun schmück’ dich Herz, thu an ein rein Gewand!
> 　　Sieh, die Sonne
> 　　Steigt in Wonne,
> Wie Engelsflügel blitzt es über Land.
> 　　　　　　　　　　Werke III. 105.

Zweiter Teil

Des Dichters Werke

und ihre Bedeutung für das Deutsche Volk.

Die gerechte Beurteilung eines Dichters ist nicht leicht, vor
allem nicht dem lebenden oder eben erst geschiedenen gegenüber,
dessen geistiges Charakterbild je nach Gunst und Haß der ästheti=
schen und politischen Parteien verzerrt wird. Geibel selbst hat das
in seinem Leben oft genug erfahren. Er konnte sich, obwohl später
fast „verfolgt von Lieb'“, besonders im Beginne seiner Laufbahn
zu den bestgehaßten Männern seiner Zeit zählen. Und auch
als der Haß mehr und mehr nachließ, mußte unser Sänger
doch vielfach Klage führen, daß die große Menge seinen fortschrei=
tenden Entwicklungsgang nicht beachtete. Gerade auf der Höhe
seiner Meisterschaft hat es ihm manchen Schmerz verursacht, daß
ihm immer wieder die Mängel seiner Jugendlieder vorgerückt
wurden, während er doch so unendlich viel reifere Früchte gezei=
tigt hatte:

> Mit unsrer Tagskritik verdarb ich's leider,
> Daß ich sie nie um ihre Weisheit frug;
> Sie klopft noch stets die abgelegten Kleider,
> Die ich vor fünfzehn Jahren trug.
>
> Werke III. 68.

Noch heute ist es nötig, darauf hinzuweisen, daß Geibel nicht
immer der lockenumwallte, melancholisch schwärmerische Jüngling
mit der Ständchenzither in der Hand geblieben, sondern eine feste,
in sich geschlossene, nach allen Seiten gleichmäßig durchgebildete
Mannesgestalt geworden ist, die volltönende Harfe im kräftigen
Arm, Ewigkeitsgedanken im Blick.

> . . . Eure Gunst zwar ließet ihr vor Vielen
> Mir angedeihn, doch hat mich eins verdrossen,
> Daß bei des Jünglings unvollkommnen Spielen
> Ihr allzufrüh in Beifall euch ergossen,
> Doch, als er vorwärts drang zu würd’gen Zielen,
> Ein halbes Ohr nur seinem Ernst erschlossen,
> Als wär’ allein der leichte Schmelz der Jugend,
> Nicht reife Kunst des Dichters Zier und Tugend . . .
>
> So hab’ auch ich beharrlich fortgerungen
> Und schritt, im Lernen wachsend, durch das Leben;
> Drum seid mir endlich unbefangne Richter,
> Und wägt ihr mich, so wägt den ganzen Dichter.
>
> Werke IV. 87.

So wenig das Urteil über Schiller ein zutreffendes wird, wenn man nur die Räuber und Fiesko, die Leichenphantasie und Lauralieder kennt, so wenig ist es gerechtfertigt, daß man sich ein Urteil über Geibel bildet oder bilden läßt auf ausschließlicher Grundlage der ersten Sammlung seiner Gedichte. Ihre Mängel erkannte der Verfasser selbst sehr bald. Schon ihre zweite Auflage leitete er im März 1843 mit folgendem, später weggelassenem Vorworte ein: „Als ich vor drei Jahren zum erstenmale eine Sammlung meiner Gedichte ausgab, hätte die Auswahl immerhin etwas strenger sein dürfen, und namentlich wäre eine Anzahl von Liedern, welche in jüngern Jahren verfaßt, mit eben so viel Recht Nachklänge fremder Weise als eigentümliche Erzeugnisse genannt werden konnten, gewiß ohne Nachteil zu entbehren gewesen. Dennoch fand das Buch seine Freunde, was wohl am besten aus dem herbeigeführten Bedürfnisse eines zweiten Abdruckes einleuchtet. Bei der Herausgabe dieser zweiten ziemlich stark vermehrten Auflage war ich nun entschlossen, alle jene mir jetzt als unbedeutend erscheinenden kleinen Gedichte und namentlich das erste lyrische Intermezzo gänzlich wegzulassen, allein dies wurde mir vielerseits widerraten, teils weil auch diese Lieder einmal bei Manchen günstige Aufnahme gefunden hätten, noch mehr aber, weil sie in ihrer leichten Weise von den Musikern häufig zur Komposition benutzt worden wären, und ferner benutzt werden möchten. So geschah es denn, daß ich mich auch jetzt darauf beschränkte, hier und da ein einzelnes Gedicht zu unterdrücken. Indem ich auf diese Weise dem strengeren Kritiker die Wiederaufnahme jener Jugenderzeugnisse erkläre, darf ich wohl, ohne unbillig zu sein, die Bitte an ihn hinzufügen, daß er meinen jetzigen Standpunkt nicht sowohl nach den besprochenen Liedern, sondern vielmehr nach den reiferen Gedichten des zweiten und namentlich des dritten Buches beurteilen wolle."

Es ist freilich kein Unglück, daß diese Jugendlieder, die der Dichter „harmlos" hinwarf (IV. 170), so verbreitet sind; denn es ist ein reicher Strauß der schönsten und duftigsten Blumen schon darin, deren Pracht und Duft nie vergehen wird. Aber es ist ein Schade, daß die Juniuslieder, Neuen Gedichte, Gedichte und Gedenkblätter, Heroldsrufe, Spätherbstblätter nicht bekannter sind, da sie doch reicher und reifer sind, die wirkliche Ernte im Vergleich zu den Erstlingshalmen. Auch die „Gesammelten Werke", die erst seit dem letzten Jahrzehnt erschienen sind, haben im großen Publikum die vulgäre Bezeichnung Geibel als „Backfischlyriker" noch nicht gänzlich ausrotten können. Noch immer hört man das ärmliche Urteil von Julian Schmidt nachsprechen, der in seiner „Geschichte der deutschen Litteratur im 19. Jahrhundert" äußerte: „Einzelne Dichter, z. B. Geibel, haben wegen ihrer melodiösen Form mit Recht großen Anklang gefunden, wenn auch ihr poetischer Inhalt nicht sehr ergiebig war. Geibel, der trotz seines großen Erfolges immer sehr bescheiden gewesen ist, soll einmal gesagt haben: so lange es Backfische gäbe, würden seine Lieder unvergänglich sein. Im Ganzen ist damit seine Stellung ziemlich richtig gezeichnet."

Allmählich verstummten die tadelnden Stimmen immer mehr; kein ernster und einsichtsvoller Beurteiler konnte sich dem Eindrucke entziehen, daß Geibel „des Kranzes Geschenk treu zu verdienen ge= strebt" und mit heiligem Ernst zum Gipfel der Kunst gerungen. Schon 1843 sagte wahrhaft prophetisch Karl Goedeke: „Darf Deutschland auf die reiche Entfaltung eines durchaus poetischen, in Einfalt großen Gemüts der Jüngeren hoffen, so darf es seine Hoffnung zunächst auf Geibel richten". 1847 ließ sich auch das Ausland lobend vernehmen. Saint-René Taillandier sagte in der „Revue des deux mondes": „M. Geibel est un poète aimable, d'une humeur facile, d'une verve brillant et légère... Tout cela est dit avec une finesse et une grace assez rare en Allemagne et qui font de ce recueil une lecture piquante."

. Und wenn 1861 der selbstbewußte Platenverehrer Minckwitz Geibel auch nicht auf eine Stufe mit Rückert und Platen stellt und in ihm keinen Klassiker ersten Ranges wie in diesen sieht, so kann er doch nicht leugnen, daß er beliebter als jener sei und mit Uhland auf gleicher Stufe stehe und ihn an Zahl gediegener Leist= ungen überboten habe. Jeder, welcher in dem „Neuhochdeutschen Parnaß" zu lesen versteht, weiß, daß eigentlich Geibel nichts Böses nachzusagen ist, außer, daß er kein Platen hat werden wollen, und daß er kein Minckwitz geworden ist. Gegen Ende seines Lebens war der litterarische Tadel fast völlig geschlagen und mit fliegen= den Fahnen in das Lager der Anhänger, ja Verehrer des Dichters übergegangen. Es ist wahrhaft wohlthuend zu lesen, wie selbst Gutzkow ihn anerkennen muß*), wie Gottschall ihn bald als be= deutendsten Lyriker der Neuzeit feiert, wie allmählich ein panegy= rischer Klang fast die gesamte Geibel=Litteratur beherrscht.

Ein sonst so scharfer Kritiker wie Paul Lindau begrüßte 1877

---

*) Vergleiche Seite 77.

das Erscheinen der „Spätherbstblätter" mit folgenden schönen
Worten: „Geibels dichterische Thätigkeit hat etwas Herzerfreuen=
des, und diese neueste Sammlung gewährt uns ein merkwürdig
frohgemutes Behagen. Es wird uns hier ein seltenes und gerade
um seiner Seltenheit willen desto freundlicheres Schauspiel ge=
boten. Diese „Spätherbstblätter" sind uns ein Zeugnis, wie sich
die Natur des Dichters mit den Jahren immer mehr geläutert,
vervollkommnet, gekräftigt und geadelt hat. In der Geibelschen
Dichtung ist ein steter und ununterbrochener Fortschritt wahrzu=
nehmen. Nun sind alle Schwächen und Unarten der Jugend ab=
gethan und keine der Unarten des Alters macht sich bemerkbar.
Die „Spätherbstblätter" erscheinen uns als die reinsten und reifsten
Gaben der Geibelschen Muse. Von der Frische der Empfindung,
von der Empfangsfähigkeit und der echten Begeisterung hat der
Dichter nichts eingebüßt; der Ausdruck aber hat an durchsichtiger
Klarheit, an Knappheit und Stärke erheblich gewonnen. Man
hat beim Lesen dieser schönen, edlen Lieder die Empfindung, als
ob man reine gesunde Luft einatme. Kein unsauberer Hauch hat
diese weißen Blätter berührt. Man möchte dem Dichter mit seinen
eigenen Worten zurufen:

> Wie reinigst du die Seele mir vom Staube,
> Du blauer, goldbeschwingter Frühlingstag!"

Geibel selbst hat stets eine glückliche Unbefangenheit gegenüber
der Kritik an den Tag gelegt. Er hatte das freilich leichter als
mancher andere neuere Dichter, entschädigte ihn doch bald die sicht=
bar sich offenbarende Liebe seiner zahllosen Leser. „Seit Schiller",
sagte Goedeke 1849 in seinen elf Büchern deutscher Dichtung, „war
kein Dichter so voll Seele gewesen, keiner so heiß geliebt wie Geibel.
Sein persönliches Wesen gab seiner dichterischen Persönlichkeit erst

die rechte und volle Bedeutung. Wohin ihn seine flüchtigen Wan=
derungen führten, da flogen ihm die Herzen zu." In edlem durchaus
berechtigtem Selbstgefühle ist Geibel stets unbekümmert um die
Kritik seinen Weg gegangen:

> Bist du als Künstler, als Poet gesendet,
> O laß dich nicht vom Preis des Marktes leiten!
> Denn sinnlos hat die Welt zu allen Zeiten
> An Mittelmäß'ges ihre Gunst verschwendet.
>
> Zeig' ihr ein Bild vom Genius vollendet,
> Drauf alle Himmel stille Glorien breiten,
> Und eins, wo grell und roh die Farben streiten:
> Du wirst es sehn, wohin ihr Herz sich wendet.
>
> Nein, ihrem Tadeln lächle, ihrem Loben;
> Du hast genug der Wonnen eingetauscht,
> Kam dir der sel'ge Schöpfungsdrang von oben ..
>
> Werke I. 148.

Spitz und schneidig sind die Distichen:

> Vor der realen Kritik steht Hoheit lächelnd die Muse,
> Wie einst vor des Convents Schranke die Königin stand.
>
> Werke V. 85.

Auch mit durchaus angebrachtem Humor hat er sich den rezen=
sierenden Gegnern gegenüber gewehrt:

> Bruder, sprachen die Gänse zum Schwan, wir lassen dich gelten,
> Aber bemüh' dich nun auch, daß du das Schnattern erlernst.
>
> Werke V. 85.

Überblicken wir, nicht als Kritiker, sondern als dankbar ge=
nießende Verehrer die Gesamterscheinung des Dichters! Wir
stellen Geibels Lyrik, der Bedeutung und dem Umfange nach,
voran.

Lyrische Dichtungen.

Werke V. 36.

Vaterland.

Wir wenden uns zunächst Geibels vaterländischen Gedichten
zu; grade auf dem Kern seiner Zeitgedichte beruht nicht zum
wenigsten die bleibende Bedeutung dieses neuen Walthers von
der Vogelweide. Er hat in ihnen die Grundlagen ausgesprochen,
die unser Volk festhalten muß, wenn es deutsch bleiben soll.

Fest und markig sang er schon im Frühjahr 1840 sein
„Türmerlied", — fern von der Heimat, in Athen, erkannte er, besser
als die Dichter im Vaterlande selbst, die äußeren und inneren
Gefahren, welche Deutschland drohten, aber auch die Mittel ihrer
Überwindung:

> Reiniget euch in Gebeten,
> Auf daß ihr vor den Herrn könnt treten,
> Wenn er um euer Werk euch frägt;
> Keusch im Lieben, fest im Glauben,
> Laßt euch den treuen Mut nicht rauben,
> Seid einig, da die Stunde schlägt!
> Das Kreuz sei eure Zier,
> Eu'r Helmbusch und Panier
> In den Schlachten.
> Wer in dem Feld
> Zu Gott sich hält,
> Der hat allein sich wohl gestellt.
>
> Werke I. 142.

Das sind schon in jener Zeit Worte eines Propheten, als
den sich Geibel in den mannigfachen Beziehungen des biblischen
Begriffes stets erwiesen hat. Wir erkennen gerade daran den
großen Dichter, daß er eines Propheten Geist an sich trägt, so
daß er nicht etwa schön und schicklich, kraftvoll und begeisternd

sagt, was alle ähnlich), nur nicht so vollkommen, denken, sondern daß er, zunächst ein Prediger in der Wüste, Gedanken ausspricht, welche so keiner gedacht, mit adlerscharfem Auge Dinge voraus= schaut, welche mit zögerndem Zuge die Zukunft der Verwirk= lichung näher führt, daß er seinem Volke Ideale zeigt, in welche sich die Rohheit nicht finden kann, welche die Gleichgiltigkeit nicht zu erreichen strebt, welche aber in der Brust der Edelsten des Volkes zünden, und deren Wahrheit die kommende Geschichte bestätigt.

Geibel ist ein Prophet der Position. Versetzen wir uns in die Zeit, in welcher seine Wirksamkeit begann. Es sind die vier= ziger Jahre unseres Jahrhunderts, und die Signatur jener Zeit war trüb genug. Welche Gährung in jenem Jahrzehnt! Man lese Herweghs Gedichte eines Lebendigen, Freiligraths Glaubens= bekenntnis, Hoffmanns von Fallersleben unpolitische Lieder, man lese des jungen Deutschlands, lese Prutzens und Dingelstedts, Kinkels und Gutzkows Gedichte, und man wird, falls man jene Gährungszeit nicht selbst erlebt hat, wenigstens nachfühlen können, welche Aufregung alle Stände ergriffen hatte, und wie die größten Talente darauf aus waren, alle bisherigen Ord= nungen zu zerstören. Der Geist der Revolution war entfesselt. Die Leidenschaften waren losgekettet. Zensur und Büreaukratie erwiesen sich ebenso machtlos, als der gesamte deutsche Bund, der nicht imstande war, auch nur den Schein der Macht und Einheit darzustellen. Die Stützen des Thrones wankten, Auto= rität und Geschichte galt jenen revolutionären Geistern nichts mehr, es sollte alles niedergerissen werden, was bestand; denn alles, was bestand, war, wie man schrieb und schrie, veraltet, ver= rottet, verfault, verderblich. Freiheit und Gleichheit hört man schallen, der Freiheitsschwindel hat die Mehrzahl erfaßt, nieder=

reißen heißt die Losung, niederreißen das Alte, weil es alt ist, und so ist an die Stelle der wahren Freiheit die Freiheit der Jako= biner, die Freiheit der Münzerschen Rotte, der aufständischen Bauern in der Reformationszeit aufgetaucht, das diabolische Zerr= bild der echten, gottgewollten Freiheit. Es ist der Geist der Leugnung, der Negation, ja der uneingeschränkten Verneinung hochgekommen, dieser Geist des Abgrundes, und ihm entgegenzu= treten, mit ihm zunächst allein den Kampf aufzunehmen, war Geibel berufen.

Geibel ist ein Vertreter der Position, ja der Prophet des Ja geworden und lange Zeit hindurch allein gewesen. Nun begreifen wir die Zahl der Feinde, welche ihm im Anfang entgegentraten: es war der klar erkannte Gegensatz, welchen in jenen Männern Geibel bekämpfte, als er auf den Kampfplatz trat, den er als Sieger verlassen sollte. Es gehörte Mannesmut dazu, starke innere Kraft, den Kampf mit dem damals hochgefeierten Herwegh aufzunehmen, der eben christentumfeindlich ausgerufen:

> „Reißt die Kreuze aus der Erden,
> Alle sollen Schwerter werden!"

Ihm warf Geibel den Fehdehandschuh hin in seinem be= rühmten Gedichte vom Februar 1842:

> Es scholl dein Lied mir in das Ohr,
> So schwertesscharf, so glockentönig,
> Als wär' aus seiner Gruft empor
> Gewallt ein alter Dichterkönig.
> Und doch! Ich weiß es nicht von mir,
> Ich muß dich in die Schranken laden;
> Komm an in voller Harnischzier,
> Auf Tod und Leben Kampf mit dir,
> Kampf, du Poet von Gottes Gnaden!
>
> Bist du dir selber klar bewußt,
> Daß deine Lieder Aufruhr läuten?

Daß jeglicher nach seiner Brust
Das Ärgste mag aus ihnen deuten?
Der Zwerg, der matte Pfeile schnitzt,
Wohl, — schieß' er, ohne fest zu zielen!
Doch, wer vom Wetterlicht umblitzt
Im Donnerwagen grollend sitzt,
Der soll nicht mit den Zügeln spielen.

Fürwahr ein Sämann schreitest du,
Der Samen streut, doch der Zerstörung,
Ein Glöckner, der aus ihrer Ruh
Die Völker stürmt, doch zur Empörung.
Du willst die Flamme, die so rein
Und heilig strahlt durch alle Lande,
Du willst den warmen Gottesschein
Zur Fackel Herostrats entweihn,
Und schwingst sie wild zum Tempelbrande.

Wozu sonst dieses Schwerterklirr'n,
Die Kriege, die dein Lied gefodert,
Die hast'ge Glut, die durch dein Hirn
In tausend Funken prächtig lodert?
O nein! das ist nicht deutsche Art!
Wohl kämpfen wir auch für das Neue:
Um's Freiheitsbanner dichtgeschart,
So stehn auch wir! doch aufbewahrt
Aus alter Zeit blieb uns die Treue.

Verhaßt auch uns ist der Baschkir,
Der Unterjocher der Gedanken,
Und keinen Deut begehren wir
Von jenem übermüt'gen Franken.
Wir wollen auch, daß frei das Wort
Durch alle Lüfte möge fluten;
Es dünkt auch uns in Süd und Nord
Das Wort der beste Freiheitshort —
Doch soll darum dein Volk verbluten?

Nein! Glaub', der Tag ist bald erwacht,
Der Morgen naht, wo wir's erringen,
Nicht ohne Kampf, doch ohne Schlacht;
Der Geist ist stärker als die Klingen.

Geharnischt steht er auf dem Plan,
Er, der mit Luthern einst gefochten;
Durch tausend Lanzen bricht er Bahn,
Und mag die Hölle dräuend nahn:
Der Lorbeer bleibt ihm doch geflochten.

Drum thu dein Schwert an seinen Ort,
Wie Petrus that, da er gesündigt;
Die Freiheit geht nicht aus auf Mord:
Blick' nach Paris, das dir's verkündigt.
Vom Geist will sie gewonnen sein;
Doch wer ihr Kleid, so rein und heiter,
Mit blut'gem Makel mag entweihn,
Und säng' er Engelsmelodein:
Der ist der Welt, nicht Gottes Streiter.

Werke I. 218.

Dem Propheten Jeremia ähnlich klagt Geibel („Im Früh=
jahr", Werke I. 152), daß er in dieser Zeit geboren sei, in der er,
statt lauschige Sagen zu schreiben und Lieder voll Gottesfrieden
zu singen, seine schwere Aufgabe lösen müsse; doch er weiß, daß
seine Zeit eine zweite Sphinx von Theben ist, welche den in den
Abgrund stürzt, der seine Aufgabe nicht löst. „Den Aufgeregten"
ruft er warnend zu, daß die Früchte der deutschen Revolution,
Selbstzerfleischung und Entmannung, sicher der Slave pflücken
werde; doch seine Stimme verhallt ungehört wie die der Kassandra
(Werke I. 153). Auch er ist ein Herold der Freiheit, aber der
wahren, nicht der furchtbaren Freiheit, welche das Pöbelregiment
aufrichtet:

Die Freiheit hab ich stets im Sinn getragen,
Doch hass' ich eins noch grimmer als Despoten:
Das ist der Pöbel, wenn er sich den roten
Zerfetzten Königsmantel umgeschlagen.

Werke I. 153.

Den „Verneinenden" aber sagt er, daß er nicht bloß hassen
könne, sein Herz bedürfe der Liebe und des Glaubens. Herwegh
dichtete sein „Heidenlied", Geibel aber zeigt den modernen Heiden,

daß die alten Heiden götterfürchtig gewesen, während die neuen
beflissen seien, „frech mit erznem Speere in Trümmer jedes
Götterbild zu schlagen — so bleibt euch nichts denn, als die
große Leere." (Werke I. 155.) Nein rufen seine Gegner, und
reißen nieder; ja ruft der Dichter, allein und doch von allen
Kreaturen unterstützt:

> Kommt her zum Frühlingswald, ihr Glaubenslosen!
> Das ist ein Dom, drin pred'gen tausend Zungen . . .
> Seht diese blüh'nden Säulen, diese Rosen,
> Die lichte Wölbung, Grün in Grün verschlungen!
>
> Wie Weihrauchswolken steigt der Blumen Düften,
> Gleich goldnen Kerzen flammt das Licht der Sonnen,
> Als Jubelhymnen fluten in den Lüften
> Die Stimmen all von Vöglein, Laub und Bronnen.
>
> Der Himmel selbst ist tief herabgesunken,
> Daß liebend er der Erde sich vermähle;
> Es schauern alle Wesen gottestrunken,
> Und, wie verstockt auch, schauert eure Seele.
>
> Und dann sprecht: Nein! Es ist ein hohl Getriebe,
> Ein Uhrwerk ist's, wir kennen jeden Faden,
> Sprecht: Nein! zu diesem Übermaß der Liebe,
> Und von der Lippe weist den Kelch der Gnaden.
>
> Ihr könnt' es nicht. Doch thätet ihr's: verwehen
> Ins Nichts würd' eure Lästrung sonder Spuren,
> Und keinem Ohr vernommen untergehen
> Im tausendstimm'gen Ja der Kreaturen.
>
> Werke I. 24.

Wenn wir diesen Geist auch schon in den früheren Gedichten
der ersten Sammlung finden, er ist doch gradezu herrschend erst
in den nach 1841 gedichteten Liedern. Sie verhalten sich zu den
früheren, wie Lebensarbeit zum Schülerexerzitium, wie sich der
Mann zum Jüngling verhält. In den „Zeitstimmen" tritt uns der

Mann entgegen, diese Art dichterischen Schaffens als des Dichters Aufgabe an sein Volk, als sein Lebensberuf.

Er kämpft auch für Änderung der bisherigen Zustände, aber nicht wie ein Revolutionär, sondern wie ein Reformator. Und die Gegensätze seiner Zeit faßt er klar und scharf:

> Und rings die Völker sah ich stehn im Widerschein des Flammenlichts
> Gewappnet, und erwartungsvoll, als harrten sie des Weltgerichts;
> Doch murrt' es auch nur dumpf von fern, ich sah, daß nah ein Kampf
> uns ist
> Von Nacht und Licht, von Geist und Stoff, ein Kampf von Gott und
> Antichrist.
>
> Und mächtig faßte mich Begier, mit auszufechten solchen Streit,
> Doch was vermag ein einz'ger Arm, ein schwacher Arm in unsrer Zeit?
> Da sprach mein Herz: es ist der Reim des Sängers Wehr in Ernst
> und Scherz,
> Und da von Erz die Zeiten sind, so sei'n die Lieder auch von Erz.
> Werke I. 192

„Unsere Zeit" schildert er in ihrer leeren Nüchternheit; vom heiligen Geiste sei keine Spur, die fromme Poesie sei scheu ge= wichen, die großen Dichter und Denker und Degen seien tot, „ein Zwerggeschlecht sind wir und weiter nichts":

> Nichts blieb uns, als die schlimme Kunst, zu zweifeln und zu richten,
> Und wenn sich ein Gigant erhebt, so ist ers im Vernichten.
> Werke I. 195.

Aber sein positives Programm gibt er darum noch nicht auf. Es kann nicht anders werden, bis vor der Liebe, die alles über= windet, unser Herz sich demütigt, bis die ewige Liebe den wahren Lenz uns bringt, die Liebe, welche den Dichter beseligt, daß er von ihr singt:

> Ihr offenbart sich, was dem Blick der klugen Welt verborgen,
> In trüber Dämm'rung sieht sie schon den rosenroten Morgen,
> Das Brausen wird ihr zur Musik, zum Reigen das Gewimmel,

Helljauchzend steigt ihr Lied empor auf Flügeln in den Himmel,
Sie ist ein Kind und doch ein Held mit unbesiegten Waffen,
Und weil sie noch an Wunder glaubt, so kann sie Wunder schaffen.
Werke I. 196.

Die Hoffnung auf diese Zeit hält er fest. — Und unter solchen Hoffnungen auf den Lenz, auf den rosenroten Morgen trotzt er dem dräuenden Winter:

„Es muß doch Frühling werden.“
Werke I. 197.

Und in den schweren Zeiten bittet er Gott um Frieden in die Brust, um Hoffnung auf Gott, Liebe bis zum Tode, löwenstarken Glauben für sich und die Seinen:

Wohl sind wir sündig, arm und schwach, und nimmer solcher Gnaden wert,
Doch du erbarmst dich, wo ein Herz voll Angst und Sehnsucht dein begehrt;
So hör' uns gleich denn Israel, da er dich ringend hielt umfaßt:
„Ich laß dich nicht, ich laß dich nicht, Herr, bis du mich gesegnet hast.“
Werke I. 203.

Solche Sprache ist nicht die der Schwäche, der Vermittelungspartei, wie Geibel von den Radikalen vorgeworfen ward, nein, das ist die Sprache des Mutes, des Mannes. Aber allerdings eines positiven, keines destruktiven Geistes.

Die Grundlagen des Staates, die von der Geschichte geheiligten Throne sind ihm unverletzlich. Er wünscht eine mächtige Staateneinheit, nicht einen Einheitsstaat. Er will, seit er frei dichtet und denkt, ein einiges starkes Deutschland:

O deutsches Reich sei stark und eins,
Soweit das deutsche Wort erklingt, so weit man trinkt des deutschen Weins,
Halt' fest zusammen, doch nicht wie ein Bettlermantel bunt geflickt,
Nein, einem Banner sei du gleich, in dreißig Farben froh gestickt.

Kein Haufen sei von rohem Stein, der formlos sich zusammen fand,
Nein ein Gebäude stolz und hoch gefügt von eines Meisters Hand,

Mit Giebeln und Altan geschmückt, mit Bögen, Erkern, Zinn' und Turm,
Aus sichern Pfeilern aufgeführt zum Trotz dem Wetter und dem Sturm.

Werke I. 208.

Wir müssen uns überhaupt hüten, Geibel irgend einer unserer politischen Parteien zuzuweisen. Er tritt für Erhaltung der christlichen und staatlichen Fundamente ein, und insoweit ist er konservativ, aber er ist nicht blind für die Schäden der Gegenwart, er opponiert gegen die unberechtigten Vorrechte der bevorzugten Stände, und insoweit ist er ein Mann des Fortschritts. Er ist ein scharfer Kenner unserer Schäden, aber sein historischer Sinn ist klar genug, um zu erkennen, daß nicht Zerstörung des Lebensfähigen, des Segensreichen, sondern Umbildung des Mangelhaften dem deutschen Volke frommt. Und darin liegt seine große Bedeutung.

> Ich hör' es wohl, es rufen die Partei'n:
> „Komm her und woll' uns endlich angehören!
> Der rüst'ge Harfner sei zu unsern Chören
> Und schling' als Kranz dein Lied um unsern Wein."
>
> Mein ewig Echo bleibt ein ruhig: Nein!
> Denn zu der Fahnen keiner kann ich schwören;
> Den Gott im Busen darf kein Schlagwort stören.
> Ich folge meinem Stern und geh' allein.

Werke I. 147.

Zu einem Propheten gehört auch eine feurige Liebe für sein Volk. Es haben auch andere Dichter zu jener Zeit ihr Deutschland lieb gehabt, aber ihrer Liebe fehlte der rechte Blick in die Zeit, sie wählten unglückliche Mittel; wie himmelstürmende Giganten traten sie auf und sind wie diese gerichtet und vernichtet. Geibels Liebe zu seinem Vaterlande, die ihn von Jugend auf beseelte, hat ihn nicht blind gemacht gegen Deutschlands Gebrechen, und so geht Klage und Sehnsucht neben einander her, Klage um die verlorene Herrlichkeit, Klage um die gegenwärtige

Ohnmacht Deutschlands neben der Sehnsucht nach einem deutschen
Reiche, das frei und mächtig ist und fromm zugleich:

Seit zum Jüngling ich erstand
Aus der Kindheit Traume,
Dir gehör' ich, Vaterland,
Wie das Blatt dem Baume.

Meines Wesens Eigenbild
Hast du mir gegeben,
Und aus deiner Wurzel quillt
Fort und fort mein Leben.

Was aus deiner Zweige Nacht
Spricht in Geisterzungen,
Das nur hält mit stiller Macht
Mein Gemüt bezwungen.

Und wieviel im Waldrevier
Auch der Stimmen schallen,
Stets am schönsten singen mir
Deine Nachtigallen.

Wenn dein Wipfel himmelwärts
Rauscht in Tau und Sonne,
Schauert leise durch mein Herz
Ein Gefühl der Wonne;

Aber wenn im Sturmgetos
Deine Zweige schwanken,
Schwankt es mit in ruhelos
Sorgenden Gedanken.

Nie den Spalt in deinem Schaft,
Der durch Mark und Rinden
Unvernarbt noch immer klafft,
Lernt' ich zu verwinden.

Doch der Hoffnung auch entsagt
Meine Seele nimmer,
Daß dereinst ein Morgen tagt,
Der ihn schließt für immer.

Werke IV. 183.

Zwei Arten der Feinde Deutschlands giebt's, äußere und
innere. Und beide kennt Geibel gleich genau. Nicht eigentlich
äußere Politik hat der Dichter getrieben, aber nie hat er abge=
lassen, uns vor dem drohenden nordischen Schneegestöber, wie
vor der im Westen murrenden Wolke, also vor Rußland und
Frankreich, zu warnen. Dort der Geier, hier die Schlange. In
dem einen Punkte hat er recht gesehen, wie 1870 und 1871 ge=
zeigt haben; Frankreich ist der mächtigste Feind Deutschlands ge=
wesen und hoffentlich — gewesen. Die Zukunft wird es lehren,
ob Geibel bezüglich Rußlands Unrecht hat und korrigiert werden
muß. Wir wagen mit Geibel zu behaupten, daß, wenn Deutsch=
land mit irgend einem Reiche noch einen Kampf zu bestehen haben
wird, in welchem es sich um Sein oder Nichtsein handelt, daß

dieser Kampf der große Krieg zwischen Rußland und Deutsch=
land, zwischen Slaventum und Germanentum sein wird. Es ist
jetzt natürlich nicht abzusehen, wann dieser Kampf kommen, noch
viel weniger, wie er ausfallen werde. Nur das dünkt uns sicher,
daß wir nicht innerlich zurückgehen dürfen in Glauben und Sitte,
daß wir Acht haben, Wacht halten müssen, wenn nicht in dem
ungefügen Riesen im Osten unser Attila, unsere Gottesgeisel er=
stehen soll.*)

Mit den Dänen spricht unser Dichter Fraktur im Ruf von
der Trave, im Protestliede von Schleswig=Holstein, im Kriegs=
lied, in den Sonetten. Aber der deutsche Bund sprach keine
Fraktur, sondern schleppte sein thatenloses Dasein weiter, und,
wenn er etwas that, so lähmte er die Thaten anderer. Erst im
Jahre 1864 sollte Geibel in den Liedern: „Beim Ausbruch des
Krieges" und im „Lied von Düppel" (Werke IV. 215 u. 216)
seine Harfe wieder fröhlich stimmen; da sah er die Erfüllung der
Hoffnung, welche er in dem Gedichte „Konferenz von London"
ausgesprochen hatte:

O Land am blauen Sunde,
Mit deutschem Blut getauft,
So bist du denn zur Stunde
Verraten und verkauft!

Die Herrn am grünen Tische
Verdammen dich zum Joch;

Zwar schienen faul die Fische,
Allein man briet sie doch.

Wo Franzmann, Britt' und Russe
Nach i h r e m Sinn getagt,
Da ziemt's, daß man zum Schlusse
Gehorsamst Amen sagt.

---

*) Beiläufig sei hier auf drei Gedichte aufmerksam gemacht, in welchen
Geibel auch außerdeutsche Fragen behandelt: Italien (I. 211), Kreuzzug
(I. 192) und der Alte von Athen (I. 198). In der Türkenfrage ruft er
die abendländischen Völker, Deutschland, Frankreich und England zum
Kreuzzug auf, charakteristischer Weise aber nicht die Russen, da er von ihnen
wohl am wenigsten Uneigennützigkeit erwarten mochte, während die andern
Staaten vielleicht von der Politik des Interesses sich freimachen könnten.
Der Kreuzzug aus dem J. 1841 könnte ebenso gut heute gedichtet sein, so
wenig haben die Verhältnisse und Grundsätze sich geändert.

Was gilt denn auch der Bettel
Von Deutschlands Ehr und Ruhm,
Glückt nur der Küchenzettel
Für's dän'sche Königtum?

Was sind zwei Herzogshüte,
Die man vom Reiche bricht,
Wenn Seiner Lordschaft Güte
Ein Lächeln uns verspricht?

Und doch, ihr Köch' und Meister,
Mir bangt, daß blitzbewehrt
Ein Schwarm einst zorn'ger Geister
Aus eurem Kessel fährt.

Dann wirds wie Sturmesbrausen
Durch Deutschlands Stämme gehn,
Dann werdet ihr mit Grausen
Die Welt in Flammen sehn.

Bis jedes Blatt der Schande,
Das feig ihr unterschriebt,
Verzehrt vom Riesenbrande
In alle Winde stiebt.

Werke IV. 197.

Die inneren Feinde und Fehler Deutschlands aber sind Geibel nicht minder klar; nach echter Prophetenart straft er darob sein Volk mit unerschrockenem Mute, vor allem in seinen Zeitsonetten, die den geharnischten Rückerts nicht nachstehen. Es fehlt den Deutschen Glaube, Liebe, Kraft. Der Geist der alten deutschen Treue fehlt, der Geist der Nüchternheit und des Eigenutzes herrscht da, wo Liebe und Eintracht walten sollten. Das Wort ist gebunden, die Ideale sind hinweggethan. Der Dichter weiß es, daß Deutschland totkrank ist, und besser als den Mark und Bein versengenden Hader hält er noch den Krieg, den Aderlaß, der zur Gesundheit führen soll. (Werke I. 236.)

Aber mehr als Seufzer und Strafreden hat der Prophet. Und so hat auch Geibel mit prophetischem Auge die bessere Zukunft Deutschlands geschaut. Er ist nicht nur ein kerndeutscher Denker und Dichter, er ist nicht nur der Wächter auf der hohen Warte für Deutschlands Ehre und Wehre gewesen, er ist zum Seher geworden. Kronprinz Friedrich Wilhelm hat in diesem Sinne das Wort gesprochen: „Geibel war kein Poet, nein ein Prophet". (Vergl. Kögel, neue Christoterpe 1885.) Wir sehen,

daß Gott ihm selbst den Lorbeerkranz aufgesetzt, daß die Ge=
schichte seine Prophezeiungen wahrgemacht. Oder ist das nicht
politische Prophetie, wenn Geibel im Jahre 1852 die baldige
bleibende Vereinigung Schleswig=Holsteins mit Deutschland
voraussagt? Oder wenn er das Jahr 1848 schon im Jahre
1845 uns so treu malt, als sei das Gesicht nach jenem Jahre
oder während desselben entstanden? Ist es nicht eines Sehers
Blick, wenn von unserm Geschlechte schon 1846 die Wieder=
erwerbung von Elsaß und Lothringen gefordert und erwartet
wird?

> „Auch meine Knechtschaft wird nicht ewig dauern,
> Einst werd' ich ausgelöst mit Schwertesstreichen."
>
> Werke I. 239.

Im Jahre 1850 dichtete er sein Lied: „Böse Träume".

> Ich ließ mein Rößlein grasen
> Im Wald an Baches Rand
> Und lag auf kühlem Rasen
> Und dacht' ans Vaterland,
> Und bei des Baches Rinnen
> Entschlief ich unterm Baum;
> Da wob in meinen Sinnen
> Ein dreifach Bild der Traum.
>
> Ich sah ein Volk von Immen,
> Das ohne Weisel fuhr
> Und mit verworrnen Stimmen
> Hinschwärmte durch die Flur.
> Nach allen Winden zogen
> Sie ziellos kreuz und quer
> Und hatten sich bald verflogen
> Und fanden sich nimmermehr.
>
> Ich sah ein Bündel Pfeile
> In blöder Knaben Hand,
> Die trieben kurze Weile
> Und lösten Ring und Band.

Sie spielten mit den Rohren
Uneins und ungeschickt;
Die Hälfte ging verloren,
Die Hälfte ward zerknickt.

Ich sah, wie ein Karfunkel
Verschmäht am Kreuzweg lag;
Von Staube war er dunkel,
Zerspellt von Stoß und Schlag.
Die Krone der Welt zu schmücken,
Geschaffen däucht' er mir;
Nun haschte nach den Stücken
Der fremden Raben Gier.

Da wacht' ich auf beklommen
Und stieg zu Roß in Hast;
Die Sonne war verglommen,
Das Spätrot war verblaßt.
Im kühlen Abendschauer
Von dannen ritt ich stumm;
Mein Herz verging in Trauer
Und wußte wohl warum.

Werke IV. 198.

Drei Dinge sind es, die der Dichter darin beklagt: sein führer=
loses deutsches Volk, die Uneinigkeit der deutschen Fürsten und
Staaten, die Losreißung deutscher Edelsteine aus der deutschen
Krone; drei Dinge sind es, welche der Dichter ersehnt: einen
deutschen Kaiser, ein stolzes, weil einiges Deutschland, Zurück=
eroberung deutscher Länder aus der Hand der Franzosen und
Dänen.

Wenn wir schon in den Jugendliedern diese Gedanken aus=
gesprochen finden, z. B. die Erneuerung der deutschen Kaiserkrone,
angelehnt an die Sage vom schlafenden Rotbart im Kyffhäuser,
so mag man dies Gedicht, dessen Gedanken nicht neu sind, für ein
schönes Schülerexerzitium, für jugendliche Träumerei erklären;
die Sehnsucht des deutschen Jünglings spricht sich auch da aus.

Und doch wie zuversichtlich klingen schon da Geibels Wünsche in
den Worten:

> Alles schweigt, nur hin und wieder
> Fällt ein Tropfen vom Gestein,
> Bis der große Morgen plötzlich
> Bricht mit Feuersglut herein;
>
> Bis der Adler stolzen Fluges
> Um des Berges Gipfel zieht,
> Daß vor seines Fittichs Rauschen
> Dort der Rabenschwarm entflieht.
>
> Aber dann wie ferner Donner
> Rollt es durch den Berg herauf,
> Und der Kaiser greift zum Schwerte,
> Und die Ritter wachen auf.
>
> Laut in seinen Angeln dröhnend
> Thut sich auf das ehr'ne Thor;
> Barbarossa mit den Seinen
> Steigt im Waffenschmuck empor.
>
> Auf dem Helm trägt er die Krone
> Und den Sieg in seiner Hand,
> Schwerter blitzen, Harfen klingen,
> Wo er schreitet durch das Land.
>
> Und dem alten Kaiser beugen
> Sich die Völker allzugleich,
> Und aufs neu zu Aachen gründet
> Er das heil'ge Deutsche Reich.
>
> Werke I. 93.

Das „Gesicht im Walde" (Werke I. 221) bekundet einen Fort=
schritt. Diese Dichtung ist die Schilderung einer Vision nach
Prophetenart in der Weise Dantes. Der verirrte Dichter kommt
in einem tiefen Walde unter strömendem Regen mitten in der
Nacht vor eine Schmiede und findet dort drei Riesen die Hämmer
schwingend und ein Schwert, dessen Griff als Kreuz gestaltet war,

fertigend. Er lauscht den Gesängen der drei Schmiede. Der erste verkündet:

> „Es rührt im Birnbaum auf dem Walserfeld
> Sich schon der Saft, und seinem Volk zum Heile
> Erscheinen wird der lang ersehnte Held.
>
> Drum rüstig mit dem Hammer, mit der Feile!
> Das Schwert, das Königsschwert muß fertig sein.
> Und unser Volk hat Eile, Eile, Eile!“

Der zweite hat bereits ein Donnern in dem alten Kyffhäuser gehört und einen Adler in den Lüften geschaut. Das Kreuzes=schwert hat Eile. Der dritte Riese sieht das Volk in Gährung:

> Aus den dürren Schollen
> Wird eisern aufgehn eine Kriegersaat;
> Sein rotes Banner wird der Kampf entrollen.
>
> Drum schreiten hohe Geister früh und spat
> Durchs deutsche Land und pochen an die Thüren,
> Und mahnen laut: Der Tag des Schicksals naht!
>
> Viel eitles Blendwerk wird der Feind erküren,
> Mit Lächeln locken, dräun mit Blitzgeschoß:
> O lasse keiner dann sein Herz verführen:
>
> Denn Füße nur von Thon hat der Koloß,
> Und stürzen wird er über kurze Weile,
> Im Fall begrabend seiner Knechte Troß.
>
> — — —
>
> Das Schwert des Siegs hat Eile, Eile, Eile!

Eine Vision ist mehr als eine Phantasie der Sehnsucht. Wohl ist sie dem Hörerkreise gegenüber als ein pädagogisches Mittel an=zusehen, durch welches das Geschaute glaubhafter und wichtiger gemacht wird, als das bloße Wort; immerhin zeigt uns ein solches Bild, wie auch das in der „Septembernacht“ (Werke II. 86), daß die Sehnsucht in des Dichters Geist in feste Hoffnung sich umgesetzt hat, daß sein Geist geschaut hat, was andere erst in

späten Tagen erleben werden, ihm aber jetzt schon als Wahr=
heiten glauben sollen.

Und wenn der Dichter seine Lebensmaximen und sein Dichter=
programm dem alten Barbarossa in den Mund legt, indem er
den Kaiser am Schlusse von „Barbarossas Erwachen" ihm raten
läßt:

> Wirf deine Sorgen all auf ihn,
> Der droben auf ewigem Stuhl ist gesessen!
> Er hat auch euer nicht vergessen.
> Die Stunde kennt er, die Wege.
> Du aber pflege
> Der Gabe, die er dir gnädig beschied,
> In That und Lied.
> Schaue fest auf das Ziel deiner Reise!
> Der ist der Weise,
> Der es nimmer vergaß;
> Wirke treu im befriedeten Kreise
> Und halte Maß!
>
> Werke I. 207

so will ich hier nur das hinzufügen, daß die „Heroldsrufe" eigent=
lich den besten Beweis liefern, wie treu der Dichter seinem Ziele
nachgestrebt hat in That und Lied, voll Gottvertrauen, voll Klar=
heit und Mut, und — mit Mäßigung.

Das „Lied des Alten im Bart" sagt schon 1845:

> Durch tiefe Nacht ein Brausen zieht
> Und beugt die knospenden Reiser,
> Im Winde klingt ein altes Lied,
> Das Lied vom deutschen Kaiser.
>
> Mein Sinn ist wild, mein Sinn ist schwer,
> Ich kann nicht lassen vom Lauschen,
> Es klingt, als zög' in den Wolken ein Heer,
> Es klingt wie Adlers Rauschen.
>
> Viel tausend Herzen sind entfacht
> Und harren wie das meine,
> Auf allen Bergen halten sie Wacht,
> Ob rot der Tag erscheine.

> Deutschland, die schön geschmückte Braut,
> Schon schläft sie leis' und leiser —
> Wann weckst du sie mit Trommetenlaut,
> Wann führst Du sie heim, mein Kaiser!
>
> Werke II. 12.

Es kam freilich zunächst das Hungerjahr von 1847 und die Revolution des Jahres 1848. Der Dichter hat sie schon im Jahre 1846 vorausverkündet.

> Mir ist's, durchsichtig wird die Wand,
> Und draußen dicht und dichter,
> Da drängen sich bei Fackelbrand
> Viel tausend Hungergesichter.
> Durch's Gewühl mit ries'gem Leib
> Herschreitet kampfgeschürzt ein Weib
> Mit blutrot flatternder Fahne.
>
> Werke II. 91.

Im Jahre 1849 mußte der Dichter seine auf diese Zeit gesetzten Erwartungen begraben. Deutschland rang in bitteren Wehen, allein der Kaiser blieb ungeboren. Aber nun sagt ihm eine Ahnung, die Geburt des deutschen Kaisertums werde nur durch den Kaiserschnitt möglich werden; nur durch den scharfen Stahl, durch schweren Krieg werde Deutschland zu einem Kaiser gelangen. (Werke IV. 195.)

Die Kaiserwahl war ja vergeblich geschehn. Wie der Dichter sie begrüßt hatte, hat er im „Gedenkblatt" uns geschildert. Er bekam die Nachricht unter dem Anläuten des Palmsonntages, und der Glockenklang klang ihm,

> Als läutete man ein das deutsche Reich,
> Und das Hosannah, das in meiner Brust
> Andächtig widerklang, zwei Königen,
> Die ihren Einzug hielten, galt's zumal,
> Dem himmlischen und dem von dieser Welt.

Die Freude, die Hoffnung war vergeblich.

> Was später kam,
> Ihr wißt es alle. Keinen Hüter fand
> Das uralt heil'ge Kleinod unfres Volks.
> Die Hand, schon zum Ergreifen ausgestreckt,
> Verschloß sich plötzlich, und zu Boden fiel
> Des Reiches Apfel. Waisen blieben wir,
> Wie wir's gewesen dreiundvierzig Jahr,
> Und an den Weiden hängten wir auf's neu
> Die Harfen auf, und durch die Saiten ging
> Des Windes Seufzen. O wann bringt ein Tag
> Dem Vaterlande die Gestirnung wieder!
>
> Werke IV. 202.

Das Vaterland blieb die Witwe im Trauerkleide. In seinem „Friedensschluß" hat der Dichter sich über 1848 ausgesprochen, wie auch über die Zukunft. Trotz des Zerrbildes der Freiheit, das er als einen wüsten Greuel schauen mußte, glaubt er an das schöne Urbild, trotz der grauenhaften Götzin an das Kommen der unschuldigen, hehren Göttin, und so schließt er:

> Und weil ich muß beim Kampf des Tages schweigen,
> Den Larven schlagen, hab' ich aufgerichtet
> Dies Lied als Mal, daß ich der Freiheit eigen.
>
> In ihrer Zukunft Sinn hab' ich gedichtet.
>
> Werke III. 39.

Vorerst ist nichts zu erkennen, als ein Festhalten der Hoff= nung (Werke IV. 207), dann aber wird das Herz (1857) wieder ungeduldig:

> Wir können's kaum erwarten:
> Wann wird die Eiche grün?
> Wann wird im deutschen Garten
> Die Kaiserkrone blühn!
>
> Werke IV. 208

und ein Jahr später singt er:

> Wann doch, wann erscheint der Meister,
> Der, o Deutschland, dich erbaut,

Wie die Sehnsucht edler Geister
Ahnungsvoll dich längst geschaut:

Eins nach außen, schwertgewaltig,
Um ein hoch Panier geschaart,
Innen reich und vielgestaltig,
Jeder Stamm nach seiner Art.

Seht ihr, wie der Regenbogen
Dort in sieben Farben quillt?
Dennoch hoch und festgezogen
Wölbt er sich, der Eintracht Bild.

Auf der Harfe laut und leise
Sind gespannt der Saiten viel,
Jede tönt nach ihrer Weise,
Dennoch gibt's ein klares Spiel.

O wann rauschen so verschlungen
Eure Farben Süd und Nord!
Harfenspiel der deutschen Zungen,
Wann erklingst du im Akkord!

Laß mich's einmal noch vernehmen,
Laß mich's einmal, Herr, noch sehn!
Und dann will ich's ohne Grämen
Unsern Vätern melden gehn.

Werke IV. 209.

Im Jahre 1859 hat er den Prophetenblick wiedergewonnen. In dem Gedichte: „Einst geschiehts" (IV. 213) bricht volle Klarheit durch. Wie er zum Teil seine Gottesoffenbarung empfängt, zeigt uns sein Gedicht: „Geschichte und Gegenwart" (IV. 222). Im Jahre 1861 dichtet er: „Deutschlands Beruf". Darin heißt die vierte Strophe:

Sein gefürstet Banner trage
Jeder Stamm, wie er's erkor,
Aber über alle rage
Stolzentfaltet eins empor,
Hoch, im Schmuck der Eichenreiser,
Wall' es vor dem deutschen Kaiser.

Werke IV. 214.

Im Jahre 1863 aber schaut er auf die klaffenden Risse seines Vaterlandes, und sein Herz ist mitgespalten, weil es keinen Aus=weg mehr sieht, als die Schärfe des Schwertes und den Umsturz. Der Starrsinn, der sich nicht beugen will, der leichtfertige Ehrgeiz welcher nur sein, nicht des Ganzen Interesse sucht, hüben der Ver=fall der evangelischen Kirche, drüben das Aufstreben des Ultra=montanismus, endlich die Verwilderung der Kunst — alles könnte auf Untergang hindeuten, aber der Dichter sieht das Morgenzwie=licht darin, in welchem die Gespenster sich noch einmal rühren. („An Ludwig Aegidi" V. 64.) Und nun sieht er das Jahr 1866 herankommen, deutlich und immer klarer; doch den innern Konflikt zwischen Regierung und Landesvertretung, den Bruderzwist kann er nicht besingen. (IV. 217. 218.)

Ein Parteimann kann er nicht werden.

> Eh' sie diente, der Volkspartei'n
> Zwietracht weiterzutragen,
> Lieber wollt'·ich am nächsten Stein
> Diese Harfe zerschlagen.
>> Werke IV. 219.

Auch er kennt keinen Ausweg als Krieg; denn eisern ist die Zeit

> Brich herein denn, Schicksalstag!
> Ende diese Not im Wetter!
> Unter Sturm und Donnerschlag
> Send uns einen Hort und Retter!
> Deutschlands Purpur ist bereit,
> Eisern, eisern ist die Zeit.
>> Werke IV. 220.

Und ganz im Prophetentone ist gesprochen „Das Lied vom Reiche", ebenfalls vor 1866 gedichtet, hoffnungskühn, siegesgewiß. (IV. 222.)

Das Jahr 1866 kam, und was es brachte an Schmerz und Freude, wir wissen es alle. Des Dichters Leier schwieg. Aber am

Ende des Jahres, da sprach Geibels Mund aus, was nun Sieger
und Besiegte, was alle Deutschen für ihre nunmehrige Aufgabe
halten müssen, sie mögen von dem Kriege jenes Jahres halten, was
sie wollen:

> Doch, wie stolz im Feld der Waffen
> Euer Wurf, ihr Sieger, fiel:
> Halb erst steht das Werk geschaffen,
> Unsrer Sehnsucht hohes Ziel.
> Andern Grund noch gilt's zu legen,
> Als des Schwertes freudlos Recht!
> Nur in freier Liebe Segen
> Knüpft Geschlecht sich an Geschlecht.
>
> Wallt denn, eurer Lorbeerzweige
> Würdig, unserm Volk voran!
> Jeder eitle Hader schweige,
> Jeder Hohn sei abgethan.
> Zeigt, wie schön dem Heldenmute,
> Weisheit sich und Güte paart,
> Und am stammverwandten Blute
> Ehrt des Geistes Eigenart.
>
> Aber ihr, die dieser Zeiten
> Sturm gebeugt, erhebt das Herz!
> Künftig Heil will sich bereiten,
> Und die Wandlung nur ist Schmerz.
> Brach auch Teures euch zusammen,
> Lernt aufs Ganze gläubig sehn!
> Lodernd muß der Holzstoß flammen,
> Soll der Phönix auferstehn.
>
> Drum getrost! Und schwört in treuer
> Kraft zum großen Vaterland,
> Und des heilgen Opfers Feuer
> Schürt es selbst mit frommer Hand!
> Werft der Eifersucht Gedanken,
> Werft den alten Groll hinein!
> Brausend auch die letzten Schranken
> Spült hinunter dann der Main.

Werke IV. 224.

Ernster kann niemand den Sieger mahnen, zarter können die Besiegten nicht getröstet werden, als in diesen Versen Geibels geschehen ist.

Jetzt wird aus dem Propheten der Herold des Kaisertums. Zeitweise hat man dem Dichter, der seine Träume, Hoffnungen, Weissagungen erfüllt sah, das Übersprudeln seiner Freude mißdeutet; und von einer Seite, wo das entschieden geschehen ist, sprachen wir schon früher. Aber gegen einen Vorwurf muß ihn jeder verteidigen, er ist kein Knecht einer einzelnen Person, wenn auch einer noch so erhabenen und der Bewunderung werten, er ist der Herold der Sache. Sein Sang aber bekommt neues Leben, neue Kraft, ja Jugendfrische. In heißer Sehnsucht harrt der Dichter auf den letzten Tag des Heils, den Tag des deutschen Kaiserreichs. Er sollte kommen, dieser Tag, und Geibel sollte ihn schauen. Ja, er schaute ihn fast anderthalb Jahre voraus, wie sein Lied: Drei Vögel (Sept. 1869) beweist:

> Ich stand auf hohem Berge
> Und schaut' hinab ins Thal,
> Drei Vögel sah ich fliegen
> Im roten Abendstrahl.
>
> Was bringst, du schwarzer Rabe?
> Du kommst vom Wälschland her —
> Ich sah einen greisen Fischer,
> Der warf sein Netz ins Meer.
>
> Er warf's mit stolzen Sinnen,
> Des reichen Fangs gewiß,
> Da ging im Grund ein Brausen,
> Das riesige Netz zerriß.
>
> Was bringst du, grauer Habicht?
> Du fliegst vom Seinestrand —
> Ich sah einen kranken Leuen,
> Der sich in Ängsten wand:

„Weh mir, es wankt der Boden,
Und ich bin alt und siech!
Was wähl' ich, mich zu retten,
Freiheit oder Krieg?"

Was bringst du, weiße Taube?
Du schwangst dich auf am Main —
Ein schwarzes Wetter sah ich
Vergehn im Sonnenschein.

Ein Regenbogen wölbte
Sich glorreich über'm Strom
Und wachsend aus den Trümmern
Stieg auf der Kaiserdom.

Werke IV. 242.

Jetzt kommt mit dem Heldenkaiser Wilhelm der eiserne Bis=
marck, den er 1844 geahnt:

Ein Mann ist not, ein Nibelungenenkel,
Daß er die Zeit, den tollgewordnen Renner,
Mit ehr'ner Faust beherrsch' und ehr'nem Schenkel.

Werke I. 235.

Und nun begleitet im glorreichen Siegesjahre des Dichters
Muse, schwertgerüstet wie Germania, alle die „deutschen Siege"
(IV. 247) an der Mosel (IV. 249) und bei Sedan (IV. 250) bis
nach Paris (IV. 255) und schenkt dem Dichter ein herrliches Lied
nach dem andern, vom „Kriegslied" (IV. 243) an bis zu dem
Jubelruf „an Deutschland":

Flicht Myrten in die Lorbeerreiser!
Dein Bräut'gam naht, dein Held und Kaiser,
Und führt dich heim im Siegesglanz.

Werke IV. 257.

und der ernsten, frommen, deutschen „Friedensfeier" mit dem
Refrain:

Preis dem Herrn, dem starken Retter,
Der nach wunderbarem Rat
Aus dem Staub uns hob im Wetter
Und uns heut im Säuseln naht!

Werke IV. 258.

Was Geibel einst auf Uhlands Tod gesungen, das ist mit vollem Recht ihm, selber dem deutschesten Sänger, als unvergänglicher Lorbeer auf das Grab gelegt:

Es ist ein hoher Baum gefallen,
Ein Baum im deutschen Dichterwald;
Ein Sänger schied, getreu vor allen,
Von denen deutsches Lied erschallt.
Wie stand mit seinem keuschen Psalter
Im jüngern Schwarm er stolz und schlicht!
Ein Meister und ein Held, wie Walter,
Und rein sein Schild wie sein Gedicht.

Wohl Größ're preist man unser eigen,
Um deren Stirnen ewig grün,
Im Kranz, gewebt aus Eichenzweigen,
Die Lorbeern der Hellenen blühn;
Doch keiner sang in unsrer Mitte,
Der, so wie Er, unwandelbar
Ein Spiegel vaterländ'scher Sitte,
Ein Herold deutscher Ehren war ...

Er schied; es bleibt der Mund geschlossen,
So karg im Wort, im Lied so klar,
Der Mund, draus nie ein Spruch geflossen,
Der seines Volks nicht würdig war.
Doch segnend waltet*) sein Gedächtnis,
Unsterblich fruchtend um uns her;
Das ist an uns sein groß Vermächtnis,
So treu und **deutsch** zu sein, wie Er.

Werke VIII. 15 f.

---

*) Die Gesamtausgabe hat den entstellenden Fehler: „wallte".

Religion.

Sein Deutschtum bekundet Geibel auch in den Dichtungen, die in das religiöse Gebiet fallen. Eben weil er ein echter Deutscher sein will, muß er auch ein echt christlicher Dichter sein. Ein innig frommer Zug durchzieht wie Orgelton und Glockenklang Geibels lyrische Dichtungen.

Das evangelische Pfarrhaus, dessen Atmosphäre auf ihn den segensreichsten Einfluß ausübte, kann stolz auf seinen großen Sohn sein. Des Vaters Vorbild wirkte mehr als des Vaters Wunsch dahin, daß er anfangs die Theologie als Lebensberuf erwählte. Daß er ihr später entsagte, geschah nicht, weil er im Glauben schwach geworden wäre, sondern weil die philologischen Studien den Dichter noch mehr anzogen. Sein neuer Beruf brachte es mit sich, daß er kein spezifisch kirchlicher Dichter, wie etwa Spitta oder Gerok, geworden ist. Wir beklagen das keineswegs: sein Lied ist gerade darum um so lauter auch in die Herzen derer gedrungen, die vor den Pforten der Kirche stehen. Geibel ist ein weltlicher Dichter voll heiligen Geistes, ein „Weltkind, das sich sehnt dem Himmel zu." Wie seinen Zeitgedichten der Gegensatz gegen Herwegh, so drückt der Gegensatz gegen Heines Frivolität seinen übrigen lyrischen Dichtungen den Stempel auf. Überall spürt man seinen tief religiösen Kern. Die Keuschheit seiner Minnelieder, der Ernst, die Weihe und Wahrheit aller seiner Gedichte, in denen die Worte niemals Schall und Phrase, sondern volle Überzeugung und Empfindung sind, — das sind die christlichen Spuren, die man auf jedem Blatte der Geibelschen Werke finden kann.

Es ist ein Fortschritt auch im Christentum des Dichters nachweisbar. Die Jugendgedichte zeigen dasselbe nur wenig, aber es ist vorhanden und spricht sich nicht blos in der Abwesenheit des Unchrist-

lichen, sondern positiv, doch nur soweit aus, daß wir es mit dem Tone
der Gemälde vergleichen möchten. Wohl Geibel, daß er in einer
Zeit, in welcher ihm das Christentum nur etwas verhältnismäßig
Äußeres war (nennen wir dies Äußere nun Autorität, Angelerntes,
Atmosphäre, Vorbild), daß er in solcher Zeit zwar unter dem Ein=
flusse des Christentums dichtete, ohne jedoch sich über noch nicht
Erlebtes auszusprechen. (Vergl. hier „Morgenwanderung" I. 146.)
Aber die Saat, welche Elternhaus und Schule in ihn legten, wurde
lebendig; das Christentum ist seine Leuchte schon in den „Zeitstim=
men".*) Dieses Licht preist er, während er vor den Irrlichtern der
modernen Heiden warnt, als die Zeit den Jüngling rasch zum Manne
heranreifen ließ und die schwere Zeit ihm das Geistesschwert in die
Hand drückte zum Kampf gegen Verneinung und Lüge, gegen Fin=
sternis und Antichristentum. So ist er der Kreuzesfahne treu geblie=
ben, ja die Waffen Geibels in diesem Kampfe sind die christlichen; und
die Beleuchtung seiner nunmehrigen Bilder strömt nieder aus dem
ewigen Lichte. — Aber noch anders sollte seine christliche Erfahr=
ung erweitert und vertieft, sein Glaube geprüft und erprobt werden.
Als der politische Kampf im Jahre 1852 verstummte, da ward
Geibel in einer Zeit der äußeren Ruhe in die Stille des Familien=
lebens geführt, erst auf die Höhe des Glücks, dann in die Tiefe des
Leids — und Geibel hat auch da festgehalten an seinem Panier,
an Gott und seinem Glauben. Gottes Hand führte ihn tiefer und
höher, und diese Kämpfe wurden nicht auf dem Plane am lichten
Tage gefochten, wie im vorigen Jahrzehnt und Mann gegen Mann,
scharf und schneidig, aber doch mit dem Worte, sondern nun kam
ein Kampf, einsam, ohne Kampfgenossen, allein in der Stille der

---

*) Vergl. auch schon die Gedichte „Pfingsten" (I. 152), „Auferstehung"
(I. 157) und eine große Menge der Juniuslieder, besonders „Gebet" (II. 42),
„Ostermorgen" (II. 92), „Gebet" (II. 93.)

Nacht und mit verwundetem Herzen, ein Ringen zwischen Mensch
und Gott, ein Jakobskampf, aus dem ein Israel hervorging, der
standhaft rang, bis Gott ihn gesegnet hatte. Und jetzt kommen die
spezifisch christlichen Gedichte, an denen Ton und Licht und Gegenstand christlich ist, Dichtungen von außerordentlichem Werte, wie
der Tod des Tiberius, der Bildhauer des Hadrian, Judas Ischarioth, die wir im nächsten Abschnitt näher besprechen müssen.

Der „Palmsonntagmorgen" (III. 105) stellt sich dem Besten
an die Seite, was die spezifisch kirchliche Dichtung aufzuweisen
hat. Der erste der „zwei Psalmen" (III. 106) ist eine echt künst-
lerische Bearbeitung mehrerer Davidischer Bußpsalmen, der zweite
eine freie Übertragung des 84. Psalmes:

> Nach schwerer Irrfahrt langen bangen Stunden,
> Nun endlich hat die Schwalb' ihr Nest gefunden.
>
> Sie baut im Vorhof an des Herrn Altären,
> Das ist die Statt, da trocknen alle Zähren.
>
> Da säuseln in den Palmen Heimatlüfte,
> Da blühn die Lilien, Frieden ihr Gedüfte.
>
> Da springt wie Silber klar der Born der Gnaden,
> Die Seele trinkt und sie genest vom Schaden.
>
> Die blutrot war von Sinnenlust und Grolle,
> Wird rein wie Schnee und junger Lämmer Wolle.
>
> Wo ist ihr Leid nun? Wie ein Traum zerronnen.
> Wo bleibt ihr Seufzer? Er verging in Wonnen.
>
> Ein Tag der Rast in diesen Säulenhallen
> Ist mehr, denn draußen tausend Jahre wallen.
>
> Und besser ist's, hier an den Schwellen wohnen,
> Als in der Welt ob allen Reichen thronen.
>
> Werke III. 108.

Die Kraft des Christentums, die Schöne des Christusbildes —
das sind die Gegenstände, die ihn nun erfüllen. Es sind herzbe-

wegende Gedichte, die ihm jetzt gegeben werden. Freilich auch auf dieser Stufe ist Geibel nicht ein Gesangbuchslieberdichter geworden. Aber gerade der Umstand, daß er nun die Kraft des Christentums allseitig erfahren, hat ihm den Halt in dem folgenden, so schweren Leben voll Leibespein und Seelenschmerz geboten und gegeben. Es läßt sich keine reformierte oder lutherische Dogmatik aus seinen Gedichten mosaikartig zusammensetzen. Es dichtet kein Theologe in ihm, sondern ein Christ. Und dieser spricht sich mit aller Nüchternheit, der Aufgabe des Dichters entsprechend, und mit vollkommener Weitherzigkeit aus. Am deutlichsten zeigt sich diese Herzensweite in dem „Gesang des Priesters".

Der du einst in freier Liebe
Dich in unsern Staub gebannt,
Unsrer Brust verworrne Triebe,
Ach, und all ihr Leid erkannt;
Der du selbst in jenen Tagen
Schmecktest der Versuchung Pein:
Denen, die im Kampf erlagen,
Reiner, kannst du gnädig sein.

Ach, du weißt, in Sehnsucht schweifen
Tausend Geister weit und breit;
Doch vom Schein bethört ergreifen
Für das Wesen sie das Kleid.
Was nur geistlich mag gelingen,
Was nur göttlich kann erstehn,
Wollen sie im Fleisch vollbringen —
Sollen sie verloren gehn?

Die da suchen ohne Steuer,
Heimwehbang ein Ruhgestad,
Die ein irres Liebesfeuer
Hintreibt auf der Sinne Pfad,
Die im Dämmer tauber Schachten
Graben nach der Wahrheit Licht,
Alle, die nach Freiheit schmachten,
Meinen dich und wissen's nicht.

O beim Worte, das die Rächer
Von der Sünderin verwies,
Bei der Milde, die dem Schächer
Noch am Kreuz das Heil verhieß,
Bei dem Glanz, der himmlisch blendend
Um Damaskus Weg geflammt
Und den Sinn des Eifrers wendend,
Ihn gesalbt zum Botenamt:

Zeuch, o Herr, die durst'gen Seelen,
Die in dunkler Trostbegier
Im Vergänglichen sich quälen,
Zeuch sie liebend all zu Dir!
Statt der Schale, dran sie kleben,
Laß sie schaun der Dinge Kern,
Steig in ihrem dunkeln Leben,
Steig empor als Morgenstern!

Werke III. 108.

Wer so beten kann, selbst für Unwürdige, der hat wahrhaft christliche Liebe. Das ist kein Verdammen des irrenden Bruders sondern Fürbitte für den Gefallenen, das ist die kräftige christliche Liebe, die das Verlorene sucht*), das ist ein wahrhaft priesterlich Herz, ein priesterliches Bitten, ähnlich dem des Erzvaters Abra=ham, welcher für Sodom bat. Geibels Fürbitte steht nicht im Widerspruch mit seinem schwertscharfen, donnergewaltigen Worte über die Sünde der Zeit, über die Verbrechen der Zeitgenossen. Die Sünde verfluchen — den Irrenden suchen; geißeln die Schä=den, aber für den Sünder beten — das ist des christlichen Seel=sorgers Art. Und zum wahren Pfarrer ist der Dichter nicht ver=dorben.

Eine köstliche Predigt über die fünfte Bitte hält er sich selbst und andern in dem Gedichte „Beruhigung":

Wenn ein Freund auf deinem Pfade
Dich mit Wort und That versehrt,

---

*) Vergleiche hier „Gisella" (III. 166).

Denke still an Gottes Gnade,
Die dir täglich widerfährt.

Halt' im Zaume deiner Seele
Sprüh'nden Zorn und denk' an ihn,
Der nicht einmal deine Fehle,
Der sie tausendmal verziehn.

So bereit sei, sonder Klage
Zu verzeihn in jeder Frist,
Wie mit jedem neuen Tage
Er bereit zum Segnen ist.

Preis' ihn auch, daß er im Liede
Einen Balsam dir beschert,
Der da wirkt, daß neuer Friede
Stets in deinen Busen kehrt.

Werke II. 57.

Wir nannten den Dichter einen Propheten der Positionen. Wir glauben nachgewiesen zu haben, daß er es nicht nur im allgemeinen, sondern ganz klar in bezug auf die Grundlagen des Christentums sei. Für die christliche Kirche, welche er selbst auf Fels gegründet nennt und für unzerstörbar hält, tritt er mit der ganzen Offenheit seines Wesens, mit der ganzen Kraft seiner Erfahrung ein; ohne Glauben und ohne Liebe ist ihm das Leben tot, wird der Staat zum Schutthaufen durch die Brandfackeln der Kommune, zum Trümmerhaufen, den der Egoismus vollends zerreibt.

Man hat von der späteren Lebensperiode Geibels eine Abschwächung seines religiösen Standpunktes behauptet, verleitet durch die mehr oder weniger harte Kritik, die er an den bestehenden Zuständen in der christlichen Kirche übt, meist in den Sprüchen der „Gedenkblätter“ und „Spätherbstblätter“. Man hat daraus den Schluß gezogen: von dem im wesentlichen kirchlichen Boden seiner Jugend ist Geibel später abgefallen und hat freigeistiger denken gelernt. Geibels Neffe, Pastor H. Lindenberg in Lübeck, hat in seinem bedeutungsvollen Vortrage „E. Geibel als religiöser Dichter" (Lübeck 1888) diese Behauptung auf Grund persönlicher Bekanntschaft mit Recht als einen Trugschluß nachgewiesen.

Vor allem betont er, daß schon äußerlich die Reihenfolge der Liedersammlungen Geibels keinen sicheren Schluß auf die Entstehungszeit der einzelnen Gedichte und Sprüche ermöglicht. Geibel hat ja absichtlich die Zeit der Entstehung seiner Gedichte vielfach im Unklaren gelassen, ja sogar in der ersten Sammlung irreführende Überschriften (besonders wegen der Liebeslieder) gegeben. Die Zeit der Veröffentlichung und der Entstehung liegen oft jahrzehntelang auseinander. „Aber auch davon abgesehen", sagt Lindenberg, „ist der erwähnte Schluß aus sachlichen Gründen unzutreffend... Geibels religiöse Gedichte haben zum großen Teil ihre ganz bestimmte Veranlassung, teils in persönlichen Lebensbeziehungen des Dichters, vor allem aber in den Zeitverhältnissen, unter denen sie entstanden. Da ist doch nicht außer acht zu lassen, daß das „tempora mutantur" auch in bezug auf die großen religiösen Zeitfragen gilt. Wie anders ist die Physiognomie der vierziger Jahre als die der fünfziger und sechziger Jahre oder wieder die des letztvergangenen Jahrzehnts. Dort der große Ansturm der politischen und religiösen Negation gegen jegliche Form positiven Christentums, ja überhaupt gegen jede Regung lebendiger Religiösität; dann die Zeiten der ängstlichen, so oft ungesunden Reaktion, dann der heftig entbrannte Streit zwischen Glauben und Wissen und die Vermittlungsversuche zwischen beiden; dann die Ära der Kirchenpolitik. Daß unter diesen verschiedenen Verhältnissen die religiösen Gedichte Geibels einen sehr verschiedenen Ton anschlagen, ist selbstverständlich. Nicht er selber hat sich wesentlich geändert; seine Frontstellung ist eine andere

geworden. Mit derselben Entschiedenheit, mit der er (in seiner
Jugend) den frivolen Himmelsstürmern entgegentritt und ihnen
zuruft, daß ihr Nein verhallen wird im tausendstimmigen Ja der
Kreaturen (I. 24), wendet er sich (im Alter) gegen die ängstliche
Zaghaftigkeit, die, weil diese oder jene äußere Form des Glaubens
fällt, gleich den Glauben selber in Gefahr wähnt." Geibel ist stets
auf dem Standpunkt der echt christlichen, evangelischen Glaubens=
erkenntnis geblieben, die er in der „Sehnsucht des Weltweisen"
so tief und zart ausgesprochen:

> Dann wird der Baum der Menschheit grünen;
> Dann werden ihren alten Zwist
> Der Himmel und die Erde sühnen
> Durch den, der beider teilhaft ist.
>
> Werke III. 98.

Die Offenbarung Gottes in Christo — dessen Namen er
übrigens niemals in den Gedichten nennt — ist ihm seit seinen
Kämpfen zwischen ererbtem und erworbenem Glauben volle
Herzensüberzeugung geworden. Geibel hat es aber stets abge=
lehnt, dies „Mysterium", wie er es Lindenberg gegenüber gern
nannte, begrifflich zu fixieren, aus Furcht, eine klarere Er=
kenntnis auf Kosten der Wärme des Gefühls einzutauschen. Noch
seine Kriegs= und Siegeslieder von 1870 sind so durchsättigt
von echt christlichen Anschauungen und Bildern, daß ein frei=
geistiger französischer Beurteiler daran vorzugsweise das „Patois
de Canaan" tadelte.*)

Allerdings ist es Geibel dann später besonders in den unerquick=
lichen kirchenpolitischen Kämpfen der siebziger Jahre, „nicht immer

---

*) V. Cherbuliez, les poètes de l'empire Allemand in der Revue des
deux mondes 1872.

gelungen", wie Lindenberg ausführt, „Wissen und Glauben mit
einander zu versöhnen." Er legt selbst einmal das Bekenntnis ab:

> Drei sind Einer in mir: der Hellene, der Christ und der Deutsche,
>   Ach und die Kämpfe der Zeit kämpf' ich im eignen Gemüt,
> Könnt' ich in jedem Gefühl sie versöhnen, in jedem Gedanken:
>   Bildung, Glauben, Natur, wär' ich ein seliger Mensch.
>
> Werke V. 45.

Er hat sich bescheiden gelernt, daß eine völlig widerspruchslose
Weltanschauung keinem in diesem Leben zu Teil wird, daß unser
Wissen auch in bezug auf die höchsten Dinge Stückwerk bleibt.
Er verteidigt seinen eigenen Standpunkt, wenn er einmal mahnt:

> Sprich nicht wie jeder seichte Wicht
> Von Heuchelei mir stets und Lüge;
> Wo ist ein reich Gemüt, das nicht
> Den Widerspruch noch in sich trüge?
>
> Werke IV. 88.

Aber er hat um solcher Widersprüche willen nicht, was die Er=
rungenschaft ernster Kämpfe war, preisgegeben. Er hat den Aus=
gleich darin gefunden, daß alles, was wir hier von ewigen Dingen
aussprechen, eben doch nur ein Stammeln ist, nur menschliche un=
vollkommene Versuche, das Unaussprechliche in Worte und Be=
griffe zu fassen. In diesem Sinne ist das so oft mißverstandene
und mißdeutete Gedicht der Spätherbstblätter zu verstehen:

> Voll Ehrfurcht lern' ich, was mir fremd geklungen,
> Als zeitlich Kleid des Ewigen verstehn —
> Gedank' und Andacht sind in Eins verschlungen
> Wie Flammen, die im reinen Licht vergehn,
> Und meiner Brust ist jener Gottesfrieden,
> Der kein Bekenntnis hat, noch braucht, beschieden.
>
> Werke IV. 47.

Von diesem Standpunkt aus will auch Geibels Polemik gegen die
sichtbare Kirche, oder richtiger gegen die thatsächlich bestehenden

Kirchen beurteilt sein. Sie entspringt keineswegs, wie man ihm so oft fälschlich untergelegt hat, aus Feindschaft gegen die Kirche an sich, sondern aus der schmerzlichen Überzeugung, daß die konfessionell gesonderten Kirchen hinter dem Ideal, das dem Dichter vorschwebt, zurückbleiben ... Wer unsere gegenwärtigen kirchlichen Verhältnisse für vollkommen nicht halten kann, der wird es verstehen können, wenn Geibel ein neues Wehen des heiligen Geistes herbeisehnt und den Wunsch ausspricht:

> Flammend zeug' er, was vereinigt
> Einst der Boten Mund getönt,
> Wie's, vom Zeitlichen gereinigt,
> Sich dem Menschengeist versöhnt!
> Zeug er, bis vor solcher Kunde
> Jede Zweifelstimme schweigt,
> Und empor vom alten Grunde
> Frei die neue Kirche steigt."
>
> Werke III. 221.

Geibel steht, wenn auch im einzelnen keineswegs irrtumslos und unangreifbar, in gewissem Sinne als Dichter über den Parteien der christlichen Kirche, im Streite der Tage als ein Seher und Prophet auch der großen kirchlichen Einheit, die, ähnlich wie die politische Einheit unseres Volkes, nur im Kampfe errungen werden kann.*)

Liebe.

Geibel ist als Minnesänger der Liebling der deutschen Jungfrauen, Frauen und Jünglinge und verdient es. Gerade der weiche mädchenhafte Ton, der seine ersten Liebeslieder durchklingt, ist nur ein Echo der unendlichen Melodie jeder ersten echt deutschen

---

*) Vergleiche hierzu Seite 115 f., 257—260, 268 ff.

Liebe. Das namenlose Sehnen, das ja auch nach Schiller jeden
Jüngling erfüllt in der „schönen Zeit der jungen Liebe“, findet
in den Erstlingsliedern Geibels ihren geradezu unübertrefflichen
Ausdruck. Mag immerhin in den Jugendliedern sich mancher Ton
verwandt zeigen mit den Weisen anderer, (sogar die Bezeichnung
„Lieder als Intermezzo“ ist der Einteilung des Heineschen
„Buches der Lieder“ entnommen) so ist das bei dem 19jährigen
Schüler wohl erklärlich. Es ist natürlich und bei fast jedem Dichter
nachweisbar, daß seine Jugendleier einer Aeolsharfe gleicht, in
welcher alle bekannten Töne schlummern und aus welcher jeder
Windhauch einen ihm selbst verwandten Ton zu entlocken vermag.
Geibel selbst bekennt von diesen jungen Tagen:

> Und wie im leichten Reigen
> Der Reim den Reim gebar,
> Kaum wußt’ ich, was mein eigen,
> Was nur ein Echo war.
>
> Werke IV. 101.

Ein Jüngling, der das seltene Glück hatte, mit vielen Dichtern
seiner Zeit persönlich bekannt zu werden, würde schwerlich unsere
Bewunderung verdienen, wenn er damals schon sich wie ein fer=
tiger Meister geberdet, wenn er sich nicht von einem Eichendorff,
Chamisso, Uhland und Rückert hätte anregen lassen.

Später durfte er mit berechtigtem Selbstgefühle sagen:

> Ich bin, der ich bin
> Und lernt ich von Vielen,
> Nach eigensten Zielen
> Stand immer mein Sinn.
>
> Werke IV. 102.

Im Bilde des um die Wasserrose kreisenden Schwans deutet
zart der jugendliche Dichter sein schüchternes Werben um Gegen=
liebe an:

Im Wasser um die Blume
Kreiset ein weißer Schwan:
Er singt so süß, so leise
Und schaut die Blume an.

Er singt so süß und leise,
Und will im Singen vergehn —
O Blume, weiße Blume,
Kannst du das Lied verstehn?

Werke I. 35.

Dem Glück erhörter Liebe giebt er innig und sinnig Ausdruck in den „Liedern als Intermezzo“:

Du bist so still, so sanft, so sinnig,
Und schau' ich dir in's Angesicht,
Da leuchtet mir verständnisinnig
Der dunkeln Augen frommes Licht . . .

In Traumesdämmerung allmählich
Zerrinnt die ganze Seele mir,
Und nur das Eine fühl' ich selig,
Daß ich vereinigt bin mit Dir.

Werke I. 37.

Kornblumen flecht' ich dir zum Kranz
In's blonde Lockenhaar.
Wie leuchtet doch der blaue Glanz
Auf gold'nem Grund so klar!

Der blaue Kranz ist meine Lust;
Er sagt mir stets aufs neu,
Wohl keine sei in tiefster Brust
Wie du, mein Kind, so treu.

Auch mahnt sein Himmelblau zugleich
Mich heimlich süßer Art,
Daß mir ein ganzes Himmelreich
In deiner Liebe ward.

Werke I. 37.

Nun hab' ich alle Seligkeit
Erlost von dieser Erden!
An keinem Ort, zu keiner Zeit
Mag Bess'res je mir werden.

Was nur das Herz zum Himmel hebt,
Bescheerte mir die Stunde,
Der Liebe voller Becher schwebt
An meinem durst'gen Munde.

O könnt' ich leeren den Pokal,
Eh' dort verlöscht die Sonne,
Und dann mit ihrem letzten Strahl
Vergehn vor Liebeswonne!

                     Werke I. 43.

Wenn still mit seinen letzten Flammen
Der Abend in das Meer versank,
Dann wandeln traulich wir zusammen
Am Waldgestad im Buchengang.

Wir sehn den Mond durch Wolken steigen,
Wir hören fern die Nachtigall,
Wir atmen Düfte, doch wir schweigen —
Was soll der Worte leerer Schall?

Das höchste Glück hat keine Lieder,
Der Liebe Lust ist still und mild;
Ein Kuß, ein Blicken hin und wieder,
Und alle Sehnsucht ist gestillt.

                     Werke I. 42.

Um so viel tiefer später seine Liebe wird, um so voller wird auch der Klang seiner Lyra. Weniger Worte, aber tiefere Gefühle enthalten die Lieder an seine Gattin Ada, die an Cidli erinnert, wie Geibel in manchem Zuge an Klopstock:

Schlage nicht die feuchten Augen
Bang erglühend niederwärts;
Weine nur, wenn ich dich küsse
Weine nur, geliebtes Herz!

Junges süßes Leben schauert
In dem tiefen Seelenlaut;
Wein’ und küsse nur! Die Rosen
Sind am schönsten, wenn es taut.
                              Werke III. 112.

Nun hast du dich ergeben
Mir ganz mit Seel’ und Leib,
O du mein süßes Leben,
Mein Lieb, mein Kind, mein Weib.

Nimm hin denn sonder Schranke,
Nimm hin auch du, was mein!
Mein innerster Gedanke,
Mein letzt Gefühl ist dein . . .
                              Werke III. 117.

Ihren reinen Ausdruck findet in Geibels Gedichten auch die
Sehnsucht nach der fernen Geliebten. In Athen giebt er dem
Wandervogel, der nach Norden zieht, seinen Gruß an Cäcilie mit:

Dann sag’ ihr, daß ich Tag und Nacht
Von ihr geträumt, an sie gedacht,
Und daß ich treu geblieben.
                              Werke I. 40.

Die Lieder werden ihm zu goldnen Brücken zur Geliebten
(I. 45), Thal und Hügel trennen nicht mehr, denn „das Lied,
das Lied hat Flügel“:

Ich habe dich lieb, du Süße,
Du meine Lust und Qual,
Ich habe dich lieb und grüße
Dich tausend, tausendmal!
                              Werke I. 28.

Ernster und gereifter findet diese Sehnsucht ihren Ausdruck
in dem warmen an Ada (?) gerichteten Trennungsliede:

Mag auch heiß das Scheiden brennen,
Treuer Mut hat Trost und Licht;

> Mag auch Hand von Hand sich trennen
> Liebe läßt von Liebe nicht.
> Keine Ferne darf uns kränken,
> Denn uns hält ein treu Gedenken.
>
> Werke III. 114.

Er versetzt sich auch in die Seele des geliebten Mädchens und läßt sie in „Mädchenliedern" ihr sehnsuchtsvolles Glück und Leid aussprechen (Werke I. 68. ff.). Die Gluten eigner ungestillter Sehnsucht lodern in dem etwas gekünstelten „Troubadour" (Werke II. 143 ff.). Wohl am ergreifendsten schildert er die wechselnde Stimmung vom höchsten Glück zum tiefsten Leid. Wir geben ihm recht, wenn er sagt:

> Du weißt, am vollsten flutet
> Gesang dem wunden Schwan.
>
> Werke I. 176.

Schon in den Jugendliedern sind die hervorragendsten die, welche das Leid der Liebe verklären, die allbekannten: „Wenn sich zwei Herzen scheiden"; „Wo still ein Herz voll Liebe glüht". (Werke I. 161 162.) Der Gedanke, der schon dem Nibelungenliede Weihe und Inhalt gab, daß Liebe mit Leide lohne, kehrt in zahlreichen Variationen wieder; „Lieb und Leid" vereint er in den „Neuen Gedichten" (III. 14):

> Weißt du doch, der Rosenzeit
> Folgt die Sonnenwende,
> Und die Liebe lohnt mit Leid
> Immerdar am Ende.
>
> Werke III. 46.

Der Dichter hat das in späteren Jahren noch bitterer erfahren müssen. Nach seinem kurzen Eheglück, in dem er das „sel'ge Glück zu dreien" preisen durfte:

Herz, wie jauchzest auch du in Sprüngen
In den klingenden Frühling hinein!
Ziehende Schwäne droben im Blauen,
Drunten die quellende Blütenluft —
Ach, und im Garten hinab zu den Auen
Wandelt mein Weib mit dem Kind an der Brust!

Werke III. 118.

mußte er mit seiner Ada Liebe und Glück begraben. Von nun an verklärt, „wie der Regenbogen, der über'm Sturze schwebt", die Erinnerung und die Hoffnung des Dichters Leid und Lied. Ich stelle in dem Zyklus „Ada", dieser ergreifenden Schilderung von „Mannesliebe und Leben", die Gesänge an die Gestorbene als den Gipfel der Liebeslyrik Geibels hin. Von jenem kurzen Aufschrei, jenem erschütternden Naturlaut voll unbewußter Kunst am Morgen nach Adas Begräbnis bis zu jenen Lichtbildern der Erinnerung in den „Gedenkblättern": „Ein Traum", „Am 26. August 1859", „Um Mitternacht" (Werke III. 234. ff.) — welch ein wunderbar seelenvoller Ton voll Osterglockenklanges echter Christenhoffnung! Da ist kein titanengleiches Anstürmen, kein Richten mit dem Schicksal, sondern ernste Ergebung in den Willen eines Höheren, die da weiß:

Auch der Schmerz ist Gottes Bote.

Werke III. 54.

Ein wahrhaft reiner Geist, rein wie das Herz, aus dem sie geboren sind, durchzieht alle Liebeslieder Geibels. In ihnen ist nichts zu spüren von der Sinnenbrunst oder der Lüsternheit so mancher anderer Dichter, antiker und moderner. Für Geibel ist die Liebe keine heidnische Venus, sondern ein „lichter Gottesengel":

O kennst du, Herz, die beiden Schwesterengel,
Herabgestiegen aus dem Himmelreich:
Stillsegnend Freundschaft mit dem Lilienstengel,
Entzündend Liebe mit dem Rosenzweig?

Werke I. 16.

Sie hat ihren Ursprung im Paradiese:

> Denn die Lieb' ist ein Strahl, der aus Eden uns blieb.
>
> Werke III. 207.

Die Reinheit seiner Liebe bewährt er auch im Feuer schwie=
rigerer Situationen, als die Liebe zur Freundschaft werden muß
im Kampfe des natürlichen Gefühles mit der Pflicht. Wir er=
innern an das Seite 105 mitgeteilte bisher unbekannte Lied und an
die vielleicht an Henriette gerichteten Gedichte „Komm herein,
o Nacht, und kühle diese Gluten, diesen Schmerz", „Wecke, wecke
die Sehnsucht nicht" (Werke III. 209, 210). Alles, was er vorher
und nachher Schönes und Herrliches gesagt über solche wahrhaft
„fromme Minne" hat er im „Minneliede" schon 1842 zu einem
blütenreichen Kranze gewunden:

> Doch suchst umsonst auf irrem Pfade
> Die Liebe du im Drang der Welt;
> Denn Lieb' ist Wunder, Lieb' ist Gnade,
> Die wie der Tau vom Himmel fällt . .
> In Demut magst du sie empfangen,
> Als kehrt ein Engel bei dir ein.
>
> Und mit ihr kommt ein Bangen, Zagen
> Ein Träumen aller Welt versteckt;
> Mit Freuden mußt du Leide tragen,
> Bis aus dem Leid ihr Kuß dich weckt;
> Dann ist dein Leben ein geweihtes,
> In deinem Leben blüht ein zweites,
> Ein reineres voll Licht und Ruh;
> Und todesfroh in raschem Fluten
> Fühlst du das eigne Ich verbluten,
> Weil du nur wohnen magst im Du.
>
> Das ist die köstlichste der Gaben,
> Die Gott dem Menschenherzen giebt,
> Die eitle Selbstsucht zu begraben,
> Indem die Seele glüht und liebt.
> O süß Empfangen, sel'ges Geben!
> O schönes Ineinanderweben!

Hier heißt Gewinn, was sonst Verlust.
Je mehr du schenkst, je froher scheinst du,
Je mehr du nimmst, je sel'ger weinst du —
O gieb das Herz aus deiner Brust!

Werke I. 186.

Bemerkenswert sind zahlreiche persönliche Stimmungs=
bilder, die mit der Liebeslyrik sich oft eng berühren. Sehnsucht
und Erinnerung, Selbstbekenntnisse und Selbstcharakteristiken
des Menschen und Poeten wechseln mit einander ab. Zum Teil
gehen sie in das lyrisch=epische Gebiet über, insofern sie in
fremder Hülle das eigene Herz schildern. So sehnt sich im all=
bekannten „Zigeunerknaben im Norden" der junge Primaner
nach den schattigen Kastanien des Südens (Werke I. 22.); so
klingen in dem „Sklaven", dem „Liebe der Spinnerin" die
Empfindungen der eigenen Brust. (Werke I. 115, 121.) Un=
mittelbarer spricht des Dichters Sehnsucht nach der Ferne aus dem
ebenso überschriebenen, schon früher zitierten Gedichte (Werke I. 93),
seine immer wiederkehrende Sehnsucht nach der Heimat aus „Heim=
weh" (Werke II. 59), die allgemeine Sehnsucht der Liebe aus
dem sinnigen:

In diesen Frühlingstagen, da genesen
Das Herz nicht will vom süßen Sehnsuchtleid,
Wie spricht, was einst bei Platon ich gelesen,
Vertraut mich an aus dunkler Fabel Kleid!
Geschaffen, schreibt er, ward als Doppelwesen
Der Mensch dereinst im Anbeginn der Zeit,
Bis ihn ein Gott, weil er nicht Schuld gemieden,
In seine Teile, Mann und Weib, geschieden.

Ein heilig Rätsel deutet mir dies Wort;
Wer fühlt' es nie, daß Bruchstück nur sein Leben,
Ein Ton, nur angeschlagen, zum Akkord
Mit seinem Gegenton sich zu verweben?

> Wir all sind Hälften, ach, die fort und fort
> Nach den verlornen Zwillingshälften streben,
> Und dieses Suchens Leid im Weltgetriebe
> Wir heißen's Sehnsucht, und das Finden Liebe.
>
> Werke III. 128.

Unübertrefflich wird ihr Wesen dargestellt im „Geheimnis der Sehnsucht", in dem der paulinische Gedanke von dem „Harren der Kreatur" einen tief poetischen Ausdruck findet (Werke II. 75, vergl. III. 24 und Brief an die Römer 8, 19 ff.).

Auch andere Seelenstimmungen gestaltet er dichterisch mit großer Kunst aus.

Er schildert seine „Genesung" (Werke III. 3), „Schlaflosig= keit" (Werke I. 80), die Lust an der Einsamkeit (Werke I. 172, 180), seine Freude an Kunst und Natur, besonders voll= endet in den „Distichen" und „Erinnerungen aus Griechenland". (Werke I. 105 ff., III. 171 ff.)

Überaus zahlreich sind überhaupt die der Erinnerung ge= geweihten Lieder, die in bunter Reihe Liebeslust und Leid und andere Lebensschicksale in mannigfachsten Farben und Formen verklärend widerspiegeln. „Kein Dichter", sagt Scherer in seiner Gedenkrede mit Recht, „hat so viel in der Erinnerung gelebt als Geibel." Wir erwähnten bereits unter den eigentlichen Liebes= liedern als wahre Perlen dieses Schatzes die dem Andenken Adas geweihten und machen hier noch auf „Erste Begegnung" (III. 230), „Auf den grünen Auen" (III. 130) aufmerksam. Cäciliens ge= denkt er oft in den ersten Jahren nach ihrer Trennung. Dahin ge= hören außer anderen leicht kenntlichen in den Jugendliedern „Heim= kehr" (II. 47), „Sonett" (II. 49), „Letzte Sühne" (II. 50) und das zuerst durch Gaedertz als Faksimile bekannt gewordene „Zu spät":

Schwalben kehren im Lenz zurück,
Gras und Blumen erstehen,
Aber, das du versäumt, das Glück
Weckt kein mailiches Wehen.

Als die Liebe vorüberfuhr,
Nicht umfingst du die rasche;
Heute suchst du und findest nur
Statt der Gluten die Asche.

Fremd heut wendet sich ab, der einst
Dein gedachte mit Sehnen,
Und du wandelst allein und weinst
Nie versiegende Thränen.

Henriette ist es wohl, die in „Vorüber" vor seiner Seele wieder auftaucht (III. 164). Griechische Gestalten werden lebendig in „Charmion", diesem würdigen Seitenstücke zu Goethes „Alexis und Dora" (IV. 29), und in der Idylle „Das Mädchen vom Don" (IV. 61). Die alte Freundschaft mit Alma von Carolath blickt, wenn ich nicht irre, verstohlen aus dem Laube der Spät= herbstblätter oft genug hervor: „Aus verschollenen Tagen" (IV. 20), „Wir fuhren auf der stillen Oder" (IV. 105), „Spät auf hoher Schloßveranda" (IV. 106), „Gruß aus dem Gebirge" (IV. 119), „Ein Brief" (IV. 124).

Schon früh setzt er einer Jugendfreundschaft ein ergreifen= des Denkmal: „Auf den Tod eines Freundes" (I. 131). Klassisch in Form und Inhalt sind die Lebenserinnerungen in dem „Buch der Elegien" (V. 86 ff.), vollendet die eben erwähnten „Erinnerungen an Griechenland" (III. 171 ff.). Aus all diesen Dichtungen spricht herzliche Dankbarkeit des Mannes gegen sein Geschick und gedul= dige Ergebung in eine trübere Gegenwart. Er ruht gern im Schimmer des sanften Mondes Erinnerung (IV. 103) und be= folgt seine eigene Mahnung:

> Und wardst du alt, vergiß der Pein
> Und lerne dich am Widerschein
> Vom Glück der Jugend sonnen!
> > Werke III. 132.

Diese glückliche Stimmung herrscht in dem ursprünglich als Unterschrift zu dem Jugendbildnis auf Seite 15 gedachten:

> Das war in jungen Tagen
> In sel'ger Frühlingszeit,
> Da mir verhüllt noch lagen
> Des Lebens Qual und Streit.
> > Werke IV. 100.

Freilich fährt ihm auch manchmal gleich dunklen Wolken=schatten die Trauer um das Verlorene durch das Herz:

> Laßt, ihr Lieben, o laßt mich still
> Trauern um das verlor'ne Glück!
> Für die Tage, die nicht mehr sind,
> Ach, was giebt die Erinnerung?
> > Werke IV. 104.

Aber wenn dann der Lenz auf leichten Füßen zu ihm tritt und spricht: „Deine Jugend läßt dich grüßen", dann bricht „des Trübsinns Kruste" und er kann wieder singen.

> All mein Wesen dehnte sich,
> Gleich als sollt' es Flügel breiten
> Und ein Klang durchbebte mich
> Wie von angeschlag'nen Saiten.
> > Werke IV. 109.

Aus der großen Zahl der Selbstcharakteristiken und Re=flexionen über seine Dichterpersönlichkeit erwähnen wir als die bemerkenswertesten aus den „Juniusliedern" das bereits früher genannte „Leichtsinnig redlich" (II. 77), dann die Schilderung seines „Dichterloses", worin er im Anschluß an die Daphnesage sich bei Vater Apoll beklagt, daß der Dichter die Blüte der Freude andern bringen müsse, freudlos selber:

Ach! und nun ich endlich
Das selige Kleinod
Mit der Spitze des Fingers streife
Und tief aufatmend
Ermattet sinke:
Hat sich das Köstliche mir,
Unter den Händen
Zum Lorbeer verwandelt.

Wohl rauscht er tröstliche Kühlung
Um die pochende Schläfe,
Aber in Schlummer nicht
Rauscht er die unauslöschliche Sehnsucht;
Und klagen muß ich im Liede
Fort und fort,
Wie du, Vater, dereinst
Von Pindus' waldigen Gipfeln
Um Daphnen klagtest.

Werke II. 225 f.

In echt deutschem Gewande und darum natürlicher und ergreifender finden wir diesen Gedanken später wieder in dem „Spielmann":

Sie sagen, im Freien einst lag er zu Nacht,
Da haben ihm Feyen die Fiedel gebracht,
Da hat auf den Klippen bei Mondduntergang
Der Nix ihm die Lippen gelöst zum Gesang.

Nun geigt er und singt er, nun singt er und geigt,
Die Herzen bezwingt er, sobald er sich zeigt;
Im Dorf an der Linde, im Fürstenpalast
Wie drängt sich geschwinde der Schwarm um den Gast!

Schon hebt er den Bogen, schon weckt er den Schall,
Da strömt es wie Wogen aus klarem Kryſtall;
Wie schwellen die reinen so stark und so weich!
Wer's hört, der muß weinen und jauchzen zugleich.

Was lächelt vor Wonne der Greis dort und schwärmt?
Er träumt, daß die Sonne der Jugend ihn wärmt.
Was blickt in die Runde der Kriegsmann so kühn?
Vom Siegsfeld die Wunde beginnt ihm zu glühn.

Was staunen befangen die Knaben im Kreis?
Was brennt auf den Wangen der Mädchen so heiß?
Im bangenden Sinne die Lust und die Qual,
Den Zauber der Minne verstehn sie zumal.

Dem Waidmann erklingt es wie grüßendes Horn,
Den Schnitter umsingt es wie Wachteln im Korn,
Den Schiffer am Lande befällt's wie ein Weh,
Er hört das Gebrande der rollenden See.

Und wo sich im Kreise verblutet ein Herz,
Da kühlt ihm die Weise den brennenden Schmerz;
Aufatmet's betroffen, als träufelte mild
Balsamisches Hoffen vom Sternengefild.

Wie Adlersgefieder jetzt schwingt sich der Schall,
Jetzt säuselt er nieder wie Tropfen im Fall,
So wandeln die Boten des jüngsten Gerichts;
So grüßen die Toten vom Orte des Lichts.

Nun sterben die Klänge, nun schweigen sie ganz —
Da jubelt die Menge, da bringt sie den Kranz;
Doch stolz sich verneigend, als drück' ihn der Lohn,
Ins Dunkel ist schweigend der Spielmann entflohn.

Beim Glanze der Sterne, von Winden umrauscht
Schon wandert er ferne, wo Niemand ihm lauscht;
Da geigt er in Thränen sich selbst noch ein Stück:
Verlorenes Sehnen, begrabenes Glück.

Werke IV. 4.

„Spielmanns Heimkehr" (IV. 48) ist ein würdiges Gegen=
stück zu diesem Kleinode, das einen ganzen Band modernster Lyrik
zu ersetzen vermag.

Wie der Gedanke

Und braucht die Welt der Lieder nicht,
Ich kann sie nicht entbehren

Werke I. 56.

schon seine Jugend durchzieht, so auch den Spätherbst seines
Lebens:

> Trostlos darben wär' mein Leben
> Ohne dich, o Poesie!
> Nach dem Kranz, der vor mir schwebt,
> Muß ich ringen Stund um Stunde,
> Wie der Aar, der flügelwunde,
> Sterbend noch zur Sonne strebt.
>
> Werke IV. 108.

Am charakteristischsten für Geibels Auffassung seines Lebens
und Dichtens ist das Wort:

> Ein Strahl Poesie
> Beschien mir die Pfade,
> Ich spürt' ihn als Gnade
> Und rühmte mich nie.
>
> Werke IV. 102.

Ich füge dazu aus einem Briefe an Oberhofprediger Rudolf
Kögel, dem er darin für seinen Aufsatz „Emanuel Geibel als deut=
scher Reichsherold" (Daheim 1872) dankte, die Worte:

„Ich müßte lügen, wenn ich die Freude ableugnen sollte, die
mir Ihr mehr als anerkennender Aufsatz bereitet hat, aber eben=
sowenig darf ich verschweigen, daß mit dieser Freude ein Gefühl
tiefer Beschämung Hand in Hand ging. Denn was ich in meinen
besten Augenblicken gewollt und angestrebt, nicht was ich wirklich
erreicht, haben Sie ausgesprochen; ich bin weder so fest noch so
lauter, wie Sie mich hinstellen. Und wenn Sie dann doch wieder
in vielem Recht haben, und wenn es wahr ist, daß meine Lieder
auf reine Seelen so wirken können, so beweist mir das eben nur
aufs neue den alten Satz, daß Gott oft auch in dem schwachen
und sündigen Werkzeug mächtig ist."

Natur.

Wir gehen zu den Gedichten über, in denen der „tausend=
stimmige Psalter" der Natur ein Echo findet.

Sind es anfangs auch mehr hergebrachte Gedanken und Bil=
der — der gereifte Sänger wirft in diesen Gedichten Blicke in
das innerste Wehen der Schöpfung, „wie sie nur dem wahren
Dichterphilosophen vergönnt sind". Mit unsäglicher Zartheit
feiern zahlreiche Lieder die wechselnden Stimmungen der Tag=
und Jahreszeiten im Zusammenhange mit den Sorgen, der Liebe,
dem Kampfe in des Dichters Brust. Der Ritter Frühling muß
der Königin Minne huldigen (I. 34); der Frühlingswald predigt
den Gottesglauben mit tausend Zungen (I. 24). Den eigenartigen
Reiz des Vorfrühlings hält unübertrefflich fest das Lied: „Im
April" und aus späterer Zeit: „Wie säuselt über Thal und Hügel"
(Werke I. 21, III. 127).

Den Zusammenhang zwischen den neuerwachenden Kräften
der Natur im Frühling und dem frisch sich regenden Lebenstrieb
des Dichters schildern u. a. das Frühlingslied: „Kein Stern will
grüßend funkeln" (II. 37) und das Prooemium der „Spätherbst=
blätter":

> Und wieder treibt es in den Tannen
> Und wieder lockt's vom blauen Zelt,
> Ein Flügeldehnen, Segelspannen
> Geht ungeduldig durch die Welt.
>
> Die muntre Schwalbe zwitschert helle
> Ihr Wanderlied im Sonnenstrahl,
> Der Eisblock spielt dahin als Welle,
> Die Schneekluft wird zum Blütenthal.
>
> Auf's neue strebt mit kühnem Steuer
> Nach fernem Glück die Sehnsucht fort;
> Verschwiegne Liebe brennt wie Feuer
> Und stammelt sacht ihr erstes Wort.

O Hoffnung, Muse dieser Tage,
Berührst du sanft mein Saitenspiel,
Daß ich den Klang noch einmal wage,
Der meinem Volk einst wohlgefiel?
Werke IV. 3.

Neben dem Frühling weiht er besonders dem Herbste seinen Gesang; unübertrefflich sind die Lieder: „Herbstlich sonnige Tage" (II 70), „Nun strömet klar von oben" (II. 14). Trübe Scheidegedanken erfüllen ihn, wenn das „rote Laub zu seinen Füßen rauscht" (I. 55) und wenn um Busch und Halde der Sonnenstrahl so matt schleicht (II. 16). Fern von jeder Naturvergötterung sucht er besonders in seiner ersten Periode Gott in der Natur. „Frühling, Lieb und Andacht" oder wie er es sonst ausdrückt „Gott, Natur und Liebe" treten bei ihm in stete Wechselwirkung. (II. 109, III. 56.)

Das Frühlingswehen des Ostermorgens weckt in seinem Herzen das schmetternde Lerchenlied der Auferstehung:

Die Lieb' ist stärker als der Tod . .

Was dürr war, grünt im Wehn der Lüfte,
Jung wird das Alte fern und nah,
Der Odem Gottes sprengt die Grüfte —
Wacht auf, der Ostertag ist da!
Werke II. 93.

Das Frühlingsbrausen erinnert ihn an das Pfingstsausen, und die roten Rosen, die aus kahlem Dornbusch hervorblühen, rufen ihm den Pfingsttrost zu:

Er kann und will auch dich erwecken
Aus tiefem Leid zu junger Kraft.
Werke II. 58.

Auch im Herbste bleibt ihm der fromme Blick nach oben; als er den Wald sich färben und die Wandervögel ziehen sieht, da mahnt er:

> Vergiß, o Menschenseele
> Nicht, daß du Flügel hast,
> > Werke II. 58.

Und als an seinem Lebensbaum die Blätter welk werden, da denkt er „voll geheimer Schwermut bange":

> wer verkündet dir die Stunde,
> O Herz, da du von hinnen mußt?
> > Werke IV. 107.

Auch des Winters Lust und Last zeichnet er in einigen der „Distichen aus dem Wintertagebuche" (IV. 156. 159. 165).

Neben den Jahreszeiten ist es der Wald und das Meer, die den Dichter anziehen. Die springenden Knospen, die rauschenden Blätter, der Widerhall im Walde locken leise ihn zum Gesange (I. 48). Mit dem alten Förster liest er im Walde das ewige Gesetz:

> Was uns Not ist, uns zum Heile
> Ward's gegründet von den Vätern;
> Aber das ist unser Teil,
> Daß wir gründen für die Spätern.
> > Werke II. 43.

Hier schaut er die Fey der Waldesgründe, die Sagenpoesie (I. 166). Oft vereinen sich Waldesrauschen und Meeresbrausen:

> Drum wenn ich sinnen will von ew'gen Dingen,
> Such ich den alten Forst an hoher Küste,
> Wo Meer und Wald ihr rauschend Wort verschlingen;
>
> Mir ist es, wenn ich dort zum Werk mich rüste,
> Als ob des Weltgeists Stimmen zu mir dringen
> Und mich sein Odem nah durchschauern müßte.
> > Werke II. 98.

Die Ewigkeitsgedanken des Meeres brausen durch das Junius- lied: „Nachts am Meere" (II. 41); seinen vielseitigen Einfluß schildert das Gedicht: „Am Meere" (II. 55). Geibel ist der Sohn

und Dichter der Ostsee, nicht so kräftig aber auch ohne die sturm=
durchwühlten und scharffelsigen Pointen Heines, des Sängers
der „Nordseebilder", weich und anmutig, wie das Meer, das er be=
singt. Wahre Kabinettsstücke zarter Stimmungsmalerei sind die
„Distichen vom Strande der See" (V. 49) und die „Ostseelieder",
klar, ungezwungen, voll sonnigen Seelenfriedens:

Sei mir gegrüßt, o Flut,
Mit sehnsuchtsvollen Schlägen,
Wie einer Mutter, schwillt
Dir meine Brust entgegen . .

O sei mir hold auch heut
Und laß mich wie vor Jahren
Die Wunder deines Sturms
Und deiner Still' erfahren,

Daß ich Genesungsluft
Aus deinem Odem trinke,
Und all mein Herzeleid
In deinen Grund versinke!
Werke IV. 51.

Nach dem Sturm am Himmelsrande
Schwebt der Mond um Mitternacht;
Langsam, schimmernd her zum Strande
Rollt die Flut und brandet sacht.

Ihre dumpfen Schläge mahnen
An ein Herz, das müde pocht;
Keine Spur mehr läßt dich ahnen,
Welch ein Chaos hier gekocht.

Sagt, wohin dies wilde Schwellen
Jauchzender Titanenlust? —
Wer begreift euch, Meereswellen?
Wer begreift Dich, Menschenbrust?
Werke IV. 60.

Geibel ist überhaupt ein Meister in Landschaftsbildern. Oft wirft er mit wenigen Pinselstrichen ein fertiges Bild hin. Die Zauberwelt des Südens wird farbenprächtig geschildert. (Vergl. Charmion, IV. 29. Erinnerungen aus Griechenland, III. 173 ff. Buch der Elegien, V. 91—96). Aber er vergißt darüber die Heimat nicht. Die Epistel aus Travemünde (IV. 36) entrollt das Bild der Ostsee. Der Ugley, sein nordischer Lieblingssee, wird meisterhaft gezeichnet (V. 62). Die Alpenlandschaft (Lindau, III. 91, St. Wolfgang, III. 41 und Burg Schwaneck, IV. 133) tritt plastisch vor uns hin, und die Wellen des deutschen Rheins rauschen zu allen Zeiten durch Geibels Gedichte. Wie eine „Rhein= sage" (I. 3) schon auf dem ersten Blatte steht, so gedenkt er der frohen an seinen Ufern verlebten Jugendzeit noch am Schlusse der Spät= herbstblätter. (IV. 175, 179.) In's Innerste der Natur bringt sein Geist auf der Höhe seines Schaffens. Als Krone der „Neuen Gedichte" bezeichnet Strodtmann das inhaltsschwere Lied:

Durch Erd' und Himmel leise
Hinflutet eine Weise
Wie sanftes Harfenwehn,
Die jedem Dinge kündet,
Wozu es ward gegründet,
Woran es soll vergehn.

Sie spricht zum Adler: Dringe
Zur Sonne, bis die Schwinge
Dir trifft ein Wetterschlag!
Spricht zu den Wolken: Regnet,
Und wenn die Flur gesegnet,
Zerrinnt am goldnen Tag!

Sie spricht zum Schwan: Durchwalle
Die Flut und dann mit Schalle
Ein selig Grab erwirb!
Sie spricht zur Feuernelke:
In Duft glüh' auf und welke!
Zum Weibe: Lieb' und stirb!

Werke III. 60,

Dieselbe „orphische Urmelodie" klingt auch in seinem Alter noch einmal „unter den alten Rüstern":

Die große Weise,
Die, wo sie klingt,
In Schauern leise
Mein Herz verjüngt.

Das Lied vom Wachsen
Und vom Vergehn,
Nach dem die Achsen
Der Welt sich drehn.

Werke IV. 19.

Großartig und gewaltig steht diese gereifte Naturbetrachtung in dem Gedichte „Die Erde" da, in dem er die wandelnden Gesichte der Weltschöpfung an seinem Blick vorübergehn läßt, um schließlich an den herrlichen Anfang zu gelangen:

Da fällt in's zagende Gemüte
Ein Glanz aus tiefsten Tiefen mir:
„Im Anfang war die ew'ge Güte,
Und tausend Engel dienen ihr!"
Und wie sie licht in Flammen wallen,
In Fluten brausen allerorts,
Empfind' ich schauernd über allen
Den Hauch des unerschaffnen Worts.

Werke III. 74.

Wir fügen unter der Rubrik „Natur" schließlich noch die frischen Wanderlieder ein, die der deutsche Sänger gesungen, der im Wandern einen wesentlichen Zug des Charakters seines Volkes sah:

Wenn Wald und Haide frisches Grün gewinnen . .
Da wacht dem Deutschen in Gemüt und Sinnen
Alljährlich auf der alten Sehnsucht Lied . .

Und wieder möcht er wandern, schweifen wieder
Nach traumverheißnem Glück auf fernen Au'n . .

Werke II. 263.

Unübertrefflich ist das nach Paſtor Lyras Melodie von allen geſungene: „Der Mai iſt gekommen". (Werke I. 49)*) Wir er=
wähnen das ernſtere

> Wer recht in Freuden wandern will,
> Der geh' der Sonn' entgegen;
> Da iſt der Wald ſo kirchenſtill,
> Kein Lüftchen mag ſich regen.
>   Noch ſind nicht die Lerchen wach,
>   Nur im hohen Gras der Bach
> Singt leiſe den Morgenſegen,
>
>   Werke I. 140

die friſchen Jägerlieder der Juniuslieder (II. 25) und das leichtere „Gebt mir vom Becher nur den Schaum" (I. 33), das uns hin=
überführt zu den fröhlichen, kecken und doch einer geſunden Maß=
haltung huldigenden Trinkliedern. Wer dürfte nicht einſtimmen in das köſtliche:

> Ich weiß einen Helden von ſeltener Art,
> So ſtark und ſo zart, ſo ſtark und ſo zart;
> Das iſt die Blume der Ritterſchaft,
> Das iſt der erſte an Milde und Kraft
> So weit auf des Vaterlands Gauen
> Die Sterne vom Himmel ſchauen,
>
>   Werke I. 58

in dem er den „Ritter vom Rheine", den Wein, preiſt, oder in das Lied des fahrenden Schülers „Kein Tröpflein mehr im Becher" (Werke I. 163)! Wer erfreute ſich nicht in heiterer Stunde der fröhlichen Weisheit des „Schenkenbuchs"! Ver=
gleichen wir dieſe Lieder mit dem edlen Getränk, das ſie beſingen, dann gilt auch von ihnen das Wort, mit dem „der Schenk be=
ſchließt":

---

*) Die Kompoſition ſtammt aus dem Jahre 1842. Paſtor Lyra, geb. 1822 zu Osnabrück † 1888 zu Gehrden bei Hannover, hat ſonſt noch geiſtliche Lieder komponiert.

Mild durchwärmt und leicht gehoben,
Frisch zu jedem Werk und klar,
Sollt ihr's mir erst morgen loben,
Daß mein Wein vortrefflich war.

Werke III. 83.

Nicht wenig zur Popularisierung Geibelscher Gedichte hat ihre Singbarkeit beigetragen. Was der Dichter von seinen Jugendliedern sagt:

im melodischen Hauch schwebt ihr gefällig dahin

Werke IV. 170.

das gilt all seinen rein lyrischen Gedichten. Kein anderer deutscher Dichter hat öfter zur Komposition gelockt, selbst Heine und Goethe nicht. Geibel zählte schon 1874 allein dreißig Kompositionen von „der Mai ist gekommen", vierzig von „Fern im Süd das schöne Spanien". Die Kritik wollte anfangs die Singbarkeit mit der Einfachheit und Eintönigkeit des Strophenbaus oder dem seichten Inhalt erklären, denen die Musik als Hilfstruppe diene. Sie mußte bald vor Namen wie Mendelssohn, Schumann, Bruch, Brahms verstummen. Es ist eben die innere Verwandtschaft mit der Musik, die diese Lieder zum Tönen bringt. Geibel, der selbst wie sein Bruder Konrad und seine Tochter musikalisch war und seelenvoll im Freundeskreise sang, der „stille Wege in der Sonne suchen und abends Musik hören mußte, um einen unfertigen Stoff zu bebrüten", hat mit seinem Gefühle W. A. Mozart gehuldigt, dem Meister des „einfach Schönen".

Mag die Welt vom einfach Schönen
Sich für kurze Zeit entwöhnen,
Nimmer trägt sie's auf die Dauer,
Schnödem Ungeschmack zu fröhnen.
Bald, vom Taumelfest ersättigt
Anspruchsvoller Truglamönen,

Sehnt sie sich zurück zum Gipfel,
Den die echten Lorbeern krönen,
Und mit Wonne lauscht sie wieder
Goethes Liedern, Mozarts Tönen.

Werke IV. 85.

Eng war er in Freundschaft verbunden mit dem kongenialen Mendelssohn. Vom ästhetischen wie persönlichen Standpunkte aus haßte er die „Unnatur“ R. Wagners, der mit Gutzkow und Brachvogels „Narciß“ die Trias seiner großen Antipathien bildete. Der Dichter, der „Lied und Ton“ in sinnigem Märchen mit Dornröschen und dem Königssohne verglich (Werke IV. 22), hat seinen Jugendwunsch in doppeltem Sinne erfüllt gesehen:

Könnt' ich ein Echo voll Musik
Dem Volk der Deutschen hinterlassen!

Werke I. 39.

So lange gesungen wird, so lange werden Geibels Lieder leben.

Vermischte Gedichte.

Viel zu wissen geziemt und viel zu lernen dem Dichter.
Ach, für seinen Beruf deucht mir das Leben so kurz,
Denn er kenne die Welt und ihre Geschichten, er gehe
Bei den Alten mit Lust wie bei den Neuen zu Gast.

Werke I. 110.

Epische Gedichte.

Geibels epische Schöpfungen erreichen an Zahl und Be=
deutung nicht voll den Kranz seiner rein lyrischen Gedichte.
Mit dem reinen Epos haben wir es hier fast nirgends zu thun.
„König Sigurds Brautfahrt" (Werke II. 194), in der modifi=
zierten Nibelungenstrophe gedichtet, nennt Goedeke mit Recht ein
lyrisches Epos. Charakteristisch sind die Hauptpersonen behan=
delt. Schon hier empfinden die alten nordischen Recken modern — ein
Prinzip, das Geibel später durch die „Brunhild" weiter mit Glück
verfocht. Koch tadelt deshalb die Dichtung als zu lyrisch weich
für den herben nordischen Stoff. Geibels Quelle waren die von
Ungewitter übersetzten „schwedischen Volkssagen" von Afzelius.
Mit welcher bewundernswerten Phantasie er den Stoff belebt,
wird bei der Vergleichung seiner Dichtung mit ihrer kurzen Grund=
lage klar, die nur geringe Abweichungen enthält. Die quellenmäßige
Erzählung kann deshalb als Inhaltsangabe des Epos dienen:

„Als Sigurd Ring einst zur Herbstzeit in Westgotland
weilte und überall nachsah, ob alles der Ordnung und den Ge=
setzen gemäß sei, kam er unter anderen auch nach Alfhem, wo er,
um einen Streit zwischen einigen norwegischen Häuptlingen zu
schlichten, veranlaßt wurde, die Bucht hinauf nach dem jetzigen
Bochuslän zu ziehen. Hier, an einer geheiligten Stätte, Skiris=Sal
genannt, sollte gerade ein großes feierliches Opfer angestellt werden.
Unter der bei dieser Gelegenheit versammelten Volksmenge zeich=
nete sich besonders König Alfs Tochter von Wenda aus, die
wegen ihrer blendenden Schönheit Alfs=Sonne genannt wurde.

Der König wurde von ihr so eingenommen, daß er, ungeachtet seines hohen Alters, sie von ihren beiden anwesenden Brüdern zur Gemahlin begehrte. Obgleich diese sich ihrer Ohnmacht gegen ihren mächtigen Oberkönig bewußt waren, so schlugen sie ihm doch eine so unpassende Verbindung ab. Es dauerte nun nicht lange, so fand sich der König mit Heeresmacht ein und begehrte an deren Spitze Alfs-Sonnes Hand. Die Brüder entschlossen sich zum Kampfe, aber da sie wohl einsahen, daß sie nicht würden siegen können, so vergifteten sie ihre Schwester; denn sie wollten sie lieber tot, als in den Händen des Greises sehen. Der junge Ragnar kämpfte an seines Vaters König Sigurds Seite und tötete Alf, den einen Bruder der Prinzessin, weshalb er den Namen Alfsmörder erhielt, an dessen Stelle später der Beiname Lodbrok trat. Nachdem Sigurd gesiegt hatte, befahl er, ihm Alfs-Sonne zu bringen, allein diese war bereits erblichen, und er erhielt nur ihre leblose Hülle. Da sprach der König zu seinen Mannen, er wolle nun lieber Alfs-Sonne in den Tod folgen, als ein ohnmächtiges freudenloses Alter länger durchleben. Hierauf ließ er alle Erschlagenen auf ein Schiff bringen, legte Alfs-Sonnes Leichnam auf den Hintersteven, setzte sich daneben, ließ den Wind die Segel füllen, und während das Schiff ins Meer hinaustrieb, zündete er es an und endete auf diese Weise seine thatenreiche Laufbahn."

Im „Morgenländischen Mythus" (Werke II. 180) tritt das subjektive Element am Schlusse deutlich hervor. Zwei Geister, die Vertreter des guten und bösen Prinzips, Danhasch und Maimune, begegnen sich in den hohen Lüften nächtlich über dem Kaschmirsee. Jeder rühmt sich, das schönste menschliche Wesen gesehen zu haben. Um zu erproben, wer Recht hat, bringen sie die beiden schlafend zusammen, die schöne Badur und den schönen

Nureddin. Der kundige Gasban, „mißgestaltet selbst und doch
der Schönheit Bildner", eine Art Vulkan, wird zum Schiedsrichter
aufgefordert und bekennt, jeder sei untadelhaft, aber die wahre
Schönheit zeige sich nur in der Bewegung. Beide werden erweckt
und sinken sich in die Arme, von Liebe erglüht. Dann werden sie
plötzlich wieder eingeschläfert und dahin entrückt, woher sie ent=
führt waren. Nureddin zieht jetzt aus, die Geliebte zu suchen:

> All mein Leben
> Soll ein Wandern sein nach dir, ein Ringen
> Mit der Welt um dich. Ich will nicht rasten,
> Bis den Tod ich oder dich gefunden.

Und nun schließt das Gedicht kurz und abgebrochen. Man
könnte fragen, ob das ursprünglich so beabsichtigt war, wenn nicht
der rein lyrische persönliche Schluß grade den sinnvollen Haupt=
gedanken von der ewigen Sehnsucht nach dem leicht entschwinden=
den Ideale offenbarte:

> Glück auf seinen Weg, und leite günstig
> Ihn ein Stern! — Denn weiter führt die Sage
> Nicht den Jüngling. Ob der Sehnsucht Irrfahrt
> Wonnevoll den köstlichen Preis errungen,
> Ob die Herzen, wund vom Pfeil der Schönheit,
> Sich in heimlicher Glut verzehrt — der Sänger
> Weiß es nicht. Beglückter Liebe Weise
> Ward ihm lange fremd. Aus tiefster Seele
> Sang er euch dies Lied der ewigen Sehnsucht.

Der Stoff des mit exotischer Pracht des Kolorits erfüllten
Gedichts lag in „Tausend und einer Nacht" vor. Wieland hatte
ihn schon einmal in seiner Weise in der Novelle „Narcissus und
und Narcissa" (Göschensche Ausgabe Band 19. S. 162 ff.) ver=
wertet. Geibel ist indessen unabhängig von ihm.

Aus späteren Jahren (1863) stammt „die Blutrache"
(Werke V. 13), eine bedeutende epische Erzählung in knapper

Form, voll dramatischen Lebens. Im Stil der serbischen Ro=
manze bewegt sich die Handlung auf dem Hintergrunde der Natur
und Sitte der griechischen Inseln; der Sohn, der dem vermeint=
lichen Mörder seines Vaters auflauert, rettet dessen Knaben vor
dem Anfall eines Wolfs und führt dadurch die Familiensühne
herbei. In ähnlichem Tone ist die „weiße Schlange" gehalten
(Werke II. 173). „Die dem schuldigen Menschen unheimlich er=
scheinende Natur ist darin mit einer an Tieck erinnernden Kunst
zur mithandelnden Person geworden."

Leider ist das am größten angelegte epische Gedicht „Ju=
lian" (Werke II. 229 ff.), das den Dichter eigentlich von
Anfang an beschäftigte, (schon „Clotar" [Werke I. 83] gehört
dazu) nur Fragment geblieben. Karl Goedeke (Nord und Süd
1877 I. S. 392) beklagte das mit den Worten: „Nach Form
und Anlage war hier ein Gedicht begonnen, das die Fähigkeit
hatte, jeden Stoff und jede dichterische Stimmung in sich aufzu=
nehmen, ohne den einheitlichen Charakter zum Opfer zu bringen.
Die achtzeilige Stanze der italienischen Epiker mit männlichen und
weiblichen Reimen fügt sich willig jeder Ausdrucksweise, sei es,
daß der Dichter sich der weichen Empfindung überläßt oder rasch
und energisch vorschreitet. Der Abschluß mit der achten Zeile
führt fast mit Notwendigkeit darauf, den Stoff in einzelne kleine
Abschnitte zu zerlegen, von denen jeder ein selbständiges kleines
Bild zu geben hat, die um so anmutiger erscheinen, je mehr
sie sich bunt von einander abheben und in ihrem wechselnden
Fortschreiten den Stoff, den Gedanken, die Stimmung dem ein=
heitlichen Charakter des ganzen entsprechend zur Erscheinung
bringen. In einem Gedichte solcher Art ist kein Ton unzulässig.
Der Dichter kann im heitersten Geplauder die alltäglichsten Dinge
sagen und mit einer leichten Wendung das Tiefste, was die Men=

schenbrust bewegt, erfassen. Scherz und Ernst, Ironie, Spott,
Satire, nichts liegt dem Kreise fremd, in dem der Dichter sich be=
wegt; neben den Ton der mutwilligen Neckerei darf sich der weiche
Erguß des Gefühls, der enthusiastische Ausdruck der idealen
Schwärmerei wagen, denn der einheitliche Charakter des ganzen
besteht darin, an einem losen, lockern Faden der Erzählung alles
zur Sprache zu bringen, was dem Dichter darzustellen überhaupt
gestattet ist: der Umfang des gesamten menschlichen Lebens auf
eine höhere Stufe gehoben, als die der Wirklichkeit."

Immerhin können wir auch an dem Bruchstücke „Clotar" und
an den seitdem in der Gesamtausgabe gedruckten Gesängen des
eigentlichen Julians diese Vorzüge des Gedichtes bewundern.
Über den Julian schrieb der Dichter 1878 an Karl Leimbach:*)

| „Der erste Entwurf dieses erzählenden Gedichtes, in welchem
ich zunächst die äußeren Schicksale und inneren Kämpfe eines
jungen nach Rußland verschlagenen Deutschen darstellen wollte,
entstand in mir zu Ilfeld im Sommer 1847. Ich begann die
Ausführung in freien Reimpagren, ließ sie jedoch bereits nach
einigen Wochen wieder liegen, da mir die gewählte Form auf die
Länge nicht zusagte. Das einzige veröffentlichte Bruchstück dieser
ersten Fassung ist das Gedicht: Heimweh in den Juniusliedern.
1850 in Karlsbad nahm ich den Stoff, der sich mir inzwischen
reicher ausgestaltet hatte, wieder auf, behandelte ihn aber dies=
mal in Oktaven. Die „Introduktion" bildete mit der Erzählung
„Valer und Anna"*) und einer Schlußstrophe den ersten Gesang.

Der zweite Gesang wurde durch die Strophen an den Rhein**)
eingeleitet. Dann folgte eine Schilderung von Julians Jugend=

---

*) Abgedruckt in L e i m b a ch, Ausgewählte Dichtungen, II. Band, S. 40 ff.
**) Zuerst in den Neuen Gedichten S. 279 ff. erschienen.
***) Zuerst in den Neuen Gedichten S. 151 ff. erschienen.

leben und darauf die Erzählung vom Tode Valers und Annas. Die Berufung des Verwaisten nach Rußland durch seinen Oheim, den Grafen Paul, und sein Abschied vom Grabe der Eltern bil= deten den Schluß des Abschnitts.

Der dritte Gesang ist bis auf ein paar lyrisch abschließende Strophen unter dem Titel: „Russisches Treiben" im Morgenblatt enthalten."

An dieser Stelle wurde das Gedicht durch meine Übersiedelung nach München unterbrochen, wo es vor den neuen Arbeiten, die sich mir aufdrängten, bald völlig zurücktrat.

Von dem Weiteren existieren daher nur ganz einzelne, im Vor= aus ausgeführte Strophen. Der Plan war etwa folgender:

Vierter Gesang. Als Introduktion eine Schilderung des Früh= lings in den Steppen. Auch für Julian beginnt ein neues Leben. Zunächst durch einen vorübergehenden Besuch seines Oheims Gre= gor, mit dem er sich besser versteht, als mit dem Schloßherrn. Dann aber kehrt Marina, die Tochter Pauls, aus dem Kloster in Moskau zu ihrem Vater zurück und wird bald der anmutige Mittel= punkt des Hauses, Julians schweigende Liebe. Fürst Basil, von seiner Wunde genesen*), bringt ihr offen seine Huldigung dar, findet aber nur höflich kühle Aufnahme.

Dennoch ist Julian eifersüchtig, und so gehen im steten Wechsel von Glück und Qual Sommer und Herbst dahin. Erst um Winter= anfang auf einem prächtigen Ballfeste, das auf einem benachbar= ten Gute veranstaltet wird, und an dem Paul und Basil nicht teil nehmen, weil ein anderer Bojar sie zum Spiel geladen, glaubt Julian zu erkennen, daß Marina seine Neigung erwidert. Doch kommt es zu keinem offenen Geständnis. Julian verbringt den

---

*) Nahezu tödtlich verwundet wurde er von einem russischen Diener Julians, Sergej, nachdem er Olga, dessen Braut, in den Tod getrieben hatte.

Rest der Nacht in glückseligen Träumen. Dieser Gesang sollte vorzugsweise lyrisch gehalten werden.

Fünfter Gesang. Am nächsten Mittag brechen Marina und Julian nach Hause auf; sie sitzt im Schlitten, er lenkt die Pferde. Sie fahren bei sonnigem Wetter ab, werden aber von einem furcht= baren Schneesturme überfallen, verlieren den Weg und geraten mit einbrechender Nacht in den Wald. Hier werden sie von Wölfen verfolgt und flüchten sich endlich, das Gespann preisgebend, in eine verfallene Schützenhütte. Allein die Wölfe, durch das Blut der Pferde nur wütender gemacht, wollen von ihrer Beute nicht lassen und beginnen bereits das Dach zu erklettern, um sich von oben durch das offene Sparrenwerk auf ihr Opfer zu stürzen. Den Tod vor Augen bekennen sich die Liebenden ihr Gefühl; da krachen plötzlich Schüsse von allen Seiten. Sergej mit einer Anzahl Wildschützen, welcher er sich nach seiner Flucht angeschlossen hat, ist ihr Retter.

Sechster Gesang. Einleitende Betrachtung über die Wandel= barkeit des Glücks. Die Liebenden sind zurückgekehrt und haben sich ewige Treue geschworen. Wenige Tage später wird im Schlosse ein Fest gefeiert. Bei Tafel erhebt sich Graf Paul und begrüßt Marina und Basil feierlich als Verlobte. Der Leser erfährt, daß er trunkenen Mutes seine Tochter an den Fürsten verspielt hat. Furchtbare Familienszene. Julian fordert Basil zum Zweikampfe, wird aber von diesem als ein sinnloser Knabe mit kaltem Hohne zurückgewiesen.

Der Schluß ist tragisch. Marina, aufs äußerste gebracht, will zu ihrem Oheim Gregor entfliehen und verunglückt bei dem Flucht= versuche. Graf Paul, zu spät bereuend, versöhnt sich mit Julian und veranstaltet eine glänzende Leichenfeier. Als Basil zur Be= stattung reitet, wird er im Walde von Sergej erschossen. Julian kehrt tief erschüttert nach Deutschland zurück.

Eine Wiederaufnahme des Fadens und eine Darstellung von Julians weiteren Lebensschicksalen war vorbehalten."

Balladen und Balladenartiges.

Die Ballade und Balladenartiges findet sich in den Jugendgedichten noch wenig. Die kurze Ballade „Zwei Könige" (I. 13), die in wilder Eifersucht zum Zweikampf schreiten und sich gleichzeitig gegenseitig durchbohren, ist eine geschickte Nachahmung Uhland'scher Form und Art. Wahrhaft poetisch ist in „Pergolese" (I. 7) der Gedanke durchgeführt, daß der jugendliche Künstler des großen Stabat mater begnadigt wird, unter den Klängen der ersten Aufführung dieses Meisterwerkes seine große für den Himmel reife Seele auszuhauchen. Schaurig schön ist die Ballade „des Wojewoden Tochter" (I. 61), allgemein bekannt geworden „Friedrich Rothbart" (I. 91). Im „Grafenschlosse" nähert er sich der einfachen poetischen Erzählung. Der Inhalt ist ein Gegenstück zu der Bürgerschen allbekannten Schauerballade „Des Pfarrers Tochter von Taubenheim".*) Noch nicht zur vollen Höhe ausgereift erscheinen auch die Balladen der Juniuslieder. Das Motiv im „Pagen und der Königstochter" (II. 151) ist aus den „singenden Knochen" der Grimmschen Märchen entlehnt. Franz Kugler giebt ihnen den Vorzug vor dem in meisterhaften Terzinen ge-

---

*) Der „Pfarrerstochter" mythischer Wohnsitz soll meine Pfarre sein. (Pansfelde 1 Stunde von Molmerschwende entfernt, dem Geburtsorte Bürgers.) Die uralte schöne Lindenlaube des Gartens gilt in der ganzen Gegend als „spukhaft". Meine Nachforschungen in den Kirchenbüchern haben manches Interessante zu Tage gefördert, das ich in Professor Sauers Zeitschrift Euphorion demnächst veröffentlichen werde. Der „Junker vom Falkenstein" steht rein da. Ich bemerke gelegentlich, daß, wie bei Geibel, auch bei dem andern Pfarrerssohne Bürger sich differierende Angaben ihres Geburtstages finden. Bürgers Geburt ist im Kirchenbuche von des Küsters Hand unter dem 31. Dezember 1747 verzeichnet, während nach Bürgers eigener Angabe einige Biographen den 1. Januar 1748 festhalten.

ſchriebenen „Templer" (II. 71). Naturwahr ſind in den Roman=
zen „Meluſine" und „Kurt von Wyl" zwei Pendants, die ſchnippiſch
Spröde und doch Geliebte, und die unbemerkt Liebende dargeſtellt.
Wertvoller ſind die zuerſt in den Neuen Gedichten veröffentlichten
„Babel" (III. 29), „Windsbraut" (II. 161), „Der reiche Mann
von Köln" (II. 166), des „Deutſchritters Ave" (II. 158), die
„Türkenkugel", deren Stoff auch Guſtav Schwab behandelte. Die
„Gedichte und Gedenkblätter" zeigen weitere Fortſchritte: „Both=
well" (III. 157) und „Schön Ellen" (III. 144) ſind voll Energie
des Gedankens und der Darſtellung. In „Schön Ellen" erleben
wir die Bedrängnis der in einer indiſchen Feſtung belagerten Eng=
länder und die Hoffnung des Schottenmädchens mit, das ganz
fern den Marſch „Die Campbells kommen!" vernimmt, bis in
der höchſten Not wirklich Hilfe eintrifft:

> „Nun ſteht, ihr Brüder, nun ſteht! Ganz nah,
> Ganz nah jetzt hör' ich die Weiſe!"
> Sie rief's und ſieh', da zerbarſt das Gewölk
> Und der Blick ward offen im Kreiſe.
>
> Und da blitzt' es heran durch das weite Gefild,
> Und da kam's in Geſchwadern gezogen,
> Mit gewürfeltem Plaid und mit Federn vom Aar,
> Und Englands Banner flogen;
>
> Und da brach's in den Feind, wie Hochlandsſturm,
> Und jetzt von allen vernommen,
> Hoch über dem Rauch fortwogte der Marſch,
> Der Marſch: Die Campbells kommen.
>
> Werke III. 146.

Max Bruch hat dieſe Ballade wirkungsvoll für Soli, Chor
und Orcheſter komponiert.

In den Spätherbſtblättern ſind die „Goldgräber" (IV. 114),
„Höchſtädt" (IV. 117) und „Wittenborg" beſonders hervorzu=
heben. Die letzte trägt nach Max Koch „vielleicht unter allen

Balladen Geibels den Preis davon". Der Admiral der Hansa, Jo=
hannes Wittenborg, nimmt Bornholm, das feste Schloß, und will
von Helsingör aus vor Kopenhagen rücken. Der Dänenkönig aber
bietet Frieden an und läd ihn als Gast in das Schloß. An seiner
Seite sitzt die Königstochter, die so süß zu blicken weiß. Um ihre
Gunst bricht er der Hansa die Treue; aber

> Zu Lübeck in der alten Stadt
> Wird scharfes Recht gesprochen . . .
>
> Die Glocke dröhnt, das Richtbeil fällt,
> Sein Haupt rollt hin am Grunde;
> Er hat bezahlt mit seinem Blut
> Den Kuß von Sigbrits Munde.
>
> Werke IV. 11. ff.

Auf höchster Höhe der Kunst stehen die Charakter= und ge=
schichtlichen Situationsbilder, die Geibel in besonders eigen=
artiger Weise geschaffen hat.

Schon in der ersten Sammlung sind gute Gedichte dieser
Gattung zu finden. Der „Husar" (I. 59), diese Idylle im Rahmen
des Krieges, wie sich Goedeke treffend ausdrückt, stellt den Kontrast
des seligen Traumes mit der eisernen Wirklichkeit dar. „Der
Ulan" aus dem Kriegsjahre 1870 bildet dazu ein realistisches Gegen=
stück (IV. 253). Die „junge Nonne" (I. 67) beklagt das Los
ihres Standes und ihr eigenes; der „junge Tscherkessenfürst"
(I. 214) offenbart seine Gedanken in einer scharfsichtigen Betrach=
tung der russischen Zustände und seiner Lage im russischen Zwange.
Die Sklavenfrage behandelt Geibel in dem tiefergreifenden „Neger=
weib" (I. 200). Vor allem verrät „Sanssouci" den künftigen Mei=
ster. Freiligraths guter Einfluß ist darin unverkennbar. Mit siche=
rem farbenfrohen Pinsel malt er den Geist des Zeitalters Friedrichs
des Großen und giebt dem Könige auf sein Murren, daß er in
einem Zeitalter ohne heimische Dichter lebe, die treffende Antwort:

er ahnet nicht, daß jene Morgenröte
Den Horizont ſchon küßt, daß ſchon der junge Goethe
Mit ſeiner Rechten faſt den vollen Kranz berührt,
Er, der das ſcheue Kind, noch rot von ſüßem Schrecken,
Die deutſche Poeſie, aus welſchen Taxushecken
Zum freien Dichterwalde führt.

Werke I. 185.

„Omar“ entwickelt das ganze Programm des Muhameda=
nismus. Als der Kalif die Fackeln in die weltberühmte Bibli=
othek der Ptolemäer zu Alexandrien werfen will, ſpricht er:

Schon allzulang am unfruchtbaren
Vielwiſſen ſiecht die Welt erſchlafft . . .

Daß endlich dieſe Dumpfheit ende,
Bin ich geſandt, vom Herrn ein Blitz.
Auf! Schleudert denn die Feuerbrände
In der verjährten Krankheit Sitz!
Und wenn, umwogt vom Flammenmeere,
Der aufgetürmte Wuſt zergeht,
Ruft: Gott iſt groß! Ihm ſei die Ehre!
Und Mahomed iſt ſein Prophet!“

Werke III. 148.

Die Leiden und die Treue der armen gefangenen königlichen
Heldin des Gudrunliedes ſchildert „Gudruns Klage“.*)

---

*) Merkwürdig iſt in dieſem ſchon 1849 entſtandenen Gedichte die be=
deutende Übereinſtimmung der Stelle:

O Ortwin, trauter Bruder,
O Herwig! Buhle wert,
Was rauſcht nicht euer Ruder,
Was klingt nicht euer Schwert?

Werke III. 87

mit der ſpäteren Dichtung Felix Dahns („Gudrun“, Gedichte 1857):

„Ach Ortewein, mein Bruder
Ach Herwig, teurer Mann,
Was rührt ihr nicht die Ruder
Und legt die Waffen an?“

Als in der „Gegenwart“ (1876, Nr. 49) darüber verhandelt wurde,
konnte Felix Dahn ſich bereit erklären „eiblich und gerichtlich die Unkenntnis
des Geibel’ſchen Gedichtes zur Zeit der Dichtung des ſeinigen zu erhärten“.

Das Situationsbild in der Nacht vor der großen Schluß=
katastrophe des Nibelungenliedes giebt uns des Heldensängers
Volkers volltönender „Nachtgesang“:

> Ihr Kön'ge, sonder Zagen
> Schlaft sanft, ich halte Wacht;
> Ein Glanz aus alten Tagen
> Erleuchtet mir die Nacht.
> Und kommt die Früh' im blut'gen Kleid:
> Gott grüß dich, grimmer Schwerterstreit!
> Dann magst du, Tod, zum Reigen
> Uns geigen!
>
> Werke III. 90.

In den homerischen Sagenkreis führt die im Schillerschen
Balladentone gehaltene „Nausikaa“. Im freien Anschluß an die
anmutige Episode der Odyssee und in Anlehnung an Goethes
dramatisches Fragment läßt unser Dichter die phäakische Königs=
tochter in Liebe zu dem Gastfreunde entbrennen. Selbstlos be=
fördert sie seine Rückkehr:

> Ihm die Heimkehr zu erringen
> Zu des teuern Eilands Bucht,
> Wob ich, ach, des Segels Schwingen
> Für des eignen Glückes Flucht.

Aber sie sieht Poseidon auf Odysseus zürnen und bietet ihm
als sühnendes Opfer ihr eigenes Haupt:

> Einen Gruß, indem sie schreitet,
> Winkt sie noch ins Abendrot
> Und die Arme weit gebreitet,
> Lächelnd springt sie in den Tod.
>
> Sieh und wie die Flut mit Kochen
> Über ihr zusammenschwillt,
> Ist der alte Fluch gebrochen,
> Ist des Gottes Zorn gestillt.

Bei des Mondesaufgangs Helle
Schimmernd liegt die Tiefe da,
Und den Dulder trägt die Welle
Sanft im Schlaf nach Ithaka.

Werke IV. 8.

Voll energischer Kraft ist der Monolog „Herakles auf dem Oeta“, in den wieder flüchtig ein subjektives Element eindringt. Trotz des heidnischen Gewandes gewinnt darin der echt christliche Gedanke von der Hitze der Trübsal und dem durch Leiden Bewährt= und Verklärtwerden Gestalt:

Da gabst du mir's, durch alles Irrsals Graus
Das Walten deiner Segenshand zu ahnen;
Und immer, wenn ich der gewalt'gen Not,
Der unbeugsamen fest in's Auge blickte,
Zuletzt erkannt' ich in den strengen Zügen
Dein Antlitz doch, o Vater, wie's auf mich
Auch so Verheißung lächelnd niedersah.

Werke III. 76.

Den Zusammenbruch des klassischen Heidentums und seine unbewußte Sehnsucht nach dem Christentum behandelt er ergrei= fend in der „Sehnsucht des Weltweisen“:

O du, den ich zu nennen zage,
Du ew'ger Geist, deß reines Licht
Noch durch den Dunst der Göttersage
In tausend Farben spielend bricht;
Den sie in tausend Bildern ehren
Und dem doch nie ein Bildnis glich,
Du den ich nimmer kann entbehren,
Du Einziger, wie faß' ich dich!

Werke III. 96.

und im „Bildhauer des Hadrian“, der die Sehnsucht der bilden=

den Kunst in einem glaubenslosen Zeitalter nach einem neuen
Ideal und neuer schöpferischer Kraft ausspricht:

> Da uns der Himmel ward entrissen,
> Schwand auch des Schaffens himmlisch Glück:
> Wohl wissen wir's, doch alles Wissen
> Bringt das Verlorne nie zurück.
> Und keine neue Kunst mag werden,
> Bis über dieser Zeiten Gruft
> Ein neuer Gott erscheint auf Erden,
> Und seine Priesterin beruft.

Werke III. 104.

Ein goldenes Zeitalter, aber auch hierin die Unvollkommenheit
des Heidentums führt „der Tod des Perikles" vor, wenngleich der
Hinweis auf den einzigen Arzt für die Wunden des Heidentums
in diesem Geschichtsbilde natürlich fehlen mußte. Desto herrlicher
und origineller ist dieser Gedanke in der wahrhaft großen Dich=
tung „der Tod des Tiberius", der Perle der ganzen „Epigo=
nen"=Litteratur unsers Jahrhunderts, zum Durchbruch gekommen.
Ein weltgeschichtlicher Wendepunkt im engsten Rahmen mit dem
weitesten Ausblick wird darin dargestellt. Hier ist kunstvoll und wir=
kungsvoll Erzählung und Charakterschilderung verbunden; vollen=
det ist die Form in Sprache, Vers und Reim, überaus wirksam sind
die vielfachen Kontraste. Die Idee des Gedichtes spricht C. Leim=
bach (Ausgewählte deutsche Dichtungen 2. Band) in den Worten
aus: „Tiberii Tod ist das Vorbild des Untergangs des römischen
Weltreichs, des in Sittenverderbnis und Gottlosigkeit versunkenen
römischen Volkes, der heidnischen Welt; aber bei Tiberii Tode ist
auch schon der erste Strahl des Frührots einer neuen Weltmacht,
der christlich=germanischen, sichtbar, obgleich die Morgensonne
noch fern ist."

Unvergleichlich ist die geistvolle Zeichnung des sterbenden, von

trostloser Zweifelsucht gefolterten Tyrannen. Es durchschauert
uns, wenn wir mit ihm die Gespenster seines bösen Gewissens
schauen müssen:

> Und jetzt mit halberſticktem Schreckensruf
> Aus seinen Decken fuhr empor der Sieche,
> Hochauf sich bäumend: Schaff' mir Kühlung, Grieche!
> Eis! Eis! Im Busen trag' ich den Vesuv.
> O wie das brennt! Doch grimmer brennt das Denken
> Im Haupt mir; ich verfluch' es tausendmal,
> Und kann's doch lassen nicht zu meiner Qual;
> O gieb mir Lethe, Lethe, mich zu tränken! —
> Umsonst! dort wälzt sich's wieder schon heran
> Wie Rauchgewölk, und ballt sich zu Gestalten —
> Sieh von den Wunden heben sie die Falten
> Und starren mich gebrochnen Auges an,
> Germanicus, und Drusus, und Sejan —
> Wer rief euch her? Kann euch das Grab nicht halten?
> Was saugt ihr mit dem Leichenblick, dem stieren,
> An meinem Blut und dörrt mir das Gebein?
> 's ist wahr, ich tötet' euch, doch mußt' es sein.
> Wer hieß im Würfelspiel euch auch verlieren!
> Hinweg! — Weh mir! Wann endet diese Pein!
>
> Werke III. 98 ff.

Furchtbar wahr und doch nur edel und maßvoll andeu=
tend ist das Nachtstück, in dem der menschenverachtende Tiberius
die Sittenlosigkeit Roms malt:

> Verfault erfand ich alles Wesens Kern.
> Da war kein Ding so hoch und bar der Rüge,
> Der Wurm saß drin; aus jeder Großthat sahn
> Der Selbstsucht Züge mich versteinernd an.
> Lieb', Ehre, Tugend, Alles Schein und Lüge! . .
> Nichts unterschied vom reißenden Getier
> Dies Kotgeschlecht, als im ehrlosen Munde
> Der Falschheit Honig und im Herzensgrunde
> Die größte Feigheit und die wilde Gier.

Wo war ein Freund, der nicht den Freund verriet?
Ein Bruder, der nicht Brudermord gestiftet?
Ein Weib, das lächelnd nicht den Mann vergiftet?
Nichtswürdig alle — stets dasselbe Lied.

Wie Sonnenglanz von der düstern Nacht hebt sich davon dann die deutsche Treue, die deutsche Keuschheit der Familie ab, die unser Volk wert machte „ein Christophorus zu sein“, wie Kögel so schön sagt, ein Volk, das auf seinen Schilden den Mann des Duldens und des Kreuzes erheben und tragen durfte. Der deutsche Krieger im Hofe des Palastes hebt das Szepter auf, das Tiberius im Todeskampfe weit von sich geschleudert. Er kennt es nicht und denkt träumend der Heimat:

Er sah am Malstein die Genossen tagen,
Blank jedes Wort, wie ihrer Streitaxt Stahl,
Und treu die Hand zum Sühnen wie zum Schlagen,
Und an sein liebes Weib gedacht er dann . .

Als die Morgenröte den Himmel färbt, da schweifen seine Gedanken nach dem fernen Morgenlande, wo er vor wenigen Jahren auch als Wacht in eines Sterbenden Nähe gestanden, bei dessen Kreuzestode die Sonne in Nacht verlosch. Vergangenheit und Zukunft fließen ihm zusammen: in einer Vision sieht er dies Kreuz als Siegeszeichen und den Mann am Kreuz als Heerkönig auf den Schilden seines Volkes — das Bild der Völkerwanderung, der Kreuzzüge.

In die tiefsten unmittelbarsten Geheimnisse des Christentums führt uns die erhabene Dichtung „Judas Ischarioth“ ein. Auch hier ist wieder zweifellos an einzelnen Stellen ein subjektiver Zug eingeflochten — das Anfangsbekenntnis des Judas ist ein dauerndes Bekenntnis des Dichters:

Hier iſt mehr
Denn Moſes und Elias und der Täufer:
Hier iſt der Eine, der verheißen ward.

Am beſten können wir das Gedicht wohl bezeichnen als ein Monodrama. Der Dichter will darin pſychologiſch das große Rätſel löſen, wie Judas Iſcharioth aus einem Jünger des Heilandes zum Verräter wird. Die Frage hat die theologiſche Welt ſeit lange beſchäftigt; denn die Evangelien in ihrer prag=matiſchen Kürze geben darauf keine genügende Antwort. Geibel führt hier Klopſtocks Andeutungen am Schluſſe des dritten Ge=ſanges der Meſſiade feinſinnig und feinfühlig aus. Er wählt die Form des Monologs, um den Jünger ſelbſt uns das Problem löſen zu laſſen. Mit dichteriſcher Freiheit öffnet er uns den Blick in ſein früheres Leben und in die innere Gemütswelt des Jüngers. Sein unbefriedigter Ehrgeiz wird Urſache ſeines Falles. Feurigen Herzens hat er auf den Verheißenen gewartet, ja in ſeinen ſchwär=meriſchen Jünglingsjahren hielt er ſich wohl ſelber für den Gott=geſandten, der ſein armes unterdrücktes Volk vom eiſernen Joche der Römer befreien ſollte:

Auf Bergeszinnen einſam fand ich mich,
Und eine Hand aus Wolken reichte mir
Ein ſchneidig Schwert, und da ich's umgegürtet,
Durchfloß mich eine Kraft wie Feuerwein.
Im Sturme trug des Traumes Geiſt mich dann,
Und hoch zu Roß durch Schlachten ging es hin,
Durch blanke Speere, Leichen, Wagentrümmer,
Durch Blut und Staub — die Römeradler ſanken
Wie ſcheue Tauben vor dem Wetterſchlag . . .
Und wieder dann in Purpur ſah ich mich,
Das dunkle Scheitelhaar von Salböl triefend,
Auf goldnem Stuhle; Harfen hört ich rauſchen,
Und alle Gipfel überprangend ſtand
Jehovahs Tempel, denn des Erdrunds Fürſten
Knieten umher und huldigten dem Herrn,
Der ſie durch meinen Arm gebeugt — und mir.

Da tritt Jesus von Nazareth in seinen Gesichtskreis. Das anfangs schüchtern leise Gerücht wird zu tausendstimmigem Brausen: der Leu vom Stamme Juda ist gekommen und wird seines Volkes Schmach nun sühnen.

> Das alles traf den Geist mir, wie ein Blitz
> In's Wasser schlägt und seine Tiefen aufrührt,
> Und was auf meines Wesens letztem Grund
> Bedeckt von der Alltäglichkeit geruht,
> Kam wild vermischt nach oben: brünst'ge Sehnsucht
> Nach Heil für mich und für mein duldend Volk,
> Ehrgeiz'ger Wunsch, getäuschten Stolzes Grimm,
> Gedankenunrast, welche nur mit Qual
> Den Zweifel trug, und doch die Klarheit scheute;
> Und halb voll Hoffnung, halb voll Furcht: er sei's,
> Ging ich zum Jordan.

Judas wird gefesselt durch die Persönlichkeit Jesu, auf dessen klarer Stirn der Stempel göttlichen Ursprungs glänzt; er folgt ihm nach, wird sich aber immer mehr des schroffen Widerspruchs zwischen seiner stolzen Messiashoffnung und der Knechtsgestalt des Menschensohnes bewußt. Ja, er wagt es — ein feiner psychologischer und dichterischer Zug, wenn auch theo= logisch kaum ernst gemeint — als Versucher den Herrn auf die Bahn eines irdischen Wirkens herabzuziehen:

> Und als ich endlich, in der düstern Brust
> Den ungeduld'gen Groll nicht länger zügelnd,
> Auf eines Berges Gipfel zu ihm trat,
> Und an sein Amt ihn mahnt', und ihm das Land
> Verheißend wies, das seines Fürsten harrte . .
> Da fuhr's aus seinem Aug' in meine Seele
> Wie zornig Wetterleuchten, und sein Ruf
> Ging dräuend in mein Ohr: Hinweg, Versucher!
> Kommst du noch einmal? Hebe dich hinweg!

Seitdem reift der Jünger immer mehr zum Verräter. Inner=

lich bereits geſchieden, folgt er dem Herrn nur noch gewohnheits=
mäßig, und ein töbliches Gefühl, wie Haß, erwächſt allmählich in
ſeinem Herzen:

> Und ein Gedanke, den ich ſeit er einmal
> Sprang aus der Dämmrung und Geſtalt gewann,
> Nicht mehr in's Nichts zurückzubannen weiß,
> Heißt durch ein unerhörtes Wagnis mich
> Das angefangne Werk nach meinem Sinn
> In's Gleis zu rücken, oder — fügt ſich's nicht —
> Es zu zerbrechen, und auf ſeinen Trümmern
> Erhabnen Haupts den eignen Weg zu gehn.
>
> Werke V. 1—10.

Max Koch urteilt über dieſes Gedicht mit Recht: „Wenn
Geibel nichts geſchrieben hätte als den Judas Jſcharioth, ſo würde
dieſe eine Dichtung doch genügen, um diejenigen Lügen zu ſtrafen,
welche Geibels Poeſie nur für die Jugend und die zartere Hälfte
des Publikums gelten laſſen wollen.“

Verſchiedenes.

Gegenüber den bisher beſprochenen Dichtungen bedeutet es
gewiſſermaßen ein Herunterſteigen, wenn wir uns jetzt den zahl=
reichen Gedichten Geibels zuwenden, in denen er ſonſt in den
mannigfachſtenFormen andereihn bewegende Gedanken ausſpricht.
An Umfang und Jnhalt am bedeutendſten ſind einige geſchichts=
philoſophiſche Gedichte. Tempora mutantur (III. 167),
führt uns mit lyriſchem Schwunge die allgemeinen Veränderungen
des deutſchen Volkslebens und die beſonderen im Leben des Dich=
ters vor Augen. In „Geſchichte und Gegenwart“ (III. 222)
ſteht als Prophetin im Wirrſal unſerer Tage die Geſchichte vor
ihm da. Mit jahrtauſend alter Kunde verſöhnt ſie das Leid der

Gegenwart und lehrt ihn „den heiligen Fortgang des Entfaltens" auch in trüben Tagen. Gern webt er in Landschaftsbilder histo= rische Gestalten. Die „Ostsee" (V. 72) verknüpft in antiker Oden= form Vaterländisches, Vaterstädtisches und Persönliches in muster= hafter Weise. „Eutin" trägt das Gewand eines Idylls, wie diese kleine Stadt selbst und ihre berühmten und unberühmten Be= wohner. (III. 227.)

Großartiger ist der Inhalt und Gegenstand einer nicht in die Werke aufgenommenen Ode auf den Rhein aus dem Jahre 1843, die wir nachstehend vollständig wiedergeben.*)

> Wie oft zu dir aus sandigem Haideland
> Hab' ich geschmachtet, da ich ein Knabe war,
>   O Rhein; denn schön vor deinen Brüdern
>   Wandelst du, Großer, in's Meer hinunter.
>
> Umrauscht die Stirn von blühendem Traubenschmuck
> Und gold'nem Laubwerk, schreitest du königlich
>   Daher vom Gletscherthal; so kam einst
>   Rebenbekränzt zu den Indern Bacchos.
>
> Nun hab' ich dich; allabendlich wall' ich nun
> Mit dir den Festzug. Aber es schweigt in mir
>   Die Seele feiernd, wann du, Vater,
>   Mir von entschwundenen Altern kündest.
>
> Denn Großes weißt du; viele Geschlechter sah
> Seit Cäsars Gruß dein sonniges Aug' und seit
>   Der Franke Karl, dein hoher Liebling,
>   Purpurnen Schaum in den Becher drückte.
>
> Du schautest zu dem edelsten Kaiserzwist
> Und schollst Gesang, als unter dem Baldachin
>   An Konrads Schulter weinte Konrad,
>   Da er den goldenen Reif ihm hingab.

---

*) Vergleiche im Julian das früher in den „Neuen Gedichten" ent= haltene Stück „Der Rhein" (II. 246. ff.) und „Auf dem Rhein" in den „Zeit= stimmen" (I. 207).

Und Friedrich sahst du wandeln in Herrlichkeit
Zum Friedensfest. Sanft floß dem Gewaltigen
    Im Abendrot um's bärtige Antlitz
    Schon die verklärende Todesahnung.

Und als im Haß Jahrhunderte drauf das Volk
Die Asche Hussens dir in den Schoß gestreut
    Hast du, ein würdiger Leichenherold,
    Fromm sie in's heilige Meer bestattet.

So lern' ich Weisheit, lauschend, und Frömmigkeit,
Und Ew'ges scheiden von dem Vergänglichen
    Und wie auf weißen Taubenflügeln
    Sich der Gedank' aus den Flammen aufschwingt.

Doch quillt zugleich die brennende Thräne mir
In's Auge, daß noch nichts ich gethan bisher
    Des Preises wert, und leise flehend
    Neig' ich zu dir die beschämte Stirne:

O gieb mir, Vater, gieb mir ein reiches Lied,
Voll süßen Wohllauts, reif wie die Traube sei's,
    Die Herbstestraub' am Felsenabhang,
    Die du zu goldenem Segen aufnährst.

Daß endlich still die glühende Seele mir
Im Busen ruhn und nimmer hinabzugeh'n
    Sich fürchten mag. Denn das erkenn' ich:
    Leicht ist der Tod mit bekränzter Schläfe.

In dem Fragmente „Frühlingshymnus" (II. 44) wird der Frühling als Symbol des ewig sich verjüngenden Geistes der Weltentwickelung genommen und des „Jugendlandes der Welt", Hellas', gedacht, dessen goldenes Zeitalter mit kurzen treffenden Strichen gezeichnet wird. Leider blieb der auf die germanische Welt bezügliche Teil, der den Segen des Christentums schildern sollte, unausgeführt.

Feinsinnig sind die Porträtzeichnungen hervorragender, ihm oft persönlich lieber Zeitgenossen: kein schönerer Nachruf konnte

von der Schwesterkunst Mendelssohn geweiht werden als Geibels
inniges Gedicht „Auf Felix Mendelssohn=Bartholdys Tod"
(VIII. 3), das er 1847 zum Besten der Wiederherstellung der
berühmten Orgel in der Lübecker Marienkirche besonders drucken
ließ. Unübertrefflich ist die Charakteristik des jung verstorbenen
Meisters:

> Du fielst ein Baum, der Frucht und Blume wies,
> Der Großes gab und Großes uns verhieß . . .
>
> Kurz war dein Pfad, doch trug er Blum' an Blume,
> Und wie Achill sankst du in deinem Ruhme.
>
> Ich klag' um uns — denn unser ist das Leid —
> Um deine Kunst, die du als Heil'ge ehrtest,
> Um deine Jünger, die du treu sein lehrtest,
> Und die du Waisen läßt in dieser Zeit;
> In dieser Zeit, wo alles fieberhaft
> Den Taumelkelch begehrt, der nur erschlafft,
> Wo die Begeist'rung sich, des Künstlers Minne,
> Mit hast'ger Schwelgerei zu Tode hetzt,
> Und blinder Rausch die losgelassenen Sinne
> Im Purpur auf den Stuhl des Königs setzt.
> Wer soll von den umlagerten Altären
> Fortan, ein Priester, die Gemeinheit wehren?
> Wer soll in ernster Meisterschaft hinfort
> Als Leuchtturm, dessen Feuer ruhig steigen,
> Dem irrverworrnen Schwarm die Richtung zeigen
> Durch Klipp' und Brandung zum geweihten Port?
> Wer soll, wenn frecher stets mit eitlem Meinen
> Die Afterkunst sich bläht, in heil'gem Zorn
> Die wüste Spreu ausworfeln aus dem Korn? —
> Ach, seit du hingingst, weiß ich keinen — keinen . . .
>
> Werke VIII. 5.

So setzt er auch Ludwig Uhland das schönste dichterische Ehren=
mal, dessen Worte wir auf ihn selber anwenden durften. (VIII. 15.)
Den Manen Theodor Körners und Friedrich Schillers, die er hoch
verehrte, weil er auch in sich ihres Geistes einen Hauch verspürt,

huldigt er mit ſeinen Liedern: „Theodor Körner“ (III. 163) und
„Am Schillertage“ (VIII. 11). Bei der erſten Veröffentlichung
dieſes Gedichtes im Morgenblatt 1859 lautete die erſte Strophe:

> Wie feſtlich trittſt du aus dem Sternenreigen,
> Erſehntes Frührot, das den Morgen bringt,
> Da fromm den Kranz aus hundertjährigen Zweigen
> Mein Volk um ſeines Lieblings Stirne ſchlingt!
> Du glühſt mich an mit ſchöpferiſchem Schweigen,
> Und wie mein ſchwellend Herz nach Worten ringt,
> Entrollſt du, Bild an Bild gereiht, dem Blicke
> Noch einmal des Unſterblichen Geſchicke.

Seinem edlen Mäcen, dem Könige Max von Bayern, widmet
er zwei ehrenvolle Nachrufe, welche, von tiefſter perſönlicher Trauer
durchweht, zugleich der allgemeinen Volksſtimme ergreifenden Ausdruck geben. („Am Oſterſamstag“, III. 238, „Auf den Tod des
Königs Max“, VIII. 19.)

Bei zahlreichen andern „Gelegenheitsgedichten“ nimmt er
erwünſchten Anlaß, allgemeineren Gedanken Ausdruck zu geben: ſeine
hohe Verehrung für Bismarck als den Gründer des Reichs und den
Kämpfer für deutſche Freiheit wider das Römertum ſpricht er in
Odenform „am dreizehnten Juli 1874“ nach dem Kiſſinger Atten-
tate aus (VIII. 25). In der Ode an Ludwig Aegidi tröſtet er ſich
in trüber Zeit, wie in „Geſchichte und Gegenwart“, mit dem Gedanken des ewigen Weltfortſchrittes. Äſthetiſche Anſichten voll
Tiefe und Wahrheit enthalten die Gedichte „an Jakob Burkhard“
(V. 67), „Der Romantiker“ (V. 68) u. a.

Die Frucht eines jahrelangen Lieblingsſtudiums über das
Weſen und den Bau des Dramas liegt uns vor in der „Dramatur-
giſchen Epiſtel“, in deren Form Horaz Ars poetica ſicher Vorbild geweſen iſt. (V. 25 ff.)

Wahre Goldkörner an Glanz und Gediegenheit ſind in all

den zahlreichen Sprüchen, Gnomen, Distichen über die ein=
zelnen Sammlungen hin zerstreut. Gerade sie offenbaren den
reichen Schatz der Lebenserfahrung des Dichters auf den verschie=
densten Gebieten und bieten den tiefsten Einblick in die innerste
Werkstatt seines poetischen Schaffens.

Sie alle liefern einen sprechenden Beweis, wie der Dichter
nach seiner schönen Lebensmaxime selbst gehandelt:

> Halte fest am frommen Sinne,
> Der des Grenzsteins nie vergaß;
> Alles Heil liegt mitten inne
> Und das Höchste ist das Maß.
>
> Werke II. 129.

Der Adel seiner edlen Gesinnung und seines durch und durch
religiösen Lebens ruht über den ethischen und religiösen
Weisheitssprüchen, die, ähnlich wie die Rückerts, wohlthuend von
so manchem leichten Erzeugnis moderner Spruchpoesie abstechen.
Es hat eben seine volle Wahrheit:

> Sei nur rein wie der Schwan, und es sprossen von selber die Flügel
> Dir zu begeistertem Schwung hoch an den Schultern empor;
> Und du erkennst die Welt und dich selbst und den waltenden Vater,
> Himmel und Erde beherrscht klar der erleuchtete Blick.
> Aber befleckst du mit Staube die göttlich entsprungene Seele,
> Zieht dich ein ewig Gesetz wieder zum Staube zurück.
> Einzelnes magst auch dann du vernehmen. Die himmlische Gabe
> Wirket entweiht selbst fort, aber der Genius schweigt,
> Wie sich der Mond nur voll im lautersten Strome bespiegelt,
> Ruht still schaffend der Gott einzig im reinsten Gemüt.
>
> Werke II. 211.

Eine köstliche Perle ist das Wort:

> Streb' in Gott dein Sein zu schlichten,
> Werde ganz, so wirst du stark:
> All dein Handeln, Denken, Dichten
> Quell aus einem Lebensmark.

Niemals magſt du reinſten Mutes
Schönes bilden, Gutes thun,
Wenn dir Schönes nicht und Gutes
Auf demſelben Grunde ruhn.

Werke III. 71.

Den „Verzagten" auch unſerer Tage noch gilt die Mahnung:

Habt fromm zu ſein den Mut, und ſchämt euch
Nimmer des hohen Gefühls im Buſen!

Ehrfurcht aufs neu', dankbare Bewunderung
Des Großen lernt! ſie fruchten wie Maientau;
Und wenn ein Werk ihr ſinnt, ſo laßt es
Reiſen am läuternden Strahl der Liebe.

Gewalt'ges führt pfeilſcharfer Gedanken Kraft
An's Ziel, und mehr vollendet der Genius;
Allein der Menſchheit größte Thaten
Wuchſen wie Lilien aus dem Herzen.

Werke V. 70.

Auf die Notwendigkeit des Glaubens macht er aufmerkſam:

Zerlege nur und ruhe nimmer!
Wie fein dein Scharfſinn mißt und trennt,
In allem Höchſten bleibt dir immer
Ein unergründlich Element.

Werke III. 64.

Studiere nur, und raſte nie,
Du kommſt nicht weit mit deinen Schlüſſen;
Das iſt das Ende der Philoſophie:
Zu wiſſen, daß wir glauben müſſen.

Werke II. 118.

Es iſt der Glaub' ein ſchöner Regenbogen,
Der zwiſchen Erd' und Himmel aufgezogen,
Ein Troſt für alle, doch für jeden Wandrer
Je nach der Stelle, da er ſteht, ein andrer.

Werke IV. 91.

Diesen weitherzigen Ansichten entspricht seine Aufforderung:

> Wollt ihr in der Kirche Schoß
> Wieder die Zerstreuten sammeln,
> Macht die Pforten breit und groß,
> Statt sie selber zu verrammeln!
>
> Werke IV. 92.

Damit hängen jene freieren Gedanken über das Bekenntnis zusammen, deren wir früher schon gedachten:

> Wohl mit jedem Bekenntnis verträgt ein frommes Gemüt sich,
> Aber das fromme Gemüt hängt vom Bekenntnis nicht ab.
>
> Werke V. 78.

Dazu paßt auch das zum geflügelten Wort gewordene:

> Religion und Theologie
> Sind grundverschiedene Dinge
> Eine künstliche Leiter zum Himmel die,
> Jene die angeborne Schwinge.
>
> Werke IV. 92

und einige nicht in die Werke aufgenommene „Distichen aus dem Wintertagebuche"*):

> Nach der Sphäre, darin sich die einzelnen Geister bewegen
>   Sucht der Gedanke zu Gott tausendgestaltig den Pfad.
> Aber die Andacht wohnt im Gefühl und vereiniget Alle,
>   Die sehnsüchtiger Drang nach dem Unendlichen treibt.

> Wo mit der Kirche die Welt sich entzweit im Glauben und Wissen,
>   Da vor allem erscheint hoch mir des Dichters Beruf.
> Denn ihm ward es vergönnt mit der Kunst der Empfindung den Zwiespalt
>   Auszugleichen und fromm ohne Bekenntnis zu sein.
> Wenn er der Formel entrückt, doch lauteren Sinns wie ein Priester
>   Menschen= und Völkergeschick an das Unendliche knüpft
> Und im lebendigen Bild uns das Walten der sittlichen Mächte,
>   Die das Gemüt und die Welt ewig beherrschen, enthüllt.

---

*) Gedruckt in „Über Land und Meer" 1870, Nr. 27 und 28.

Wichtig für diesen Punkt ist auch ein Spruch in Prosa, der in seinem Nachlaß gefunden ist: „Religion ist die Musik der Geister. Das Bekenntnis verhält sich zu ihr wie der untergelegte Text zu einer Symphonie".

Tief gedacht sind die zahlreichen Sentenzen ästhetischer Richtung, die Sprüche und Distichen über Kunst und Wissenschaft. In buntester Reihe verbreiten sie sich über litterarische Persön=lichkeiten und Werke, über Theater, Poetik und Musik, über Ar=chitektur, über Altertum und Gegenwart. Sie alle sind würdevoll, sachverständig, alle ausgezeichnet durch das feinste Gepräge ihrer Form. Es fehlt dabei nicht an bitterem Tadel über herrschende Richtungen; scharf geißelt Geibel mit Recht gewisse moderne Dichter, besonders einzelne leicht erkennbare Theaterdichter:

Aus dem Tempel der Kunst wann geißelt ein anderer Lessing
    Zürnend wieder den Schwarm feilschender Krämer hinaus?
Nicht um die Gunst mehr frei'n sie der Muse, sie frei'n um die Mitgift,
    Und im gemeinen Erwerb stirbt das entweihte Talent.
Werke IV, 161.

Seit der Gewinnanteil euch zufiel, treibt ihr das Dichten
    Nur als Geschäft noch und bringt was dem Philister behagt:
Possen und schlüpfrige Späße, versetzt mit moralischer Rührung,
    Oder auf Stelzen dahin klappernde dürre Tendenz.
Freilich, der Kasse gedeiht's, und ihr schafft euch jedes Behagen,
    Aber ein Lorbeerblatt trägt das Gewerbe nicht ein.
Werke IV. 162.

Auf musikalischem Gebiete bekämpft er versteckt und offen besonders Richard Wagner:

O wo schäumt noch ein Becher des seelenerquickenden Nektars,
    Welchen uns Mozart einst, welchen uns Weber kredenzt!
Heute verzapft man Absinth für Wein, und es wiegt uns die matten
    Sinne der Meister des Tags vollends in Opiumrausch.
Werke V. 45.

Dieser bacchantische Lärm, der in nimmer befriedigter Reizung
    Fortwühlt, bis wir betäubt, wäre das Heil der Musik?
„Schön ist häßlich und häßlich ist schön“ triumphieren die Hexen,
    Aber die heiligen Neun halten die Ohren sich zu.

Werke V. 45.

Schon in diesen Sprüchen und noch mehr in einzelnen größe=
ren Gedichten quillt der frische Bergquell eines echten gesunden
Humors. Der „sentimentale“ Lyriker weiß sich darin mit schalk=
haftem Blick auf jene lübecker Basen und Klatschbasen, die seine
erste Liebe zerstören halfen, von seinem Liebesgram gesund zu
baden.

Er singt das kecke:

Herr Schmied, Herr Schmied, beschlagt mir mein Rößlein
Und habt ihr's beschlagen, so macht mir ein Schlößlein
Ein Schlößlein so fest und ein Schlößlein so fein,
Und muß bei dem Schlößlein ein Schlüssel auch sein.

Das Schlößlein das will ich vor's Herze mir legen,
Und hab' ich's verschlossen mit Kreuz und mit Segen,
So werf' in den See ich den Schlüssel hinein,
Darf nimmer ein Wort mehr heraus noch herein.

Denn wer eine selige Liebe will tragen,
Der darf es den alten Jungfern nicht sagen;
Die Dornen, die Disteln, die stechen gar sehr,
Doch stechen die Altjungfernzungen noch mehr.

Sie tragen's zur Bas' hin und zur Frau Gevattern,
Bis daß es die Gäns' auf dem Markte beschnattern,
Bis daß es der Entrich beredt' auf dem See,
Und der Kuckuck im Walde, und das thut doch weh.

Und wär' ich der Herrgott, so ließ ich auf Erden
Zu Dornen und Disteln die Klatschzungen werden,
Da fräß' sie der Esel, und hätt's keine Not,
Und weinte mein Schatz sich die Augen nicht rot.

Werke I. 165.

Er verhöhnt die Kritiker, die den Mund von vornherein voll
nehmen und nachher in ihrer Kritik an Kleinigkeiten hängen
bleiben, mit den lustigen Versen:

> Ich hört' einmal ein Brüllen groß,
> Schon dacht ich: Himmlischer Vater!
> Das ist ein Leu! Doch fand ich blos
> Einen ganz gewöhnlichen Kater.
>
> Mag man immer den Löwenton
> Dem putzigen Tierchen verstatten!
> Die Bären und Panther läßt es uns schon
> Und fängt uns die Mäus' und die Ratten.
>
> Werke II. 138.

Wer kennt nicht das launige „Von des Kaisers Bart" (I. 170)
und das leider nicht in die Gedichte aufgenommene, in seiner Art
klassische „Lob der edlen Musika", als dessen späteren Sprößling
wir die im Münchener „Krokodil" entstandene „Krokodilromanze"
(IV. 86) betrachten dürfen. „Vom Genius" (II. 136), „Des
Zechers Traum" (II. 138), „Der Geist von Würzburg" (II. 139),
die „Schulgeschichten" (III. 225), die lübische „Seeräuberge-
schichte" (IV. 72) und mancher andere Scherz sind Beweise, wie viel-
seitig Geibel war. Die meisten seiner heiteren Gedichte waren Pro-
dukte des Augenblicks; viele sind verloren oder gar nicht aufgezeichnet. Ich füge ein solches improvisiert gesungenes, noch unbekanntes
Scherzgedicht hier ein. Wahrscheinlich stammt es aus der Zeit seines
Aufenthaltes in Retzien, wie mir seine Besitzerin, Frau Gräfin von
der Asseburg, die Schwägerin von Gustav zu Putlitz, mitteilt:

> Der Berliner gern sich lobt,
> Und der Pommer, der ist grob;
> Schlesinger das sind die Feinen,
> Und die Preußen viel sich meinen.
>
> Die vom Land Tyrol sind schlicht,
> Witzig sind die Böhmen nicht,

Oeſtreich hat gut Wehr und Waffen,
Weiße Röck' und ſchwarze Pfaffen.

Die vom Rheine trinken gut,
Spät erſt klug wird ſchwäbiſch Blut,
Pfälziſch Kind thut viel parliere
Und der Baier hockt beim Biere.

Die von Franken, die ſind ſtolz,
Die Weſtfalen ſind von Holz,
Braunſchweigs Stamm iſt grob gewachſen
Und zu höflich ſind die Sachſen.

Leicht geſinnt iſt Thüring's Kind,
Und die Heſſen, die ſind blind.
Anhalt, Schwarzburg, Reuß und Lippe
Kleines Land und große Sippe.

Leicht wie Stroh brennt der Holſat,
Die aus Mecklenburg ſind platt,
Hanſeaten für den Beutel,
Hannov'raner die ſind eitel.

Allen eben etwas fehlt,
Wie wir grade aufgezählt,
Darum heißt es, ſich vertragen,
Und mitſammen dreingeſchlagen.

Was Franzos' und was Koſack!
Daß euch all' der Teufel pack'!
Stehn die Deutſchen all' für Einen
Iſt die Sache bald im Reinen.

Mit ſprudelnder Leichtigkeit kamen ſolche Verſe in der rechten Stimmung von des Dichters Lippen, wie uns Ohrenzeugen oft genug verſichern.

Das war nur möglich bei einem ſolchen Meiſter der Form, wie es Geibel war. Er hat mehr und mehr bewußt danach ge=

ſtrebt in glatte und tadelloſe Verſe würdigen Inhalt und Ge=
halt zu gießen. Kommen auch in den Jugendgedichten ab und zu
noch formelle Mängel, unreine Reime oder ein Hiatus vor, ſo zeigen
doch die folgenden Sammlungen einen immer größeren Fort=
ſchritt. Seine Meiſterſchaft in der Form bekundet Geibel nicht
nur da, wo leichte Strophen zu bilden waren, ſie findet ſich immer,
mag er in Diſtichen oder Ghaſelen, Oktaven und Sonetten, Cho=
liamben oder Odenſtrophen ſchreiben. „Unſere Litteratur hat
keine in der Form vollendeteren Dichtungen als die Geibels;
ſeine Sprache hat die Reinheit der Glocke und die Klarheit des
Kryſtalls.“ Platens Einfluß iſt beſonders in den antiken Vers=
maßen unverkennbar. Aber der Schüler hat den Meiſter noch
übertroffen.

<blockquote>
Das wollen wir Platen nicht vergeſſen,
Daß wir in ſeiner Schule geſeſſen;
Die ſtrenge Pflicht, die römiſche Zucht,
Sie trug uns allen gute Frucht,
Aber wir möchten dabei nicht bleiben,
Das Dichten wieder deutſch betreiben,
Und gehn, wohin der Sprache Geiſt
Mit ahnungsvollem Laute weiſ't.
Werke III. 69.
</blockquote>

Wir machen uns ganz die Worte Wilhelm Scherers zu
eigen, der in ſeiner Gedächtnisrede über Geibels Formvollen=
dung das Urteil ſpricht:

„Er wird auch nach ſeinem Tode ein Wegweiſer und Ziel=
zeiger, — ein Führer, ein Erzieher, ein Lehrer ſeines Volkes blei=
ben: ein Führer zur Schönheit, ein Erzieher zum Maß, ein Lehrer
der Form.

Die Deutſchen ſchätzen von alters her den Gehalt mehr als
die Form, das innere Leben mehr als die Erſcheinung. Erſchei=

nung gilt ihnen allzu oft für Schein, und sie wollen nicht den
Schein, sondern die Wahrheit. Geibel aber besaß die Kraft, durch
den Gehalt seiner Dichtung zugleich den Wert der Form allem
Volk eindringlich zu predigen. Vers und Sprache waren ihm
unterthänig. Im Ausdruck gab es nichts Schweres, nichts Un=
überwindliches für ihn. Überall drang er zur vollendeten Klar=
heit durch. Der sprödeste Stoff ward bildsam unter seinen Händen.
Er übte die ruhige Herrschaft des Meisters, die nicht blenden will,
die nicht fürchtet gewöhnlich zu werden, die nicht hascht nach Ori=
ginalität. Er empfand die strenge Form, den reinen Reim, das
feste Metrum nicht als Zwang, sondern als Vorteil. Seine
Sprache ist voll Harmonie und Rhythmus, reich an Vokalen,
ohne Härten und mißlautende Zusammenstellungen, voll Wechsel,
Glanz und Leben des Lautes, wie bei den Minnesängern, und
doch nicht allzu weich und süßlich, nicht allzu eifrig buhlend um
die Gunst eines klanggierigen Ohres, sondern erfüllt mit Kraft
und Mark und mit der Wucht ewiger Gedanken. Denn der Adel
der Form fließt aus dem Adel der Seele."

Geibel hat nach seinem eigenen Worte gedichtet:

> Die schöne Form macht kein Gedicht,
> Der schöne Gedanke thut's auch noch nicht;
> Es kommt drauf an, daß Leib und Seele
> Zur guten Stunde sich vermähle.
>
> Werke II. 118.

Seine unfehlbare Herrschaft über die Form macht es er=
klärlich, wenn Geibel zu den bedeutendsten Übersetzern zu
zählen ist. „Auch in seinen Poesien erklingen die Stimmen der
Völker." Seine Übersetzungen aus dem Griechischen und La=
teinischen: „Klassische Studien" und „Klassisches Liederbuch"
(Werke V. 105 ff.), sind allseitig als Leistungen ersten Ranges ge=

würdigt. Moritz Carrière rühmt ihre Rundung und dichterische Stimmung; L. Friedländer weist Geibels Übertragungen eine Stelle neben Vossens Homer, Droysens Äschylus, Th. Heyses Catull an.

Die „Volkslieder und Romanzen der Spanier", das „Spanische Liederbuch" (zusammen mit Paul Heyse herausgegeben) und der „Romanzero" (mit Schack) stehen in ihrer Art auf derselben Stufe (Band VIII). Der große Kenner dieser spanischen Dichtungen, Ferdinand Wolf, hat ihre Meisterschaft in der Widmung seiner Sammlung spanischer Romanzen ausdrücklich anerkannt. Leider fehlen die spanischen Volkslieder in der Gesamtausgabe; nur das Lied „Ihr klugen Jungfrauen", das schon Goedeke mit Recht als ein unter dem Falschnamen Don Manuel del Rio eingeschobenes eigenes Gedicht Geibels erkannte, ist den gesammelten Werken (III. 170) hinzugefügt. Außer einigen Gedichten Lord Byrons (VIII. 114) und einzelnen neugriechischen Nachdichtungen (I. 124 ff.)*) hat Geibel auch Namhaftes aus dem Französischen mit dem genialen Heinrich Leuthold zusammen veröffentlicht. („Fünf Bücher französischer Lyrik" 1862.) Sein Anteil an dieser Sammlung, der früher streitig war, ist durch die Gesamtausgabe (VIII. 31 ff.) klargestellt. Seine Verdeutschungen darin sind geradezu bewundernswert. Man braucht nur z. B. die Übertragungen der beiden ersten Gedichte des Boulevardiers Arsene Houssaye mit den Originalen zu vergleichen, um zu sehen, wie Großes Geibel als poetischer Dolmetsch geleistet, der nicht sklavisch übertrug, sondern noch veredelte und erhob. „Was Quadern sind im Bau der Dichtung muß man treu festhalten", sagte Geibel in München zu Carrière; „Füllungen und Mörtel, die Zuthaten

---

*) Mit Ernst Curtius und Professor Herzog wollte er 1844 neugriechische Volkslieder herausgeben. (Seite 88.)

können wir aus eigenen Mitteln geben, wenn Rhythmus und
Reim ihr Recht fordern."

Am sympathischsten ist ihm stets die griechische und englische
Litteratur gewesen. Er, der in seiner deutschen „echoreichen Brust
am Humor des Britten und des Griechen Schönheitslust" Anteil
nahm, bekannte von sich:

> An aller Fremde bunten Gaben
> Mag ich mich hin und wieder laben;
> Doch wohl ist mir im Süden und Norden
> Nur bei den Griechen und Britten geworden.
>   Werke II. 123.

Dramatische Dichtungen.

Werke V. 84.

Wie über Geibel als Lyriker noch bis auf den heutigen Tag
schiefe Urteile auf Grund seiner Jugendlieder im Schwange sind,
so auch in Beziehung auf seine dramatischen Schöpfungen. Immer
wieder hört man die schnellfertige Behauptung einer „saloppen
und gedankenlosen Kritik“, Geibel sei zu viel Lyriker, um ein
großer Dramatiker sein zu können. Das hat nahezu die Bedeutung eines litterarhistorischen Dogmas gewonnen. Und doch schießt
es weit über das Ziel hinaus. Geibel ist freilich kein Dramatiker,
wie ihn jenes sensationslüsterne große Publikum gern hat, das in
sinkenden Epochen seine Zerrbilder auf der Bühne am eifrigsten
beklatscht. Diejenigen, welche die Klassiker ehren und hören,
würden auch gerne an den edlen Gestalten der Geibel'schen dramatischen Meisterwerke sich erfreuen, aber die Abhängigkeit selbst der
Hoftheater vom Geschmack des großen Publikums und dem damit
zusammenhängenden Kassenrapport läßt häufigere Aufführungen
derselben nicht zu. Mit Recht sagte Ernst Ziel 1884 in der „Gegenwart“: „Wenn die Fähigkeit, in die Abgründe der Menschenbrust hinabzutauchen und dort gewaltige Leidenschaften und
Konflikte zu erwecken, wenn die andere Fähigkeit, plastische Gestalten in eine wechselvolle Handlung zu stellen und diese Handlung durch jene Gestalten fortschreitend zu bewegen und konse-
quent zu entwickeln, wenn diese Fähigkeiten, vereinigt mit einem
hinreißenden Pathos der dichterischen Sprache, Eigenschaften des
echten Dramatikers sind, so zählt der Verfasser der „Brunhild“
und „Sophonisbe“, gewiß nicht zu den Letzten unter den Bühnen-
dichtern des heutigen Deutschlands.“ Allerdings ist Geibel auf

diesem höchsten und schwersten Gebiete der Poesie auch zuletzt ein
Meister geworden. Vielleicht, weil er seit dem Mißerfolg mit
„König Roderich" an das eigene Drama sehr hohe Anforderungen
stellte, vielleicht, weil ihn in der Zeit, in der er hätte am produk=
tivsten sein können, die Zeitlage mit fortriß und ihn dem „Sonetten=
fieber" verfallen ließ, vor allem aber, weil ihm sein körperliches
Leiden das zusammenhängende Arbeiten erschwerte, sind nur
wenige Dramen völlig ausgereift und an die Öffentlichkeit ge=
treten. An Plänen dagegen hat es nicht gefehlt. Schon in
Bonn plante er eine „Franceska", angeregt von Viktor Hugo; mit
Schack zusammen entwarf er in Berlin 1836 eine andere Tragödie.
Ein „Karl von Bourbon" blieb in Griechenland aus Mangel an
Hilfsmitteln liegen; ebenso wurde nur der Anfang einer Komödie
in aristophanischer Form „der neue Bellerophon" mit Curtius
gemeinschaftlich verfaßt. In dem Stuttgarter Winter bestanden
mehrere Pläne nebeneinander, aber keiner ist ausgeführt, weder
ein romantisches Schauspiel, in dem er einen Versuch mit komischen
Figuren machen wollte, noch die Tragödie, die unter Stilichos
Namen den schroffen Zusammenstoß der Reiche des Honorius
und Arcadius darstellen sollte. Mannigfache Züge der damaligen
Zeit sollten darin kenntlich gemacht werden. Flüchtig durchdachte
er 1846 neben der Loreley die Geschichte von Buondelmonte. Er
schrieb über diesen nicht weiter ausgeführten Plan an Luise Kugler:

„Ganz Florenz ist im stillen in Parteien geteilt, die in=
grimmig stumm einander gegenüberstehen, eine dumpfe unheil=
schwangere Luft drückt auf der Stadt, aber keiner wagt es, das
Wetter heraufzubeschwören. Da kommt der sechsundzwanzig=
jährige Buondelmonte heim, ein Sproß aus einem der ersten
Geschlechter. Er hat sich bisher auf Reisen in einem reichen Leben
herumgetrieben, Wissenschaft und Kunst haben den Empfänglichen

begeistert, Wein und Liebesspiel seine müßigen Stunden aus=
gefüllt; jetzt sehnt er sich nach Ruhe, er will in der Heimat seinen
Herd gründen, will ein Weib nehmen. Dazu schlägt man ihm die
schöne geistvolle Luisa Amidei vor, eine Tochter der gegenüberstehen=
den Partei, in der Hoffnung, so die feindlichen Häuser am besten zu
versöhnen. Er sieht sie, ihr lebendiges Gespräch zieht ihn an, ihre
Tiefe fesselt ihn, und er verlobt sich. Um diese seine Verlobung an=
zuzeigen, geht er den Tag darauf zu einer Verwandten, in deren
Haus er als Knabe viel gekommen. Sie ist den Augenblick be=
schäftigt und schickt ihn zu ihrer Tochter Constanza in den Garten.
War Luisa ein schönes bedeutendes Weib, so ist Constanza die
Blüte aller mädchenhaften Anmut und Holdseligkeit. Wie er mit
ihr zwischen den Blumen wandelt, kommt der ganze Duft und
Zauber ihres eben aufblühenden Jugendreizes über ihn; statt mit
ihr von seiner Verlobung zu reden, wirbt er um sie, und die hin=
zukommende Mutter findet das Paar einig, dem sie völlig ihren
Segen giebt. Buondelmonte sagt den Amideis auf, es giebt
furchtbare Szenen; Luisa stirbt, Constanza wird vergiftet, und
als die Leichenzüge beider Mädchen sich auf dem Wege zur Kirche
begegnen, bricht endlich der schon lange heimlich glimmende
Parteihaß zu vollen Flammen aus und seit der Stunde stehen
sich die Schwarzen und Weißen in Florenz offen gegenüber. Das
ist das Geschichtliche von der Sache. Ich hab' es lange gekannt
und nie daran gedacht, es zu behandeln. Aber jetzt tritt es mir
in so klaren Zügen entgegen, daß ich ernsthaft an Ausführung
denke. Müssen wir armen Poeten denn erst alle tragischen Stoffe
mehr oder weniger durchleben, daß sie uns lebendig werden?"

Der Anfang eines Dramas „Heinrich der Vogelsteller" wurde
im Jahre 1849 nicht weiter fortgesetzt.

Die Ideen, die einst ihn und Goedeke auf der Harzreise in

Blankenburg aus Anlaß des „Kaufmanns von Venedig“ be=
schäftigt hatten, die Ideen von Gesetz und Gnade, Gerechtigkeit
und Liebe wurden im Herbst 1847 zu dramatischen Gestalten.
Ein Brief an seinen Freund Dr. Schleiden in Hamburg giebt
uns nähere Auskunft: „So habe ich mich einstweilen an das
Entwerfen eines Lustspieles gemacht, in welchem ich in bunten
rasch wechselnden Bildern eine sittliche Idee, das Unzureichende
eines hochmütig gesetzlichen Pharisäertums im Gegensatze zu dem
lebendigen Ergreifen der Gnade von seiten des reuigen Sünders
auszuführen gedenke. Es scheint mir eine schöne Aufgabe für
den Dichter zu sein, das Tiefste und Ernsteste einmal heiter zu
sagen. Die Szene versetze ich in das alte Lübeck und gewinne
so einen Hintergrund, auf welchem ich mich mit Behagen und mit
aller Ausgelassenheit frei bewegen kann.“ Die Grundanschauung
dieses Stückes liegt in den Gedichten „Schicksalslied“ (II. 219)
und „An eine Einsame“ (II. 110) ausgesprochen vor uns. Einen
„Saul“, zu dem ihn seine Schwägerin Pauline 1857 an=
regen wollte, ließ er bald fallen; ein „Tristan“ wurde in der=
selben Zeit mehr gefördert. Heyse fand den Stoff und die Fas=
sung schön und durchaus dramatisch, nur sei der sinnliche Duft
und Glanz der Sünde zu sehr gedämpft; je wilder die Schuld sei,
desto gewaltiger trete die Leidenschaft heraus. Geibel gab ihm
darin nicht Unrecht, meinte aber bezeichnend: „und doch kann ich
nach meiner Natur nicht anders und werde schwerlich von meinem
Grundplan abgehen“. 1860 beschäftigte ihn ein „Constanze von
Apulien“.

In die Werke sind außer lyrischen Bruchstücken aus einer
Komödie (Elysium III. 25) und einem Singspiele („Rattenfänger
von Bacharach“ IV. 147) nur einige Szenen aus den „Albi=
gensern“ aufgenommen (VII. 175), die ihn durch lange Jahre,

mindestens seit Anfang 1847, beschäftigten. Über diesen Plan
giebt Geibels eigene Vorrede genügende Nachrichten. Im Februar
1850 schreibt er über die Szenen des 2. Aktes an seinen Vater:
„Meine dramatischen Arbeiten rücken vorwärts, wenn auch nicht
im Sturmschritt. Übrigens sind es nicht die großen und mäch=
tigen Szenen, die mich aufhalten; im Gegenteil, diese sind bei
guter Stimmung rasch vollendet. Aber die notwendigen Neben=
arbeiten, die Übergänge, die kleinen Fugen und Gelenke der
Handlung kosten mich oft unsägliche Mühe und können mir oft
wochenlang zu schaffen machen. Damit du sehen mögest, in
welchem Geist die Albigenser fortschreiten, lege ich dir zur Probe
eine Abschrift der Schlußszenen des zweiten Aufzuges bei. Ich
hoffe, du wirst mit der Grundanschauung, die sich darin ausspricht,
einverstanden sein.“

König Roderich.

Als einen unreifen Jugendversuch, der besser niemals gedruckt
wäre bezeichnete Geibel sein erstes Trauerspiel und hat es deshalb
überhaupt nicht in seine gesammelten Werke aufgenommen. König
Roderich, dies „Jünglingswerk“, wie er es in dem Widmungsgedicht
an den König von Preußen (II. 218) nennt, ist eine geschickte Shake=
spearestudie, wenn auch manches daran unklar und verkehrt ist. Ein
Kritiker von 1845 sah darin ein äußerlich fehlerloses Drama, das in
einem Lehrkursus als Muster des Baues hingestellt werden könne,
aber nur das Skelett eines meisterhaften Stückes ohne rechtes Leben.
Er vermißte den Blütenstaub, den Anhauch, den zündenden Blitz,
den Goldblick der Poesie. „Was Berechnung vermag, Wissen und
Kunst hat der Dichter gezeigt, aber die Macht, die auch in ver=

fehlter Gestalt uns hinreißt und außer uns versetzt, die hat er nicht
bekundet."

Der Stoff ist aus spanischen Romanzen geschöpft, in denen die
Hauptmotive schon sämtlich enthalten sind. Roderich, König der
Westgoten, hat seinen Feldherrn Julian an die Grenzen des Reiches
gesandt, um diese zu schirmen. Unterdessen ergiebt er sich in Toledo
einem üppigen Genußleben und entehrt die Tochter Julians, Florinde, die ihn liebt. Anstatt ihr die verlangte Genugthuung zu
geben, weist er die Klagende von sich. Sie eilt zu ihrem siegreichen
Vater nach Ceuta und entdeckt ihm ihren Fall und den Namen
des Verführers. Julian, der eben einen vorgeschlagenen Vertrag
mit den Mohren zurückgewiesen und ihre Bestechungsversuche
zürnend abgelehnt hat, läßt den mohrischen Gesandten, Tarik, der
zugleich der Feldherr ist, wieder rufen, überliefert ihm, da er nur
zwischen der Ehrlosigkeit des Verrats und der Ehrlosigkeit der
Verachtung die Wahl zu haben meint, das Land, schließt ein
Bündnis mit ihm und zieht vereint mit den Mohren gen Norden,
um an dem gehaßten Könige Rache zu nehmen. Als Roderich
zur Ausrüstung eines Heeres die Mittel nicht besitzt, da seine Ver-
schwendung den Schatz geleert und das Land ausgesogen hat, gedenkt er einer alten Sage, daß in der Königsgruft unter einer
metallenen Platte Schätze verborgen sein sollen, und entschließt
sich nachzuforschen. Statt der erwarteten Schätze findet er nur
ein Pergament mit der Prophezeiung:

> Der du die Pforten dieser Grüfte sprengst,
> O König, König wardst du dir zum Gram;
> Denn Spanien geht durch dich in Flammen auf.
>
> König Roderich S. 123.

Er rüstet dennoch ein Heer und trifft bei Xeres mit Julian
und den Mohren zusammen. Der fast schon gewisse Sieg wird

durch den Verrat zweier Söhne des Gotenkönigs Witiza, der von dem verräterischen Bischof Oppas geleitet worden, zur Niederlage. Roderich fällt von Julians Schwert und Florinde wird über seiner Leiche von beutegierigen Mohren getödtet. Urbano, Erzbischof von Toledo, verkündet:

> So mußt' es kommen, daß aus Glut und Kampf
> Sich neu das Volk gebäre, gleich dem Phönix,
> Der siegreich aus den Todesflammen steigt.
> Nein! wir sind nicht am Ende. Matt und krank
> War uns're Kraft, da sendet Gott die Not;
> Das Segel unsrer Größe, welches schlaff
> Und welk herabhing, wird der frische Sturm
> Zu junger Pracht und Herrlichkeit entfalten.
>
> König Roderich S. 205.

Er verkündet ferner einem Vetter Roderichs, Pelayo, daß dieser den Bau zu beginnen habe und daß aus seinem Stamme Helden und Glaubensritter aufgehen werden, wie die Welt sie nie geschaut, daß der Halbmond schwinden und einst in dem Reiche, das seine Nachkommen beherrschen, die Sonne nimmer untergehen werde. Alsbald brechen sie nach Asturien auf.

Nur einmal ist „König Roderich“ öffentlich in Weimar aufgeführt. Der Fall Florindens, um den sich die beiden ersten Akte fast ausschließlich drehen, gab und giebt den triftigen Anlaß zum Fall des ganzen Stückes.

Felix Dahn hat 1875, zur Zeit des Kulturkampfs, denselben Stoff in einem gänzlich anders gearteten, effektvollen Drama bearbeitet.

Die Loreley.

Geibel selbst nennt gelegentlich die Loreley ein lyrisches Drama. Keineswegs wollte er mit ihr eine bloße Unterlage für Musik, sondern vielmehr ein der Komposition vollkommen ebenbürtiges Gedicht schreiben. Er arbeitete sein Bestes mit hinein; und wer den jetzigen Text mit den 1854 in Goedekes „Deutscher Wochenschrift“ gedruckten Szenen vergleicht, sieht, welchen Fleiß auch später noch der Dichter auf diese Dichtung verwendet hat.

Es steht mir außer Zweifel, daß Geibel bei seiner Gestaltung der Loreleysage eine Romanze von Clemens Brentano vor Augen gehabt hat. Mit welcher Feinheit er den ihm vorliegenden Stoff umgebildet hat, muß jeder zugeben, der Grundlage und Ausführung zusammenhält:

Zu Bacharach am Rheine
Wohnt eine Zauberin,
Die war so schön und feine
Und riß viel Herzen hin.

Und machte viel zu Schanden
Der Männer rings umher,
Aus ihren Liebesbanden
War keine Rettung mehr!

Der Bischof ließ sie laden
Vor geistliche Gewalt,
Und mußte sie begnaden,
So schön war ihr' Gestalt!

Er sprach zu ihr gerühret:
„Du arme Lore Lay!
„Wer hat dich denn verführet
„Zu böser Zauberei?“

„„Herr Bischof, laßt mich sterben,
Ich bin des Lebens müd,
Weil jeder muß verderben,
Der meine Augen sieht!

„„Die Augen sind zwei Flammen,
Mein Arm ein Zauberstab, —
O schickt mich in die Flammen,
O brechet mir den Stab!..

„„Ich darf nicht länger leben,
Ich liebe keinen mehr, —
Den Tod sollt ihr mir geben,
Drum kam ich zu euch her!

„„Mein Schatz hat mich betrogen,
Hat sich von mir gewandt,
Ist fort von mir gezogen,
Fort in ein fremdes Land!..

„„Drum laßt mein Recht mich finden,
Mich sterben wie ein Christ,
Denn alles muß verschwinden,
Weil er mir treulos ist!““

Drei Ritter läßt er holen:
„Bringt sie in's Kloster hin!
Geh' Lore! Gott befohlen
Sei dein berückter Sinn“...

Zum Kloster hin nun ritten
Die Ritter alle drei,
Und traurig in der Mitten
Die schöne Lore Lay.

„O Ritter, laßt mich gehen
Auf diesen Felsen groß,
Ich will noch einmal sehen
Nach meines Lieben Schloß!

Ich will noch einmal sehen
Wohl in den tiefen Rhein,
Und dann ins Kloster gehen
Und Gottes Jungfrau sein!"

Der Felsen ist so zähe,
So steil ist seine Wand,
Doch klimmt sie in die Höhe,
Bis daß sie oben stand.

Es binden die drei Reiter
Die Rosse unten an,
Und klettern immer weiter
Zum Felsen auch hinan.

Die Jungfrau sprach: Da wehet
Ein Segel auf dem Rheine,
Der in dem Schifflein stehet
Der soll mein Liebster sein!

"Mein Herz wird mir so munter,
Er muß mein Liebster sein!" —
Da lehnt sie sich herunter
Und stürzet in den Rhein.

Die Ritter mußten sterben,
Sie konnten nicht hinab;
Sie mußten all verderben,
Ohn' Priester und ohn' Grab!

Bei Geibel hat Pfalzgraf Otto ungekannt die Liebe der schönen Lenore, der Tochter des Schenkwirts Hubert, gewonnen, während seine Vermählung mit der Gräfin Bertha bevorsteht. Die Winzer und Winzerinnen begrüßen den Brautzug. Lenore, die zur Sprecherin erwählt ist, erkennt den Geliebten und seinen Verrat und gelobt sich dem Rhein als Braut um den Preis der Rache an dem Verräter. (1 Akt.) Gefeit, mit dämonischer Liebesgewalt geschmückt, tritt sie in den Saal der Vermählungsfeier. Otto verstößt die Braut und wendet sich in verbrecherischer Glut zu Lenoren, die deshalb als Zauberin vor das geistliche Gericht gestellt wird. Sie wird freigesprochen, aber über Otto Bann und Interdikt verhängt. (2. Akt.) Bertha stirbt; Otto sucht im halben Wahnsinn Lenoren, will sie aus dem Kloster reißen, in das sie sich geflüchtet, und stürzt sich in den Rhein, als sie seine Werbung zurückweist. Lenore verschwindet als Rheinbraut in dem Krystallpalast des Flußgottes.

Um diese einfache Handlung schlingen sich eine Reihe wunderbar tiefer Liebesklänge, der dämonische Zauber der Geisterwelt und die frischesten Lieder voll Weinluft und Rebenduft, wie sie

nur Geibel singen konnte. Das „Ave Maria" ist schon aus
Mendelssohns Fragmenten bekannt:

Horch der Abendglocken Ton!
Ave Maria!
Im Nachen kniet der Schiffer schon,
Ave Maria!
Durch's Spätrot hallt es weit und breit:
Gegrüßet seist du reine Maid!
Ave Marie!
Die du thronst in Wolkenglut
Ave Maria!
Nimm unsre Lieb' in deine Hut,
Ave Maria!
O laß wie dieses Abends Schein
Sie heiter und voll Frieden sein!
Ave Marie!

Werke VI. 115.

Trefflich werden wir in die Stimmung des Ortes versetzt
durch das Lied, mit dem die Winzer ihre Fässer in die Kähne laden.
Der Atem des deutschen Stroms und die Luft der weinbekränzten
Berge rauscht darin. Innig ist Lenorens erstes kurzes Liebeslied:

Seit ich von mir geschieden
Und mich der Liebe gab,
Kam über mich ein Frieden
Wie Himmelstau herab.
Ach blüht keine Blume, blüht kein Zweig,
Als wie mein Herz in Freuden reich,
Seit ich von mir geschieden
Und mich der Liebe gab.

Werke VI. 112.

Voll Energie im Ausdruck der Leidenschaft ist der Aufschrei
der Betrogenen, als sie die Rheingeister um Rache anfleht:

Vergeltung! Rache!
Für meine Liebe
Hat er mich zertreten;
Weil ich ihm alles gab,

> Däucht' ich ihm nichts!
> Rache an ihm,
> An seinem Geschlecht! . .
> Gebt mir Schönheit, Männer verblendende!
> Gebt mir die Stimme süß zum Verderben!
> Gebt mir tödliche Liebesgewalt!

Und als sie dann „mit ihrem Herzen fühllos starrend wie der Felsen“ und doch bekleidet mit unwiderstehlichem Liebreiz in die Hochzeitsgesellschaft tritt, spricht sie Verse voll glühender dämonischer Gewalt:

> Trink, o durstiger Zecher,
> Feuriger Trauben Blut!
> Trink im schäumenden Becher
> Liebeverlangenden Mut!
> Heiß durch das Herz dir und Sinne,
> Durch die lechzenden, rinne
> Alle glühende Minne,
> Alle minnige Glut! . . .

> Schönheit steigt auf die Zinne,
> Wirft den entzündenden Strahl;
> Flammen, Flammen der Minne
> Fahren allmächtig im Saal.
> Aber im flackernden Scheine
> Mit Salamandernatur
> Spielt, sich ergötzend, die Eine,
> Spielet die Jungfrau alleine —
>   Hütet euch nur! Hütet euch nur!

Ergreifend ist der Schmerz bei ihrer Selbstbesinnung zum Ausdruck gebracht:

> Ich habe mein Herz verloren,
> Das liegt im tiefen Rhein,
> Ihm hab' ich mich verschworen,
> Darf keines andern sein.

Mein Sinn ist schwer, meine Brust ist leer.
Ich kenne nicht Lächeln, nicht Weinen mehr;
   Ich habe mein Herz verloren,
   Das liegt im tiefen Rhein.

   Wie leicht ist Lust verdorben,
   Und Lieb' ist eitel Not!
   Mir däucht, ich bin gestorben,
   Und bin doch schön und rot.
Wann schlägt die Stunde, wann kommt der Tag,
Da alles, alles enden mag!
   Ach, leicht ist Lust verdorben
   Und Lieb' ist eitel Not.

Werke VI. 167.

Himmelhoch ragt Geibels Loreley über alle übrigen meist kraft= und saftlosen deutschen Operntexte empor. Sie ist eine der duftigsten Blüten unserer Litteratur, voll wahrhaft bestrickenden Wohllautes nicht nur in den rein lyrischen Partien, ein Gesang ohne Noten, und zugleich voll echter, mächtiger, dramatischer Kraft. Was ähnlich ein begeisterter Verehrer der Dichtung im Morgenblatt 1860 ausgesprochen, nehmen wir als erneuten Wunsch wieder auf: es möchte sich eine Bühne finden, die mit Hilfe der modernen Bühnentechnik dieses duftige Märchen auf= führte — nicht als reine Oper, sondern mit Rezitation, zu der Chöre und edler Tanz hinzutreten müßten.

Das Textbuch zu der Bruchschen Oper ist eine grausame Verstümmelung des ursprünglichen Werkes, die Geibel nur aus liebenswürdiger Gefälligkeit nachträglich zugegeben hat.

Meister Andrea.

Mit freier Benutzung von Boccacios Erzählungen „Calan= brino und der Heliotrop" und „Calandrinos gestohlenes Schwein" im Dekamerone, die auch Bülows „dickem Bildschnitzer" und

Tiecks „dickem Tischlermeister" zu grunde liegen, hat Geibel das liebenswürdige Lustspiel „Meister Andrea", früher „die Seelen=wanderung" benannt, geschaffen.

Man darf an das Stück nicht den Maßstab dessen anlegen, was die heutige Bühne unter Lustspiel versteht; in der Weise Shakespeares, der im Vorspiel der „gezähmten Widerspenstigen" den Kesselflicker Schlau in eine andere Daseinssphäre entrückt und ihm einreden läßt, er sei ein edler Lord, schüttelt Geibels Muse hier den Erdenstaub von sich und hebt uns mit liebens=würdigem Humor in das Reich der Phantasie. Für den, der ihm dahin zu folgen vermag, fallen von selbst alle die spitzfindigen psychologischen Fragen und Bedenken, die u. a. bei der ersten Aufführung in München Melchior Meyr in seiner geistreichen Besprechung aufwarf.

Wir werden in die Blütezeit der florentinischen Kunst versetzt. Der Bildschnitzer Andrea hat einige Freunde, den Bildhauer Pandolfo, den Maler Buffalmaco, den Kupferstecher Calandrino, den Poeten Luigi zu einem wilden Schweinskopf eingeladen. Zerstreut wie er ist, vergißt es Andrea und geht ruhig von Hause weg; die Freunde kommen vor das verschlossene Haus. Da schmiedet Buffalmaco den Plan, dem Zerstreuten nach seiner Rückkehr einzureden: er sei der Musikmeister Matteo, der zu einem Musikfest verreiste Bruder Pandolfos. Sein Sträuben hilft dem armen Andrea nichts; alles hat sich wider ihn verschworen und jeder bestätigt ihm, er sei Matteo, der Musikmeister. Endlich er=giebt er sich mit optimistischem Fatalismus in das Unvermeidliche, nachdem ihm der letzte Rest seines Selbstbewußtseins durch die hochkomische Teufelsbeschwörung des Bruders Cyprianus ausgetrieben ist. Die Seelenwanderung hat nun stattgefunden, und Andrea bemüht sich allen Ernstes Matteo zu sein, so viel=

fach auch sein innerstes Gefühl dagegen protestiert. Während er sich so in gewisser Weise völlig verliert, findet er in höherem Sinne sich selber wieder. Der beste Kern seines Wesens wird wieder belebt. Der Liebesfrühling des jungen Paares Leonetto und Malgherita, seines — d. h. eigentlich Matteos — Mündels, läßt ihm die eigene Jugend wieder aufleben. Er vermählt in seiner Eigenschaft als Vormund Malgherita mit ihrem Geliebten, dem der wirkliche Matteo die Thüre gewiesen. Indem es ihm gelingt, so durch rasches Handeln andere glücklich zu machen, wird er selbst ein glücklicher Mensch. Eben als sich Andrea recht in den Matteo eingelebt und seine neue Stellung zu genießen anfängt, erscheint der wirkliche Träger des Namens und gerät in Anbetracht der hinter seinem Rücken geschehenen Verheiratung in hohen Zorn, während dem dicken Bildschnitzer neue komische Zweifel über seine Identität aufsteigen. Aber den Musiker versöhnt der Herzog von Mantua mit der Ernennung zum Hofkapellmeister. Andrea beschließt seine Grillenhaftigkeit und Hypochondrie abzulegen, und der leicht vorüberfliegende Spaß wird ihm und den andern zu bleibendem Heil und Lebensgewinn. Besonders gelungen erscheint die Charakteristik der einzelnen Personen. Die verschiedensten Künstlerphysiognomien sind mit sicheren, dreisten Freskostrichen hingeworfen: Matteo, der einseitige Pedant, hart, herrisch und hitzig, Pandolfo, der angehende Hagestolz und gewiegte Lebemann, der übermütige Anstifter des ganzen Spaßes Buffalmaco, der pathetische Luigi, welchem der Kothurn auch im gewöhnlichen Leben nachschleppt, sein Widerspiel der trocken realistische Calandrino und die schalkhaft unbefangene Malgherita. Voll sprudelnden Geistes, fern von aller Banalität des Witzes ist der meisterhafte Dialog.

Bei den ersten Aufführungen in Berlin am Hofe des Prinzen

von Preußen 1847 und 1848 erneuten sich, wie Scherer bemerkt, die Traditionen von Weimar, wo Herzog Karl August in Goethes „Iphigenie" mitspielte. Mit dem Prinzen Friedrich Wilhelm vereinigten sich die jugendlichen Freunde, deren Namen das früher erwähnte Aquarell von H. Kretzschmar uns aufbehalten hat:

Andrea	R. von Dobeneck.
Matteo	R. von Winterfeld.
Pandolfo	K. von Zastrow.
Buffalmaco	Prinz Friedrich Wilhelm.
Luigi	W. von Bülow.
Calandrino	W. Bornemann.
Leonetto	Ed. Banger.
Peronella (später Malgherita)	B. von Dobeneck.
Sylvia	A. von Zastrow.
Bruder Cyprianus	A. Mischke.
Pasquale	du Vigneau.

Brunhild.

Loreley und Brunhild zeigen unsern Dichter auf der stolzesten Höhe seiner dramatischen Kunst. Es ist kein Zufall, daß der echt deutsche Dichter, als den wir ihn besonders in seinen lyrischen Poesien kennen gelernt, auch im Drama sein Bestes an echt nationale Stoffe setzte. Die moderne Rheinsage der Loreley und der uralte Nibelungenheldensang vom Rheine haben ihn in gleicher Weise mächtig angezogen.

Aus dem umfassenden Sagennetze, das unserem größten Volksgedichte zu Grunde liegt, hat Geibel das Schicksal der Brunhild als ein unabhängiges Ganze herausgehoben und dasselbe zu einer Tragödie von erschütternder Wirkung und geradezu musterhaftem Bau gestaltet. Von den vielen szenischen Bearbeitungen der Ni=

belungenfage ift Geibels Brunhild unftreitig die glücklichfte, nicht
am wenigften deshalb, weil fie nicht den ganzen koloffalen Stoff
des Epos darzuftellen verfucht, fondern in den Grenzen der „fieben
Tage“ von der Doppelhochzeit bis zu Siegfrieds Ermordung
bleibt und nur den Hauptnerv der Sage, das Verhältnis Brun=
hilds zu Siegfried, erfaßt, deffen tragifcher Ausgang den vernich=
tenden Rachegedanken in Kriemhilds Seele reift. Gerade im
Gegenfatze zu Richard Wagners gefchraubter Unnatur ift es nicht
genug zu loben, daß Geibel mit kühnem Griffe Handlung und
Charaktere von allem mythologifchen Ballafte und allem Recken=
haften befreit, das ja auch Hebbel fchroff und eckig in feinen Ni=
belungen beibehält. Was ihm nicht felten zum Vorwurfe gemacht
ift, befonders von Rudolf Gottfchall, er habe Perfonen und Ver=
hältniffe zu fehr modernifiert, ift übertrieben. Ohne einen Um=
fchmelzungsprozeß find derartige Stoffe, fagenhafte oder hiftorifche,
überhaupt für die moderne Bühne unbrauchbar.

Jedenfalls ift Geibel bei feinen maßvollen Veränderungen,
die wir als eine volle Menfchwerdung der nordifchen Halb=
gottgeftalten bezeichnen möchten, nicht in den Fehler Wagners
verfallen, der die Hünen der Vorzeit zu Predigern modernfter
fchopenhauerfcher Afterweisheit werden läßt.

Geibels Modernifierung geht keineswegs über das Maß deffen
hinaus, was im Verhältnis zur Antike Goethe in feiner Jphigenie,
Schiller im Verhältnis zu der wirklich hiftorifchen Unterlage feiner
Tragödien ohne Anftand gewagt haben. Durch pfychologifche
Vertiefung hat er für die alten Recken ein rein menfchliches In=
tereffe in uns erweckt. Trotz der von Geibel „beliebten“ heidnifchen
Färbung, welche die „katholifche Litteraturzeitung“ 1858 fo auf=
brachte, daß fie in borniert=mönchifcher Weltflucht und in Unkennt=
nis der geibelfchen Perfönlichkeit die Betrachtung daran knüpfte,

„das Chriſtentum ſei keine launiſche Erfindung der Schwarzröcke oder einiger Gelehrten, ſondern eine Thatſache, eine ſo große That= ſache, daß, wer ſie nicht ſehen will, darüber fallen und ſich min= deſtens die Naſe zerſchinden müſſe“, hat gerade bei dieſem heid= niſchen Drama ein anderer Beurteiler den „frommen Sinn“ Gei= bels gerühmt, „die Gottesgabe, ſich mit voller warmer hellſehen= der Ergebung in den Gegenſtand zu vertiefen und durch keinen unguten Atemzug den eigentümlichen Duft des Stoffes zu trü= ben“. Wir finden in dieſer Art der Behandlung deutſcher Vorzeit den echt chriſtlichen Sinn, der da weiß, „alles iſt euer“, der mit chriſtlicher Freiheit und Keuſchheit die heidniſchen Geſtalten uns zeichnet. Jedenfalls iſt es gerade ein Zeichen eines feinen Gefühls für das Chriſtentum, wenn Geibel die ſelbſtſüchtigen, heidniſch rachedürſtenden Geſtalten des Nibelungenliedes, die dort chriſtlich nur im Sinne einer äußerlichen Kirchlichkeit ſind, wieder zu den Heiden macht, als die ſie in der urſprünglichen Form des Liedes (in der Edda) erſcheinen.

Als Seele und Triebfeder der ganzen Handlung iſt Brunhild in die Mitte der Tragödie geſtellt. Sie hat ſchon früher Sieg= fried kennen gelernt, als er mit ihr auf Island ſchon vor ſeiner Werbung um Kriemhild ein wild abenteuerliches Jagdleben ge= pflogen. Die ſtolze Unbeſiegte ſah in ihm den einzigen ihr eben= bürtigen Mann. Aber nun haben die Götter ihr, wie ſie wähnt, gelogen — denn König Gunther warb um ſie und über= wand im Kampfſpiel die bisher unbeſiegte Männerfeindin. Daß hier eine Täuſchung zu grunde liegen könne, kommt ihr nicht in den Sinn, noch weniger, daß Siegfried ſelbſt in Gunthers Rüſtung ſie bezwang und dafür die Hand ſeiner Schweſter Kriemhild erhielt.

Zu Worms, am Tage nach der Hochzeit, beginnt der erſte Akt.

Brunhild hält sich, vermählt an einen ihrer unwürdigen Mann,
für eine von den Göttern Betrogene; aber sie will wenigstens
ihrem Stolz durch freie Unabhängigkeit von dem König und der
Sitte seines Hofs Genüge thun:

> Hinab zum Hof, und sattelt mir den Hengst!
> Ich will zum Jagen.
>
>   Gunther.
>   Hör' mich an, Brunhild!
> Zu dieser Stunde, wo die Mannen kaum
> Versammelt, uns zu grüßen — laß es gut sein!
> Es ist nicht Sitte —
>
>   Brunhild.
>   Wer entscheidet hier
> Was Sitte sein soll! Heiß' ich Königin,
> Um jeder dumpfen Satzung mich zu fügen,
> Die altersschwach ein Höfling einst ersann? ..
> Doch wozu red' ich hier! mich drückt die Luft
> In diesen Wänden wie Gefängnisatem;
> Und draußen rauscht der Wald und braust der Strom.
> Nur frei sein will ich. Und beim Thor, mir däucht,
> Du hast erfahren, daß ich meine Rechte,
> Dafern es not thut, mir zu wahren weiß.
>
>   Werke VI. 11.

Was sie mit den letzten Worten meinte, erfahren wir aus
einem Zwiegespräch Gunthers mit Siegfried. Mit dem Schwur,
seiner Ehre als Kriemhilds Gatte kein Haar breit zu vergeben,
willigt Siegfried ein, die übermütige Löwin vollends in augen=
loser Mitternacht zu zähmen und in das Joch der Ehe zu zwingen.
Beim Beginn des zweiten Aufzugs erklärt Brunhild ihr früheres
Verhältnis zu Siegfried der Priesterin Sigrun und verwünscht
die trügerischen Götterweissagungen. Ohne zu ahnen, daß ein
anderer als Gunther ihre neueste Bezwingung vollbracht, bricht
sie in die Klage aus:

Zwölf Stunden hat die Nacht, und eine gnügt
Ein Menschenlos auf immerdar zu wandeln ...
O welch ein Strom wälzt ewig brückenlos
Sich zwischen heut und gestern! Gestern war
Ich noch mein eigen. Stolz und unantastbar
In meines Wesens Blüte fühlt' ich mich ..
Heut bin ich nur ein Weib, ein Weib wie alle,
Nur tausendmal unseliger! ...
Du kannst es nie ermessen was es heißt:
Den Einen lieben, und dem Andern doch,
Von dem das Herz nichts weiß, mit Leib und Seele,
Dem Aufgedrungnen, unterworfen sein.

Nur Einer lebt — so klang's — der dich bezwingt,
Und das ist Siegfried, Siegelindens Sohn.
Nur Siegfried, hieß es; läugn' es, wenn du kannst —
Und heute bin ich König Gunthers Weib...
   o das bleibt
Ein Widerspruch, dran sie zu Schanden werden!
Und bis er nicht gelöst, will ich, Brunhild,
Das sterbliche, das wehbeladne Weib,
Die Stirn aufwerfen wider solchen Trug,
Und in die Wolken schrein: Ihr habt gelogen!
       Werke VI. 21 ff.

Ihre zwischen glühendem Haß und brennender Liebe gegen Siegfried streitende Leidenschaft heischt von dem König seine Entfernung; der König jedoch besteht darauf, daß Brunhild mit Siegfried und Kriemhild sich versöhne, um morgen das Fest der Sommersonnenwende in reiner Stimmung zu begehen. Nach langem Widerstreben entschließt sie sich zu dem schweren Schritte und sucht die Verwandten auf.

In dem folgenden Auftritte sehen wir Siegfried von einem Kampfspiel heimkehrend, in welchem er Hagen besiegt und dadurch noch unversöhnlicher gegen sich gestimmt hat. Er freut sich des sonnenreinen Glückes der Liebe seiner Gattin und beklagt nur, daß seinem Glück die Stunden zu rasch entfliehen.

„Und dennoch," fragt wie mit einer Ahnung Kriemhild, „haft
du vor der Zeit vom warmen Lager heut dich fortgeftohlen?"
Siegfried bekennt endlich das Geheimnis der vorigen Nacht.
Die Szene wird heftiger, und die rasch dazu kommende Brun=
hild schließt aus den Thränen der Gattin Siegfrieds auf eine
unglückliche Ehe. Nun ist in Brunhilds Seele die ganze Leiden=
schaft für Siegfried zum vollen Sturm wieder angefacht; sie leiht
ihrem Mitleid, daß er an eine kleine Seele sich weggeworfen habe,
die Worte:

> Nieder ging
> Dein Stern im Strome der Alltäglichkeit,
> Als du mit diesem Kinde dich vermähltest;
> Und elend bist du, weil du das erkennst…
> Es paart sich Flamm' und Flamme, Flut und Flut,
> Und nur die Heldin taugt zum Weib des Helden.
>
> Werke VI. 56.

Erschreckt von der Glut ihrer kaum verhaltenen Flammen erklärt
Siegfried der enttäuschten Königin:

> Was gilt am Weib mir Heldentum? Beim Thor!
> Das hab' ich selbst, und neubegierig wohl
> Bestaunen kann ich's; aber lieben? — nie!..
> Strahlst du blendend nicht
> An Herrlichkeit und Kraft vor allen Schwestern?..
> Und nie doch stieg mir, nie, selbst nicht im Traum,
> Auch nur die Regung auf, als liebt' ich dich.
>
> Werke VI. 56.

Hiermit ist der tragische Wendepunkt gegeben. In rache=
sprühendem Hasse schreitet Brunhild zum Tempel. An den Pforten
desselben trifft sie mit Kriemhild zusammen und will sie zurück=
halten, da der Königin der Vortritt vor dem „Weib eines
Knechts" gebühre:

> Du sollst noch schaun, wenn mein Gemahl zu Rosse steigt,
> Daß Siegfried unterwürfig ihm den Bügel hält.

Die Beleidigte rächt sich durch Enthüllung der ganzen Schmach
Brunhilds, denn Siegfried sei es gewesen, der sie zweimal besiegt,
und ihr zum Beweis die Doppelspange ihres Gürtels geraubt
habe:

> Doch er, der Bettler, — hörst du's — er verschmähte dich,
> Um mich, um mich verschmäht' er dich, und ging davon,
> Dich Gunthern lassend, deinem großen Könige!
>
> Werke VI. 85.

Diese Szene gehört zu den gewaltigsten der ganzen Tragödie,
und ist nach Meisterschaft der Sprache und Zeichnung der Leiden=
schaft von großartiger Wirkung.

Ebenso schön als rührend ist der Auftritt im vierten Akt,
worin Siegfried von Gunther auf immer Abschied fordert, auf
dessen Bitten aber eben so gern zu bleiben verheißt, als er
herzlich gebeten worden ist. Unmittelbar darauf fordert Brunhild
Siegfrieds Tod. Die Szene ist unübertrefflich wahr in psycholo=
gischer Zeichnung; sie zeigt uns den König anfänglich entrüstet
über die Forderung seiner Gattin. Aber ihre eiserne Konsequenz,
der höllenvolle Ausdruck ihrer Schmach und zu allermeist ihre
glühende Schilderung der „flügelstolzen Seele" Siegfrieds, wo=
durch Gunthers Eifersucht gestachelt wird, vermögen ihn endlich,
der Ermordung Siegfrieds, zu der sich Hagen erbietet, nicht zu
widersprechen. Den Schluß des vierten Akts bildet die stimmungs=
volle Szene, in welcher Kriemhild voll böser Ahnungen den Gatten
bei ihrer ganzen Liebe beschwört, nur heute nicht zur Jagd zu gehen:

> Jeder Laut,
> Ein fallend Schwert, ein Hufschlag schreckt mich schon;
> Aus jeder Pforte, die sich öffnet, muß
> Ein Unheil treten, mein' ich . .
>
> O Siegfried,
> Sie brüten Rache. Hüte, hüte dich!
>
> Werke VI. 63.

Der sichere Held ist nicht zurückzuhalten. Nachdem er im reizend=
sten Licht der Gattin jene Zeit vorgehalten, wo sie beide mit ein=
ander, im Alter, des einstigen Glanzes der Jugendkraft gedenken
und den jüngsten Enkel auf den Armen wiegen, reißt er sich beim
Klang der Jagdhörner aus ihrer Umarmung.

Beim Beginn des fünften Akts ist die Ermordung Siegfrieds
bereits geschehen; die Leiche wird auf einer Bahre in den Burghof
getragen. Kriemhild, aus ihrer Schreckensohnmacht wieder auf=
gerichtet, bricht in unsäglichen Jammer aus:

> O diese Züge, drauf zu tausendmalen
> Das Wort der Lieb' ich las, und nie genug,
> Die Lippen, die noch gestern mich geküßt,
> Tot, tot, unwiderbringlich! — o das ist
> Der alte Neid der Götter, der kein Hohes
> Erträgt und das Gemeine nur verschont! . .
> Der Hirsch im Forste kehrt zu seiner Hindin,
> Und du bist tot! Der Bettler, der kein Weib hat,
> Der stumpfe Knecht, der ein verhaßtes Dasein
> Durch Mühsal hinschleppt, lebt, und du bist tot,
> Weil du zu groß und schön und glücklich warst!
>
> Werke VI. 95.

Hagen bekennt sich offen zu der That des Mordes. Gunthers aus=
weichendes Verhalten überzeugt Kriemhilden von seiner Mitschuld,
und nun schlägt das sanftmütige, minneselige Weib in ihr Gegen=
teil um und schwört grimmige Rache.

Auch Brunhilds Schicksal erfüllt sich. Erst hat sie an der
Leiche Siegfrieds frohlockt, dann aber bricht ihr wahres Gefühl
durch:

> O Lüge! Lüge! Lüge!
> Ich trag' es nicht. Verflucht die Lippe, die
> So trostlos prahlen wollte! Hier ist nichts,
> Nichts, nichts als grenzenloses Weh! . .

O, die Luft der Welt
Ist hin mit ihm, und alle Herrlichkeit
Spurlos verweht! Nun kehrt die Sonne selbst
Ihr Antlitz von der thatenlosen Erde,
Und birgt ihr strahlend Aug' auf immerdar
In Finsternis; denn er, für den sie schien,
Ihr schöner Liebling ist nicht mehr zu finden.
Werke VI. 98 f.

Als Kriemhild sie von der Leiche wegdrängen will, stürzt sie sich in Siegfrieds Schwert. Die Priesterin Sigrun aber verkündigt in prophetischer Begeisterung der Nibelungen Not:

Ha, seht, o seht, wie's dort
Im Osten düsterrot empor sich wälzt!
Im Wolkenbrande kommt das Bild der Zukunft —
Ha welch ein Fest! Durch umgestürzte Becher rast
Der Todesreigen. Hört ihr nicht den Schwertgesang?
In Feuerflammen steht der Saal, hoch türmen sich
Die Leichen, an den Wänden schwillt das Blut hinan,
Und kein Entrinnen, nirgends, keine Flucht! Und nun
Wird's totenstill. Geschnitten liegt die ganze Saat.
Nur Eine wandelt riesig noch durchs Haus des Mords,
Das Schwert geschultert, blutbetrieft. Sie hält am Haar
Ein abgeschlagenes kronumreiftes Haupt empor
Und zeigt's dem letzten, der von allen übrig blieb.
Nun schlingt auch die der rote Strom. Weh über euch!
Das ist der Nibelungen Not und Untergang!
Werke VI. 102.

Das Drama ist nicht durchgängig in fünffüßigen Jamben geschrieben, eine Erscheinung, die jenen so drastisch von Geibel gezeichneten „gestrengen Kritikern" Anlaß zum Tadel gegeben. Die immerhin auffallende Erscheinung erkläre ich mir äußerlich, daß Geibel an den Stellen, wo der fünffüßige Jambus zum Trimeter, ja sogar zum Tetrameter übergeht, Stücke aus einer in diesen Vers-

maßen gedichteten früheren Bearbeitung benutzt hat. Eine solche
Szene: „Der Kampf auf dem Isenstein, aus einer Tragödie Sieg=
frieds Tod" war schon 1851 veröffentlicht. Aber auch innerlich
ist dieser Wechsel des Metrums völlig zu begreifen. In der ge=
waltigen Szene des Redekampfes der beiden Königinnen geht die
gesteigerte Leidenschaft in die hochpathetische breitere Form über.
Das geniale Drama hat eine große Reihe von Besprechungen
hervorgerufen, unter denen die von G. R. Roepe in Hamburg
die ausführlichste und gediegenste ist.   Dem Dichter selbst war
„Brunhild" seine liebste dramatische Arbeit. Er sprach 1881 mir
gegenüber noch mit höchster Begeisterung von ihrer ersten Auf=
führung in München. Geibel schrieb darüber 1874 an Paul
Lindau: „Wirkliche und scheinbare Mängel des Stückes be=
ruhen auf der eigentümlichen Natur des Stoffes, der mir
nur die Wahl ließ, entweder die epische Riesenhaftigkeit der
Gestalten samt den im Liede gegebenen mythologischen Mo=
tiven nach Kräften herauszuarbeiten, aber auf Kosten der Kompo=
sition und der dramatischen Bewegung, oder um der letzteren willen
die Charaktere auf den menschlichen und darum allerdings viel
weniger imponierenden Maßstab zurückzuführen. Daß ich das
zweite wählte, lag eben in meiner dichterischen Individualität."
Lindau konnte mit Recht, diesen Worten Geibels hinzufügen:
„Geibel hat damit meines Erachtens den richtigen Weg ein=
geschlagen. Hebbel ist bekanntlich später den andern gegangen
und hat Geibel durch die heroische Großartigkeit seiner Fi=
guren, namentlich der männlichen, vielleicht ebenso übertroffen,
wie er im eigentlichen künstlerischen und dramatischen Aufbau des
Ganzen hinter dem Dichter der Brunhild zurückgeblieben ist."

Sophonisbe.*)

Das Drama führt uns an das Ende des zweiten punischen Krieges, in welchem Hannibal, jener große Feldherr der Karthager, seinen Namen den Römern so furchtbar gemacht hatte, und nach Cirta, der Königsburg der Numidier, wo der greise Syphax residierte und ihm zur Seite seit wenigen Jahren die jugendliche Königin Sophonisbe, eine Prinzessin aus dem Stamme der Barkas in Karthago, mit Hannibal nahe verwandt, eine herrliche Erscheinung, reich an Reizen und an Geist. Nicht ihrer Neigung folgend, sondern aus Liebe zur bedrängten Vaterstadt hatte sie dem Syphax ihre Hand gereicht, da dieser mit ihr den Haß gegen die Römer teilte und für Karthago ein mächtiger, willkommener Bundesgenosse gegen Roms Macht war. Ihre eigentliche Jugendliebe zu Massinissa, einem jungen numidischen Fürsten, hat sie dem Vaterlande geopfert, da sie erfuhr, daß sein numidisches Volk nicht ihn auf den Thron erhob, sondern an den König eines andern numidischen Stammes, Syphax, sich anschloß. Massinissa aber war zu den Römern übergegangen mit einem großen Teile von Numidiern.

Hannibals Ruhm war im Niedergange. Scipio war bereits in Nordafrika gelandet und bedrohte Syphax und Karthago. In dieser Zeitlage beginnt die Handlung unseres Stückes.

Weit im Süden ist ein Einbruch der von den Römern aufgereizten Neger in numidisches Gebiet nur mit Mühe abgewehrt worden, und Thamar, eine Priesterin Astartens, ebenfalls aus Barkas Stamme, flüchtet sich und ihre Tempelschätze zu ihrer

---

*) Der Abschnitt über Sophonisbe ist zusammengesetzt aus der Besprechung Dr. Leimbachs in der ersten Auflage dieses Buches und in dem 2. Bande seiner „ausgewählten deutschen Dichtungen", Kassel 1883. Die letzteren enthalten eine ausführliche Erläuterung dieses für den Unterricht in höheren Schulen vorzüglich zu verwendenden Dramas.

Jugendfreundin und Blutsverwandte Sophonisbe nach Cirta.
Dort angekommen hört sie vom Burgvogte Methumbal, daß
Sophonisbe auf der Straußenjagd abwesend, während Syphax
mit einem großen Heere den Römern entgegen gezogen sei und
jeden Augenblick der Entscheidungsschlag fallen könne. Sophonisbe
jagt, nicht aus Gleichgiltigkeit, sondern, weil sie die Ungeduld
durch Thaten überwinden will. Ihre königliche, große Seele
trägt das schwerste, wenn es kommt, gefaßt. Der Jagdzug kehrt
fröhlich zurück, froh begrüßen sich Sophonisbe und Thamar,
und die erstere teilt der letzteren ihre frohen Siegeshoffnungen
mit, deren Bestätigung sie jede Stunde erwartet, zeigt, wie sie
einem Feldherrn gleich denkt und die ganze Situation klar durch=
schaut; — aber ihre Freude währt nicht lange; ein Trauerbote
bringt die Nachricht, daß das Numidierheer nachts von den
Römern überfallen, vernichtet sei, daß Syphax in der Verzweif=
lung sich selbst den Tod gegeben habe, daß die Römer schon der
Königsburg nahe seien. Nur kurze Zeit dauert der Schmerz über
alle diese entsetzlichen Nachrichten, dann denkt die Fürstin im Be=
wußtsein der nahen Gefahr an ihre Pflicht und trifft mit der
größten Umsicht alle Verteidigungsmaßregeln. Aber zu spät.
Das Weib war ein Mann, die Männer waren Weiber geworden;
feig hatten sie die Flucht beschlossen und, um fliehen zu können,
das eherne Thor der Burg zertrümmert. Sie waren entflohen,
und zur andern Seite zogen die Römer heran, geführt von einem
jugendfrischen Reiter. Sophonisbe hat schon den Bogen gespannt,
ihn zu töten, da erkennen sie und Thamar in dem Reiter den Massi=
nissa; — ihn kann sie nicht töten. Cirtas Los und das der Königin
ist entschieden. Die Römer ziehen ein, und ohne daß es Massinissa
weiß und hindern kann, ist Sophonisbe gefangen und gefesselt.
Ihre Fesseln löst aber bald Massinissa, in dem bei ihrem Anblick

die alte Liebe emporlodert und welcher, um die Geliebte zu er=
werben, alles verspricht: Abfall von den Römern und Kampf
gegen seine bisherigen Bundesgenossen. Unter dieser Bedingung
reicht ihm Sophonisbe die Hand und verspricht die Seine zu sein,
nicht aus Liebe zu dem Manne, dessen Wankelsinn sie durchschaut
hat, sondern aus Haß gegen Rom. Ein letzter Bote von Syphax
naht, bringt den letzten Gruß des Toten und an seine Gattin als
letzte Gabe den blutigen Dolch; er soll ihr ein stetes Angedenken
und ihre letzte Zuflucht sein. Sophonisbe teilt Batu, dem Waffen=
träger ihres Gemahls, die Nachricht von dem Plane mit, daß
Massinissa mit seinen Numidiern, die ohnehin ein von dem
römischen getrenntes Lager besetzt halten, heimlich nach Cirta
marschieren und so von Scipio abfallen will. Hier hört sie zu=
erst aus Batus Mund das hohe Lob des Feindes, des wunder=
baren Scipio, den niemand übertreffen könne, den ja niemand
unterschätzen möge. Noch glaubt sie nicht, daß alles Lob be=
gründet sei, drängt aber Massinissa zum baldigen Aufbruch
und begleitet ihn selbst zu Roß ins Lager der Numidier, ahnend,
daß ihre Erscheinung über die Landeskinder noch mehr vermögen
würde, als Massinissas Einfluß. Thamar bleibt als Burgvogtin
zurück, nachdem sie Sophonisbe den priesterlichen Segen unter
der Bedingung gespendet, daß die Königin für ihr Volk im Kampfe
gegen Rom auch das Leben dahinzugeben willig sein werde.

> Zu Roß denn, Massinissa! Laß den Wind
> Uns überreiten! Keine Ruhe mehr,
> Bis ich mein Schicksal weiß, und wer ich bin,
> Ob eine Sklavin jener stolzen Römer,
> Ob eines freien Volkes Königin.

Werke VII. 43

Der dritte Aufzug führt uns ins römische Lager, ins Feld=
herrnzelt; die Gespräche der Hauptleute und Kriegstribunen be=

reiten uns auf die Erscheinung des großen Feldherrn vor, an
dem alles neu ist und ungewohnt, die Schlachtordnung, der
Marsch, die Befestigung, die plötzlichen Entschlüsse, die Bünd=
nisse mit den Eingeborenen, und alles, auch das Unbegreiflichste,
zur Bewunderung hinreißt. Denn das Glück ist ihm treu, die
Götter sind mit ihm. Massinissa hat um die Erlaubnis gebeten,
nach Cirta abziehen zu dürfen, weil Gisgon im Anmarsche sei.
Der geniale Feldherr wird mißtrauisch, da er Gisgons Marsch=
route besser kennt, und schlägt dem Massinissa den Abzug ab.
Bald kommt durch einen Spion die Nachricht, daß Sophonisbe
im Lager der Numidier sei; auch Flavius, Scipios verwegener
Bursche, ist verkleidet ins Lager der Numidier geschlichen und
hat alle belauscht, alle Pläne erfahren. Der Abfall ist offenbar,
das Heer ist zum Aufbruch gerüstet. Soviel vermochte jenes
große Weib. Aber mehr vermag Scipio. Sofort trifft er seine
Anordnungen. Den einen Unterfeldherrn entsendet er nach
Cirta, dem andern übergiebt er sein Lager und giebt ihm für alle
Eventualitäten Instruktionen. Und der Konsul selbst, begleitet nur
von seinem Burschen und dem Liktor, reitet hinüber in das aufrüh=
rerische Lager der Numidier. Alle Warnungen seiner Hauptleute
sind vergebens. Dort hat Massinissa noch gesäumt, bis zur Nacht
will er warten, zumal die Nachricht von der Verweigerung
seiner Bitte durch Scipio ihn sehr frappiert hat. Kleinmut und
Zweifel fangen an, die numidischen Hauptleute zu beschleichen, und
nur Sophonisbe vermag sie wieder zu beleben und zu bewegen, an
dem Fluchtplan festzuhalten. Aber während sie noch beraten und
zaudern, ist Scipio mitten unter ihnen. Der große Römer und die
große Königin stehen sich gegenüber, kämpfen mit Worten um den
Gehorsam der Tausende — und Scipio siegt und gewinnt durch
seine Großmut alle, auch den Massinissa, ja auch die Königin.

Sophonisbe ist geknickt durch diese Erfahrung — sie liebt den Feind, denn er ist der einzige Mann, vor dem sich ihr Geist hat beugen müssen. Doch sie kämpft gegen diese Liebe und gegen sich selbst. Scipio besucht sie, tröstet sie, schenkt ihr sein ganzes Vertrauen, sucht sie durch die Pläne der Verheiratung zwischen Sophonisbe und Massinissa aufzurichten, aber solche Verbindung weist die Königin so entschieden zurück, daß sie fast ihr Herzens= geheimnis verrät. Diese ganze Unterredung aber lehrt die Fürstin den wunderbaren Mann ganz erkennen, und obwohl von ihm be= siegt — „trinkt sie Entzücken noch im Kelch der Schmach". Batu weiß einen Fluchtweg, aber Sophonisbe darf ihn nicht einschlagen, um Scipios Vertrauen nicht zu täuschen, und doch hört sie aus Batus Munde, daß dieser Scipio daran denke, Sophonisbe im Triumphe zu Rom mit aufzuführen: als Besiegte natürlich, denkt Batu und muß Sophonisbe annehmen. Massinissa bestätigt, daß Scipio sie öffentlich in Verbindung mit dem Triumphe genannt habe. Beide haben Scipios Wort falsch gedeutet, unabsichtlich, aber ihre Deutung ist verhängnisvoll. Sophonisbes Ideal ist zerbrochen. Auch Scipio ist ein Heuchler, kein Edelmann. Nun kommt die Rache. Scipio soll sterben; durch Massinissas Hand, so denkt sie zuerst — aber Massinissa weigert sich das zu thun. So muß sie es selber wagen. Auf geheimem Wege, den Batu entdeckt, kann sie in Scipios Zelt gelangen. Dieser hat nach an= gestrengter Tagesarbeit sich zur Ruhe niedergelegt, alle Diener sind entfernt, sein Zelt ist leer — da tritt Sophonisbe ein, und bei dem Schein der Lampe liest sie einen unvollendeten Brief Scipios an den Senat und seinen Antrag bezüglich Sophonisbens. Nicht als Gefangene, als Bundesgenossin — vielleicht als noch etwas mehr, will er sie dem Volke zeigen, sie soll mit ihm zugleich auf dem Triumphwagen sitzen! Das ist zu viel für sie. Sie hat sich täuschen lassen, sie hat verblendet Mordgedanken gefaßt und wollte eben den Mann morden, der so durchaus edel gehandelt hatte, ihrer Liebe so vollkommen würdig geblieben war! Sie ruft Scipio, gesteht ihr Vorhaben, und findet ihn wieder großmütig. Ja seine Liebe spricht sich deutlicher aus als je. Ganz nahe ist sie daran, sich ihm im Übermaß des Glückes zu übergeben. Es ist ihr alles wie ein Traum. Da erinnert sie ein Wort des Scipio: Reiß den blinden Römerhaß aus deiner Brust! an die Wirklichkeit. Sie kann ja dem Scipio nicht angehören. Und hätte sie noch geschwankt, hätte sie sich doch vielleicht noch überwinden lassen, ein Bote bringt dem Scipio die Nachricht von dem Falle Cirtas, ein junger Diener ihr die Nachricht von der Selbstaufopferung der Thamar, die ihrem Vaterlande treu bis zum Tode den Feuertod der Knechtschaft vorgezogen hatte. Diese That der Thamar sagt ihr, was sie zu thun habe; so gesteht sie denn dem Scipio ihre innersten Empfindungen, offenbart ihm den hohen Flug ihrer Seele, die Kraft ihrer Liebe; sie zeigt ihm aber auch was sie trennt. Sie kann nicht jauchzen um Karthagos Fall an seiner Seite, sie kann nicht triumphieren mit ihm über das Blut ihrer Brüder — sie kann sich nicht selbst ein Greuel werden, sie kann von ihrem Vaterlande nicht los und stirbt freiwillig durch Syphax Dolch, der den Scipio treffen sollte. Töblich verwundet sinkt sie nieder, und nachdem sie sich ihrem Vaterlande geopfert, ihr Herz und ihre Liebe, da kann sie sterbend die beiden Pole nennen, die ihr Leben umspannten, um derer Willen sie den Tod suchte: „Karthago! — Scipio! Fahr wohl!"

Scipios tiefer Schmerz aber wird abgelenkt durch die plötzliche Nachricht von der Landung Hannibals. Sein Geist gewinnt die volle Kraft zurück.

Willkommen, alter Leu!
Du sollst den Adler finden! ..
Laßt die Heerposaunen schmettern!
Wir brechen auf nach Zama.

Werke VII. 94.

Die historische Sophonisbe ist die Tochter des Hasdrubal Gisgon, eines karthagischen Feldherrn, und sie wird von ihrem eigenen Manne, von Syphax, als die Ursache bezeichnet, daß Syphax die Partei der Römer verlassen und zu den Karthagern sich gewandt habe. Ja Syphax schiebt so sehr die Schuld seiner veränderten Handlungsweise auf Sophonisbe, daß er gradezu den Scipio warnt, er möge ja nicht die Fürstin unter der Aufsicht des Massinissa in Cirta lassen. Sie sei ihrem Vaterlande mit leidenschaftlicher Liebe treu und sei im stande, jeden dazu zu überreden, wozu sie wolle: es stehe somit zu befürchten, daß Massinissa auch von ihr überredet werden könne zu Rom feindlichen Entschlüssen. Appian (Libyke, Kap. 28), welcher uns das berichtet, setzt hinzu, es sei möglich, daß Syphax diesen Rat aufrichtig gemeint, aber auch, daß er aus Eifersucht und, um seinem Gegner Massinissa zu schaden, so geredet habe. Syphax gelangte, fährt Appian fort, bei Scipio in eine ähnliche Vertrauensstellung, wie Krösus von Lydien bei Cyrus. Als auch Lälius ankam und sagte, daß er über Sophonisbe dieselben Urteile von den verschiedensten Seiten gehört habe, da verlangte Scipio die Auslieferung der Sophonisbe von Massinissa. Da ist es Massinissa selbst, welcher der Sophonisbe Gift und damit das Mittel in die Hand giebt, sich der von ihm ihr in Aussicht gestellten römischen Knechtschaft zu entziehen. Sophonisbe vergiftet sich selbst, und Massinissa zeigt den ankommenden Römern den Leichnam, welchen er königlich bestattet. Syphax aber wird gefangen nach Rom geführt und stirbt dort bald an gebrochenem Herzen. Ähnlich erzählt auch Livius die Schicksale der Sophonisbe und des Syphax.

Sophonisbe ist ein von Engländern (Thomson), Franzosen und Deutschen frühe und oft bearbeiteter Stoff.*) Außer dem Franzosen Mairet, dessen Sophonisbe die älteste französische Tragödie ist, in welcher die drei Einheiten sich verwendet finden, erwähnen wir den bekannten Daniel Caspar von Lohenstein aus der 2. schlesischen Schule, dessen Sophonisbe unter allen seinen schlechten Stücken das am wenigsten schlechte ist. In der Neuzeit bearbeiteten diesen Stoff folgende Dramatiker: Friedrich Röber, (geb. 19. Juni 1819 zu Elberfeld) Sophonisbe, Trauerspiel in 5 Aufzügen (1862); A. von Hake, Trauerspiel in 1 Akt (Leipzig 1839); Eduard Rüffer (5 Akte, Gotha 1857); Hermann Hersch (5 Akte, Frankfurt 1859); J. F. Horns (5 Akte, Kiel 1862); R. Prölß (5 Akte, Dresden 1862); Anonymus 1867 Leipzig, Duncker und Humblot.

Geibel selbst schrieb an Karl Leimbach 1878 über die Entstehung des Stückes folgendes: „Der heroische Charakter der Karthagerfürstin und die ideale Heldengestalt des Scipio, wie sie mir in Mommsens römischer Geschichte entgegentrat, hatten in mir den Wunsch erweckt, sie in einem Drama einander gegenüberzustellen. Allein je länger ich mich mit diesem Gedanken trug, desto einleuchtender ward es mir, daß mit dem einfachen Geschichtsberichte des Livius für die Bühne wenig anzufangen sei, da er zur wirksamen Schürzung und Lösung eines dramatischen Knotens keinen genügenden Anlaß bot. Sollte darum dem Stoffe etwas abgewonnen werden, so mußte ich den Kern der Handlung erfinden.

---

*) Genaueres über die Litteratur der Sophonisbebearbeitungen bietet Aug. Andrae im Suppl. VI. und Band XVI. S. 113. der Ztschr. für franz. Sprache und Litteratur. Oppeln 1891.

Und das that ich, indem ich — nach Lessings Grundsatze, der den Gesamteindruck des historischen Charakters gewahrt wissen will, in der Behandlung der Fakta aber dem Dichter volle Freiheit gestattet, Sophonisbe und Scipio in persönlichste Beziehung zu einander setzte, und aus diesem Verhältnisse, das die Heldin mit Notwendigkeit zu dem schwersten inneren Kampfe zwischen Vaterlandsliebe und weiblicher Leidenschaft führen mußte, die Verwicklung und Katastrophe des Stückes hervorwachsen ließ. In dieser freien Gestaltung der Fabel liegt der wesentliche Unterschied zwischen meiner Tragödie und den früheren Bearbeitungen desselben Stoffes, die sich, so viel ich weiß, sämtlich an die Überlieferung des Livius halten. Angeregt oder beeinflußt hat mich keine derselben, ja, ich habe kaum noch eine deutliche Erinnerung von ihnen.

Der erste Akt der Sophonisbe wurde unmittelbar nach der erfolgreichen Aufführung der Brunhild in München im Januar und Februar 1861 geschrieben. Dann blieb die Arbeit Jahre lang liegen, bis ich sie, durch Flauberts karthagischen Roman „Salambo" von neuem angeregt, im Oktober 1866 wieder aufnahm und im Frühjahr 1868 vollendete."

Der Schillerpreis, womit diese Tragödie ausgezeichnet worden ist, zeigt, daß die Kritik im allgemeinen die Vorzüge dieses Stückes erkannt und gewürdigt hat.

Unter anderen bespricht die „Sophonisbe" Adolf Strodtmann in seinen „Dichterprofilen" mit den anerkennenden Worten:

„Ohne dem Geist der Geschichte Gewalt anzuthun, hat Geibel von dem Rechte des Dichters, die historischen Thatsachen nach den Bedürfnissen des Dramas zu kondensieren und ihre psychologischen Motive zu ergänzen, hier den freiesten und glücklichsten Gebrauch gemacht. Wir vermögen den Konflikt zwischen Vaterlandsgefühl und Liebe in der Brust der leidenschaftglühenden Karthagerfürstin durch all seine Studien sympathisch mitzuempfinden, weil es dem Dichter auf's trefflichste gelungen ist, die Ereignisse aus der zufälligen Besonderheit nationaler Beschränkung und kulturgeschichtlichen Beiwerks zum typischen Spiegelbild allgemein menschlicher Geschehnisse zu erheben. Die Wirkung ist eine um so mächtigere, da der Aufbau des Dramas wie aus ehernem Gusse, die Charakterzeichnung der Personen mit festen, breiten, jede Kleinmalerei verschmähenden Strichen ausgeführt, und der Knoten der Handlung auf das straffste geschürzt ist."

Nur einige Worte will ich gegen H. Kurz' Besprechung dieser Tragödie sagen. Kurz, welcher überhaupt Geibel gegenüber nicht vorurteilsfrei ist, sagt (IV., S. 490 B.): „Geibels letztes Drama zeigt die nämlichen Mängel, die schon in seinem ersten sichtbar waren, wenn sie auch in anderer Weise erscheinen, was eine notwendige Folge des verschiedenen Stoffes ist." Ich muß schon hier das Urteil von H. Kurz beanstanden; denn dasselbe spricht aus, daß Geibel in seinen dramatischen Leistungen keinen Fortschritt zeige, vielmehr in ähnlich große Fehler immer wieder verfalle, welche nur in Folge der Verschiedenheit des Stoffes eine andere Gestalt zeigten. Wer zwischen König Roderich, jener Jugendarbeit Geibels, und Sophonisbe, der letzten größeren Arbeit, keinen Fortschritt erkennt, den hat das Vorurteil blind gemacht. „Was zunächst den Ausdruck betrifft, so ist derselbe allzu offenbar den Griechen nachgebildet, was hie und da zu Unklarheit und gesuchten Wendungen veranlaßt. Auch sind ungeeignete Bilder nicht selten." — Die Behauptung sehe ich wohl, aber bestätigt habe ich dieselbe in keiner Weise gefunden. Die Anklänge an griechische Wortbildungen kann man zugeben, aber sie sind dem

erhabenen Charakter dieses Stückes durchaus angemessen. Nach=
ahmung, absichtliche Nachbildung findet sich nicht. Jedenfalls
klingt das „hie und da", „nicht selten" mehr wie ein Mäkeln=
und Korrigierenwollen um jeden Preis. — „Die Charakteristik
der Personen ist im ganzen (!) gelungen; um so mehr fällt es auf,
daß der Dichter den Knaben Hiram eine Sprache sprechen läßt,
die mit seinen Jahren und seiner geistigen Entwickelung im vollsten
Widerspruche steht." Allerdings spricht Hiram in edler und ge=
wählter Sprache, aber das thun alle Personen des Stückes, und
das stimmt mit dem Charakter des Stückes auch vollkommen über=
ein. Sodann zeigt der „Knabe" eine gute Auffassungs= und Er=
zählungsgabe. Ob sie aber mit seinen Jahren und seiner gei=
stigen Entwicklung kontrastiert, das steht dahin. Weiß denn
H. Kurz wie alt dieser Knabe war? Muß er denn 9 oder 10 Jahre
alt sein, oder kann es nicht auch ein 17 jähriger Page sein? Kann
nicht Knabe im Sinne des Altertums statt Sklave gesagt, wie $\pi\alpha\tilde{\iota}\varsigma$
gebraucht sein? So lange der Geburtsschein des Hiram nicht auf=
gefunden wird und und mich widerlegt, erkläre ich diesen Vorwurf
von Heinrich Kurz für übereilt und unbegründet. Für einen geistig
begabten Pagen finde ich keines seiner Worte zu hoch; und einen
geistig hochstehenden Jüngling in Sophonisbens Diensten zu
sehen, in ihrer nächsten Nähe zu wissen: wer möchte darin etwas
Unglaubliches, Widerspruchvolles entdecken? Ich um so weniger,
da dieser Hiram sich selbst durchaus treu bleibt, mag er Massinissa
um Barmherzigkeit anflehen oder der Sophonisbe das Ende
Thamars und den Brand von Cirta erzählen. — „Bei Scipio
hat der Dichter wohl Napoleon im Sinne gehabt, was keineswegs
zu tadeln ist." Bestreiten will ich das nun nicht durchaus, daß
dem Dichter unwillkürlich während der Arbeit Napoleons Bild hie
und da vorgeschwebt haben kann, notwendig aber finde ich solche An=

nahme durchaus nicht. Wir kennen in Mommsens oben mitgeteilter
Charakteristik Scipios die Quelle, aus welcher Geibel schöpfen
konnte, und diese floß reich genug, so daß Geibel eigentlich kaum
nötig hatte, diesen oder jenen Zug von modernen Feldherren zu
erborgen, um seines Helden Charakter zu bereichern. „In der
Ausführung hat er aber wenigstens an Einer Stelle fehlgegriffen.
Er hat nämlich die Macht des Feldherrn über den Soldaten vor=
trefflich zur Anschauung gebracht, aber dabei unbeachtet gelassen,
daß Scipio nicht zu Römern, nicht zu langjährigen Bundesge=
nossen spricht, sondern zu Barbaren, die sich erst seit Kurzem und
zwar nur aus Haß gegen Karthago mit den Römern verbunden
hatten, so daß seine Rede, die für Römer berechnet war, in der
That keinen Eindruck auf die Barbaren machen konnte." Wenn
dieser Vorwurf begründet wäre, so würde derselbe ein sehr schwer=
wiegender sein und gerade die große Szene der Entscheidung, den
Mittelpunkt des Stückes, als mißlungen bezeichnen; ja es würde
aus der ganzen Arbeit das Zentrum herauszunehmen zu sein, es
würde der größte Edelstein in dieser Dichtung sich als unecht er=
weisen. Wir gedenken jedoch nachweisen zu können, daß der Vor=
wurf von H. Kurz geradezu ein nichtiger ist und auf einer flachen
Auffassung der Verhältnisse, auf einem allzuraschen Studium des
Stückes beruht.

Geibel läßt allerdings den Scipio allein (mit Flavius und
dem Liktor) ins Lager der Rebellen reiten, und dort ist es das
Überraschende seiner Erscheinung, das Imponierende seiner Per=
sönlichkeit, sein Mut und seine Beredsamkeit, sowie auch die Un=
entschiedenheit, welche sich in Massinissa, dem Oberfeldherrn, zeigt
und auf alle seine Offiziere überträgt, welche dem Scipio den Sieg
erringen, selbst über Sophonisbe, die mutige und beredte Fürstin.
Das beanstandet H. Kurz und meint, auf Römer und langjährige

Bundesgenossen habe eine solche Rede wohl Eindruck machen
können, aber nicht auf vor Kurzem erst gewonnene Barbaren.
Nun ist zuzugeben, daß Massinissa erst auf die Nachricht von der
Landung Scipios in Afrika seine Dienste Scipio zur Verfügung
stellte, d. h. so belehrt uns die Spezialgeschichte, falls wir genauer
nachforschen. Allein das Drama setzt nicht eine solche Bekannt=
schaft mit der Spezialgeschichte voraus, sondern es erlaubt in
diesem Nebenpunkte, sich den Übertritt Massinissas und seines
Heeres zu den Fahnen Scipios in das Jahr 208, d. h. in das
Jahr nach der Eroberung von Neukarthago (209) und nach der
Vermählung des Syphax mit Sophonisbe zu verlegen, und dann
ist ein Zusammenwachsen der Numidier mit den Römern durchaus
nichts Undenkbares. Hätte man das Recht, ganz genaue Einzel=
kenntnisse der numidischen Landesgeschichte bei dem Zuschauer
des Dramas vorauszusetzen, so würde man auch Kurz die Unter=
lassungssünde vorwerfen müssen, nicht gerügt zu haben, daß sich
anfänglich Massinissa ohne Heer dem Scipio zur Verfügung stellte,
und schwerlich schon nach $^{1}/_{2}$ Jahren so viel Truppen besaß, um
ein abgesondertes Lager beziehen zu müssen. Spezialkenntnisse
setzt eben der Dramatiker nicht bei den Zuschauern voraus. Dazu
kommt aber weiter, daß Massinissa und die Numidier nach der
Darstellung des Stückes schon bezüglich ihrer Treue in mehreren
Schlachten erprobt waren, so daß gerade die Erlaubnis, ein eigenes
Lager beziehen zu dürfen, das beste Zeichen ist, daß Massinissa
und sein Heer Vertrauen verdiente, daß es mit den römischen In=
teressen im allgemeinen verwachsen war, und daß dieser Abfall
von Rom nur durch den Einfluß einer bedeutenden Persönlichkeit,
wie derjenigen der Sophonisbe, möglich war und auch da nur ein
halber, ein äußerlicher blieb, welcher darum sich auch leichter
dämpfen ließ. Ferner bestätigt die Geschichte die Macht der Per=

sönlichkeit Scipios über Römer und Spanier (vgl. oben Momm=
sens Urteil), über Freund und Feind. Endlich — und das ist die
Hauptsache — nicht Geibel ist es, welcher einen Fehler macht, in=
dem er den Scipio etwas unternehmen läßt, was dem gemeinen
Verstande und auch dem Urteile von Kurz zu schwer, ja unmöglich
erscheint, sondern es ist Scipio, den Geibel einen nach Menschen=
urteil groben Fehler machen läßt.

Das ist gerade eine Charaktereigenschaft des historischen Sci=
pio, daß er sehr viel wagt und infolge seines beispiellosen Glückes
doch das Gelingen seines Wagnisses sieht, und diese Seite des
Charakters Scipios hat Geibel mit Bewußtsein festgehalten.
Seine Unterfeldherren Severus und Lälius gestehen sich das voll=
kommen ein, daß Scipio, nach den Regeln der Kriegskunst ge=
messen, Fehler begehe, aber es setzt Lälius auch hinzu:

> Die Götter lieben ihn und decken
> Mit dichten Lorbeer'n seine Fehler zu,
> Wenn das noch Fehler sind, was wir zuletzt
> Trotz alles Widerspruchs bewundern müssen.

Diese Stelle hätte Kurz beachten müssen. Nach Lälius' und
Severus' Ansicht ist es ein Fehler, ja mehr als das, es ist Raserei
und Gottesversuchung, daß Scipio ins Lager der Rebellen und
Barbaren allein reiten will. Aber grade da beruft sich Scipio
auf die innere göttliche Stimme, welche ihm so geraten habe, wie
er thun wolle, und der Erfolg soll uns eben lehren, wie viel des
Scipio persönlicher Mut und persönliche Beredsamkeit vermögen,
wenn sie von den Göttern begünstigt werden. Es war auch Glück
dabei, daß dieser Versuch, die Verschwörung im Ersticken zu
dämpfen, nicht fehlschlug. Aber den Feldherrn Scipio macht eben
nicht nur sein Geist, sondern auch sein Glück. Den historischen

Charakter Scipios hat grade Geibel beibehalten, indem er ihn so
handeln ließ, wie er gethan.

Geibels Sophonisbe hat überall, wo sie über die Bretter ge=
gangen ist, großen Beifall gefunden. Wenn der Erfolg dennoch
bisher kein durchschlagender war, so liegt die Schuld an dem Pu=
blikum, welches großenteils fremden Stoffen und Darstellungen
längstvergangener Zeit keine Neigung entgegenbringt, weil ihm
die Vorbildung fehlt, und welches auch für das ernste, edle, hohe
Drama keinen rechten Sinn und keine volle Würdigung hat, weil
ihm der Ernst und der Geschmack abhanden gekommen sind.

Echtes Gold wird klar im Feuer.

Eine späte Frucht des Alters, die der Dichter, wie die Sopho=
nisbe, „gewissermaßen seiner Schwäche abringen mußte“, ist das
kurze „Sprichwort“: „Echtes Gold wird klar im Feuer“. Nach der
Art der französischen Proverbes führt uns Geibel zum ersten und
letztenmale in seinen dramatischen Erzeugnissen in die Gegen=
wart. Eine Verwirrung des Gefühls, wie es Heinrich von Kleist
so oft seinen Figuren mitteilt, der Widerstreit entgegengesetzter
Empfindungen in derselben Brust, nach Scherer Geibels fast
einziges tragisches Thema, zeigt sich auch in diesem kleinen Schau=
spiele, findet aber hier eine günstige Lösung.

Prinz Lothar, Oberst eines Ulanenregiments in einer deut=
schen Residenz, hat sein Herz von der Gräfin Holmfeld abgewendet
und verehrt die hochbedeutende Schauspielerin Helene. Diese
ist nicht gleichgiltig gegen die Huldigungen des Prinzen, allein
ihre edle Geistesklarheit zeigt ihr bald, daß ihr Gefühl den

Namen Liebe nicht verdiene, da es kein ausschließendes sei.
Er ist nicht ihr ein und alles; denn neben ihm, höher als er steht
ihre Kunst. Sie merkt, daß auch des Prinzen Liebe mehr ein
persönlich angehauchter Kunstenthusiasmus ist, der

> die Rolle, die das innerste
> Gemüt erschüttert, mit der Künstlerin,
> Die dargestellte Leidenschaft mit dem,
> Was jene selbst im Busen trägt, verwechselt.

Als der Prinz seine Liebe ihr offen gestehen will, hält sie ihn
zurück und führt ihn der Gräfin wieder zu, diesem „echtesten
Juwel der Weiblichkeit“. Sie hat die Gräfin kennen gelernt, als
sie zusammen während des deutsch=französischen Krieges Sama=
riterdienste in den Lazarethen leisteten; beide waren vertraute
Freundinnen geworden. Helene schildert dem Prinzen der Gräfin
grenzenlose Liebe, die sich damals offenbart, und zeigt seinen
skeptischen Gedanken gegenüber:

> Daß das Herz,
> Das Frauenherz nicht kälter im Palast
> Als in der Hütte schlägt.

Sie erklärt ihm der Gräfin Scheu und Stummheit:

> Ein weiblich Herz
> Voll treuer Neigung bietet sich nicht an.
> Erraten will es sein und alles nur
> Der unbestoch'nen Wahl der Liebe danken.
> Was sollt' es in der Ungewißheit Pein,
> Vielleicht im Stolz gekränkter Hoffnung, thun,
> Als sich verhüllen?
> Werke VI. 177 ff.

Im Feuer der Anfechtung läutert sich das Gold ihres Ge=
fühls und echte Freundschaft bleibt klar zurück.

Das Stück ist seit den letzten Lebensjahren des Dichters über
alle größeren Bühnen gegangen und hat überall Erfolg gehabt,

wo es ein Publikum fand, das durch den trüben Nebel der
modernen Realistik noch zu den idealen, erhabenen Höhen der
Dichtkunst empor schauen kann. Das kleine Werkchen ist eine
Goldfiligranarbeit von großem Werte. Geibel zeigt sich in ihm
nach den wuchtigen Bauwerken seiner Tragödien auch als fein=
sinniger Kleinmeister.

Schlußwort.

Es ist keine Frage, daß sich Geibel den schwersten Weg ge=
wählt hat, um Eingang in das Volk zu gewinnen. Weit leichter als
der Lyriker findet heutzutage der Novellist oder Romanschrift=
steller Anklang in den breiten Schichten des Volkes. Trotzdem Geibel
auch eine klassische Prosa schreiben konnte, (wie u. a. die zahlreichen
nach seinem Tode veröffentlichten Briefe bezeugen) achtete er diese
Thätigkeit nur als Halbwerk. Als ihm Jensen seine erste Novelle
vorlas, sagte er: „Nun damit können Sie Geld verdienen", und
sein begleitendes Lächeln fügte drein: dazu sind ja solche Dinge
gut und nützlich.

Das Wort freilich, Geibel habe in seinem Leben keine einzige
Zeile Prosa veröffentlicht, ist übertrieben; abgesehen vom „Meister
Andrea", der im besten Sinne poetische Prosa enthält, hat er Vor=
reden zur 2. Auflage seiner Gedichte, zu den Szenen der Albigenser,
Bemerkungen zu „Meister Andrea" und „Brunhild", eine Vor=
rede zu Linggs Gedichten, eine Würdigung Grillparzers, (wo, ist
mir bisher unbekannt geblieben) auch eine kleinere serbische Er=
zählung „Die Johannisnacht" im Ötkerschen Salon von 1843
drucken lassen und mehrfach Novellen entworfen, aus denen einige
Lieder und die Titel in den Werken zu finden sind: „Donatus"

(II. 31), „Sintram“ (IV. 216), „Helena“ (IV. 151). Im ersten Jahrgang der Münchener „Fliegenden Blätter“ hat Röse eine Geibelsche Novelle unter dem Titel: „Demant und Rose“ mitgeteilt. Geibel hat eben nur durch die volle Poesie in Versen, nicht durch die Halbpoesie des Romans den Lorbeer erringen wollen.

Was unser Dichter geworden ist, verdankt er wohl zum Teile seinen günstigen Lebensführungen, den behaglich sorglosen Verhältnissen seiner Jugend, dem glücklichen Aufenthalte in Griechenland, der Gunst edler Fürsten, die ihn hob und den hohen Flug seines Genius unterstützte. Innere und äußere Leiden haben zu Zeiten seine Produktivität nur gesteigert, ja die schönsten vollsten Lieder verdanken wir dem „wunden Schwan“.

Das alles hat ihn gefördert, aber ihn nicht zum großen Dichter gemacht. Die innerste Bedeutung eines Dichters beruht überhaupt nicht auf der relativ großen Anzahl von formvollendeten, sachlich erhebenden Dichtungen. Lob und Anerkennung, Bekannte und Freunde erwirbt sich solch ein Dichter, zumal wenn ihn persönliche Eigenschaften achtungs= und liebenswert machen, oder wenn seine Lebensschicksale unsere Teilnahme erwecken, aber ein großer Dichter ist er darum nicht, seine Bedeutuug für die Litteratur ist vielleicht eine sehr geringe, sein Einfluß auf sein Volk nur ein ephemerer, und andere Zeiten und Geschlechter wissen nichts mehr von dem, der seiner Zeit viel genannt und oft gelobt wurde.

Ruhm der Mitwelt ist auch nicht immer ein sicheres Zeichen eines großen Dichters. Es kann ein großes Talent in raschem Geistesfluge seiner Zeit weit vorausgeeilt sein, und, von seiner Zeit nicht verstanden und unbeachtet gelassen, hat ein solcher Dichter das Geschick, erst von späteren Geschlechtern als Prophet von Gottes Gnaden erkannt zu werden; dann blüht dem lange Zeit hindurch Verkannten ein später Lorbeer, und die Nachwelt schmückt die Gräber des Propheten, den die Mitwelt gesteinigt oder doch mißachtet hatte.

Und anderseits kann ein gütiges Geschick geringen Talenten zu Hilfe kommen, Zeitereignisse können ein einzelnes Lied in eines Dichters Brust so hervorbringen, daß dieser gewissermaßen von den Gedanken der Gesamtheit elektrisiert in diesem Liede über seine eigene Leistungsfähigkeit hinausgeht, sich selbst überbietet. Alle übrigen Leistungen desselben Talentes bleiben hinter dieser Einzelleistung zurück, und der Schluß der Analogie von diesem einzelnen vortrefflichen auf alle oder nur die Mehrzahl der sonst von demselben Dichter verfaßten Gedichten würde sich gar trüglich erweisen. Hunderte haben das Lied Nikolaus Beckers komponiert, Hunderttausende haben gesungen: „Sie sollen ihn nicht haben, den freien deutschen Rhein", — aber keiner hat wohl den Verfasser für einen großen Dichter gehalten. Das Lied hat nicht Becker, sondern die Zeit gedichtet, der Dichter war nur der Mund seiner Zeitgenossen, ihr geschicktes Organ. — Geibel hat seine dauernd große Stellung in unserer Litteratur dadurch errungen, daß er bewußt von Anfang an ein Dichter im Sinne eines Hohenpriesters und Propheten einer heiligen Kunst sein wollte und aus innerm Drange sein Volk auf seine höchsten Ziele hinweisen mußte. Er hat jenes Lebens- und Dichterprogramm, das er in dem Dankgedichte an den König von Preußen einst ausgesprochen, zum Teil unter großem Widerspruch mit noch größerem Mannesmute und wachsendem Erfolge zeitlebens vertreten:

> So helfe Gott mir, daß ich walte
> Mit Ernst des Pfundes, das mir ward,

Daß ich getreu am Banner halte
Der deutschen Ehre, Zucht und Art.
Fern von dem Schwarm, der unbesonnen
Altar und Herz in Trümmer schlägt,
Quillt mir der Dichtung heil'ger Bronnen
Am Felsen, der die Kirche trägt.

Nicht daß mir drum in Nacht versunken
Die Welt und ihre Schönheit sei,
Nein! Wer aus jenem Born getrunken,
Dem ward erst ganz die Lippe frei.
Sein ernster Mut mag fröhlich scherzen,
Des Grundes, drauf er steht bewußt;
Er trägt, erblüht im reinen Herzen,
Den Rosengarten jeder Lust . . .

So laß mich stehn, so laß mich ringen
Und so durch Wonn' und Jammer gehn!
Kein eitel Spielwerk ist mein Singen,
Ich spür' in mir des Geistes Wehn.
                                        Werke I. 227.

Geibel ist ein echt deutscher und deshalb zugleich ein tief christlicher Dichter. In dieser Hinsicht überragt er fast alle bisherigen Größen unserer neueren Litteratur, die meist dem Kosmopolitismus und einer allgemeinen Humanitätsreligion huldigten. Wollen wir ganz von seinen dramatischen Leistungen absehen, die hierbei nicht in Frage kommen, so müssen wir als Lyriker ihm eine Stelle dicht unter Goethe geben. Nur Goethe dieses Jupitergestirn am Himmel der deutschen Dichtkunst, überragt Geibel in seiner Lyrik; wir haben aber ein volles Recht, unsern Dichter zum mindesten neben Platen, Heine, Uhland Rückert den Sternen zweiten Ranges zuzugesellen und erinnern uns bei dieser Ordnung gern eines Wortes des Altmeisters von Weimar: „Wenn man dem Sternenhimmel näher tritt und die Sterne von der zweiten und dritten Größe nun auch zu flimmern anfangen und jeder auch als zum ganzen Sternenbilde gehörend hervortritt, dann wird die Welt weit und die Kunst reich." Geibel selbst würde dieser Schätzung zugestimmt haben; er schrieb einmal in seiner ihn immer kennzeichnenden Bescheidenheit und richtigen Selbsterkenntnis, als ihn jemand sogar mit Goethe als Lyriker zusammenstellen wollte:

„Ich bin anspruchsvoll genug, hinter keinem der lebenden Dichter zurückstehen zu wollen, aber das ist eine Stelle, die mir nicht zukommt. Goethe stand als bahnbrechender Genius am Anfang einer glänzenden Epoche, in frischester Ursprünglichkeit und die verschiedensten Tonarten lediglich aus eigener Fülle schöpfend; ich bin der letzte einer langen Reihe bedeutender Lyriker, der, wenn auch bei eigentümlich gefärbter Individualität, doch nur die Töne seiner Vorgänger noch einmal in gediegenster und durchgebildetster Form zusammengefaßt. Zu unseren großen Meistern verhalte ich mich nicht anders, wie eben Mendelssohn zu Mozart und Beethoven und darf daher zufrieden sein, wenn mir, gleich jenem, nur dies und das gelungen ist, was auch neben und nach den Werken der Heroen ein unbefangenes Gemüt noch anzusprechen vermag."

So hat Geibel im höchsten Sinne das Goethesche Wort erfüllt:

> Was du ererbt von deinen Vätern hast,
> Erwirb es, um es zu besitzen!

In seiner durchaus harmonischen Natur ist Talent und Charakter vereint, wie es Schiller in seiner Rezension der Gedichte Bürgers vom echten Dichter fordert und bei jenem Antipoden Geibels vermißt. Schiller sagt dort: „Alles, was der Dichter uns geben kann, ist seine Individualität. Diese muß es wert sein, der Welt und Nachwelt ausgestellt zu werden." Diese vorbildliche

Individualität an Geibel zu zeigen, schwebte uns als Aufgabe bei unserer Darstellung von Geibels Leben und Werken vor.

Daß viele ihn wirklich so verstehn, hat vor zehn Jahren die allgemeine Trauer um seinen Hingang bewiesen.

Sein Andenken ist seitdem nicht verloschen; das prunkvolle Leichenbegängnis, mit dem Lübeck, wie einst Hamburg bei Klopstocks Tode, seinen Dichter und sich selbst geehrt, ist nur ein Begräbnis des Leibes gewesen, nicht seiner Werke. Mögen sie und das Andenken an seine lautere Persönlichkeit immer fest stehen im Herzen seines Volkes, das er so heiß geliebt — fest wie der Granit, mit dem der Senat der Vaterstadt sein Grab geschmückt, fest wie das eherne Denkmal von Hermann Volz' Meisterhand, das wir am 18. Oktober 1889 in Lübeck mit enthüllen durften.

Der Gedanke „Geibel als Erzieher“ hat innere Berechtigung. Dieser neue Prophet des deutschen Volkes, dieser edle Priester des christlichen Idealismus ist berufen, unser Volk auf seine ureigensten Ziele hinzuweisen, „nachdem er aufgehört hat sterblich zu sein.“

Anhang.

Litteratur über Emanuel Geibel.

Ausgaben der Schriften Geibels.

1. Klassische Studien von Emanuel Geibel und Ernst Curtius 1. Heft. Bonn. E. Weber. 1840.
2. Gedichte. 1. Aufl. Berlin, A. Duncker. 1840. Von der 47. Auflage an im Cotta'schen Verlage, Stuttgart. 1859. 100. Aufl. 1884. — Volksausgabe, Stuttgart. Cotta. 1875.
3. Zeitstimmen. Gedichte. Lübeck, F. Aschenfeldt. 1841. 2. Aufl. 1843. 3. neu vermehrte Aufl. 1846.
4. Emanuel Geibel an den Verfasser der „Gedichte eines Lebendigen." Anhang zu Michelsens Übersetzung von F. M. Franzén, Der Rabulist und der Landprediger. Lübeck, von Rohden. 1842.
5. Volkslieder und Romanzen der Spanier im Versmaße des Originals verdeutscht. Berlin, A. Duncker. 1843.
6. König Roderich. Eine Tragödie in 5 Aufzügen. Stuttgart und Tübingen, Cotta. 1844.
7. Ein Ruf von der Trave. Lübeck, Aschenfeldt. 1845.
8. Der Admiralstisch im Ratsweinkeller zu Lübeck. Lübeck, Boldemann. Ohne Jahreszahl.
9. Zwölf Sonette. Lübeck, Aschenfeldt. 1846.
10. König Sigurds Brautfahrt. Eine nordische Sage. 1. Aufl. Berlin. Zum Besten einer hülfsbedürftigen Familie. 1846.
11. Auf Felix Mendelssohn-Bartholdy's Tod. Hamburg, Perthes. 1847.
12. Juniuslieder. Stuttgart, Cotta. 1847 mit der Jahreszahl 1848.
13. Spanisches Liederbuch von E. G. und Paul Heyse. Berlin, Hertz. 1851.
14. Meister Andrea. Lustspiel in zwei Aufzügen. Stuttgart und Augsburg, Cotta. 1855.
15. Neue Gedichte. Stuttgart, Cotta. 1856.
16. Brunhild. Eine Tragödie aus der Nibelungensage. Stuttgart, Cotta. 1857.
17. Die Loreley. Dem Andenken Felix Mendelssohn-Bartholdys gewidmet. Hannover, Rümpler. 1860.
18. Ein Münchner Dichterbuch, herausgegeben von E. Geibel. Stuttgart, Kröner. 1862.
19. Gedichte und Gedenkblätter. Stuttgart, Cotta. 1864.

20. Morgenländischer Mythus. Aquarelle von Luise Kugler und A.
    von Hochstetter. Berlin, Hertz. 1865.
21. Romanzero der Spanier und Portugiesen von E. Geibel und
    Adolf Friedrich von Schack. Stuttgart, Cotta. 1860.
22. Fünf Bücher französischer Lyrik vom Zeitalter der Reformation
    bis auf unsere Tage von E. Geibel und Heinrich Leuthold. Stutt-
    gart, Cotta. 1862.
23. Sophonisbe. Tragödie in fünf Aufzügen. Stuttgart, Cotta. 1868.
24. Heroldsrufe. Ältere und neuere Zeitgedichte. Stuttgart, Cotta. 1871.
25. Am 13. Juli 1874. Ode. (Separatdruck aus der „Gegenwart".)
    Elberfeld, Bädecker. 1874.
26. Klassisches Liederbuch. Griechen und Römer in deutschen Nach-
    bildungen. Berlin, Hertz. 1875.
27. Spätherbstblätter. Stuttgart, Cotta. 1877.
28. Echtes Gold wird klar im Feuer. Ein Sprichwort. Schwerin
    i. M., Hildebrand. 1882. 3. Auflage 1882. (Zuerst gedruckt in
    Rodenbergs „Deutscher Rundschau". 1877. 3. Bd. 7. Heft.)
29. Gesammelte Werke in acht Bänden. Stuttgart, Cotta. 1883 ff.
30. Jubelausgabe der Jugendgedichte. Stuttgart, Cotta. 1884.
31. Gedichte, Auszug in Meyers alter Groschenbibliothek (c. 1850).
32. Gedichte, Auszug in Balde, Moderne Klassiker 1852.
33. Schulausgabe von Max Nietzki, Stuttgart, Cotta. 1890.
34. Glosy czasu Emanuela Geibla powtórzyl po swojemu. Poznan.
    1845. (Übersetzung der „Zeitstimmen".)
35. A. Dyr, Ἐμμανουὴλ Γειβελίου ἀναμνήσεις Ἑλλαδικαί. Neustreliz.
    1867. (Übersetzungen in's Altgriechische.)
36. Th. Kutschmann, Illustrationen zu sieben Gedichten Geibels. Neu-
    münster. 1879.

Inhaltsverzeichnis
der „Gesammelten Werke" Emanuel Geibels.
Stuttgart, Cotta. 1883 ff. Drei Auflagen.

1. Band.
Jugendgedichte. (S. 1—188.) Zeitstimmen. (191—228.) Sonette. (231—244.)
2. Band.
Juniuslieder. (1—226). Julian. (229—278).
3. Band.
Neue Gedichte. (1—122.) Gedichte und Gedenkblätter. (125—242.)

4. Band.

Spätherbstblätter. (1—193.) Heroldsrufe. (195—260.)

5. Band.

Judas Ischarioth. (1—10.) Blutrache. (11—22.) Dichtungen in antiker Form. (23—102.) Klassisches Lieberbuch. (103—243.)

6. Band.

Brunhild. (1—105.) Loreley. (107—174.) Echtes Gold wird klar im Feuer. (175—199.)

7. Band.

Sophonisbe. (1—93.) Meister Andrea. (95—171.) Jagd v. Beziers. (175—210.)

8. Band.

Gelegenheitsgedichte. (1—30.) Übersetzungen französischer Lyrik. (30—111.) Drei Gedichte Lord Byrons. (115—120.) Spanische Romanzen. (121—237.)

Verzeichnis
der selbständigen Bücher über Geibel und hervorragenderer Aufsätze aus Büchern und Zeitungen.

I. Selbständige Schriften.

K. G. Seibert, Über ein charakteristisches Element in der Lyrik E. Geibels. Ein Vortrag. Marburg. 1859. (Religiöse Bedeutung.)

Karl Goedeke, Emanuel Geibel. Erster Teil. Stuttgart. 1869.

Karl Leimbach, Emanuel Geibel. Des Dichters Leben, Werke und Bedeutung für das deutsche Volk. Wolfenbüttel. 1877. (Drei in Goslar gehaltene Vorträge. Vergriffen. Das vorliegende Buch ist an seine Stelle getreten.)

Konrad von Prittwitz-Gaffron, Emanuel Geibel. Vortrag. Reichenbach i. Schl. 1880.

A. Evers, Emanuel Geibel. Ein Gedenkblatt. (Die 1. Auflage erschien anonym.) Lübeck. 1884.

H. Löbner, Emanuel Geibel, eine litterarische Studie. Brandenburg. 1884.

Arno Holz, E. Geibel. Ein Gedenkbuch. Berlin. 1884. Zweite Ausgabe 1888 unter dem Titel: „Emanuel Geibel, ein deutscher Lieberbichter". Mit Beiträgen von Bodenstedt, Dahn, Gaedertz, Goedeke,

J. Grosse, Kl. Groth, Paul Heyse, Holz, Wilhelm Jensen, Lindau, Lingg, Rittershaus, Trippenbach, Trummer, Waldmüller, Wichert u. s. w. (Vergleiche Seite 170). Vergriffen.

W. Scherer, E. Geibel. (Gedenkrede bei der Geibelfeier im Kgl. Opernhause). Berlin. 1884. (Zuerst in der „Deutschen Rundschau".)

W. Deeke, Aus meinen Erinnerungen an E. Geibel. Weimar. 1885.

Stephan Wäßold, E. Geibel. Hamburg. 1885. (Vortrag.)

Albert Duncker, E. Geibels Briefe an Karl Freiherrn von der Malsburg und Mitglieder seiner Familie. Berlin. 1885.

K. Th. Gädertz, Emanuel Geibel-Denkwürdigkeiten. Berlin. 1886. Demnächst erscheint eine zweite Auflage in 2 Bänden.

Carl Litzmann, E. Geibel. Aus Erinnerungen, Briefen und Tagebüchern. Berlin. 1887.

H. Lindenberg, E. Geibel als religiöser Dichter. Vortrag. Lübeck. 1888.

II. Werke und Aufsätze, in denen wertvollere Beiträge zur Biographie geboten werden.

Karl Goedeke, Emanuel Geibel. In „Nord und Süd", eine deutsche Monatsschrift, hrsg. von P. Lindau. 1877. 1. Band. S. 392 ff.

G. von Putlitz, „Theatererinnerungen". Berlin. 1874. 2. Band. S. 244. ff. „Mein Heim". 1886. S. 143.

W. Buchner, Ferdinand Freiligrath. Ein Dichterleben in Briefen. 2. Band. Lahr 1882. (Zahlreiche Briefe Freiligraths an Geibel.)

Karl von Holtei, Vierzig Jahre. Band 8. S. 204 ff.

W. H. Riehl, Aus der Ecke. 1874. Vorrede.

Karl v. Binzer, Das Münchener Dichterheim (Krokodil). 4. u. 11. Mai 1884. „Deutsche Wochenschrift". Wien.

Über Geibels Begräbnis, vergleiche „Gedenkbuch." S. 103 ff.

Wilhelm Jensen, Ein Gedenkblatt. „Allgem. Zeitung". 1884. Nr. 128 ff.

Wilhelm Jensen, Persönliche Freundeserinnerungen. „Gegenwart". 1884. Nr. 16. (Beides verwebt im Gedenkbuch. S. 133 ff.)

Paul Heyse, An Emanuel Geibel. „Allgemeine Zeitung". 1884. Nr. 101.

Max Kalbeck, Ein Gedenkblatt für Em. Geibel. „Wiener Freie Presse". 1884 (abgedruckt im „Gedenkbuch". S. 190.)

Max Grube, Erinnerungen an E. Geibel. 1884. Magazin für die Litteratur des In= und Auslandes. Nr. 17. (Gedenkbuch. S. 224.)

Julius Grosse, E. Geibel. Ein Gedenkblatt. „Weimarer Zeitung". 1884. (Gedenkbuch. S. 167.)

Klaus Groth, Meine Beziehungen zu E. Geibel. „Nord und Süd." August. 1884. (Zum Teil im Gedenkbuch. S. 273.)

Einige Briefe Geibels an Luise Kugler. „Weserzeitung." 1884. 31. Oktober.

Ernst Curtius, Erinnerungen. „Allgemeine Zeitung“. 1884. August.
Julius Rodenberg, Em. Geibel. „Deutsche Rundschau“. Juni. 1884.
Petzet, Geibelfeier und Zeitgedichte. Blätter für litt. Unterhaltung. 1884.
    Nr. 26.
L. Schücking, Lebenserinnerungen. Breslau. 1886. 1. Band. S. 230 f. 250.
K. Th. Gäderth, Nekrolog. „Biogr. Jahrb. f. Altertumskunde“. 1884.
           „   Geibels Geburtstag. „Gegenwart“. Nr. 18. 1885.
           „   „   „   „Lübecker Blätter“. Nr. 96. 1890.
           „   Zur Erinnerung an E. Geibel. „Schorers Familien=
                blatt“. 1889. Nr. 42.
           „   Escheberger Tage. „Deutschland“. 1889. Nr. 3.
           „   Neue Mitteilungen aus dem Dichterleben E. Geibels.
                „Allgemeine Zeitung“. 1889. Nr. 287. Nachlese.
                1891. Nr. 120.
           „   E. Geibel. Zur Enthüllung seines Denkmals. „Vom
                Fels zum Meer“. 1889/90. S. 505 ff.
           „   Die Lübecker Geibelfeier. „Nationalztg.“ Okt. 1889.
           „   Aus Gs. jungen Tagen. „Familienblatt“. 1891. Nr. 15.
           „   E. Geibel und Cäcilie Wattenbach. „Neue Christoterpe“.
                1890.
           „   Aus Gs. Studienzeit. „Nord und Süd“. Febr. 1892.
           „   Zehn Erstlingsgedichte. „Universum“. 1893. Heft 7.
           „   Marc. Niebuhr über den jungen Geibel. „Hamburg.
                Korresp.“ 1893. Nr. 475.
A. Evers, Zur Erinnerung an E. Geibel. „Gartenlaube“. 1889. Nr. 46.
„Lübecker Zeitung“. Gedenkblatt zur Enthüllung des Geibeldenkmals.
    18. Oktober 1889.
Robert König, Emanuel Geibel in Griechenland. „Daheim“. 1893. Nr. 45.
Hans Hopfen, Wie ich in die Litteratur kam. „St. Petersburger Zeitung“.
    1893. 5./7. Sept.
Luise von Kobell, Unter den vier ersten Königen Bayerns. 1894.
    Band 2. S. 12 f. S. 15.

III. Werke und Aufsätze, in denen die litterarische Gesamterscheinung des Dichters besprochen wird.

Karl Goedeke, Deutschlands Dichter von 1813—1843. Hannover. 1843.
Levin Schücking in der „Augsburger Allgem. Zeitung.“ 1843. Nr. 251.
Saint-René Taillandier in „Revue des deux mondes.“ Paris. 1847.
Karl Goedeke, Elf Bücher deutscher Dichtung. II. Abteilung. Leipzig. 1849.
Julian Schmidt, Geschichte der deutschen Litteratur des 19. Jahrhunderts.
    Leipzig. 1855. III. Band. S. 117.

Joh. Minckwitz, Neuhochdeutscher Parnaß. Leipzig. 1861. S. 160 ff.

The Athenaeum, Nr. 1839, 1842, 1844, 1849. London. 1863.

Theodor Kriebitzsch in Masius, Musestunden. Leipzig. 1869. S. 323 ff.

Über Land und Meer. Band 23. Stuttgart. 1869. Nr. 4.

Fr. Kreißig im „Salon“. Leipzig. 1870. S. 193 ff.

Karl Barthel, Deutsche Nationallitteratur der Neuzeit. Berlin. 1870.
    3. Auflage. 13. Vorlesung.

Rud. Gottschall, Die deutsche Nationallitteratur des neunzehnten Jahr-
    hunderts. Breslau. 1872. 3. Auflage. 3. Band. S. 218 ff.

Heinr. Kurz, Geschichte der neuesten deutschen Dichtung von 1830 bis auf
    die Gegenwart. Leipzig. 1874. 3. Auflage. S. 164 ff. 364. 490 ff.

Moritz Carriére, Die Kunst im Zusammenhange der Kulturentwickelung.
    Leipzig. 1874. 5. Band. S. 625.

F. Sehrwald, Deutsche Dichter und Denker. Altenburg. 1874.

Karl Goedeke in „Nord und Süd“. 1877. 1. Band. S. 392 ff.

Ad. Strodtmann, Dichterprofile. Stuttgart. 1879. 1. Band. S. 65 ff.

L. Salomon, Nationallitteratur des 19. Jahrhunderts. Leipzig. 1880.

R. Koenig, Deutsche Litteraturgeschichte. Leipzig. 1882. S. 696 ff.

Josef Bendel, Zeitgenössische Dichter. S. 153 ff. Stuttgart. 1882.

Max Koch in der „Allgem. Zeitung.“ 1883. Nr. 351—353.

Ernst Ziel in der „Gegenwart“. Berlin 1884. Nr. 4.

O. Blumenthal, „Berliner Tageblatt“. 7. April 1884.

Joh. Proelß, „Frankfurter Zeitung“. April 1884.

Eugen Zabel, „Nationalzeitung.“ 13. April 1884.

Paul Lindau, „Kölnische Zeitung“. 12. April ff. 1884.

Ferd. Avenarius, „Tägl. Rundschau“. 18. April 1884.

„Lübecker Zeitung.“ Extraausgabe. 18. April 1884.

Franz Muncker, „Gartenlaube“ Nr. 17. 26. April 1884.

Hans Herrig, „Schorers Familienblatt“. 5. Band S. 332 ff.

J. Rodenberg, „Deutsche Rundschau“. Juniheft 1884

R. v. Gottschall, „Unsere Zeit“. 6. Heft 1884. (G. und die neuere Lyrik.)

Wolfgang Kirchbach, Gedächtnisrede im Münchener Journalistenverein.
    „Süddeutsche Presse.“ 10. und 11. Juni 1884.

M. Carriére in „Westermanns Monatsheften“. Juli 1884.

R. v. Scala, Gedächtnisrede in Linz. 1884. Deutscher Klub.

Waldmüller, Gedächtnisrede im Dresdner litt. Verein. „Grenzboten“.
    1884. (Gedenkbuch S. 1. ff.)

R. M. Werner, E. Geibel, „Zeitschrift für allg. Geschichte“. Stuttgart 1884.

J. Benda, Rede auf Geibel. Jahresbericht der Lübeckischen Schiller-
    stiftung 1889.

IV. Aufsätze und Kritiken aus Zeitschriften und Zeitungen über die einzelnen Werke.

A. Gedichte.

1. Gedichte. (Erste Periode.)

Konrad Schwenk in der „Halleschen Litteraturzeitung". 1842. Abgedruckt
    in dessen „Litterarische Charakteristiken und Kritiken". Frankfurt. 1847.
Karl Gutzkow in der „Kölnischen Zeitung". 1843. Nr. 340.
Gottfr. Kinkel in der „Augsb. Allgem. Zeitung". 1843. Nr. 351.
Hieronym. Truhn (?) im „Hamburgischen Korrespondenten". 1843. Nr. 164.
„Blätter für litterarische Unterhaltung." Leipzig. 1844. Nr. 261.
„Litterarische Zeitung." Hrsg. von K. H. Brandes. Berlin. 1844. Nr. 77.
„Morgenblatt für gebildete Leser." Hrsg. von H. Hauff. 1858. Nr. 150.
„Augsb. Allgem. Zeitung." 1862. Nr. 31 und 33.

2. Zeitstimmen. Ruf von der Trave. Zwölf Sonette.

„Blätter für litterarische Unterhaltung." 11. Februar. 1842. Leipzig.
B. Aimé Huber, „Evang. Kirchenzeitung". 1842.
„Blätter für litterarische Unterhaltung." 13. Juli 1846. Leipzig.
„Grenzboten", hrsg. von J. Kuranda. 1846. 2. Sem. S. 125.
W. Alexis in den „Blättern für litterarische Unterhaltung". 1847. S. 437.

3. Juniuslieder.

F. K(ugler), in der „Augsb. Allgem. Zeitung." 1848. Nr. 1. „Allgem.
    Zeitung". 1849. Nr. 176. 1850. Nr. 41. 1862. Nr. 33.

4. Neue Gedichte.

R. Gottschall in den „Blättern für litterarische Unterhaltung". 1857. Nr. 24.
„Katholische Litteraturzeitung," hrsg. von L. Mayer. Wien. 1858. Nr. 5.
    1859. Nr. 29.
„Augsburger Allgem. Zeitung." 1862. Nr. 33.

5. Gedichte und Gedenkblätter.

„Augsburger Allgem. Zeitung." 1864. Nr. 345.
Emil Kuh, Neuere Lyrik. Wien. 1867.

6. Heroldsrufe.

„Augsburger Allgem. Zeitung." 1871. Nr. 305.
Victor Cherbuliez in „Revue des deux mondes": L'Allemagne con-
    temporaine, études et portraits. 1872. 15. Mars. Paris.

7. Spätherbstblätter.

Moritz Carrière in der „Augsburger Allgem. Zeitung". 1877. Nr. 345.

Paul Lindau in der „Gegenwart". Berlin. 1877. Nr. 46.
Rud. Gottschall in der „Gartenlaube". 1878. S. 479.

B. Dramen.

1. König Roderich.

„Augsburger Allgem. Zeitung." 1844. Nr. 124.
„Blätter für litterarische Unterhaltung." Leipzig. 1845. Nr. 90.
„Moderne Klassiker." Kassel 1852.

2. Meister Andrea.

„Augsburger Allgem. Zeitung." 1855. Nr. 45 und Nr. 47.
Melchior Meyr in „Deutsches Museum", hrsg. von R. Prutz. 1855. Nr. 24.
    Nr. 28.

3. Brunhild.

„Morgenblatt für gebildete Leser." Stuttgart. 1857. Nr. 9.
„Augsburger Allgem. Zeitung". 1857. Nr. 353.
Karl Goedeke, „Frankfurter Museum". Jahrgang 1858. Heft 1 und 2.
„Katholische Litteraturzeitung," hrsg. von L. Mayer. Wien. 1858. Nr. 2
    und Nr. 5.
R. Gottschall in den „Blättern für litterarische Unterhaltung". Leipzig.
    1858. Nr. 27.
„Litterarisches Centralblatt," hrsg. von Zarncke. Leipzig. 1858. Nr. 28.
„Morgenblatt für gebildete Leser." Stuttgart. 1861. Nr. 6.
„Augsburger Allgem. Zeitung." 1861. Nr. 7. (Über die Aufführung im Hof-
    theater zu München. 3. Januar 1861.)
„Morgenblatt für gebildete Leser." Stuttgart. 1862. Nr. 44—47. („Geibels
    und Hebbels Dramatisierung der Nibelungensage.")
G. R. Roepe, „Die moderne Nibelungendichtung". Mit besonderer Rück-
    sicht auf Geibel, Hebbel und Jordan. Hamburg. 1869.
Paul Lindau in der „Gegenwart". Berlin. 1872. Nr. 20. (Bei Gelegen-
    heit einer Aufführung im Hoftheater zu Berlin.)
Joseph Stammhammer, Die Nibelungen-Dramen seit 1850 und dem
    Verhältnis zu Lied und Sage. Leipzig. 1878. S. 41—48.
Friedrich Kreyßig, Litterarische Studien und Charakteristiken. Berlin. 1882.

4. Die Loreley.

Eduard Devrient, Meine Erinnerungen an Felix Mendelssohn-Bartholdy.
    Leipzig. 1860. S. 247. 272 ff. 282.
„Morgenblatt für gebildete Leser." 1860. Nr. 48.
E. Müller-Samswegen in den „Blättern für litterarische Unterhaltung".
    Leipzig. 1861. Nr. 21.

5. Sophonisbe.

„Augsburger Allgem. Zeitung". 1868. Nr. 304.

Sigmund Kolisch in der „Augsburger Allgem. Zeitung“. 1868. Nr. 310.
H. Laube in der „Neuen freien Presse“. Wien. 1868. 20. Oktober.
„Kölnische Zeitung.“ 1868. Nr. 313. 1. Blatt.
Jul. Rodenberg in der „Augsburger Allgem. Zeitung“. 1869. Nr. 360.
Karl Frenzel in der „Nationalzeitung“. Berlin. 1869. 22. Dezember.
(Wieder abgedruckt in „Berliner Dramaturgie“. Hannover. 1877. 1. Band.)
    S. 179 ff.
G. F(reytag) (?) in den „Grenzboten“. Leipzig. 1869. Nr. 5.
Fr. Kreyßig im „Salon“. Leipzig. 1870. S. 199 ff.
Gustav zu Putliß, Theatererinnerungen. Berlin. 1874. 2. Band. S. 244 ff.
C. Leimbach, Ausgewählte deutsche Dichtungen. Band 2. 1883.
Jof. Capek, Dvě Sofonisby (Tschechisch), Programm des Neustädter Gym=
    nasiums zu Prag 1890.

6. „Echtes Gold wird klar im Feuer.“

Osk. Blumenthal im „Berliner Tageblatt“. 8. und 10. März 1883.
Bendel, Zeitgenössische Dichter S. 191 ff.

C. Übersetzungen.

1. Volkslieder und Romanzen der Spanier.

„Blätter für litterarische Unterhaltung“. Leipzig. 1844. Nr. 307.

2. Fünf Bücher französischer Lyrik.

„Morgenblatt“. Stuttgart. 1863. Nr. 7 u 8.

3. Klassisches Liederbuch.

M. Carrière in der Gegenwart. Berlin. 1875. Nr. 43.
L. Friedländer (Prof. in Königsberg). „Deutsche Rundschau.“ 1876.
    Band 7. S. 441 ff.

D. Verschiedenes.

R. Kögel, Emanuel Geibel als deutscher Reichsherold. „Daheim“. 1872.
    Nr. 18.
R. Kögel, E. Geibel als religiöser Dichter. „Neue Christoterpe“. Bremen.
    1885.
Karl Schmiedel, E. Geibel als religiöser Dichter. „Protestantische
    Kirchenzeitung“. 1882. Nr. 15 u. 16.
E. Herford, E. Geibel als religiöser und patriotischer Lyriker in „Beyschlags
    deutsch=evangelischen Blättern“. 1887.
W. Hoffmann, Geibel als religiöser Dichter. „Beweis des Glaubens“.
    1888.
F. Horn, E. Geibel als religiöser Dichter. „Unterhaltungsblatt der
    Halberstädter Zeitung“. 1894. 7. April ff.

W. Nestle, Geibel als religiöser Dichter in Schrempf „Die Wahrheit".
April. 1894.
Bärwinkel, E. Geibel, der Prophet des deutschen Volkes. Beyschlags
„deutsch-evangelische Blätter". März. 1894.
Das Geibeldenkmal von H. Volz. „Kunst für Alle". 2. Jahrgang. S. 188.
Das Geibeldenkmal für Lübeck. „Illustrierte Zeitung". 1887. 28. Mai.

Nachweisung

**von zerstreuten Gedichten Geibels, die weder in den Einzelausgaben
noch in den „Gesammelten Werken" enthalten sind.**

„Vergessen." Deutscher Musenalmanach für das Jahr 1834 von Chamisso
und Schwab. S. 375. Leipzig. 1833. Pseudonym L. Horst.
Abschiedsgedicht an C. v. Duhn. Goedeke, Biographie. 1. Band. Seite 30.
„Gondelfahrt." Deutscher Musenalmanach von Chamisso und Schwab.
Jahrgang 1836.
„Das Mädchen von Albano." Alfr. Reumont, Italia. Berlin. 1838.
„Erinnerungen an Venedig. Aus den Papieren eines Weltmannes."
Sechzehn Gedichte, von denen fünf (Nr. 10, 11, 12, 14 und 16) oft
mit Abänderungen in die „Gedichte" aufgenommen sind. Alfr.
Reumont, Italia. Berlin. 1838.
„Spanisches Ständchen", „Lied des gefangenen Mädchens", „Schlummre",
„Das süße Wort", „Frische Fahrt" in Mosche, Deutsche Lieder.
Siehe Goedeke. 1. Band. S. 24 und 26 und „Nord und Süd". 1877.
1. Band. S. 395.
„An den Schlaf." Komponiert von C. G. Reissiger. op. 116. Berlin.
Westphal, jetzt Bote & Bock.
Widmungsgedicht in den „Klassischen Studien von E. Geibel und E.
Curtius." Bonn. 1840.
In der ersten Auflage der „Gedichte" finden sich elf Gedichte, die in den
späteren Auflagen fehlen. Es sind dies: „Des Jägers Klage", „Wie
die dufterfüllte Blüte", „In der Mitternacht", „Wo Menschenwitz und
Erdennot", „Es sind die Lieder Goldpokale", „Nun ruhen alle
Wipfel", Sonett an den Grafen von Platen („Der Heimat hattest
du dich abgewendet"), „Südliche Romantik", „An die Philologen",
„An Ernst Curtius", „Der Knab' im Walde". Das letzte Gedicht ist
gedruckt in Wendts deutschem Balladenschatz. 2. Auflage. Berlin.
1871.
„Aus Griechenland" (Distichon). „Morgenblatt". 1841. Nr. 160.

Zwei Übersetzungen spanischer Volkslieder: „Alles ruht in Schlaf versunken“
  und „Endlich einmal“. „Morgenblatt für gebildete Leser.“ 1841. Nr. 250.
„Ode an den Rhein“. „Morgenblatt“. 1843. Nr. 312.
„Ein Bild aus Rußland“, „Münchener Fliegende Blätter“. 1844.
  3. Band. Nr. 57.
„Wider den Erbfeind“, „Hannoversche Morgenzeitung“. 1845. 5. Januar.
„Lob der edlen Musika“. Zuerst in Gößels „deutsches Lieder- und
  Commersbuch“, Stuttgart. 1846. Nr. 436. Von Geibel stammt
  nach Goedekes und Riehl auch die Melodie. Vergl. Litzmann S. 22.
Begrüßungslied zum Sängerfest in Lübeck in „Rückblicke auf das Allge-
  meine Deutsche Sängerfest zu Lübeck“. 1847. Abgeändert auf-
  genommen in die „Heroldsrufe“. S. 153.
„König Konrads Tod“. Szene aus einem dramatischen Gedicht: „Heinrich
  der Vogler“. „Morgenblatt“. Stuttgart. 1849. 19. Mai u. ff.
„Der Kampf auf dem Isensteine“. (Aus einer Tragödie: „Siegfrieds
  Tod“.) „Deutsches Museum“ von R. Prutz. 1851. S. 62.
„Die Tauben von San Marco“. „Harfe und Leier“. Herausg. von
  L. Grote. Hannover. 1854 (?). 2. Auflage. 1865.
„Die Loreley“. Eine Oper. Erster Aufzug. Zweiter Aufzug. Dritte,
  vierte und siebente Szene. Mit vielfachen Abweichungen von der
  jetzigen Ausgabe in Goedeke. „Deutsche Wochenschrift“. 1. Jahr-
  gang. 1854. Hannover.
„Am Schillertage“. (Erste Strophe ganz abweichend von dem jetzigen Ge-
  dichte in den „Gedichten und Gedenkblättern“.) „Morgenblatt“.
  Stuttgart. 1859. 20. November. (Vergl. S. 267 dieses Werkes.)
„Simonides“. Ballade. „Der Bazar“. Nr. 48 vom 23. Dezember 1866.
  XII. Jahrgang.
„Die siebente Epode des Horaz“. (Andere Übersetzung als im „Klassischen
  Liederbuch“.) „Philologus“ von Leutzsch. Göttingen. 1869. S. 373.
„Im Frühling“. (Andere Lesart des Gedichtes in den „Spätherbst-
  blättern“. S. 182.) „Über Land und Meer“. Leipzig. 1870.
  24. Band. Nr. 28.
„Distichen aus dem Wintertagebuche“. (Drei nicht in den „Spätherbst-
  blättern“ enthaltene Abschnitte.) „Über Land und Meer“. 1870.
  Band 24. Nr. 27 und 28.
„Tagebuchblätter“. Sieben Abschnitte in Distichen. „Gegenwart“ von
  Lindau. 1872. Nr. 10.
„Zu Lübeck auf der Brücken“. K. Goedeke in „Nord und Süd“ von Lindau.
  1877. S. 404. (Gädertz S. 43.)
Übersetzung einiger Verse aus Beaumarchais’ „Barbier von Sevilla“.
  „Gegenwart“ von Lindau. Berlin. 1878. Nr. 16.

„Wie das Jahr mit leisem Schweben". „Das Blumenjahr" von Johanna
 Brehmer. Wandsbeck. (Ohne Jahreszahl.)
„O süßes Jungfraunbild"(?). Elise Polko, Blumen und Lieder. Erfurt.
 1880.
„Liszt braust dahin mit Sturmeswüten".. (Vierzeiliger Spruch.) „Neue
 Musikzeitung". Köln. Tongers Verlag. 1882. Nr. 23. 1. Beilage.
„Täuschung". „Heimath", Wien. 1883. Nr. 1.
„Rolands Horn". „Vom Fels zum Meer", Stuttgart. 1883. Oktober.
 S. 18.
„Wanderglück" (1850) „Deutsches Dichterheim." Jahrgang IV. Nr. 1.
„Albumblatt." „Gegenwart" von Zolling. Berlin. 1884. Nr. 8, in dem
 Aufsatz von O. Linke, Albumblätter.
„Gebet eines Deutschen." „Nationalzeitung." Berlin. 1884. 12. April.
Neue Strophe zu dem „Mädchenliede" (Gedichte, S. 116). „Berliner Tage-
 blatt." 1884. 17. April.
Ungedruckte Übersetzungen. Paul Lindau im „Deutschen Montagsblatt".
 1884. 14. April.
„Trinklied." „Gegenwart" von Zolling. 1884. 12. April.
„Alhambra". Fragment. „Familienblatt" von Schorer. Berlin. 1884.
 27. April.
Distichen als Autograph zu einem Hamburger Künstlerfest. „Berl. Tage-
 blatt". 1884. 3. Mai.
„O weh, nun bin ich ganz allein." „Heimgarten" von Rosegger. Graz,
 1. Mai 1884.
„Leb' wohl, du grüne Wildnis." „Deutsche Rundschau". Juni 1884.
„Sängerlos." „Gegenwart." 1884. Nr. 23.
„Sieben neu aufgefundene Jugendgedichte." „Gartenlaube". 1884. Nr. 27.
Schluß des 3. Aktes der Albigenser. Album von Autographen deutscher
 Dichter. Ernst Wasmuth. Berlin.
Der „Kurfürst vor Belgrad" in Colshorn, des Knaben Wunderhorn.
 Hannover. 1860.
„Im raschen Wechsel" in der Weserzeitung. 1884. 31. Oktober.
„Die Stadt der Städte", Familienblatt. 1887. Nr. 14. Ruyters Tod.
 Familienblatt. 1893. Nr. 39.
  Dazu treten zahlreiche durch Duncker in den „Briefen an Malsburg"
und Gädertz in den „Denkwürdigkeiten" und seinen früher genannten Auf-
sätzen veröffentlichte Gedichte. Auch das „Gedenkbuch" enthält unter
meinen Beiträgen einige unbekannte Lieder Geibels. Bisher Ungedrucktes
findet sich im vorliegenden Buche S. 105, 164, 273.
  In der Kunsthalle zu Bremen finden sich unter den Inschriften zu vier
„Albumblättern" von Luise Kugler folgende ungedruckte:

Vier Jahreszeiten.

Mit der Zeit
Kommt Freud und Leid
Kommt Winter und kommt Frühlingsluft
Für jede Brust.

1.

Herz, was sollst du thun und lassen
Dieses Frühlingsglück zu fassen?
Nur die Sorgen sollst du meiden,
Doch der Freuden Andrang leiden
Von den blütenvollen Tagen,
Jede Schmeichelei ertragen
Und nur fühlen aller Wunden
Stilles Heilen und Gesunden.

2.

O Sommer, gold'ner Sommer
Rings Wiese, Wald und Feld;
In Blumen und in Ähren
In Glanz die ganze Welt!

3.

Mir ist leide,
Daß der Winter beide,
Feld und auch die Heide,
Hat gemachet kahl!
Sein Bezwingen
Läßt nicht Bächlein springen
Noch die Vöglein singen
Den viel süßen Schall.

Doch in dunkler Erde
Harren auf das Werde
Keim und Blüten all,
Harren neuem Segen,
Neuem Lenz entgegen
Neuem Jubelschall.

Litteratur über Geibels Vater.

Zahn, Johannes Geibel in Herzogs Protestantischer Realencyklopädie,
1. Auflage, I. Supplementband.

A. Michelsen, J. Geibel, ebendaselbst. 2. Auflage. 4. Band.

W. Deiß, Geschichte der evangelisch-reformierten Gemeinde in Lübeck. 1866. S. 197 ff.

H. Lindenberg, Geibels Vater. Lübeck 1893. (Vortrag.)

Johannes Geibels hinterlassene Schriften sind außer fünf einzeln gedruckten Predigten:

Rede bei der Einweihung des dem Major von Arnim gewidmeten Denkmals. Lübeck 1814.

Prüfet alles und behaltet das Gute. Reden für evangelische Freiheit und Wahrheit. Lübeck 1818.

Einleitung in die christliche Lehre. Lübeck 1821.

Leitfaden bei dem Unterrichte in der christlichen Glaubenslehre. Lübeck 1822.

Kurzer Leitfaden bei dem Unterrichte in der christlichen Glaubenslehre: 2. Auflage. Lübeck 1835.

Predigt bei der Eröffnung des Gottesdienstes in dem neuerbauten Versammlungshause der evangelisch-reform. Gemeinde zu Lübeck, gehalten am 9. Juli 1826.

Über welche Wahrheit müssen alle Christen einverstanden sein? Ephes. 4. 3—6; 1. Petri 3, 13. (Anonym.) Altona 1829.

Christus allein! Eine Gastpredigt über 1. Kor. 2. 2, gehalten am 19. Juli 1831 in der evang.-reform. Kirche zu Braunschweig; — als Beilage: Rede bei der Ordination seines Sohnes zum Pastor der ref. Gem. zu Braunschweig, gehalten zu Lübeck am 19. Sept. 1830. Lübeck 1831.

Das Christentum im Kampfe mit dem Unglauben. Eine Erwiderung auf die Schrift der Herrn Prof. Dr. B. F. L. Petri zu Braunschweig: Das Christentum in Braunschweig gegen Herrn Dr. Geibel 2c. Lübeck 1832.

Erwiderung auf die Schrift des Herrn Pastor Hugues in Celle, das Gutachten der 1832 zu Braunschweig gehaltenen reformierten Synode betr. Lübeck 1833.

Die Wiederherstellung der ersten christlichen Gemeinden, als ein Mittel zur Vereinigung der verschiedenen christlichen Parteien. (Anonym.) Von Philadelphos. Leipzig 1841.

Verzeichnis
hervorragenderer Porträts von Emanuel Geibel.

1. Bildhauerwerke.

Heinrich Müller in München. (Goedeke. 1. Band. S. 222.) Ende der fünfziger Jahre.

H. Pohlmann in Berlin. 1877. (Gäderz. 203 ff.)

Spieß in München.

Gamp in München. 1884.

Gerhard Janensch. (Berliner Kunstausstellung 1886.)

H. Volz in Karlsruhe. Nationaldenkmal für Geibel in Lübeck. 1889.

2. Gemälde, Zeichnungen, Radierungen, Photographien.

Th. Rehbeniz, Zeichnung 1834 (danach das Bild auf S. 15.)

Anonyme Zeichnung 1839 (danach das Bild auf S. 54.)

Luise Kugler, Zeichnung c. 1843. lith. von Schwertle (danach das Bild
    auf S. 83. Verlag von A. Duncker, Berlin.)

K. Milde, Zeichnung c. 1840.

Otto Speckter, Zeichnung. 1843. (Königs Litteraturgeschichte. S. 701.
    10. Auflage.)

F. Weinhold, Kreidezeichnung. (Datiert vom 11. August.) 1844.
    (Dresden.)

Franz Kugler, Radierung 1849 in Kugler, „Deutsche Liederhefte“.
    Stuttgart.

Quentel, Ölgemälde. Vierziger Jahre. Gestochen danach von Semmler,
    Spieß u. a.

Wilh. von Kaulbach, in einem Freskogemälde an der Nordseite der
    neuen Pinakothek in München. Im Innern der Pinakothek Ölfarben=
    skizze dazu.

Wilh. von Kaulbach, Kreidezeichnung. Photographien derselben in
    Bruckmanns Porträtkollektion.

Engelbert Seiberz, in den westlichen Loggien des Maximilianeums zu
    München. 1864. (In der Tracht der Ritter des Maximilianordens.)

Georg Kordik, Zeichnung. (J. Schanz, Karlsbader Elegien. S. 26.)

F. L. Raab, Radierung. („Nord u. Süd“. 1877.) Vergl. S. 151.

E. Hader, Ölgemälde. Photographien in Sophus Williams Porträt=
    kollektion.

H. Osterley jr., Ölgemälde. c. 1882. Provinzialmuseum in Hannover.

C. Löcherer, in München. Photographien. Fünfziger Jahre.

Fr. Hanfstängl und J. Albert in München. Photographien. Seit
    1852 oft wiederholt. Vielfach lithographiert.

Zahlreiche Lübecker Photographien aus den siebziger und achtziger Jahren:
    die besten von E. Linde. 1872. J. F. Petersen. 1879. H.
    Schroeder. 1883. (Vergl. S. 173.)

Wegers Stahlstiche von 1845 an.

F. Langhans, Lithographie in S. Kappers „Jahrbuch deutscher Belle=
    tistrik“. 1857. Prag.

Kabinettphotographie nach einem Bilde aus den vierziger Jahren. Verlag
    von Moritz & Münzel, Wiesbaden.

Karl Becker (Schüler Mandels). Sieben Porträts Geibels von 1834—1871
　　mit Fakſimiles. Kupferſtich in gr. Folio. Bildgröße 50 : 35 cm. Als
　　Wandſchmuck warm zu empfehlen. Daraus das Bild S. 15. Verlag
　　von Möller in Lübeck.

Mit Goethe konnte Geibel ſagen:

> Zu haben bin ich wie der alte Fritz
> Auf Pfeifenköpfen und auf Taſſen.

Ich beſitze ſogar in meiner Sammlung ein Zigarrenkiſtenbild: „Geibel.
Habanna“.

Das Arbeitszimmer des Dichters iſt in drei verſchiedenen Aufnahmen er-
ſchienen; eine derſelben zeigt ganz ausgezeichnet das Bild Adas von
Correns. (Lichtdruck von J. Nöhring, Lübeck.) Reproduziert in „Über
Land und Meer“. 1884. Nr. 36.

Geibels Leichenzug iſt von H. Rogall in Lübeck photographiert. Verlag
　　von J. W. Kaibel in Lübeck.

Geibels Grabdenkmal von Architekt v. d. Hude. Photographie von Thiele.
　　Lübeck.

Denkmalsenthüllung, Momentphotographien von H. Schwegerle, Lübeck.

Denkmal, Photographie von Schwegerle.

Denkmal, Holzſchnitt. „Illuſtrierte Zeitung“. 28. Mai 1887.

Denkmal, Holzſchnitt. „Gartenlaube“. 1889. Nr. 46.

Jugendbildnis Adas, ebendaſelbſt.

Ada gemalt von Correns, ebendaſelbſt.

Pforte an Geibels Geburtshaus, ebendaſelbſt.

Geburts- und Sterbehaus in der „Lübecker Zeitung“. Extra-Ausgabe.
　　18. Oktober 1889.

Sämtliche im Anhange aufgeführten Bücher und Auffätze ſind — teil-
weiſe in Abſchriften — nebſt 50 Bildern, 75 ungedruckten und den meiſten
Autographen der im „Gedenkbuch“ veröffentlichten Gedichte auf Geibels
Tod in meinem Beſitze. Höchſt willkommen ſind mir Abſchriften oder
Einſendung von Originalbriefen und ungedruckten Gedichten Geibels,
die ich nach Abſchriftnahme ſo bald als irgend möglich zurückſende.
Meine Sammlung, die bis jetzt ca. 600 Nummern umfaßt, gedenke ich
ſpäter einem vielleicht zu gründenden Geibelarchive in Lübeck oder dem
Goethe-Schillerarchive in Weimar zuzuwenden.

Pansfelde b. Ballenſtedt am Harz.

M. Trippenbach.

www.ingramcontent.com/pod-product-compliance
Lightning Source LLC
Chambersburg PA
CBHW030350120726
47901CB00007B/1970